dtv

Osman, der Ich-Erzähler dieses satirischen Romans, lebt seit dreißig Jahren in Deutschland, hat fünf Kinder und arbeitet als Fabrikschlosser. Außer daß er mit der »zweitgrößten Nervensäge des Mittleren Orients« verheiratet ist und gelegentlich mit Skinheads über den Unterschied zwischen »Türken« und »Kanaken« diskutieren muß, hat er keine Probleme. Bis eines Tages ein Brief von der Ausländerbehörde eintrifft: Er soll abgeschoben werden. Das ist natürlich absurd – schließlich sollte er demnächst die deutsche Staatsbürgerschaft erhalten. Jetzt ist jedes Mittel recht: Scheinehe, Barrikade vor der Wohnung, Bestechungsversuche. Aber selbst Massendemonstrationen und die Besetzung eines Atomkraftwerks bleiben ohne Wirkung.
Mit unerschöpflicher Komik treibt der Autor das Geschehen von einem grotesken Höhepunkt zum nächsten. Schriller, witziger und politisch unkorrekter kann man mit diesem brisanten Thema nicht umgehen.

Osman Engin, 1960 in der Türkei geboren, lebt seit 1973 in Deutschland. Er schreibt Satiren für Zeitungen und Zeitschriften und hat mehrere Satiresammlungen veröffentlicht. ›Kanaken-Gandhi‹ ist sein erster Roman.

Osman Engin

Kanaken-Gandhi

Ein satirischer Roman

Deutscher Taschenbuch Verlag

Ich ziehe dankend – mit sehr viel Liebe – meinen Turban vor Ralf Behrend, Nurcan Kalafat und Gabriele Wiesenhavern.

Dezember 2001
3. Auflage Dezember 2002
Deutscher Taschenbuch Verlag GmbH & Co. KG,
München
www.dtv.de

Umschlagkonzept: Balk & Brumshagen
Umschlagbild: © Til Mette
Satz: Agentur Marina Siegemund
Gesetzt aus der Bodoni
Druck und Bindung: Druckerei C. H. Beck, Nördlingen
Gedruckt auf säurefreiem, chlorfrei gebleichtem Papier
Printed in Germany · ISBN 3-423-20476-1

Montag, 18. Juni, 5:12 Uhr

Heute gönne ich meinem Ford-Transit eine Pause. Mit meiner Arbeitstasche und der Thermoskanne steige ich auf dem Weg zur Arbeit in Halle 4 in die nächste Straßenbahn.
Ich bin fast allein in der Bahn. Nur hinten sind noch ein paar Leute. Es ist früh genug, so daß ich vor der Arbeit noch meinen zukünftigen Gemüseladen besuchen kann. In dem Moment höre ich hinten laute Geräusche und drehe mich um. Zwei junge Burschen halten dem einzigen anderen Fahrgast ein Messer an die Kehle und brüllen, daß er das Geld rausrücken soll. Der Mann schaut sich hilfesuchend nach mir um. Ich denke nicht daran, mich mit den jungen Gangstern anzulegen. Schließlich will ich mich in die deutsche Gesellschaft integrieren und nicht mit ihr anlegen. Es tut mir leid, sonst wäre ich ohne nachzudenken dem Raubopfer zu Hilfe geeilt. Also vielleicht nicht direkt zu Hilfe, aber ich hätte den Jungs gesagt: »Ist in Ordnung, nehmt ihm sein ganzes Geld ab! Aber schlagt ihn nicht mehr so laut!«
Wenn ich vielleicht auch keinen Ton rausgekriegt hätte vor lauter Angst, so hätte ich denen doch einen vernichtenden Blick zugeworfen. Wie das Sprichwort schon sagt: Ein Blick sagt mehr als tausend Worte.
Da bin ich auch schon auf der Höhe von Halle 4, und ich springe erleichtert aus der Straßenbahn. Besser gesagt, ich wäre gerne rausgesprungen, wenn man mich nur gelassen hätte. Aber eine Messerspitze, die gegen meinen Bauch drückt, hindert mich daran.
»Rück erst mal die Knete raus, Opa, dann kannst du abziehen!«
Auf einen Kampf zwischen dem Messer und meinem Bauch will ich es nicht ankommen lassen. Mein armer leerer Magen würde sich nicht wehren können. Und eine Verzögerungstaktik wird

hier in der Straßenbahn auch nicht viel nützen. Kein Mensch wird mir helfen. Ich habe dem armen Mann ja auch nicht geholfen.
»Jungs, ich hab' ja Verständnis für euch. Die Jugendarbeitslosigkeit, keine Berufsperspektive, unerträgliche Wohnungsnot, gekürzte Sozialhilfe, korrupte Politiker, Überbevölkerung in Asien, steigende Bierpreise, Ausländerfeindlichkeit ...«
Eine stahlharte Stiefelspitze unterbricht mich auf schmerzhafte Weise. Mein linkes Schienbein tut unheimlich weh.
»Halt's Maul, du Wichser, rück die Kohle raus!«
»Ihr habt ja so recht, Jungs! Das mit der Ausländerfeindlichkeit ist ganz allein mein Problem. Ich sehe es ein! Hier, das ist alles was ich habe: 23 Mark 65! Und ein kaum benutztes Taschentuch, mein Werksausweis von Halle 4 mit einem ganz alten Foto, auf dem ich noch alle Haare habe, und als Andenken aus der Zeit, ein alter Kamm. Butterbrot mit Knoblauchwurst, ein Knäkkebrot mit Ziegenkäse zum Abnehmen, ein hartgekochtes Ei von freilaufenden Salmonellen. Und hier in der Thermoskanne sind zwei Tassen schwarzer Tee mit drei Stück Zucker.«
Die beiden jungen Männer nehmen mir alles weg, ohne sich entsprechend zu bedanken. Einen Moment später finde ich mich auf dem harten Straßenpflaster wieder. Die Kerle haben mich aus der fahrenden Straßenbahn geworfen.
»Halt, bleib stehen! Das mit der Knoblauchwurst, dem Ziegenkäse und dem Salmonellenei war doch nur als Witz gemeint. Das könnt ihr mir doch nicht wegnehmen! Wie soll ich denn jetzt acht Stunden Arbeit durchstehen?«
Aber da biegt die Straßenbahn schon um die Ecke, und die beiden Gangster winken mir fröhlich zu, während sie genüßlich in meine Brote beißen. Naja, lieber einen leeren Magen ohne Loch als ein Sieb mit Tee drin.
Was für ein Tag! So früh am Morgen, noch vor der Arbeit, wurde ich aus einem fahrenden Fahrzeug herausgeworfen. Und das an meinem 52. Geburtstag. Wenn der Geburtstag schon so losgeht, dann kann ich froh sein, wenn ich den 53. überhaupt erlebe.

»Sind Sie aus der Straßenbahn gefallen, oder was?« fragt mich ein Passant.
»Da sieht man mal wieder, daß ihr Deutschen von uns Ausländern überhaupt keine Ahnung habt«, fluche ich verärgert, während ich mein ramponiertes Bein hinter mir herschleife. »Nach der Methode steigen wir Araber immer vom Kamel!«

Humpelnd schleiche ich zu meinem zukünftigen Gemüseladen. Yusuf ist gerade dabei, die Gemüsekisten auf den Bürgersteig zu stapeln. Völlig erschöpft setze ich mich auf eine der großen Wassermelonen.
»Na, Osman, hast du wieder die ganze Nacht gearbeitet? Du siehst total fertig aus, geh doch nach Hause und leg dich hin.«
»Yusuf, ich komme gerade von Zuhause. Ich habe vorhin etwas Pech gehabt. Um meine Laune zu verbessern, wollte ich mir meinen Gemüseladen anschauen.«
»Noch habe ich mich nicht entschieden. Es kann immer noch sein, daß der Leckmikowski meinen Laden bekommt.«
»Yusuf, willst du deinen Laden etwa einem Ungläubigen übergeben, anstatt mir, einem gottesfürchtigen Moslem?«
»Von deiner Gottesfurcht kann ich mir nichts kaufen, Osman. Du und der Leckmikowski, ihr seid doch beide arm wie die Moscheemäuse.«
»Wie Moscheemäuse?«
»Ja. Keiner von euch beiden ist in der Lage, eine Anzahlung zu machen. Deshalb gebe ich demjenigen den Laden, bei dem ich mir sicher bin, daß er auch seine Raten bezahlt.«
»Ich habe eine große Familie, um diesen Laden hier zu führen. Dazu arbeite ich noch in Halle 4. Ein Kinderspiel, dir die Raten zu bezahlen. Und du kannst auf Lebenszeit bei mir kostenlos einkaufen.«
»Osman, noch ein Tip! Falls du den Laden bekommst, mußt du unbedingt gegenüber der Kasse einige Kisten auf den Fußboden stellen. So wie ich jetzt. Möglichst Tomaten- und Äpfelkisten. Dann müssen sich nämlich junge Frauen mit ihren kurzen

Röcken bücken, um das Gemüse auszusuchen. Allein dieser Anblick ist es, der diesen Beruf immer wieder erträglich macht.«

»Yusuf, meine Frau würde sämtliche Tomaten auf meinem Kopf zu Ketchup verarbeiten ... aber mit einer kleinen Kiste könnte ich es vielleicht doch probieren!«

»Osman, schau mal, da drüben kommt ja auch Leckmikowski.«

»Was macht der denn so früh hier?«

»Er ist jetzt jeden Tag hier und hilft mir, die Kisten rauszutragen. Der hockt nicht wie du die ganze Zeit auf den Wassermelonen rum.«

»Yusuf, der würde in deinem tollen Laden später sogar Schweinefleisch verkaufen!«

»Wenn er mir das Geld rechtzeitig gibt, dann kann er sein Schweinefleisch meinetwegen selbst mir andrehen!«

»Kann der Ausländer denn Deutsch?« fragt Leckmikowski den Yusuf abfällig über mich.

»Ja«, sagt Yusuf.

»Gut, dann brauche ich jetzt also keinen arabischen Dolmetscher«, sagt er.

»Yusuf, kann der Zoni Deutsch?« frage ich den Yusuf noch abfälliger.

»Ja«, sagt Yusuf.

»Gut, dann brauche ich also keinen russischen Dolmetscher! Hören Sie mal, Sie, Leckmikowski, Sie! Solange ich in dieser Stadt lebe, bekommen Sie diesen Laden nicht«, drohe ich meinem Konkurrenten mit einer großen Gurke in der Hand.

»Aber, Osman, der heißt doch nicht wirklich Leckmikowski, du Trottel«, zischt Yusuf auf türkisch. »Ich nenne ihn nur so, weil er ständig ›Leck mich‹ sagt und aus dem Osten kommt.«

»Ach, leck mich doch. Passen Sie mal auf!« schreit Leckmikowski mich an. »Drohen Sie mir nicht, Sie wissen ja nicht, mit wem Sie es zu tun haben. Wenn Sie's drauf ankommen lassen, dann kann ich dafür sorgen, daß Sie aus dieser Stadt für immer verschwinden. Auf dem Gebiet kenne ich mich bestens aus. Ich habe genug Philippinos aus der DDR rausgejagt!«

»Yusuf, ich gehe lieber rüber zur Halle 4, bevor ich dem Kerl hier die Wassermelone auf den Kopf knalle!«

Gleich am Eingang unserer Fabrik kommt mir unser Pförtner Harry entgegen.
»Osman, wie siehst du denn aus? Hast du etwa schon wieder eine Diskussion mit deiner Frau gehabt? Ach so, fast hätte ich es vergessen, der Geschäftsführer will dich sofort sprechen!«
»Oh, das ist schön! Der Herr Dünnebier will bestimmt meinen Lohn erhöhen.«
Ich bin jahrelang bei Herrn Ingenieur Dünnebier gewesen, damit er endlich meinen Lohn erhöht. Jetzt, nach langem Betteln, hat er endlich mein Flehen erhört! Wie oft war ich schon bei ihm im Büro und mußte mir immer wieder die gleiche Predigt anhören:
»Sie wissen, Herr Engin, bei uns in der Fabrik sind wir alle wie eine Familie.«
Das kannte ich mittlerweile! Wenn er so anfing, dann hieß das: Eine Lohnkürzung steht ins Haus! Diese Masche hat meine Frau auch drauf. Wenn sie das Wort »Familie« in den Mund nimmt, dann muß ich zufrieden sein, daß ich überhaupt noch was zu essen bekomme. Vielleicht bin ich deswegen so allergisch gegenüber dem Wort »Familie«. Immer wenn man es in meiner Gegenwart erwähnt, dann will man mich ausrauben. Danach hat Herr Ingenieur Dünnebier immer gesagt:
»Herr Engin, die ganze Fabrik ist eine Familie, und ihr seid meine Kinder. Wenn es mir gut geht, dann geht es euch auch gut. Wenn ich genügend Geld verdiene, dann kann ich euch ein bißchen abgeben. Aber Sie wissen ja, wir kriegen kaum Aufträge. Die Rezession ...«
»Aber warum müssen wir dann seit Monaten Überstunden schieben? Jeden Tag läuft mir der Schweiß den Rücken runter, und ich hab' nicht mal Zeit, ihn abzuwischen!«
»Nein, Herr Engin! Nein, nein, nein! Das kommt Ihnen nur so vor. Seit Jahren schreiben wir rote Zahlen. Die ganze deutsche

Wirtschaft steckt in einer tiefen Rezession. Erst letzte Woche mußten wir den Zweitwagen von meiner Frau verkaufen, damit wir was zu essen einkaufen konnten. Heute morgen wollte meine Tochter ihr wöchentliches Taschengeld haben ...«

Genau an dieser Stelle laufen Ingenieur Dünnebier dann immer zwei große Tränen die Wangen herunter. Wenn ein erwachsener Mann mir gegenüber sitzt und weint, dann kann ich mich auch nicht mehr kontrollieren: Ich heule mit.

»Nehmen Sie es doch nicht so tragisch, Herr Dünnebier, wir schaffen das schon!«

»Nicht mal das Taschengeld für meine Tochter ...«

»Ach, hören Sie doch endlich auf, Herr Dünnebier«, schluchze ich laut mit. »Wir werden dieses Wochenende wieder Überstunden schieben ...«

»Nicht mal essen gehen konnte ich gestern mit meiner Frau, üühüü uuuhuu!«

»... und wollen kein Geld für die Überstunden haben!«

Dann habe ich ihm immer meine Butterbrote mit Knoblauchwurst und Knäckebrot mit Ziegenkäse auf den Schreibtisch gestellt und bin völlig niedergeschlagen rausgegangen.

Es passiert mir heute also nicht zum erstenmal, daß man mir die Butterbrote raubt!

Ich finde es sehr feinfühlig und sensibel von Herrn Ingenieur Dünnebier, mir meine Lohnerhöhung an meinem Geburtstag mitzuteilen. Seine Sekretärin öffnet die Tür.

»Guten Tag, Herr Dünnebier. Da bin ich«, rufe ich stolz und fröhlich, »Osman Engin, der unbezahlbar gute Schlosser aus Halle 4. Der Mann, der Ihre Firma vor dem Ruin gerettet hat! Der Mann, der Ihre Tochter glücklich gemacht hat ..., ich hab' ihr heimlich Taschengeld gegeben.«

Aber was ist das? Obwohl er mich selbst hat rufen lassen, macht er schon wieder ein trauriges Gesicht. Und ich habe heute nicht mal was zu essen dabei.

»Herr Engin, ich muß mit Ihnen persönlich reden«, flüstert er

mit gefühlvoller Stimme. Gleich kullern wieder die Tränen, denke ich mir.
»Was ist, Herr Dünnebier, hat Ihre Frau schon wieder nichts zum Anziehen für heute Abend? Es tut mir leid, ich kann Ihnen heute kein Geld leihen.«
»Nein, Herr Engin, das ist nicht unser Problem. Unser Problem ist, daß wir heute von der Ausländerbehörde Ihretwegen ein Schreiben bekommen haben. Hier, schauen Sie sich diesen Brief selber an!«
Ich verstehe nichts! Ich weiß überhaupt nicht, worum es geht!
»Herr Engin, ich muß zugeben, ich habe wirklich nicht gewußt, daß Sie ein Asylbewerber sind.«
»Das können Sie auch nicht wissen, Herr Ingenieur Dünnebier. Ich weiß ja selbst nichts davon. Abgesehen davon, bin ich es wirklich nicht«, erwidere ich.
»Aber hier im Schreiben von der Ausländerbehörde steht eindeutig, daß ich Sie auf gar keinen Fall hier arbeiten lassen darf, weil Ihr Asylantrag abgelehnt worden ist.«
»Aber das ist doch nicht möglich! Ich glaube das einfach nicht! Ich bin doch nun wirklich kein Asylbewerber! Sie kennen mich doch schon seit etlichen Jahren. In Ihrer Fabrik habe ich doch mein Brot verdient, von dem Sie auch oft genug gegessen haben. Sie haben doch alle meine Unterlagen, woraus man erkennen kann, daß ich seit 30 Jahren als Gastarbeiter in Deutschland lebe!«
»Das tut mir schrecklich leid, Herr Engin. Aber ich muß Ihnen kündigen. Ich würde mich sonst strafbar machen.«
»Diesen Ausländern ist alles recht, um uns übers Ohr zu hauen«, mischt sich von hinten die Sekretärin, die immer noch in der Tür steht, in das Gespräch ein.
»Das ist überhaupt nicht wahr«, schreie ich, »ich sag's Ihnen doch, ich bin kein Asylbewerber. Ich lebe schon seit 30 Jahren in Deutschland. Ich habe sowieso alles, was man hier als Ausländer hat: einen tollen Job, eine schöne Wohnung, eine gute Ehefrau, einen linksradikalen Sohn, jede Menge Schulden und

ein besonders attraktives Magengeschwür! Warum in aller Welt sollte ich denn so einen Antrag stellen?!«
»Wer weiß, warum ihr sowas macht! Wir können doch nicht ahnen, was ihr so alles im Schilde führt«, schimpft die alte Sekretärin von Ingenieur Dünnebier.
»Mein Gott, Sie stellen ja auch nicht ohne Grund hier in Deutschland einen Asylantrag«, sage ich zu der gehässigen Vorzimmerdame.
»Ich hab's ja auch gar nicht nötig!«
»Ich doch genauso wenig! Bisher habe ich doch die gleichen Rechte wie Sie; naja, sagen wir mal, fast die gleichen Rechte.«
»Genau, und wegen des kleinen Unterschiedes, deswegen haben Sie den Asylantrag gestellt!«
»Ich werd' gleich verrückt! Das ist doch das Idiotischste, was ich je gehört habe! Was hätte ich denn davon gehabt, selbst wenn der Antrag sogar anerkannt worden wäre?«
»Herr Engin, werden Sie meiner Sekretärin gegenüber nicht ausfällig«, ruft Herr Ingenieur Dünnebier dazwischen, »solange Sie offiziell als Asylbewerber gelten, darf ich Sie hier nicht arbeiten lassen. Es tut mir leid, aber so ist es nun mal in Deutschland. Sie können gern wiederkommen, wenn sich Ihre Situation geklärt hat.«
»Sie können mich doch nicht einfach entlassen. Ich hab' immer fleißig gearbeitet und mich ordentlich aufgeführt!«
»Doch, wir können Sie vorzeitig entlassen, wegen guter Führung!« ruft die Sekretärin gehässig wie immer.
Ich koche förmlich vor Wut! Meine Zähne klappern, als hätte man mich bei minus sechzig Grad am Nordpol ausgesetzt. Ich ringe nach Worten, um meine Wut loszuwerden. Es müssen aber solche Schimpfwörter sein, für die man mich nicht belangen kann. Sie müssen so heftig sein, daß mein Magengeschwür nicht noch weiter wächst, aber dann wiederum nicht so schlimm, daß ich später ohne weiteres wieder hier eingestellt werden kann.
»Ihr ... ihr ... ihr«, wiederhole ich, aber mir fällt nichts Passendes

ein. »Sie Vater von einer Tochter, die nicht genug Taschengeld hat, Sie! Sie Sekretärin, Sie!«
Die beiden schauen sich völlig verwirrt an. Ich laufe verärgert aus dem Büro und schließe die Tür leise hinter mir.
Bei Allah, welch ein Leben, bei dem man sogar bei den Schimpfwörtern faule Kompromisse machen muß.
»Scheeiißeeee!« schreie ich draußen auf dem Hof, wo mich keiner hören kann. Naja, es befreit trotzdem ein bißchen. Ich gehe in den Umkleideraum von Halle 4. Ich muß noch meinen Spind leermachen.
Die Kollegen sind alle da und ziehen sich um. Es stinkt, als würden sich hier sechs Fußballmannschaften nach einem Spiel mit Verlängerung gleichzeitig umziehen. Ich versuche, so lange wie möglich die Luft anzuhalten, und stecke meine Arbeitskleidung ganz schnell in die Tasche. Über den Zwanzig-Mark-Schein, den ich in meinem Blaumann finde, freue ich mich besonders. Jetzt darf ich wieder Straßenbahn fahren und muß nicht zu Fuß laufen.
Der Meister nutzt seine Stellung schon wieder schamlos aus. Und erzählt wie immer zu Schichtwechsel einen blöden Witz, mit der absoluten Gewißheit, daß ihn jeder toll finden wird:
»Kommt 'n Mann auf die Reeperbahn und fragt eine Nutte: ›Wieviel kostet es bei dir?‹ ›100 Mark, mein Süßer‹, sagt die Nutte. ›Gut‹, sagt der Mann, ›ich zahle 500, aber ich will dabei schlagen dürfen!‹ ›Das macht nichts‹, antwortet die Nutte, ›wenn du die 500 bar bezahlst, dann kannst du soviel schlagen, wie du willst!‹ ›Aber ich schlage sehr viel‹, wiederholt der Mann. ›Mach dir nichts draus, bei 500 Mark kannst du solange schlagen, wie es dir Spaß macht!‹ ›Aber ich schlage wirklich sehr viel!‹ ›Das macht nichts! Wie lange kannst du denn schon schlagen?!‹ ruft die Frau selbstsicher. ›Ich schlage solange, bis du das Geld wieder rausrückst!‹ Haahii hooo hiiiho, man, ist das nicht lustig, Jungs?«
Alle Kollegen im Raum lachen sich fast kaputt. Kollege Hans stößt mich mit dem Ellbogen an:

»Mensch, Osman, lach auch! Du weißt doch, wenn der Meister einen Witz erzählt, dann muß jeder lachen.«
»Ich muß über seine blöden Witze nicht mehr lachen«, sage ich stocksauer, »dafür werde ich nicht mehr bezahlt! Der Chef hat mich gerade rausgeschmissen.«
»Was? Wovon redest du denn da?«
»Ich brauche dem Meister nicht mehr in den Arsch zu kriechen, der Boß hat mich eben gefeuert! Aber du hast recht, verglichen mit den Witzen, die er sonst erzählt, war der heute richtig klasse!«
Ich komme überhaupt nicht mehr dazu, allen Kollegen zu erzählen, warum sie mich gefeuert haben, ich habe es selber überhaupt nicht kapiert. Der Meister treibt alle aus der Umkleidekabine in die Halle.
»Los, Jungs, an die Arbeit! Zack, zack! Ihr werdet hier nicht fürs dumm Rumlabern bezahlt!«
»Meister, wer labert hier eigentlich den ganzen Tag dumm rum? Du oder wir?«
Jetzt endlich kann ich ’ne große Lippe riskieren. Der Meister schaut durch mich durch, als wenn ich gar nicht da wäre. Der weiß schon länger als ich, daß er ab sofort in seiner Schicht einen Lacher weniger hat! Nachdem ich das alte Butterbrot vom letzten Freitag auch noch rausgenommen habe, ist mein Spind leer. Vorsichtig ziehe ich die Klebestreifen von dem Foto in der Spindtür ab. Es ist das Foto von der ersten großen Liebe meines Lebens: Ein grasgrüner Ford-Transit, Baujahr 63! Alu-Felgen, 72 PS, 1500 ccm, von Null auf 100 in drei Minuten und 12 Sekunden und zwangsweise tiefergelegt durch die 18 Koffer beim Ableisten der Urlaubspflicht in der Heimat.
Als wäre ich selbst Schuld an meinem Rausschmiß, schleiche ich mich heimlich an Pförtner Harry vorbei nach draußen. Ich verlasse meine geliebte Halle 4, wo ich die besten Jahre meines Lebens verbracht habe, wie ein Dieb!
Ein Glück, daß ich bald meinen eigenen Laden habe. Sonst würde ich völlig auf der Straße sitzen.

Aus der Telefonzelle um die Ecke rufe ich gleich zu Hause bei meiner Frau an:
»Happy birthday to you, happy birthday to you, Osman!« gratuliert Eminanim mir quicklebendig um diese unmögliche Uhrzeit zum Geburtstag.
»Thank you, thank you, ich wünsche dir auch viel Happy-birthday-to-you und so weiter! Frau, ich muß dir was sagen: Die haben mich gefeuert!«
»Das ist ja schön. Freut mich für dich!«
»Eminanim, ich glaube, du hast mich nicht richtig verstanden.«
»Doch, ich hab' dich schon verstanden. Du hast gesagt, ihr habt deinen Geburtstag gefeiert.«
»Nein, ich hab' gesagt: Der Boß hat mich gefeuert!«
»Waaas? Bist du wahnsinnig? Das kann doch nicht wahr sein! Sowas ist doch kein Geburstagsgeschenk!«
»Doch, das stimmt leider!«
»Osman, was war denn los? Was hast du angestellt? An deinem hohen Alter trägst du doch keine Schuld!«
»Die Ausländerbehörde hat meiner Firma geschrieben, ich sei ein abgelehnter Asylbewerber! Ich vermute, der Beamte von der Ausländerbehörde hat im Büro auch seinen Geburtstag gefeiert und hat dabei ein paar über den Durst getrunken. Oder dieser Mensch hat einfach in den falschen Karteikasten gegriffen. Oder die Computer haben sich gelangweilt und spielen ganz einfach verrückt! Frau, wir treffen uns direkt vor der Ausländerbehörde. Ich fahre jetzt gleich dahin.«
»Osman, warte mal, jetzt erinnere ich mich daran. Freitag haben wir auch so ein Schreiben bekommen. Ich hab's gar nicht richtig gelesen. Ich dachte, die haben unseren Einbürgerungsantrag erneut abgelehnt. Mein Gott, was soll die Asylgeschichte jetzt? Haben die keine anderen Asylanten mehr zum Abschieben oder was?!«

Montag, 18. Juni, 7:53 Uhr

Wir kommen in aller Herrgottsfrühe in der Ausländerbehörde an. Wir sind früher da als der Hausmeister, geschweige die Beamten.

»Die haben ja auch keinen Grund, früh zu kommen«, philosophiere ich, »die werden ja auch nicht abgeschoben!«

»Das wäre ja was, wenn man die gesamte Ausländerbehörde abschieben könnte. Aber die Brüder würden wohl gleich auf der ganzen Welt als Flüchtlinge anerkannt. Die haben schon so viele Schicksale auf dem Gewissen«, ruft meine Frau und reicht mir den bewußten Brief von der Ausländerbehörde, der schon seit Freitag im Mülleimer lag:

»Sehr geehrter Herr Engin, Ihr Asylantrag wurde leider abgelehnt. Wir fordern Sie deshalb auf, innerhalb von sieben Tagen, bis zum 25. Juni, zwölf Uhr mittags, das Gebiet der Bundesrepublik Deutschland endgültig zu verlassen!«

Ob der Stasimensch Leckmikowski mir die Sache eingebrockt hat? Ich kann meiner Frau aber nichts sagen, dann wäre die Überraschung mit dem Gemüseladen dahin.

Stunden später, nach meinem Empfinden kurz vor Feierabend, taucht die erste Beamtin in unserem Flur auf. Sie bahnt sich ihren Weg durch die wartende Menge. Sie schiebt uns mit den Füßen zur Seite und schließt die Tür auf, vor der wir liegen. Mit viel Mühe, gegen eine ausgesprochen starke Konkurrenz, haben wir unsere »Startposition I« zwei Stunden lang verteidigen können.

Noch bevor die Beamtin die Tür hinter sich schließen kann, stellt meine Frau ihren Fuß dazwischen.

»Na gut, wenn ihr so wild darauf seid, dann kommt rein. Nicht mal seinen Kaffee kann man morgens in Ruhe trinken.«

Ich habe die Beamtin gleich wiedererkannt. Frau Kottzmeyer-Göbelsberg! Vor vielen Jahren waren wir schon mal bei ihr. Damals hieß sie nur Kottzmeyer. Offensichtlich hat sie in den letzten Jahren einen Herren namens Göbelsberg näher kennengelernt.
Ich weiß noch, Frau Kottzmeyer hat mich seinerzeit gefragt: »Was du wollen?!« Ich wollte die Beamtin damals nicht enttäuschen und stellte mich deshalb rein sprachlich auf ihr Niveau ein. Ich antwortete im besten Tarzan-Deutsch: »Ich Osman Engin, du schicken Brief, ich kommen. Jane und Chita warten draußen vor Tür. Huga, huga!« Heute kann ich mir dieses Tarzan-Deutsch nicht leisten. Ich muß mit ihr anständiges Hochdeutsch reden. Selbst auf die Gefahr hin, daß ich Frau Kottzmeyer-Göbelsberg enttäusche. Aber ich muß ihr klarmachen, daß wir hier bereits seit Jahren leben.
»Warum sind Sie gekommen?« fragt sie plötzlich. Oh, ihr Deutsch hat sich enorm verbessert!
»Sehr geehrte Frau Kottzmeyer-Göbelsberg, mein Name ist Osman Engin. Und dies ist meine Gemahlin, Frau Eminanim Engin. Den Grund, warum wir Sie heute so früh stören, den werde ich Ihnen jetzt erklären.«
»Sachte, sachte, eins nach dem anderen. Wie heißen Sie noch mal?« stoppt sie mich.
Schade, ich war so gut in Fahrt.
»Osman Engin«, antworte ich enttäuscht.
»Das Mistding hier muß erstmal warm werden«, schimpft sie und schlägt mit der Faust auf den Monitor, »mein Gott, das waren schöne Zeiten, als wir den ganzen Kram noch ordentlich auf Karteikarten hatten!« stöhnt sie laut vor sich hin.
»Mensch, Osman, das Ding ist ja noch lahmarschiger als du morgens«, lästert meine Frau auf türkisch.
»So, jetzt geht's endlich! Also gut, wie heißen Sie noch mal?«
»Osman Engin!«
»Os-man En-gin?!«
»Richtig!«

»Männlich?«
»Richtig!«
»Wohnhaft in Karnickelweg 7b?«
»Richtig!«
»Verheiratet?«
»Richtig!«
»Ihre Frau heißt Eminanim Engin?«
»Richtig!«
»Fünf Kinder?«
»Richtig! Meine mittlere Tochter Zeynep macht zur Zeit Urlaub bei ihrer Tante in der Türkei.«
Meine Frau lächelt endlich wieder: »Na toll, gleich wird die Verwechslung aufgedeckt!«
Da sagt Frau Kottzmeyer-Göbelsberg laut: »Abgelehnt!«
»Abgelehnt, was?« frage ich fassungslos.
»Ihr Asylantrag wurde abgelehnt!«
»Das kann nicht sein«, stottere ich, »das stimmt nicht.«
»So, das stimmt also nicht?! Wenn es euch Brüdern paßt, dann sagt ihr immer ›richtig‹, und wenn es nicht paßt, dann heißt es plötzlich ›das stimmt nicht‹. Wir spielen hier doch nicht ›Schiffe versenken‹!« ereifert sich Frau Kottzmeyer-Göbelsberg.
»Aber ich habe doch gar keinen Antrag auf Asyl gestellt! Wie kann man denn einen Antrag ablehnen, der überhaupt nicht gestellt worden ist? Oder ist für Sie jeder Ausländer ein potentieller Asylbewerber?« versuche ich jetzt den Fall zu klären.
Die Beamtin rückt ihre Brille zurecht und schaut sich den Monitor ganz genau an: »Also, Osman Engin, verheiratet mit Eminanim Engin, wohnhaft in Karnickelweg 7b, fünf Kinder, und Sie können selbst hier im Computer nachsehen, Ihr Asylantrag ist abgelehnt. Das tut mir schrecklich leid für Sie. Aber das sind nun mal Tatsachen, an denen wir nicht vorbeikommen! Ich kann da nichts machen. Es hat schon alles seine Richtigkeit, Sie müssen bis zum 25. Juni, 12 Uhr mittags, Deutschland verlassen haben. Ich kann das leider auch nicht ändern!«
»Osman, du hast vor kurzem einen Antrag auf Wohngeld ge-

stellt, kann es sein, daß du das falsche Formular ausgefüllt hast?«

»Frau, du hältst mich wohl für völlig bescheuert?« schimpfe ich verärgert, »außerdem war das gar nicht hier, sondern beim Wohnungsamt!«

»Das hat gar nichts zu sagen, alle Behörden sind miteinander verknüpft. Erst letzte Woche habe ich wegen des Stroms bei den Stadtwerken angerufen, und die schickten mir eine Hebamme!« ruft Eminanim, dann wendet sie sich an die Beamtin:

»Kann denn da nicht irgendeine Verwechslung vorliegen? Vielleicht wurde ja nur unser Antrag auf die deutsche Staatsbürgerschaft abgelehnt oder das Wohngeld. Muß es denn gleich ein Asylantrag sein, der abgelehnt wird?«

»Aha, da haben wir es ja«, triumphiert diese, »jetzt haben Sie sich verplappert. Sie haben wohl doch einen Asylantrag gestellt. Ich will ja nicht damit prahlen, aber ich muß zugeben, daß ich in der psychologischen Kriegsführung mit diesen Ausländern sehr gut ausgebildet worden bin. Kein Täuschungsmanöver der feindlichen Seite kann mich verwirren. Ich durchschaue auch die hinterhältigsten Tricks meiner Gegner.«

Mittlerweile haben sich auch die anderen fünf Beamten in dem großen Büro an ihren Schreibtischen niedergelassen, und sie klatschen alle begeistert Beifall für ihre Kollegin.

»Mit so billigen Tricks kommt ihr bei uns nicht durch«, ruft der Büroleiter mit dem gelben Pullover.

»Kommt, geht jetzt. Draußen warten genug Leute, die auch mal drankommen wollen!«

»Osman, wenn wir jetzt mit diesem Ergebnis den Raum verlassen, dann müssen wir auch nächste Woche Deutschland verlassen. Tu endlich was, anstatt doof in der Gegend rumzustehen«, schimpft meine Frau.

»Liebes Weib, beruhige dich doch! Wenn eine Beamtin, also eine Repräsentantin des deutschen Staates, uns glaubhaft versichert, daß unser Asylantrag abgelehnt ist, dann ist der Antrag abgelehnt!« sage ich verzweifelt.

»Mach mich nicht wahnsinnig, Osman! Du weißt ganz genau, daß wir keinen Asylantrag gestellt haben.«
»Frau, willst du vielleicht alles besser wissen als der allwissende deutsche Staat mit seinen ganzen Behörden, Computern, Karteikästen und Beamten? Du weißt doch nicht mal, wie alt du wirklich bist!«
Die Beamtin ruft promt dazwischen: »Ich kann Ihnen gleich sagen, wie alt Ihre Frau ist!«
»Halt, sind Sie verrückt, doch nicht vor all diesen Leuten«, wird sie von Eminanim sofort gestoppt. »Also gut, wenn das Computer so schlau ist ...«
»Es heißt nicht ›das Computer‹«, wird sie von der Beamtin sogleich korrigiert, »der Computer ist nicht sächlich, sondern immer noch männlich! Wenn ich bitten darf!«
»Also, ich kann nichts männliches an diesem Kunststoffding entdecken«, höhnt meine Frau, »oder sieht Ihr Gatte, der Herr Göbelsberg, etwa so aus? Dann viel Spaß!«
»Frau Engin, werden Sie hier nicht unverschämt!«
»Also gut, wenn der Herr Computer so schlau ist, wie er tut, dann fragen Sie ihn doch mal, wann wir nach Deutschland gekommen sind!«
»Das hätten wir gleich«, lächelt die Beamtin selbstsicher und läßt den Computer ein paarmal laut piepsen:
»17. August 1967!«
»Vor fast genau 30 Jahren also?«
»Ja, das stimmt, vor ungefähr 30 Jahren sind Sie in Deutschland eingereist.«
»Und seit über 30 Jahren warten wir also auf das Ergebnis unseres Asylantrages«, stellt Eminanim höchst schlitzohrig fest. Ich bin begeistert von ihrer Argumentation und schlage ihr dreimal anerkennend auf die Schulter.
Alle sechs Beamten und die vier Computer im Raum sind sprachlos. Nach mehreren Sekunden atemloser Stille gibt einer der Computer endlich ein Lebenszeichen von sich: Er piepst ganz kläglich.

Um ihren Triumph richtig auszukosten, legt meine Frau noch eins nach: »Meine Damen, meine Herren, finden Sie es nicht völlig unwahrscheinlich, daß in Deutschland über einen Asylantrag erst nach 30 Jahren entschieden wird? Kennt jemand von ihnen irgendeinen Richter, der eine komplette Asylantenfamilie 30 Jahre lang hier in Deutschland auf Staatskosten durchfüttern lassen würde? Wir sind keine Asylbewerber, wir sind Arbeiter! Für die fünf Kühe, die wir in der Türkei haben, mußten wir all die Jahre hier hart arbeiten.«
Bei Allah, ich habe nie gewußt, welch tolles Gefühl mir bisher verborgen blieb. Zum ersten Mal in meinem Leben spüre ich, wie wunderbar es sein kann, wenn man stolz auf seine Frau ist!
Aber Frau Kottzmeyer-Göbelsberg ist in der psychologischen Kriegsführung gegen Ausländer wirklich bestens trainiert. Ganz objektiv gesehen, muß ich zugeben, daß ihr Gegenangriff wirklich hervorragend ist:
»Oh, das kann einen ganz simplen Grund haben: Die ganzen Jahre habt ihr hier unauffällig als normale Gastarbeiter gelebt, aber hinterlistig, wie ihr seid, habt ihr vor zwei Jahren einen Asylantrag gestellt!«
Alle Kollegen im Raum sind begeistert und klatschen jubelnd Beifall:
»Genau! So wird's gewesen sein!«
»Richtig, gib's ihnen, Anneliese«, tönt es von allen Seiten.
»Mach sie fertig, reiß ihnen die Eier ab!« schreit eine solide Mittfünfzigerin, von der man sowas nie erwartet hätte.
Und alle Computer blinken und piepsen vergnügt vor sich hin.
»Finden Sie es eigentlich logisch«, stehe ich meiner Frau tapfer bei, »daß wir so blöd sind, einen Asylantrag zu stellen, wo wir doch als Gastarbeiter bereits seit 30 Jahren glücklich und problemlos hier leben können?«
»Das dürfen Sie mich nicht fragen! Ich weiß auch nicht, warum sich die ganzen Asylanten ausgerechnet hier bei uns in Deutschland einnisten wollen. Ich habe das nie verstehen können«, philosophiert meine Sachbearbeiterin.

Meine Frau und ich gucken uns hilflos an. Ich fühle mich in die Ecke gedrängt und total ratlos. Mit dem Rücken zur Wand starte ich einen letzten schwachen Gegenangriff:
»Also gut, nehmen wir an, wir hätten einen Asylantrag gestellt und der wäre abgelehnt worden. Dann würden wir doch nicht versuchen, die Existenz dieses Antrags zu leugnen, sondern würden sofort einen zweiten Antrag stellen. Finden Sie das nicht auch?«
»Mag sein, aber vielleicht ist das bereits Ihr zweiter Antrag. Das kann ich von hier aus nicht ersehen. Ich weiß nur eins: In sieben Tagen müssen Sie aus Deutschland raus sein. Sonst helfen wir auch gerne nach!«
»Haben Sie Erbarmen, Frau Beamtin«, rufe ich mit weinerlicher Stimme. »Sagen Sie uns doch bitte wenigstens, mit welcher Begründung der Antrag abgelehnt wurde!«
»Es tut mir leid, hier auf dem Monitor habe ich natürlich nicht den ganzen Vorgang, sondern nur das Ergebnis. Dafür müßte ich erst ihre Akte einsehen. Aber wie ich hier an dem Vermerk erkenne, ist sie auf dem Dienstweg in der Behördenpost.«
»Nun geht schon raus, das ist hier nicht ihr Privatbüro«, ruft der Beamte am Schreibtisch gegenüber, »wir haben draußen noch ein paar andere Kunden!«
Meine Frau und ich, wir schauen uns nicht mal mehr an. Keiner will dem anderen zeigen, wie elend er sich fühlt.
»Nun gehen Sie schon raus, machen Sie Platz für die anderen Versager draußen vor der Tür, wenn Sie nichts mehr zu sagen haben!« bellt Frau Kottzmeyer-Göbelsberg in ihrer unnachahmlich sympathischen Art.
»Doch, Pisse«, brülle ich und starte meinen allerletzten Versuch.
»Pisse? Was soll das heißen? Werden Sie hier bloß nicht frech!«
»Doch, doch, ich habe vor 30 Jahren Pisse gekauft, daran kann ich mich noch genau erinnern.«
»Wohl bekomm's, lassen Sie es sich schmecken«, rufen die Kollegen von den anderen Schreibtischen.

»Ich weiß es genau: Als uns die deutschen Ärzte vor 30 Jahren in der Türkei untersucht haben, um festzustellen, ob wir auch wirklich gesund genug sind und für die schwere Arbeit in Deutschland geeignet, da habe ich Pisse gekauft. Ich wollte damals kein Risiko eingehen. Mein Urin hätte vielleicht ungesund sein können. Und ich wollte meine Bewerbung auf gar keinen Fall in Gefahr bringen. Für die paar Tropfen verlangte dieser Urinverkäufer damals 200 Lira von mir. Ich erinnere mich noch ganz genau daran. Ich wollte den Halsabschneider runterhandeln und bot ihm freiwillig 100 Lira an. Der Gauner sagte, das bringe nicht mal das Kapital wieder herein, welches er in seinen Urin investiert habe. Ich habe damals entsetzt gebrüllt: ›Aber seit wann kostet denn Pisse etwas? Auf einer öffentlichen Toilette mußt du sogar dafür bezahlen, um Wasser lassen zu dürfen!‹ Der Gangster erwiderte: ›Natürlich muß man für Pisse Geld investieren, mein Herr. Von nichts kommt nichts! Man muß ständig was trinken, damit überhaupt etwas kommt, nicht wahr?‹ Schließlich einigten wir uns damals vor 30 Jahren auf 150 Lira! Was will ich damit sagen? Liebe Frau Kottzmeyer-Göbelsberg, wie könnte ich mich an dieses Ereignis so detailliert erinnern, wenn ich es nicht selbst erlebt hätte? Dies ist doch der eindeutige Beweis dafür, daß ich damals vor 30 Jahren als ordentlicher Gastarbeiter nach Deutschland eingereist bin.«

Am Funkeln der Augen meiner Frau erkenne ich, daß sie vor lauter Freude über meine phantastische Argumentation kurz davor ist, hier und jetzt einen exklusiven Bauchtanz vorzuführen.

Nach nur kurzer Bedenkzeit kommt der Konter von der besseren Seite des Schreibtisches:

»Schön, daß Sie sich daran erinnern können, Herr Engin. Ich glaub' Ihnen ja, daß Sie als Gastarbeiter nach Deutschland gekommen sind. Aber ich weiß auch, daß Sie einen Asylantrag gestellt haben, und ich weiß auch, daß der abgelehnt worden ist. Und durch Ihre Erzählungen bin ich in meinem Gesamteindruck bestätigt worden, daß Sie überhaupt keine Scheu kennen, wenn es darum geht, deutsche Behörden hinters Licht zu führen. Ich fühle mich persönlich beleidigt, daß Sie allen Ernstes glauben, ich würde auf Ihre billigen Tricks hereinfallen. Und das mit dem falschen Urin, das merke ich mir. Das ist ein Fall für die Akte! Ich werde bei allen meinen Ausländern nachträglich Urinproben durchführen lassen! Und jetzt raus hier!«

Mist, mein tolles Argument hat sich zu einem zusätzlichen Problem entwickelt. »Aber wo sollen wir denn sonst hin?« frage ich hilflos.

»Ach, gehen Sie doch hin, wo der Pfeffer wächst!«

»Wo wächst denn bitteschön der Pfeffer?«

»Frau Engin, schaffen Sie endlich Ihren Mann hier raus, sonst verrate ich jedem hier im Büro Ihr wahres Alter.« Sekunden später finde ich mich auf dem Flur wieder.

»Halt endlich die Klappe, Osman!« zischt mir Eminanim genervt ins Ohr. »Laß uns hier raus, bevor du alles nur noch schlimmer machst, als es ohnehin schon ist! Wie kann man nur so blöd sein und diesem Drachen von einer Beamtin freiwillig erzählen, daß man absoluter Profi darin ist, die deutschen Behörden zu bescheißen? Du Versager, du!!«

War sie nicht vor einer Minute noch ganz stolz auf mich? Aber, so sind die Frauen! Kennst du eine, kennst du alle!

»Wir kommen morgen wieder, Frau Kottzmeyer-Göbelsberg, hoffentlich ist unsere Akte dann endlich da«, ruft Eminanim von der Tür aus noch in das Büro hinein.

»Osman, du Idiot! Warum hast du denn nicht auch noch erzählt, wie oft du schon beim Ladendiebstahl erwischt worden bist? Oder wie oft du mit dem Bus schwarzgefahren bist? Diese beiden Argumente hätten sie bestimmt umgestimmt!«

»Oh, Frau, wann werden wir endlich aus diesem bösen Traum erwachen? Kneif mich mal in den Finger.« Sie tritt mit voller Wucht gegen mein Schienbein. Mit Tränen in den Augen krieche ich aus der Behörde und schleife mein fast lebloses rechtes Bein hinter mir her.

»Ich habe doch nur gesagt, kneifen. Wenn ich wollte, daß man mir die Beine bricht, dann hätte ich mich doch vor die Straßenbahn gelegt. Komm, wir gehen erstmal nach Hause, wir müssen einen guten Plan ausarbeiten, um aus diesem Schlamassel wieder heil herauszukommen.«

»Nix da, du gehst schön Arbeit suchen! Keine Auffälligkeiten! Alles muß seinen normalen Gang gehen. Unser ganz alltägliches, normales Leben ist der überzeugendste Beweis, daß wir niemals einen Asylantrag gestellt haben.«

»Frau, ich arbeite doch seit Jahrzehnten tagaus, tagein. Laß mich wenigstens jetzt nicht mehr schuften, wo sie uns doch schon nächste Woche abschieben.«

»Noch schiebt uns hier keiner ab! So leicht werde ich es denen nicht machen. Freiwillig läßt sich kein Mensch einfach so vertreiben. Ich werde ganz Deutschland auf den Kopf stellen. Da müssen die Kerle schon mit Panzern und Kanonen kommen, um uns loszuwerden. Deutschland wird Eminanim Engin noch kennenlernen! Die wissen nicht, mit wem sie es zu tun kriegen! Aber noch müssen wir abwarten, bis die Akte wieder da ist. Wir können nur dann angemessen reagieren, wenn wir wissen, was da schief gelaufen ist. Wir dürfen uns auf gar keinen Fall aus der Bahn werfen lassen. Wir dürfen denen keine Argumente in die Hände spielen. Du gehst jetzt also schön Arbeit suchen. Und nicht wieder schwarzfahren, hast du gehört!«

»Aber als abgelehnter Asylbewerber gibt mir das Arbeitsamt doch keinen Job!«

»Dann mußt du eben schwarzarbeiten. Geh doch zu ›Arbeitsamt-Necmeddin‹!«

Ich habe kaum noch Hoffnung, daß unsere Ehe nach so vielen unglücklichen Jahren ein gutes Ende nehmen wird, wie in den Romanen von Rosamunde Pilcher, Barbara Cartland und Karl May.

Es ist seit 33 Jahren der vergebliche Versuch, zusammenwachsen zu lassen, was nicht zusammen gehört, sozusagen unser 30jähriger Krieg! Mit keinem psychologischen Trick ist meiner Frau beizukommen, damit zu Hause endlich Frieden herrscht.

Nicht mal die drohende Gefahr von außen, nämlich unsere Abschiebung durch Frau Kottzmeyer-Göbelsberg, hat ihr Bemühen, mich ständig fertigzumachen, verändert.
Mein früher durch Moskau gelenkter Sohn Mehmet – jetzt versucht er Moskau zu lenken – plappert ständig wie ein Roboter: »Gewissenlose Regierungen in aller Welt erfinden einfach eine Bedrohung des eigenen Volkes von außen durch böse ausländische Mächte, um von ihrer eigenen Unfähigkeit abzulenken. Da greift man zum Beispiel sehr gerne auf einen benachbarten Staat zurück, auf eine fremde Religion, auf irgendeinen Staatschef, der kurzfristig seinen Besuch absagt, auf fliegende Untertassen von Mars, Jupiter und Neptun. Mit diesem genialen Trick haben die Regierungen von Griechenland und der Türkei es jahrelang gegenseitig geschafft, die Bevölkerung von ihrem Machthunger und der Korruption abzulenken. Daß sie mit ihrer gespielten Hysterie die beiden Völker nebenbei zu Todfeinden gemacht haben, naja, das nimmt man dann eben billigend in Kauf. Das nimmt man nicht nur hin, nein, dieser Schwachsinn ist sogar gern gesehen.
Und wenn das alles nichts hilft, dann hetzt man das Militär wie einen tollwütigen Hund auf die eigenen Bürger. Oder die Militärs machen das von sich aus. Machtbesessene Militärs braucht man in solchen Fällen gar nicht lange zu bitten. Dann wird das Volk von den eigenen Soldaten niedergewalzt. Bei den Völkern entsteht dann regelmäßig sowas wie ein ›Ödipuskomplex‹, den man auch als ›Kastrationsangst‹ bezeichnet. Insider definieren diese Angst auch als klassisches ›Schlagstock-in-den-Arsch Trauma‹. Das Militär ist so ziemlich die unsinnigste Erfindung in der Menschheitsgeschichte neben dem Mondauto, dem Zölibat, dem Stierkampf, der Atombombe und dem Hulahoop-Reifen. Dieser schwule Männerhaufen ist so überflüssig wie ein eitriger Pickel.«
Das also spult mein kommunistischer Sohn bei jeder sich bietenden Gelegenheit ab. Den Text kann ich inzwischen fast auswendig.

Aber nicht mal diese Masche, mit der man sonst ganze Völker einlullen kann, hat bei meiner Frau etwas bewirkt. Oder ist sie gerade deswegen schon immun dagegen?
Aber es soll auch solche Menschen geben, die sich bei übermächtiger Gefahr von außen mit dem Feind zusammenschließen, um so der drohenden eigenen Vernichtung zu entgehen. Aber nein, das kann doch nicht sein, Frau Kottzmeyer-Göbelsberg und Eminanim unter einer Decke?! Nein, das kann nicht sein!
Obwohl sie beide unübersehbare Ähnlichkeiten aufweisen: Beide sind Frauen, beide mögen keine türkischen Männer, beide sehnen sich danach, mich aus ihrem Leben, beziehungsweise aus Deutschland, verschwinden zu lassen, beide tragen BH-Größe 140 Z (Sonderanfertigung), beide arbeiten nicht in Halle 4 (jedenfalls habe ich sie da noch nie gesehen), beide tragen lange, fleischfarbene Baumwollunterhosen (von der einen weiß ich es genau, von der anderen will ich es gar nicht wissen), und beide haben noch nie Urlaub in Kambodscha gemacht. Viel mehr hatten Deutschland und Rußland seinerzeit ja auch nicht gemeinsam, als sie Polen von der Landkarte strichen.

Ich springe so schnell ich kann in die Straßenbahn, damit heute wenigstens mein linkes Bein von ihrer Bösartigkeit verschont bleibt.
»Zwei Fahrkarten bitte!«
Der Fahrer schaut sich um und sagt: »Zwei? Warum zwei?«
»Weil mir gerade eingefallen ist, daß ich heute morgen vor lauter Müdigkeit vergessen habe, meine Fahrkarte abzustempeln. Ich muß eine Strecke schwarzgefahren sein, denke ich mir. Und jetzt will ich zwei Karten dafür abstempeln, um das wieder gut zu machen.«
»Mein Gott, warum müssen immer in meinen Wagen die ganzen Bekloppten einsteigen«, stöhnt er und reißt zwei Fahrkarten ab.
»Mein Sohn, wie der große Präsident Kennedy schon sagte: Frage dich nicht, was der Staat für dich tun kann, sondern frage

dich selbst, was du für Deutschland tun kannst! Denn es steht geschrieben, du sollst nicht stehlen, du sollst nicht deines Nächsten Weib begehren, du sollst nicht lügen, du sollst nicht töten, und du sollst nicht schwarzfahren!« belehre ich ihn.
»Mann, wo hat man Sie denn aufgesammelt?! In welchem Jahrhundert leben Sie eigentlich? Ich hab' nicht gedacht, daß sowas noch frei rumläuft! Los, nehmen Sie Ihre Karte und gehen Sie! Gehen Sie weit, gehen Sie schnell, aber gehen Sie!«
Ich muß überall Spuren von meinem ehrlichen Dasein hinterlassen. All diese kleinen Mosaiksteine müssen sich später zusammenfügen lassen. Zusammenfügen zu einem gewaltigen Granit. Zu einem Granit der Gesetzestreue, der bedingungslosen Ehrlichkeit und der gutbürgerlichen Moral. Damit sie mich nicht abschieben können!
»Entschuldigung, ich hab's mir doch anders überlegt. Ich will doch nicht zwei Karten haben«, sage ich ganz schüchtern, »geben Sie mir lieber gleich drei Karten. Vielleicht habe ich ja früher, irgendwann mal, vergessen zu stempeln. Sicher ist sicher, geben Sie mir lieber drei!«
»Warum nicht gleich ein Dutzend?! Vielleicht sind Sie ja ein notorischer Schwarzfahrer und wissen es gar nicht!«
»Sie haben ja so recht! Man kann nie vorsichtig genug sein. Geben Sie mir lieber gleich ein Dutzend.«
Mit zwölf abgestempelten Fahrkarten in der Hand laufe ich stolz nach hinten. Sobald diese Abschiebungsgeschichte geklärt ist, werde ich mindestens elfmal schwarzfahren. Aber wenn ich es mir so recht überlege, kann ich ohnehin nicht in sieben Tagen das wiedergutmachen, was ich 30 Jahre versäumt habe. Dafür braucht man bestimmt noch mal 30 Jahre. Ob die Behörde bereit ist, meine Abschiebung so lange außer Kraft zu setzen? Wird die Türkei mich nach 30 Jahren Deutschland überhaupt wieder aufnehmen wollen? Nach all den Jahren bin ich doch mehr Deutscher als Türke. Und meine Kinder erst! Was ist, wenn uns auch noch die Türkei abschiebt?! Welches Land würde uns dann aufnehmen wollen?! Warum soll uns denn überhaupt irgendein an-

deres Land aufnehmen, wenn mich Deutschland nicht will, obwohl ich seit 30 Jahren hier lebe? Und wenn mich die Türkei nicht will, obwohl ich vor 52 Jahren dort geboren wurde? Da melde ich mich doch besser gleich für die erste Mondfähre an. Hinter dieser Abschiebungsaktion steckt bestimmt dieser Leckmikowski aus der Zone. Das hat der garantiert von langer Hand geplant. Das kriegt er zurück! Das zahl' ich ihm heim! Den mach' ich so fertig, daß der sich nach der Mauer zurücksehnt! Der wird sich wünschen, er hätte Sibirien nie verlassen!
»Na, Opa, hast du immer noch nicht genug?« brüllt mir eine bestens bekannte Stimme ins Ohr. Bei Allah, schon wieder die beiden Räuber von heute morgen. Aber egal, ich habe nichts mehr, was die beiden mir abnehmen könnten. Aber warum bin ich wieder der einzige Fahrgast weit und breit? Wissen alle in der Stadt, daß das eine Gangsterbahn ist, nur ich nicht? Haben die Räuber die Straßenbahn in ihre Gewalt gebracht? Vielleicht ist auch der Fahrer einer von denen, und sie arbeiten zu dritt! Werde ich vielleicht jetzt sogar als Geisel entführt, womöglich nach Kuba?
»Hier, Jungs, ihr könnt noch meinen Werksausweis von Halle 4 haben, den brauche ich nicht mehr!«
»Willst du uns verarschen, du Wichser! Du hast schon wieder Geld, du hast doch gerade Fahrkarten bezahlt.«
»Das war auch mein letztes Geld! Das hat euer Kollege da vorne mir schon alles abgeknöpft. Also ihr müßt schon morgen wiederkommen, heute habe ich absolut nichts mehr für euch. Oder wir können es so machen, daß ich morgen wiederkomme.«
Es ist ein schönes Gefühl, wenn man nichts mehr zu verlieren hat. Schon zum zweiten Mal kann ich es mir heute erlauben, eine große Klappe zu haben.
»Paß mal auf, Alter, wir mögen es nicht, wenn sich Penner wie du über uns lustig machen!« zischt der andere und schneidet mir blitzschnell, noch bevor ich mich bewegen kann, mit dem Messer das rechte Ohr ab.
Der Schmerz läßt mich fast wahnsinnig werden.
»So, das hast du nun davon!« und stopft mir das abgetrennte Ohr

in meine Jackentasche: »Los, Alter, jetzt brav zu Oma, die kann das wieder annähen.«

»Ihr Arschlöcher, ihr miesen Schweine, ihr gottverdammten Ratten!« schreie ich voller Schmerz und Wut und springe aus der Piraten-Straßenbahn.

Mit der rechten Hand drücke ich auf die rechte Seite meines Kopfes, da, wo früher mal mein Ohr war. Ich halte das nächste Taxi an.

»Los, fahren Sie so schnell Sie können zum nächsten Krankenhaus!«

Auf dem Rücksitz lege ich mich auf die linke Seite, damit es nicht so viel blutet.

»Was ist denn mit Ihnen passiert?« fragt mich der ausländische Fahrer neugierig, »daß Sie mir nicht den Wagen mit Blut versauen!«

»Quatschen Sie nicht so viel! Stellen Sie sich vor, ich wäre im neunten Monat schwanger und das Baby müßte jeden Moment kommen!«

»In Ordnung, ich fahre so schnell ich kann. Machen Sie sich aber auch wegen des Babys keine Sorgen, ich bin die geborene Hebamme! Schließlich habe ich Medizin studiert.«

»Was, Sie sind ein Arzt und fahren Taxi?«

»Logo! Alle ausländischen Taxifahrer sind hier entweder Ärzte, Ingenieure oder Rechtsanwälte. Aber sagen Sie doch mal, was ist denn mit Ihnen passiert?«

»Mir haben sie in der Straßenbahn gerade ein Ohr abgeschnitten!«

»Wieso, sind Sie schwarzgefahren? Wenn Sie wollen, kann ich es hier sofort im Wagen wieder annähen, Herr van Gogh!«

»Nein, nein, fahren Sie mich nur schnell zum nächsten Krankenhaus! Aber es ist schon beruhigend, daß ein Arzt in meiner Nähe ist.«

»Und bei der Rückfahrt können Sie sich beim Taxiruf einen Rechtsanwalt bestellen.«

Während ich vor dem Krankenhaus schnell aussteige, sage ich

zum Fahrer: »Tut mir leid, ich habe kein Geld dabei. Aber wenn Sie hier einen Moment warten wollen, dann können wir zusammen nach Hause fahren und ich kann Ihnen das Fahrgeld geben.«

»Aber beeilen Sie sich, Herr van Gogh, das Taxameter ist bereits auf 21 Mark 30! Ich laß' die Uhr laufen!«

Im Krankenhaus ziehen mich die Krankenschwestern gleich aus und packen mich auf den Operationstisch.

»Wo haben Sie denn Ihr Ohr gelassen?« fragt mich der Arzt, »ich hab's eilig, ich muß gleich noch zwei Nierenverpflanzungen und eine Herztransplantation durchführen!«

»In meiner Jackentasche dort drüben«, stöhne ich halb wahnsinnig vor Schmerzen.

Die hübsche, blonde Schwester holt es sogleich.

»Mann, Sie wollen doch bestimmt nicht, daß ich Ihnen das häßliche Ding da annähe?« ruft der Arzt angewidert.

»Doch, doch, das trage ich schon über 50 Jahre, man gewöhnt sich dran.«

In dem Moment sehe ich mit Entsetzen, daß er ein Stück vergammelte Knoblauchwurst in der Hand hält.

»Oh, nein, das doch nicht! Das muß aus meinem alten Pausenbrot gefallen sein. Schauen Sie bitte in der anderen Tasche nach«, stöhne ich und stopfe mir die Knoblauchwurst in den Mund. Ich kaue demonstrativ gründlich, um zu beweisen, daß dies nicht mein Ohr sein kann.

»Igitt, ein Kannibale, der Kerl hat sein eigenes Ohr aufgefressen«, kreischt die blonde Schwester hysterisch.

»Mann, im OP darf nicht gegessen werden! Außerdem könnten Sie ruhig warten, bis ich hier fertig bin. Sie stinken ja aus allen Knopflöchern nach Knoblauch; inklusive Ihrem Ohrloch«, schimpft der Arzt.

Da kommt die Oberschwester auch schon mit meinem richtigen Ohr angelaufen.

Ich bin bestimmt einer der ersten Menschen, die sich tierisch über ein Wiedersehen mit ihrem rechten Ohr freuen.

»Allah sei Dank«, flüstere ich erleichtert und falle vor lauter Schmerzen, Aufregung und Freude über das glückliche Auftauchen meines verlorengegangenen Ohres in Ohnmacht.
»Nein, Herr Engin, und nochmal nein! Sehen Sie es endlich ein, mit nur einem Ohr auf der linken Seite dürfen Sie in Deutschland nicht leben. Schauen Sie sich doch um, hier bei uns haben alle Menschen zwei Ohren. Und Sie wollen mit nur einem Ohr dazugehören?« ruft Frau Kottzmeyer-Göbelsberg energisch.
»Aber als ich damals in der Türkei von deutschen Ärzten untersucht worden bin, da hatte ich noch beide Ohren. Glauben Sie mir bitte, die hätten mich sonst niemals kommen lassen!«
»Wer weiß, vielleicht waren Ihre beiden Ohren genauso gefälscht wie Ihr Urin. Es tut mir leid, Herr Engin, in sechs Tagen müssen Sie Deutschland verlassen haben. Hier haben wir keinen Platz für einohrige Monster!«
Der Beamte am Schreibtisch gegenüber zeigt mir demonstrativ seine beiden Lauscher.
»Arsch mit Ohren!« rufe ich.
»Frau Kottzmeyer-Göbelsberg, haben Sie doch ein bißchen Geduld, vielleicht wächst das rechte Ohr ja wieder nach!«
Aber ihre Miene verfinstert sich, ihr Ton wird scharf:
»Warten Sie in der Abschiebehaft darauf!«
In dem Moment packen mich zwei kräftige Polizeibeamte fest an den Armen. Ein Polizist drückt besonders fest meine Hand.

Total verschwitzt wache ich im Krankenhaus aus meiner Bewußtlosigkeit auf und blicke in die besorgten Augen meines Taxifahrers, der neben meinem Bett sitzt und meine Hand hält. Ich bin überglücklich, daß alles nur ein böser Traum war. Doch dann fällt mir die Realität ein: Leider ist die auch nicht viel besser!
»Wachen Sie auf, Herr van Gogh, wachen Sie auf«, brüllt mir der Taxifahrer in mein frisch montiertes Ohr, »meine Schicht ist um. Ich muß das Taxi zurückbringen. Sie schulden mir jetzt schon über 900 Mark!«

Montag, 18. Juni, 19:37 Uhr

Den ganzen Kopf mit Binden umwickelt wie mit einem großen Turban, komme ich endlich nach einem langen, chaotischen, schmerzhaften, fürchterlichen, also alles in allem wundervollen Tag nach Hause. Mit dem Ding auf dem Kopf sehe ich aus wie Sultan »Süleyman der Prächtige« während der ersten Tage der Belagerung von Wien. Die kleine Baskenmütze, die ich unterwegs gekauft habe, um den riesigen weißen Turm etwas zu kaschieren, nützt auch nicht viel. Es sieht aus, als hätte man auf dem Kopf eines Dinosauriers einen kleinen Schmetterling festgebunden. Bitte jetzt keine Diskussion darüber, ob zur Dinosaurierzeit schon Schmetterlinge gelebt haben, das interessiert mich absolut nicht. Ich bin heilfroh, daß ich damals nicht gelebt habe. Aber viel schlimmer als heute kann es damals auch nicht gewesen sein. Wenn ich nur an heute morgen denke, an den Drachen in der Ausländerbehörde und die beiden Raubtiere in der Straßenbahn!

Seit einer Stunde habe ich das ungute Gefühl, daß die Ärzte mir mein Ohr falschrum angenäht haben, so als würde mein Ohr nach hinten zeigen. Ich kann plötzlich hören, wie die Leute hinter meinem Rücken lästern. Ich hatte ohnehin den Eindruck, im Operationssaal herrschten Verhältnisse wie in der Schwarzwaldklinik. Sie wissen schon, jeder treibt's mit jedem, außer mit der Oberschwester.

Ich öffne die Haustür und gehe ins Wohnzimmer. Eine Sekunde später stehe ich zu Tode erschrocken wieder draußen und mache die Tür leise hinter mir zu. Ich glaube, die Wirkung des Betäubungsmittels ist noch nicht völlig verflogen und ich habe mich in der Haustür geirrt. Aber ich hätte es toll gefunden, wenn dies meine Wohnung gewesen wäre. Denn da saß eine sehr attraktive,

blonde junge Frau, die eleganten Beine übereinandergeschlagen, mit einem knallengen signalroten Leder-Minirock. Sie war noch hübscher als die Schwester in der Schwarzwaldklinik, wo sie mich zusammengeflickt haben. Oder soll ich einfach wieder reingehen und so tun, als wäre ich hier zu Hause? Nein, ich glaube, das wäre nicht sehr vielversprechend und auch nicht raffiniert. Mit meinem weißen Turban auf dem Kopf bin ich genau das Gegenteil von der Lederrock-Dame, was die Attraktivität betrifft. Aber alles ist relativ in diesem Leben: Für eine Zirkusnummer bin sicherlich ich attraktiver.
Ich schaue mir die Nummernschilder der Häuser rechts und links an. Ich halte nämlich nichts von Männern, die jedem Rock hinterherlaufen. Ich bin da ganz anders! Aber Frauen mit roten Leder-Miniröcken setzen nun einmal alle irdischen Gesetze außer Kraft.
Ich schaue mir die Hausnummer noch mal ganz genau an: 7b! Karnickelweg 7b! Doch, es stimmt, hier soll eigentlich meine Wohnung sein. Dann war die attraktive Blondine zweifelsohne eine Fata Morgana oder Eminanim. Welche Drogen haben die mir wohl im Krankenhaus verpaßt? Die Droge will ich wieder haben! Das ist der Stoff, aus dem die Träume sind.
Ich mache die Tür auf und gehe wieder rein. Die Fata Morgana sitzt immer noch da, umgeben von einer großen weißen Wolke. Aber eine mir sehr bekannte Stimme stört diesen wundervollen Traum. Es ist die Stimme meiner Frau:
»Oh, ist das rührend, jetzt kommen auch noch die Inder, um sich mit uns zu solidarisieren.«
»Herr Singh Mangeschkar, was machen Sie denn hier? Sie wissen doch ganz genau, daß Sie sich hier nicht zeigen dürfen!« glaubt auch mein Sohn Mehmet, in mir einen Inder zu erkennen.
»Kara Ben Nemsi Effendi ist da, der läuft jetzt durchs wilde Germanistan«, ruft meine kleine Tochter Hatice.
Bei Allah, wie müssen die im Krankenhaus mich entstellt haben, daß mich meine Kinder und sogar meine eigene Frau nach 33 Jahren Ehe nicht wiedererkennen? Da merke ich erst, daß

sich in unserem Wohnzimmer, außer der attraktiven Fata Morgana mit dem roten Rock, leider auch noch jede Menge andere Leute aufhalten: Meine Frau Eminanim, meine kleine Tochter Hatice, meine älteste Tochter Nermin, mein jüngster Sohn Mehmet, mein älterer Sohn Recep, seine Frau Helga, mein Freund Nedim mit Frau und Kindern, unser Nachbar Hasan mit der ganzen Familie inklusive Großmutter, Oma Fischkopf aus der Wohnung über uns, Herr Nöllemeier – der Besitzer des Zeitungskiosks an der Ecke –, Herr Sievers von der Mitfahrzentrale gegenüber, Finanzberater a. D. Opa Prizibilsky, mein Vermieter Herr Knüppel-Trödel, mein Arbeitskollege Hüseyin von der Frühschicht, Familie Schmidt aus dem zweiten Stock, die Peters aus dem dritten Stock, die trauernde Witwe von Nachbar Selim (Allah habe ihn selig), Herr und Frau Schulz – die Schwieger-eltern von Recep –, Ali und Ahmet mit ihrer gesamten Bürger-initiative gegen Ausländerfeindlichkeit und mehrere Berufsausländer. In der Ecke steht unser Gemüsehändler Yusuf mit diesem Idioten Leckmikowski. Und zuguterletzt, als Krönung des Ganzen: Meine heißgeliebte Schwiegermutter aus Hamburg. Die Geier sind schon da, obwohl ich noch lebe!
Ich flüstere erschrocken:
»Frau, ich bin's doch, Osman, kein Inder! Übrigens, was wollen denn die ganzen Leute hier? Was sucht außerdem deine Mutter hier? Wenn die hier bleibt, brauchen die mich gar nicht abzuschieben, ich gehe freiwillig!«
Sie rammt mir den Ellenbogen in die Seite:
»Red nicht schlecht über meine Mutter, du Gaffer!«
»Aauuaaa!!«
»Du Spanner! Wie kommst du dazu, vor all diesen Leuten, ohne mit der Wimper zu zucken, die Beine dieser Frau anzustarren?«
»Was? Du kannst die Frau mit dem roten Rock auch sehen? Ist sie etwa keine Fata Morgana?«
»Das ist die ältere Schwester von Helga. Es ist Frau Tanja Schulz.«
Ein richtiger, echter Hausherr, wie ich es bin, läßt sich von sol-

chen Nebensächlichkeiten wie einem abgeschnittenen Ohr nicht daran hindern, seinen Pflichten als Gastgeber nachzukommen. Ich begrüße, umarme und küsse alle meine Gäste. Als optimale Stellvertreterin für alle Anwesenden habe ich mir zufällig Frau Tanja ausgesucht. Zufälle gibt's, man soll's nicht für möglich halten!

»Guten Abend, Frau Tanja Morgana, schmatz..., ich meine..., Fata Tanja, knutsch..., ich meine ..., Fata Morgana ...«

»Vater, meine Frau Helga hat heute morgen sofort ihre Schwester Tanja angerufen, ob sie euch nicht helfen kann«, klärt mich mein Sohn Recep auf. »Meine Schwägerin kommt direkt aus Emden hierher. Tanja ist dort die Sprecherin des Ostfriesischen Bauernverbandes. Sie kennt sich mit Behörden und Paragraphen bestens aus.«

Wie schon der Prophet sagte: Alles Schreckliche hat auch seine guten Seiten. Frau Tanja ist wohl die positive Seite unserer Abschiebung.

»Ich danke für Ihr Erscheinen Frau Tatjana Fata..., eh..., Fatima ..., ich meine ...«, stottere ich.

»Osman, guck nicht ständig auf ihre Beine«, zischt meine Frau.

»Wenn ich mit einem unserer Gäste rede, dann muß ich ihr doch wenigstens einmal kurz in die Augen schauen, oder?«

»Seit wann haben Frauen denn ihre Augen unter den Röcken, du elender Gaffer!«

»Herr Engin, mein Schwager hat mir Ihre Situation genau erklärt. Ich finde es ein Unding, was die Behörde hier mit euch macht!« zwitschert Frau Tanja.

»In Emden wäre ich auch gern Bauer«, stöhne ich.

»Was meinen Sie damit, Herr Engin?«

»Ich meine, der Ostfriesische Bauernverband kann sich mehr als glücklich schätzen, eine so qualifizierte Sprecherin zu haben.«

»Also ehrlich, Herr Engin, ich muß sagen, das ist eine echte Schweinerei, was die mit euch machen. Bei uns in Ostfriesland lassen wir nicht mal unsere Säue so behandeln, selbst dann nicht, wenn die angeblich Schweinepest haben!«

»Wie alt sind Sie, wenn ich fragen darf?«
»Die Schweine? Nicht älter als ein Jahr!«
»Nein, nein, ich meine, wie alt Sie sind.«
»Ich bin letztes Jahr 35 geworden.«
»Ach, dann sind Sie ja nur vier Jahre jünger als ich«, bemerkt meine Frau.
»Und in fünf Jahren hat sie dich sogar überholt«, rufe ich meiner Frau zu, so laut, daß alle es hören können.
»Ich bin auch erst heute 40 geworden«, sage ich ganz cool zu Frau Tanja. »Übrigens, ohne Verband auf dem Kopf sehe ich noch besser aus!«
»Glauben Sie ihm kein Wort«, keift meine Frau dazwischen, »der alte Bock ist mindestens 60, wenn nicht 70 Jahre alt!«
»Also die Asylanträge von Schweinen werden in Emden sofort anerkannt, wenn ich Sie richtig verstanden habe«, versuche ich wieder das Thema zu wechseln. Aber durch jahrelange, traumatische Erfahrungen kann ich mittlerweile sicher sein, daß ich im Beisein meiner Frau niemals in Ruhe mit attraktiven Frauen sprechen kann, oder besser gesagt, mit gar keiner Frau sprechen kann, ohne daß sie mich dabei blamiert!
»Frau, ärgere mich nicht immer«, knurre ich zurück, »davon tut mir das gesunde Ohr auch noch weh. Sag mir lieber, wie du es geschafft hast, die ganzen Leute hier zu benachrichtigen? Ist es überhaupt gut, daß so viele von unserer Abschiebung wissen? Ich will nicht, daß alle Leute über uns reden. Irgendwas bleibt ja immer hängen. Du weißt doch, wie die Leute denken: Wo kein Feuer ist, ist auch kein Rauch.«
»Nein, ich hab's mir anders überlegt. Es kann nicht schaden, wenn wir eine starke Lobby hinter uns haben. Diese 63 Leute sind erst der Anfang einer öffentlichen Meinung. Ich werde noch wesentlich größere Massen mobilisieren!«
Das gibt's doch gar nicht! 63 Menschen sind hier im Zimmer! Wie konnte es denn überhaupt passieren, daß ich, als ich reinkam, von diesen 63 Leuten nur eine einzige gesehen habe, nämlich Frau Tanja?!

Genosse Ali, der selbsternannte Rächer aller entrechteten Ausländer, klopft mir solidarisch auf die Schulter:
»Laß den Kopf nicht hängen, Bruder Osman! Wir werden für dich sofort eine Bürgerinitiative aus dem Boden stampfen. Alle anderen Gründungen werden erstmal verschoben. Dein Fall hat jetzt absolute Priorität! Ich und das Volk werden wie ein Mann hinter dir stehen!«
»Oh, Genosse Ali, ich will anderen tragischen Schicksalen nicht im Wege stehen. Was für Bürgerinitiativen wolltest du denn gerade gründen?«
Genosse Ali öffnet geheimnisvoll das Zahlenschloß seines überaus wichtigen Aktenkoffers und holt mehrere Ordner heraus:
»Also als neuzugründende Bürgerinitiativen wären da erstmal ›Stoppt die Folter an Kindern, nieder mit dem Spinat‹, zweitens ›Sonntags gehört Papi mir, kein Fußball im Fernsehen‹ und dann ›Weg mit der Fremdenfeindlichkeit, die Deutschen sind auch Menschen‹!«
»Herr Engin, Herr Engin«, drängelt mein Vermieter Herr Knüppel-Trödel sich zu mir durch. »Sie wissen, wir haben sechs Wochen Kündigungsfrist vereinbart. Wenn Sie nächste Woche schon ausziehen sollten, dann muß ich aber die Miete kriegen für die nächsten fünf Wochen.«
»Herr Knüppel-Trödel, ich weiß nicht mal, ob ich die Miete für den laufenden Monat bezahlen kann. Ich bin in der Firma nämlich gefeuert worden. Deswegen wollte ich Sie recht herzlich bitten ...«
»Nix da, Herr Engin, Sie wohnen hier ohnehin sehr billig. Es gibt genug Leute, die sofort das Doppelte bezahlen würden. Ihr Kollege hier hat mir gerade 500 Mark gegeben, damit er hier nächste Woche einziehen kann«, er weist mit dem Finger auf den Genossen Ali, »denn wenn Sie schon ein Asylant sind, dann können Sie doch gleich in einem Asylantenheim wohnen, wie es sich für einen anständigen Asylanten gehört!«
»Osman, das ist nicht persönlich gemeint«, rechtfertigt sich Ali, »wir Ausländer müssen doch zusammenhalten, wenn du die

Wohnung sowieso abgeben mußt, dann doch mir! Du weißt, wie der Wohnungsmarkt aussieht. Ich will doch nur dein Bestes!«

»Ich weiß: meine Wohnung!«

»Osman, ich glaube, das mit meinem Gemüseladen hat sich wohl erledigt«, sagt Yusuf, der zusammen mit Leckmikowski hinter mir steht, »wenn du nämlich abgeschoben wirst ...«

»Herr Engin, ich bin doch Gast hier! Sie sollen meine Hand drücken, nicht meinen Hals«, würgt Leckmikowski hervor.

»Ich weiß, du warst das«, rufe ich und drücke mit meinen Händen noch fester zu.

»Nein, nicht, ich war's nicht!« keucht er mit Mühe hervor und fängt an zu husten.

»Osman, bist du wahnsinnig geworden, laß ihn doch in Ruhe«, geht Yusuf dazwischen und versucht, wenigstens einen seiner Ladenabnehmer zu retten.

»Leckmikowski, du Stasisau, wenn du den Laden übernimmst, dann werde ich direkt gegenüber fünf andere Gemüseläden eröffnen, um dich in den Ruin zu treiben!«

»Ach, leck mich doch. Wie wollen Sie das denn aus der Türkei bewerkstelligen«, ruft er diesmal frech aus drei Metern Entfernung, »oder sollte ich Sie – um sicher zu gehen – doch auf die Fidschis verfrachten lassen?«

Zum Glück klingelt es in diesem Moment an der Tür, dadurch bleibt es Frau Tanja erspart, mit ansehen zu müssen, wie ich zum Doppelmörder werde. Ich renne zur Tür und bitte den Gast Nummer 64 hereinzukommen.

»Herr van Gogh, wann wollen Sie endlich Ihre Rechnung bezahlen? Der Taxameter steht bereits bei 1.012 Mark 60! Und 26 Mark 99 kriege ich noch für die Baskenmütze. Die üblichen zehn Prozent Trinkgeld will ich hier gar nicht erwähnen!«

Bei Allah, der Taxifahrer, den habe ich total vergessen!

Meine Frau bekommt ganz dicke Augen.

»Osman, was hast du jetzt schon wieder angestellt? Soviel verdienst du noch nicht mal in einem Monat!«

»Aber ich mußte doch mit dem Taxi ins Krankenhaus.«

»Und in dieser Stadt gab's keine Krankenhäuser, oder was?«
»Doch, wie kommst du denn darauf?«
»Warum bist du denn sonst ins Ausland gefahren? Für 1.000 Mark fahre ich bis Istanbul und zurück!«
»Ich weiß ja, ich hätte ihn während der Operation nicht draußen warten lassen dürfen. Ich sehe alles ein, aber ich konnte nicht denken, weil mein Ohr ab war.«
»Oho, ganz was Neues, du denkst also mit den Ohren. Kein Wunder, daß immer nur Unsinn dabei rauskommt, wenn du anfängst nachzudenken.«
»Herr van Gogh, bitte, ich muß weg«, unterbricht der Taxifahrer unseren traditionellen Ehekrieg, den er diesmal selber angezettelt hat.
»Sagen Sie mal, die Taxifahrer werden doch eigentlich dafür bezahlt, daß sie Leute durch die Gegend kutschieren«, faucht meine Frau – gehässig wie immer – den verdutzten Taxifahrer an, »und nicht dafür, daß sie in Krankenhäusern wildfremden Idioten das Händchen halten, während denen das Ohr angenäht wird!«
»Frau, red nicht soviel, du hast bestimmt irgendwo Geld versteckt, rück's raus!«
»Osman, ich hab' keinen Pfennig im Haus. Ich konnte doch nicht wissen, daß du wegen einer einzigen Baskenmütze gleich bis nach Spanien fährst! Ich kann mir nicht mal die Straßenbahn leisten, und du fährst Taxi!«
Ich zerre meine Baskenmütze von dem großen weißen Turm herunter, gebe sie an den Genossen Ali weiter und klettere auf einen Stuhl. Ich reiße seinem Mitgenossen Ahmet das große Megaphon aus der Hand, das er immer dabei hat: Man weiß doch nie, wann die nächste Demo stattfindet.
»Leute, Freunde, Familie, Genossen, Kollegen und Fata Morgana! Ihr seid alle gekommen, um uns zu helfen. Dafür danke ich euch im Namen meiner Familie von ganzem Herzen. Aber ich hätte nie gedacht, daß ich eure Hilfe so schnell nötig haben werde. Ich denke, ihr habt alle das neue Problem mitbekommen.

Bitte laßt die Mütze herumgehen, und jeder sollte bitte soviel Geld für die gute Sache spenden, wie er entbehren kann. Wir müssen gemeinsam 1.012 Mark und 60 Pfennig Taxigeld bezahlen. Dazu kommen noch 26 Mark 99 für die Baskenmütze. Für euren hohen materiellen Solidaritätsbeitrag bedanke ich mich im voraus.«
Genosse Ali, der selbsternannte Rächer aller enterbten Ausländer, zückt sein Portemonnaie, stopft mit großer Geste Geld in die Mütze und gibt sie an den Nächsten weiter.
»Sie werden sehen, gleich bekommen Sie Ihr Geld«, beruhige ich den Taxifahrer.
»Na, hoffentlich«, stöhnt er genervt.
»Nun ja, es ist schon toll, wenn man so beliebt ist wie ich. Und so viele gute Freunde hat«, versuche ich für den nervösen Taxifahrer die Wartezeit zu überbrücken, bis das Geld eingesammelt ist. »Wer – wie ich – für seine Mitmenschen immer nur Gutes tut, der erfährt dann natürlich auch Gutes. Wie heißt es doch so schön: Man erntet, was man gesät hat! Ich glaube, ich kann ohne Übertreibung behaupten, daß ich mit Abstand der beliebteste ausländische Schlosser im Umkreis von zwei Kilometern bin.«
Meine kleine Tochter Hatice schnappt sich die Baskenmütze mit dem Geld vom letzten der edlen Spender und übergibt sie dem Taxifahrer. Ich lächele stolz, während er mühsam den Haufen Geld zählt. Es wird ein ausgesprochen kurzes stolzes Lächeln. Es befinden sich nämlich gerade neun Mark 85 in der Mütze. Dazu noch drei schwarze Knöpfe, ein Olivenkern, zwei gekaute Kaugummis, ein Aspirin und drei Bonbons in ungeöffneter Originalverpackung.
»Herr van Gogh, das hier reicht nicht mal für die Baskenmütze!«
»Was wollen uns diese neun Mark 85 sagen, Herr Taxifahrer«, versuche ich die Situation zu retten.
»Das bedeutet, daß ich immer noch über 1.030 Mark von Ihnen bekomme, Herr van Gogh, und zwar jetzt gleich!«

»Nein, nein, Herr Taxifahrer, Sie müssen das ganz anders betrachten. Geld ist nicht alles auf der Welt! Hauptsache ist doch, daß man so tolle Freunde hat wie ich hier; auch wenn sie nichts rausrücken.«
»Herr van Gogh, labern Sie nicht rum! Ich will mein Geld haben!«
»Aber regen Sie sich doch nicht auf, Herr Taxifahrer. Das Geld für die Baskenmütze haben wir doch schon fast zusammen. Und die Kleinigkeit für die Fahrt, die kann ich doch auch morgen noch bezahlen.«
»Einverstanden, Herr van Gogh, einverstanden!«
Ich freue mich riesig, ich hätte nicht gedacht, daß ich den lästigen Mann so leicht abwimmeln kann.
»Einverstanden, Herr van Gogh, aber nur unter der Bedingung, daß ich Ihnen das andere Ohr auch noch abreiße«, sagt er weiter.
»Also, ein abgerissenes Ohr pro Tag, das reicht mir! Wir wollen ja nicht übertreiben. Außerdem, wie wollen Sie so eine Barbarei mit Ihren ärztlichen Grundprinzipien als Taxifahrer vereinbaren? Da schreibe ich lieber einen Scheck aus.«
Meine Frau flüstert mir ins bedrohte, heile Ohr: »Osman, wir haben überhaupt kein Geld auf der Bank. Der Scheck ist ungedeckt! Das gibt einen Höllenärger. Geh lieber auf den Handel mit dem Ohr ein. Das ist doch ein absolut fairer Preis, andere verkaufen sogar ihre Nieren für weniger Geld!«
Aber ich lasse nicht mit mir handeln und schreibe den Scheck aus. Der Taxifahrer weiß ja nicht, daß er ungedeckt ist. So schaffe ich mir den Kerl wenigstens bis morgen vom Hals, beziehungsweise vom Ohr.
»Reicht es, wenn ich 50 Mark als Trinkgeld aufschreibe?«
»Oh, Dankeschön, Herr van Gogh, vielen Dank!«
»Schreib ihm doch 60 Mark auf, Osman«, ruft meine Frau höchst spendabel, »wenn schon, denn schon.«
Es ist ja so einfach, nichtvorhandenes Geld mit vollen Händen auszugeben.

»Osman, wir diskutieren mit den Leuten schon seit Stunden über unsere Abschiebung«, flüstert mir Eminanim zu, »aber wir finden keine Lösung. Heute sind alle total aufgeregt, heute wird das nichts mehr. Sorge bitte dafür, daß sie jetzt endlich alle weggehen!«
Darum lasse ich mich nicht zweimal bitten. Schließlich will ich mein Arbeitslosendasein genießen. Deshalb packe ich mitten im Wohnzimmer meine alten stinkenden Arbeitsklamotten aus. Der Geruch meiner Socken wirkt wie eine Neutronenbombe. Sekunden später ist das Wohnzimmer völlig leer!
Im Flur drängeln sich die letzten Gäste.
»Frau Tanja, bleiben Sie doch! Ich nehme an, Sie übernachten heute Nacht sowieso bei uns, oder?«
»Ich habe ihr auch vorgeschlagen, daß sie bei uns bleiben soll. Aber sie möchte lieber bei ihrer Schwester übernachten. Ich hätte mich auch sehr gefreut, wenn sie bei uns geblieben wäre«, ruft meine Frau.
Ich brauche Eminanim nicht mal in die Augen zu schauen, um zu wissen, daß dies eine Lüge ist.
»Vielen Dank für die Einladung, Frau Engin. Aber ich komme gleich morgen früh wieder her, und dann bringen wir die Sache in Ordnung.«
»Sei tapfer, gib nicht auf, Osman«, klopft man mir auf die Schulter.
»Halt das eine Ohr steif, Osman!«
»Herr Engin, die Gerechtigkeit muß siegen! Sie sollen wissen, wir stehen auf Ihrer Seite!«
»Nieder mit dem Kapitalismus!«
»Hoch-die-internationale-Solidarität!«
»Proletarier aller Länder, vereinigt euch!«
»Osman, in der kurzen Zeit habe ich wegen deiner Abschiebung schon einen kurzen Kampfaufruf geschrieben«, ruft Ali stolz.
»Das ist ja toll. Ali, lies ihn doch mal vor«, sage ich neugierig.
Warum habe ich vorhin nur so schlecht über ihn gedacht?
»Der Text ist noch verbesserungsbedürftig, aber ich lese ihn dir

mal vor: ›Liebe Bürger unserer Stadt! Wie Sie alle wissen, arbeite ich seit Jahren für das Wohlergehen unserer Gemeinschaft. Ich arbeite Tag und Nacht, um ein menschlicheres Füreinander zu schaffen. Wie Sie schon mehrmals in den Zeitungen lesen konnten, bin ich sehr oft vom Bürgermeister unserer Stadt empfangen worden und ich habe ihm jedesmal geradeheraus meine Meinung gesagt. Und nun habe ich beschlossen, in Zukunft richtig in die Politik zu gehen und bei den nächsten Wahlen für eine Partei zu kandidieren. Welche Partei das sein wird, will ich aber noch nicht verraten, da müssen Sie sich noch etwas gedulden!‹ Na, Osman, wie findest du es bis hierher?«

»Naja, im großen und ganzen schön, Ali. Aber sollte es nicht auch etwas um mich gehen?«

»Aber, Osman, ich sagte doch, der Text ist noch etwas verbesserungsbedürftig!«

Montag, 18. Juni, 21:40 Uhr

Kaum hat auch der letzte seinen Fuß vor die Tür gesetzt, fängt eine unglaubliche Rennerei im verseuchten Wohnzimmer an, als ginge es um die Goldmedaille bei der Olympiade.

Von den rasanten Veränderungen dieser schnellebigen Zeit bleibt man auch im schützenden Hort der Familie nicht verschont. Es ist nicht mehr so wie früher in der guten alten Zeit, als der Ernährer der Familie auch automatisch das Oberhaupt war. Heutzutage bestimmt jeden Abend ein anderer, wie das Familienleben weitergeht: derjenige nämlich, der sich als erster mit brutaler Gewalt alle Fernbedienungen unter den Nagel gerissen hat!

Heute bin ich der König! Wohl eher der Sultan, wegen der Kopfbedeckung. Denn ich habe alle Fernbedienungen unter meine Kontrolle gebracht. Die vom Fernseher, von der Satellitenschüssel, vom Video, von der Stereoanlage und der Mikrowelle. Wenn der Feind auch nur eine davon erobert, dann kann das einen erheblichen Machtverlust zur Folge haben und den ganzen Abend versauen. Meine Frau und die Kinder finden sich mit ihrer totalen Niederlage ab und setzen sich erschöpft hin. Seit Wochen muß ich nämlich darum betteln, endlich meine Lieblingssendung sehen zu dürfen. Und wenn nach Stunden mein Flehen endlich erhört wird, dann dauert meine Freude auch nur höchstens ein paar Sekunden. Nie läßt man mich in voller Länge »Das Wort zum Sonntag« sehen. Aber diesmal koste ich meinen Triumph richtig aus! Liebevoll streichele ich mit den Fingern über die vielen, niedlichen, kleinen Tasten auf der Fernbedienung meines Fernsehers. Ich genieße es, daß alle ungeduldig auf eine einzige Bewegung meines Zeigefingers warten: die kleine Bewegung, mit der ich die große Welt in unser Wohnzimmer hole. Aber heute lasse ich meine Familie etwas zappeln. Nie war ich so wertvoll wie heute!

»Osman, worauf wartest du denn noch, mach endlich das Ding an«, ruft mein Weib ungeduldig.

»Ach, ihr wollt fernsehen, sag doch was«, tue ich völlig ahnungslos, »mir geht gerade durch den Kopf, wie sehr wir uns durch den Fernseher beherrschen lassen. Aber natürlich nicht nur wir, sondern die ganze Welt wird durch den Fernseher für dumm verkauft. Die Medien bestimmen über unser alltägliches Leben weitaus mehr als wir. Du bist doch das beste Beispiel: Wenn es die blöden Hausfrauen-Serien nicht schon am frühen Morgen gäbe, dann würdest du nicht mal vor ein Uhr mittags aufstehen. Und war es heute morgen nicht ein Bildschirm, der uns abschieben wollte?«

»Zählt die Frau Kottzmeyer-Göbelsberg denn gar nichts mehr?«

»Diese Frau Kottzmeyer-Göbelsberg ist doch nur als Sprecherin von dem Monitor auserwählt worden. Wenn die Apparate bald auch selber sprechen können, dann steht deren Weltherrschaft nichts mehr im Wege.«

»Osman, mach endlich die blöde Kiste an. Über Sinn und Unsinn des Fernsehers kannst du nach Sendeschluß philosophieren.«

»Aber Frau, das ist doch das Schreckliche an der Sache. Die Macht der Medien ist grenzenlos, es gibt keinen Sendeschluß mehr. Sie beherrschen unser Leben Tag und Nacht, rund um die Uhr! Selbst auf die Gefahr hin, daß wir uns in die Hosen machen, gehen wir nur dann aufs Klo, wenn die Werbung läuft!«

»Was redest du da für einen Quatsch, Osman, du bist selbst der größte Fernseh-Junkie. Du bist doch mit dem Fernseher verheiratet!«

Meine kleine Tochter Hatice hält die Spannung nicht mehr aus, springt auf und drückt den Knopf am Fernseher. Das macht gar nichts! Das regt mich überhaupt nicht auf! Das tut meiner wahren Machtposition im Hause keinen Abbruch. Die können ruhig schon das Schiff zu Wasser lassen, aber das Ruder, das habe immer noch ich in der Hand. Ich bin der Kapitän, ich bestimme, wann das Schiff untergeht.

»Osman, du suchst dir morgen sofort eine neue Arbeit! Ich will keinen frustrierten, unzufriedenen Mann den ganzen Tag hier rumsitzen haben!« ruft Eminanim.

»Aber Frau, wie kommst du denn darauf, daß ich unzufrieden bin? Ich hab' doch die Fernbedienung in der Hand!«

»Jow, Mann, voll die geile Alte! Voll das geile Teil! Mann, sind das Möpse!!«

Durch die Zwischenrufe von meinem Sohn Mehmet weiß ich sofort, daß ein interessanter Film im Fernsehen läuft, der sich nicht für Kinder eignet. Peinlich berührt, drücke ich schnell auf den nächsten Sender.

»Frau, warum hast du mich nur abgelenkt? Deinetwegen habe ich nicht gemerkt, daß da nur Schweinkram im Fernsehen läuft!«

»Ey, das oberaffengeile Programm heute, besser als bei der Peep-Show!«

Durch die erneuten lustvollen Zwischenrufe meines Sohnes merke ich sofort, daß auch das neue Programm sich nicht dafür eignet, gemeinsam mit Kindern gesehen zu werden. Unter lautstarkem Protest Mehmets schalte ich sofort auf einen anderen Sender um.

»Was soll denn das, Vater, wir sind doch schon alt genug. Selbst Hatice ist bereits sechs Jahre alt.«

Bei Allah, was ist denn heute bloß los? Auf allen Sendern gibt's nur Sex! Ist heute denn der »Tag der offenen Hose«?

Nein, das gibt's doch nicht! Auch in diesem Film sind sie voll zu Gange. Wenn ich mal alleine gucke und »Bumsfidele Liebesgrüße aus der Lederhose« sehen will, dann muß ich stundenlang auf solche Szenen warten. Und jetzt überall das gleiche. Gibt's denn heutzutage nichts Anständiges im Fernsehen, was sich ein vernünftiger Familienvater mit seiner Frau und seinen minderjährigen Kindern anschauen kann?

Helmut Kohl! Endlich!

Noch nie habe ich mich über sein feistes Gesicht so gefreut wie heute! Er ist so sexy wie ein vollbeladener LKW. Von ihm droht keine erotische Gefahr für unsere Familienidylle. Es ist eine politische Talkshow, wo alle Menschen mehr oder weniger angezogen sind und einige Meter voneinander entfernt sitzen.
»Sollen wir uns denn jetzt Fascho-Gelaber reinziehen?« knurrt Mehmet.
»Ein bißchen Bildung kann dir gar nicht schaden, mein Sohn. In der Uni lernt man heutzutage sowieso nur Unanständiges und Versautes, du Kommunist!«
»Osman, iß nicht so viele Weintrauben und Pflaumen, sonst mußt du die ganze Nacht zum Klo rennen.«
»Frau, laß mir doch den Spaß«, flüstere ich, »wenn ich mir schon wegen der Kinder Helmut Kohl angucken muß.«
»Am besten, ich packe die Pflaumen weg, sonst bilden wir heute Nacht Schlangen vor dem Klo und müssen Nummern ziehen wie beim Arbeitsamt.«
»Das ist mir egal, ich gehe gern zum Klo. Da habe ich wenigstens meine Ruhe.«
»Osman, Osman, schalt um, zapping, zapping«, schreit Eminanim plötzlich.
»Was ist denn? Ist doch nur der Kohl. Die diskutieren halt.«
»Er ist nicht wirklich der Kohl. Das ist ein Komiker mit Maske auf. Und die diskutieren darüber, wie lang das Ding von einem Mann sein soll!«
»Und wie lang muß es sein?«
»Schalt endlich um, du Idiot!«
»Das gibt's doch nicht! Nicht mal eine doofe Talkshow darf man hier gucken«, dröhnt es aus Mehmets Ecke.
»Aber Mehmet, du willst dir doch wohl kein Fascho-Gelaber reinziehen, oder?!«
Ich habe plötzlich so große Sehnsucht nach der guten alten Zeit, als es weder Kabel- noch Satellitenfernsehen gab und die ganze Familie sich glücklich und zufrieden ums Radio versammelte. Lobenswerterweise gibt es im Radio niemals Sexfilme! Ich de-

monstriere die Fülle meiner Macht und stelle die Fernbedienung des Radios auf »on«:

»Guten Abend, meine sehr verehrten Damen und Herren, heute hören Sie den vierten Teil unserer Dokumentationsreihe über die kulturgeschichtliche Perle Osteuropas, die Hauptstadt der Tschechischen Republik, Prag. Schwerpunkte der heutigen Sendung sind das Prager Nachtleben, der Sextourismus aus Westeuropa und die zahllosen, neueröffneten Bordelle. Anschließend ab 23 Uhr hören Sie die 71. Folge unseres beliebten Hörspiels ›Bumsfidele Liebesgrüße aus der Lederhose‹!«

Es ist zum Verrücktwerden! Aber ich habe zugegebenermaßen seit langem kein Radio mehr gehört. »Kommt Kinder, ich mache euch in der Küche die Mikrowelle an«, schlage ich meiner Familie vor, »in den Apparat könnt ihr solange reingucken, bis ihr gar seid. Der ist garantiert jugendfrei.«

»Osman, ich schwöre, heute abend würden sogar die beiden tiefgefrorenen Hähnchen aus der Tiefkühltruhe nichts als Schweinkram treiben, wenn wir sie zusammen in die Mikrowelle stekken«, lacht meine Frau.

»Bei den beiden hätte ich ja auch Verständnis dafür«, scherze ich, »die waren schließlich lange voneinander getrennt und haben sich dabei auch noch den Arsch abgefroren.«

Endlich, nach langem Hin- und Herschalten durch zahllose Fernsehkanäle mit schamlosen, billigen Sexstreifen, finde ich schließlich auf Kanal 54 etwas völlig Harmloses: ein Zeichentrickfilm für Kinder. »Micky Maus«, »Donald Duck«, »Schlümpfe«, »Heidi« oder wie die ganzen japanischen Zeichentrickfilme sonst noch heißen, ich kenne mich da nicht aus.

Völlig erschöpft, aber heilfroh, was familien- und kindgerechtes gefunden zu haben, lege ich die Plastiktüte mit den ganzen Fernbedienungen auf den Couchtisch. Hatice guckt ohnehin sehr gerne Zeichentrickfilme und Mehmet wahrscheinlich auch noch. Nermin blättert weiter in ihrer Zeitschrift und flüstert dabei in den Telefonhörer, den sie zwischen Ohr und Schulter eingeklemmt hat. Sie schaut niemals nur Fernsehen. Entweder ißt

sie dabei, oder sie liest, oder sie telefoniert oder lackiert sich die Fußnägel in allen möglichen Farben, oder sie macht das alles gleichzeitig. Typisch meine Tochter, sie ist eben so begabt!
»Huch, was ist denn das?« quietscht meine Frau fassungslos, »Osman, dieser Zeichentrickfilm ist das Schlimmste und das Übelste, was wir heute abend zu sehen gekriegt haben. Das ist der reinste Hardcoreporno!«
Ich traue meinen Augen nicht! Sowas habe ich noch nie gesehen, geschweige denn gemacht! Die haben den härtesten Hardcoreporno mit naiven Zeichentrickbildern kombiniert! Wahrscheinlich blieb denen bei dem Drehbuch auch gar nichts anderes übrig. Mit normalen menschlichen Wesen hätten sie diese Aufnahmen gar nicht machen können. Es gibt Kameraeinstellungen von rechts, von links, von oben, von unten und interessanterweise sogar von innen!
»Los, ab ins Bett, aber sofort! Soviel Sexualkunde bekommt ihr in der Schule nicht mal im ganzen Jahr!«
»Vater, ich bin ja schon alt genug, aber das war wirklich nicht richtig von dir, daß du unserer armen, unschuldigen Hatice diese sündhaften Programme zugemutet hast«, ruft Mehmet hinterhältig, während er in sein Zimmer trottet.
»Mehmet, ich bin schon sechs! Ich weiß genauso viel wie du!« ruft Hatice.
Da klingelt es plötzlich an der Tür.
Zum zwölften Mal in dieser Woche ist Rüdiger gekommen, um uns in diesen miesen Zeiten mit seinem Dackel zur Seite zu stehen. Also nicht erst seit dieser ärgerlichen Asylgeschichte, er kommt schon seit Wochen. Um seine Solidarität zu zeigen, hat sich Rüdiger die Haare schwarz gefärbt und einen dicken Schnurrbart angeklebt. Außerdem trägt er einen großen Aufkleber auf der Jacke, auf dem steht: »Ich heiße Mohammed!«.
Ich umarme unseren Mohammed-Rüdiger leidenschaftlich.
»Ooooh, Rüdiger«, rufe ich, »du repräsentierst den guten und freundlichen Deutschen. Eine Rasse, die vom Aussterben bedroht ist. Du bist ganz anders als der ›häßliche Deutsche‹!«

»Osman, wenn du dein häßliches Gesicht als Maßstab nimmst, dann sieht doch jeder besser aus«, sagt meine Frau zynisch auf türkisch.
Zur Begrüßung küsse ich Mohammed-Rüdiger auf die mit Klebstoff verschmierten Wangen.
»Geht diese verdammte Knutscherei schon wieder los«, keift meine Frau, »bei Allah, Osman, was sollen die Leute nur denken? Die ganze Nachbarschaft lästert schon über euch beide. Ich kann diese vielen Fragen auf der Straße nicht mehr hören, ob du jetzt wirklich schwul geworden bist!«
»Frau, du wirst doch wohl deinen Ehemann zu verteidigen wissen, schließlich sind wir seit 33 Jahren verheiratet.«
»Genau, Osman, weil ich dich seit 33 Jahren kenne, sage ich den Menschen: ›Leute, ihr habt ja so recht‹.«
»Komm, Rüdiger, wir gehen raus. Dieser Pöbel hat deine tapfere Solidarität nicht verdient!«
»Gute Freunde erkennt man in schlechten Zeiten«, sagt ein türkisches Sprichwort. Und Rüdiger ist ein wahrhaft guter Freund, das hat sich in diesen schlechten Zeiten herausgestellt. Der Rüdiger ist schon lange mein Nachbar, er wohnt mit seiner Wohngemeinschaft nur drei Häuser weiter die Straße runter. Ich muß zugeben, früher hat er uns eigentlich nie besucht. Aber seit diesen schrecklichen Angriffen auf die ausländischen Mitbürger zeigt er sich doch sehr betroffen.
Bei Allah, in letzter Zeit hasse ich dieses Wort »betroffen«. Dieses arme, hilflose Wort ist zu einer hohlen, heuchlerischen Politiker-Phrase verkommen. Zur Zeit wird es von jedem Politiker mindestens dreimal täglich brutal mißbraucht. Hinter diesem Wörtchen verstecken sie sich, wenn sie nichts Konkretes sagen wollen oder können.
»Es wurden wieder Molotowcocktails geworfen, was sagen Sie dazu?«
»Ich bin tief betroffen!«
»Es wurden drei Menschen verbrannt!«
»Ich bin tief betroffen!«

»Der häßliche Deutsche ist wieder auferstanden!«
»Ich bin tief betroffen!«
»Meine Oma hat Fußpilz!«
»Ich bin tief betroffen!«
Rüdiger, sein Dackel und ich, wir treten zu dritt auf die Straße.
»Rüdiger, wenn du heute abend etwas früher gekommen wärst, dann hättest du mir viele peinliche Momente vor dem Fernseher ersparen können«, sage ich.
Die Freunde und Bekannten, die wir unterwegs treffen, wissen Rüdigers selbstlosen Einsatz für die ausländischen Bürger zu schätzen. Sie klopfen ihm auf die Schulter und kleben seinen verrutschten Schnurrbart wieder gerade.
»Guten Tag«, ruft der junge Deutsche, der uns entgegenkommt. Nein, die gute Minderheit der Deutschen ist noch nicht völlig ausgestorben. Ich schöpfe wieder Hoffnung für das vereinigte Deutschland.
»Guten Tag, mein Herr«, grüße ich den jungen Mann höflich.
»Ich habe nicht dich gemeint, sondern nur den deutschen Hund!«
Meine gute Laune und meine ganze Hoffnung für Deutschland sind sogleich wieder verflogen.
»So, wie du drauf bist, kann ich mir gut vorstellen, daß du nur von Hunden gegrüßt wirst«, zische ich ihn an, »aber erstmal muß ich den Dackel fragen, ob er das überhaupt will. Der läßt sich auch nicht von jedem Penner grüßen!«
»Komm, laß uns weitergehen. Dem Kerl würde ich nicht mal ans Bein pinkeln«, übersetzt Rüdiger seinem Dackel.
Der Hund, Rüdiger und ich, wir springen in die nächste Straßenbahn. Gerade will ich mich hinsetzen, da stößt mich jemand brutal in die Seite:
»Erst setzen sich die Deutschen, dann die Kanaken!«
In dem Moment ärgere ich mich zum 23. Mal in diesem Leben darüber, daß die Türken keine Messerstecher sind, wie allgemein angenommen wird.
»Straßenbahn fahren darf ich nicht, da schneidet man mir

manchmal sogar die Ohren ab, zu Fuß werde ich angepöbelt, Auto fahren will ich auch nicht immer, wegen der Umwelt, und fliegen kann ich noch nicht. Rüdiger, kannst du mir bitte sagen, wie ich mich in dieser Stadt, in der ich seit Jahrzehnten lebe, fortbewegen soll, falls ich doch hierbleiben darf?«

Ich nehme Rüdiger und den Dackel an die Hand, und an der nächsten Haltestelle klettern wir wieder aus der Straßenbahn.

Da kommt uns der Holger entgegen. Holger ist einer der Mitbewohner aus Rüdigers Wohngemeinschaft.

»Na, Rüdiger, lebst du noch?«

»Natürlich lebt er«, antworte ich, »Rüdiger ist doch unsere stärkste Stütze!«

»Wie, Rüdiger, soll das heißen, daß du Herrn Engin immer noch nicht die Wahrheit erzählt hast?«

»Was für eine Wahrheit, wovon redest du, Holger?« frage ich.

»Herr Engin, der Rüdiger ist der unfähigste Selbstmörder, den es je gegeben hat. Mit seinen Selbstmordversuchen hat er jeden in unserer WG verrückt gemacht. Erst letzte Woche hat er versucht, Zyankali zu schlucken, sich vor den Zug zu werfen und sich aufzuhängen. Und er hat mehrere Busreisen unternommen.«

»Rüdiger, stimmt das etwa alles?« frage ich überrascht.

»Was hätte ich sonst machen sollen, Osman?« sagt Rüdiger verzweifelt. »Zyankali wirkte nicht bei mir, der Zug wurde umgeleitet, und das Seil ist mehrere Male gerissen! Und mit den Busreisen hatte ich auch kein Glück. In letzter Zeit gibt es doch in Deutschland nur noch eine sichere Selbstmordmethode: indem man sich soviel wie möglich in den Wohnungen von Ausländern aufhält! Da ist man schon mit einem Bein im ...«

»... in Deutschland!«

Montag, 18. Juni, 23:55 Uhr

Enttäuscht und frustriert laufe ich alleine nach Hause. Der ganze Tag war eine einzige Katastrophe! Ich brauche unbedingt etwas Zärtlichkeit, Liebe und Verständnis!
Kaum bin ich im Schlafzimmer, falle ich deswegen wie ein wildes Tier über meine Frau her.
»Hiiilfeee, Triebtäter, Vergewaltiger!« schreit sie voller Angst.
»Frau, sei ruhig, ich werde dich schon nicht umbringen. Du weißt schon, was ich will!«
»Halt ein, Osman, überleg es dir noch mal. Das ist doch glatter Inzest, was du machst, Blutschande! Geh doch fernsehen, die Kinder schlafen schon. Treib's doch mit der Fernbedienung.«
»Wieso Blutschande? Du bist immer noch meine Frau, soviel ich weiß.«
»Aber in den vielen Jahren, in denen nichts zwischen uns gelaufen ist, da sind wir wie Brüderchen und Schwesterchen geworden.«
»Komm, laß die Scherze. Selbst wir müssen von Zeit zu Zeit unseren ehelichen Pflichten nachkommen, so schwer es auch ist.«
»Das nennst du Erfüllung ehelicher Pflichten? Wenn du alle zehn Jahre einmal auf solche Ideen kommst?«
»Frau, du weißt das doch, der sexuelle Reiz nützt sich bei Ehepaaren leider nach vier Jahren ab und dann ...«
»Du solltest sagen, daß es bei normalen Menschen vier Jahre sind. Aber bei dir war schon nach zwei Wochen alles vorbei.«
»Aber Eminanim, schau doch, das ist alles zu erklären und ganz logisch. Wenn die Liebe bei anderen Ehepaaren schon nach vier Jahren, also nach ungefähr 1.500 Tagen, stirbt, dann ist es doch mehr als normal, wenn bei uns nach über 33 Ehejahren, also nach fast 12.000 Tagen, totale Funkstille herrscht. Das bedeutet

doch 12.000mal zusammen frühstücken. 24.000mal zusammen essen, davon mindestens 5.500mal angebrannte Bohnensuppe. 15.000mal streiten, warum das Essen immer noch nicht fertig ist, warum man der Blondine nachgeschaut hat, warum man am Mittag immer noch mit dem Morgenmantel rumläuft, oder warum die Fingernägel schon wieder dreckig sind, oder warum das Ei schon wieder eine Minute zu lang gekocht worden ist, oder warum man vergessen hat, die Blumen zu gießen, oder welche Schwiegermutter die Schlimmere ist. Mehr als 40.000 Stunden gemeinsam fernsehen. Mehrere tausend Male sich beim Einkaufen in die Haare kriegen, ob der Ziegenkäse im Laden gegenüber doch nicht drei Pfennige billiger ist, oder ob man statt dessen lieber eine Geschirrspülmaschine kaufen sollte.
Nach all den Strapazen, nach all dem Kummer, nach all dem Elend und all der Qual, da hat der eine für den anderen genauso viel sexuellen Reiz, wie ..., wie, wie ein Hering für ein Stachelschwein.«
»Aber die können sich doch gar nicht lieben. Ich meine es nicht moralisch oder so, sondern das geht doch rein praktisch und technisch überhaupt nicht!«
»Eben!!«
»Wie dem auch sei, ich weiß ganz genau, warum du plötzlich so spitz geworden bist: Erst hast du stundenlang die Beine von Frau Tanja angestiert, du verdammter Gaffer, und dann haben dir die vielen Sexfilme den Rest gegeben.«
»Nein, das stimmt doch gar nicht! Was du immer nur denkst. Ich will doch nur, daß wir beide auf schönere Gedanken kommen und nicht immer nur an diese gräßliche Abschiebung denken. Sonst werden unsere Magengeschwüre bald noch größer als unsere Mägen selber. Außerdem will ich dir beweisen, daß ich nicht schwul geworden bin!«
»Also Osman, ehrlich gesagt, ich glaub' dir keines von beiden, aber ich will's trotzdem mal versuchen. Einmal in zehn Jahren kann es bestimmt nicht schaden. Man muß die Feste feiern, wie sie fallen.«

»Komm Eminanim, zieh schnell deinen Pullover aus. Bei Allah, das gibt's doch wirklich nicht, bei diesem Wetter hat die Frau zehn Pullover übereinander an!«
»Meckere nicht rum! Zieh lieber deine Socken aus. Du brauchst ja nicht wie in den billigen Sexfilmen mit Socken und Schuhen ins Bett zu steigen. Wenn wir es schon mal alle zehn Jahre einmal tun, dann können wir uns auch ein bißchen Zeit nehmen.«
»Oh nein, die Frau hat auch noch drei ekelige, fleischfarbene Strumpfhosen übereinander gezogen! Denkst du eigentlich, daß es hier im Juni schneien wird?«
»Osman, halt den Mund und heb deine Energie für später auf. Nach zehn Jahren will ich die drei Minuten One-night-stand mit dem eigenen Ehemann doch voll genießen!«
»Das ist ja wirklich unglaublich, die Frau hat alles getan, um auch dem schlimmsten Triebtäter die Lust zu rauben. Wie kann eine Frau denn bloß eine so blöde lange Unterhose anziehen, die bis zu den Knien geht und unter den Achseln klemmt?«
»Motz nicht rum, du Blödmann! Schon seit Jahren ziehe ich bequeme lange Unterhosen an. Soll ich in meinem Alter etwa Tangas tragen?«
»Naja, ich glaube, ich mache lieber die Augen zu, soviel Erotik auf einem Haufen bin ich nicht gewöhnt! Nun komm schon, komm schon, sonst fange ich ohne dich an!«
»Nix da! Du legst dich da nicht hin wie ein Pascha. Hol dir dein Kondom selber aus dem Nähkästchen. Die Zehner-Packung, die du anläßlich unserer Hochzeit gekauft hast, ist noch nicht alle.«
»Kondom? Was für ein Kondom? Du nimmst doch die Pille oder nicht?«
»Osman, du glaubst doch nicht allen Ernstes, ich würde 30 Jahre lang dieses Zeug mit all seinen Nebenwirkungen schlucken, nur weil du vielleicht unverhoffterweise irgendwann eine unerklärliche Lust verspürst!«
»Gut, gut, gut, das reicht! Wozu braucht man schon Kondome, wenn man dich zur Frau hat? Du bist die beste Verhüterin überhaupt. Bei mir tut sich nichts mehr!«

»Was soll das denn nun schon wieder heißen?«
»Das soll heißen, daß das alles zu lange dauert und mir die Lust total vergangen ist.«
»Oh, das macht doch nichts! Dann warten wir halt wieder ein bißchen darauf. Die Zeit wird uns vergehen wie im Fluge, was sind schon zehn weitere Jahre?«
»Nein, verflucht noch mal, das wird heute erledigt. Hast du denn keinen roten Leder-Minirock zu Hause?«
»Ich hab's gewußt! Ich hab's gewußt! Der Frau Tanja-Effekt, du geiler Bock!«
»Aber nein! Deswegen doch nicht! Ich brauche nur irgendwas, was mich jetzt wieder antörnt. Da fiel mir zufällig eben dieser rote Minirock ein. Von mir aus können wir es auch mit was anderem versuchen.«
»Womit denn zum Beispiel?«
»Was weiß ich, was die Leute heutzutage so alles tun, um sich im Bett richtig scharf zu machen. Ich könnte dich vielleicht so ein bißchen auspeitschen. Wenn du dazu noch ganz hochhakkige schwarze Lackstiefel bis zum Po anziehst, dann habe ich bestimmt ganz schnell wieder Lust.«
»Du Schwein, jetzt wirst du ja wohl völlig pervers! Wenn du unbedingt willst, daß jemand wie ein Galeerensträfling ausgepeitscht wird, dann laß mich dich auspeitschen. Außerdem, die einzigen hohen Stiefel, die wir im Hause haben, sind deine gelben Gummistiefel, mit denen du immer zum Angeln gehst!«
»Ich habe noch eine andere tolle Idee: Wir fesseln dich nackt aufs Bett, und ich springe von oben auf dich drauf.«
»Wie, was soll das heißen? Wie springst du auf mich drauf?«
»Vom Kleiderschrank zum Beispiel.«
»Bist du verrückt! Dabei brechen wir uns bestimmt sämtliche Knochen.«
»Aber mein Engel, ich werde natürlich erst aufs Bett springen und dann ganz zärtlich auf dich.«
»Na gut, wenn meine Aufgabe nur darin besteht, gefesselt auf dem Bett rumzuliegen, dann bin ich einverstanden.«

Mit den beiden Gürteln von unseren Bademänteln, mit ihren drei Strumpfhosen und einer Wäscheleine binde ich meine Frau so fest wie ich kann ganz nackt, nur mit gelben Anglerstiefeln bekleidet, auf dem Bett fest.
Genauso nackt, aber ohne Anglerstiefel, klettere ich mit sehr viel Mühe auf den hohen, alten Kleiderschrank.
»Es wäre natürlich sehr viel besser und aufregender, wenn ich ...«
»Ach Osman, was ist denn jetzt schon wieder?«
»Mir fällt eben ein, daß es natürlich noch viel prickelnder und erotischer wäre, wenn ich ein ganz tolles, männliches T-Shirt drüberziehen würde. Haben wir dieses winzige alte Batman-T-Shirt von Mehmet eigentlich noch?«
»Ja, ich glaube schon. Aber du mußt schon runterklettern, wenn du es unbedingt haben willst. Ich kann mich nicht bewegen, ich bin doch festgebunden. Das T-Shirt ist im Schrank, in der untersten Schublade ganz hinten. Aber wenn du schon mal unten bist, dann kannst du mich ja auch kurz losbinden. Ich muß dringend aufs Klo wegen der vielen Pflaumen.«
»Frau, das geht jetzt nicht, das kannst du doch nachher machen. Das würde mich jetzt total aus dem Rhythmus und aus der Stimmung bringen.«
Ich steige von dem hohen Kleiderschrank schnell wieder runter, obwohl es mir mit meinen verletzten Knien und dem Turban auf dem Kopf recht schwer fällt.
Ganz hinten krame ich aus der Schublade das alte T-Shirt heraus und ziehe es mir an.
»Frau, es wäre doch viel erotischer, wenn wir dir noch diese Strapse anziehen würden. Hier in der Schublade habe ich noch welche gefunden.«
»Das geht nicht mehr, meine Füße sind schon angebunden. Und außerdem verlieren die Gummistiefel an erotischer Wirkung, wenn man Strapse darüber zieht. Falls du wirklich so scharf drauf bist, zieh die Dinger doch selber an! Mit dem alten Batman-T-Shirt und den schwarzen Strapsen siehst du bestimmt

umwerfend aus. Wäre auch mal was anderes, sonst müssen immer wir Frauen sowas anziehen.«
Ich ziehe mir also auch noch die schwarzen Strapse an und klettere ächzend wieder auf meine Festung. Was tut man nicht alles gegen Magengeschwüre!
»Osman, du siehst herrlich bescheuert aus. Mit Batman auf der Brust und schwarzen Strapsen. Ich wünschte, alle meine Freundinnen könnten dich so sehen – wie würden die mich beneiden. Ich lach' mich gleich tot!«
Ich hüpfe sehr elegant auf dem Schrank hin und her, um meine Frau sexuell zu stimulieren. Damit sie den großen Moment unserer Erfüllung voller Begierde herbeisehnt.
»Osman, spring doch endlich runter! Hüpf da nicht rum wie ein Känguruh. Dadurch verlierst du noch dein Kondom. Das Ding ist dir ohnehin drei Nummern zu groß. Komisch, vor 30 Jahren haben die noch gepaßt«, höhnt sie absolut gefühllos in Richtung Kleiderschrank. Aber cool, wie ich von Natur aus bin, lasse ich mich gar nicht beirren und stoße einen männlichen Schrei aus, wie Tarzan. Leichtfüßig springe ich noch ein paarmal auf meinem Sprungturm auf und nieder, um für meinen großen Auftritt genügend Sprungkraft zu sammeln, uuunnd...
»Scheeeeeiiiiiißeeeeee!!«
Das Dach des uralten Kleiderschranks ist für solche gymnastischen Übungen nicht konstruiert und bricht in der Mitte durch! Ich stürze in den Kleiderschrank hinein und schlage mit meinen ohnehin lädierten Knien auf dem steinharten Holzboden auf. Dabei vernehme ich ein splitterndes Geräusch, aber ich kann nicht unterscheiden, ob es vom Boden des Kleiderschranks stammt oder von meinen Knien.
»Osman, was hast du denn jetzt schon wieder angestellt, du Idiot?« höre ich meine Gattin von außerhalb des Kleiderschranks kreischen.
Ich kann nichts mehr sehen, mir tut alles höllisch weh. Ich habe nicht mal die Kraft, um ihr zu antworten.
»Osman, Osman, was ist denn los? Hast du dir weh getan?«

»Sei ruhig Frau, schrei doch nicht wie am Spieß, du weckst noch die Kinder auf! Komm lieber hierher und hol mich aus diesem verfluchten Kasten raus.«
»Aber wie denn, Osman? Du hast mich doch selbst ans Bett gefesselt, ich kann mich nicht bewegen!«
Ich versuche mich selbst zu befreien, aber ohne Chance.
Ich glaube, ich habe mir endgültig beide Beine gebrochen. Ich kann nicht mal kriechen, geschweige denn aufstehen. Bei der kleinsten Bewegung habe ich das Gefühl, als ob man mir die Beine ausreißen würde. Und dazu muß ich noch ganz dringend aufs Klo, sonst mach' ich mir ganz bestimmt gleich in die Hosen. Oder besser gesagt, in die Strapse! Ooh, Allmächtiger, ist das peinlich! Zu allem Überfluß höre ich auch wieder meine Frau schreien: »Osman, penn in dem Schrank nicht ein, binde mich hier sofort los! Ich kann nicht mehr, ich mach' gleich ins Bett!«
»Frau, ich kann mich überhaupt nicht bewegen. Du mußt dich schon selbst losmachen«, stöhne ich so laut ich kann.
»Das versuche ich doch schon die ganze Zeit, aber es geht nicht! Du hast mich doch verschnürt wie eine Kohlroulade.«
»Ach, auuaa, meine Knie tun so weh, als wären sie in tausend kleine Stücke zerbrochen. Ich glaube, mein Ohr ist auch schon wieder ab! Einen so hohen Sturz kann doch kein Faden aushalten. Das Schlimmste ist, ich kann überhaupt nichts sehen, wahrscheinlich bin ich auch noch blind.«
»Jetzt übertreib nicht so, du Jammerlappen. Das hast du nun davon, wenn du in deinem Alter noch Sadomaso machen willst! Zum Laufen auf der Straße brauchst du bereits eine Krücke, aber für Sex kletterst du wie eine Bergziege auf Kleiderschränke!«
»Frau, ich will kein Sadomaso mehr! Ich will auch nie wieder Bergziege sein, ich will überhaupt gar keinen Sex mehr. Ich tue alles, was du willst, aber bitte hol mich hier raus! Ich werde dich auch bestimmt nie mehr mit solchen Sachen belästigen. Hol mich nur aus diesem blöden Kasten heraus, ich fühle mich wie in einem Sarg!«

Ich höre unser altes Ehebett quietschen und krachen, wie schon lange nicht mehr. Aber nach einer Weile ruft meine Frau völlig erschöpft:

»Das hat überhaupt keinen Sinn! Du hast mich wie eine Irre in der Klapsmühle festgebunden. Und in diesen Gummistiefeln schwitzen meine Füße wie verrückt. Dadurch bekomme ich bestimmt Fußpilz!«

Das ist typisch für meine Frau! Ich habe mir hier beide Beine gebrochen, und sie macht sich Sorgen wegen Fußpilz!

»Frau, sieh es ein, wir haben keine andere Wahl: Wir müssen schreien, damit die Kinder uns zu Hilfe kommen.«

»Bist du wahnsinnig! Ich zeige mich doch in diesem Aufzug nicht vor den Kindern. Nackt und mit Gummistiefeln aufs Bett gefesselt. Willst du etwa, daß dich deine Kinder mit dem Batman-T-Shirt und den schwarzen Strapsen sehen? Das geht nicht, du mußt dich in dem Kleiderschrank bis morgen gedulden.«

»Aber das kommt doch auf das gleiche heraus, dann finden sie uns eben morgen früh in dieser peinlichen Situation. Bringen wir es doch lieber gleich hinter uns.«

»Osman, du weißt doch, morgens kommt Hatice immer, wenn sie aufgewacht ist, zu mir ins Bett. Sie kann mich ja dann losbinden. Und sie kapiert die Situation bestimmt nicht. Gott verhüte, daß uns Mehmet in diesem Zustand findet.«

»Du hast ja recht, du hast ja recht. Aber ich kann mich nicht mehr zusammenreißen. Ich werde hier gleich im Schrank meine Notdurft verrichten.«

»Ich hab's dir ja gesagt, du wolltest nicht auf mich hören. Die Pflaumen und die Weintrauben haben eine verheerende Wirkung. Aber falls es dich beruhigt, ich habe mein Problem schon längst erledigt. Das Bett riecht etwas. Osman, du brauchst dir in der Hinsicht überhaupt keine Sorgen zu machen. In dem Schrank bist du doch gut aufgehoben. Du liegst nicht, wie ich hier, nackt auf dem Präsentierteller. Du kannst da drin machen, was du willst. Du hast es viel besser als ich. Durch diesen Mist müssen wir beide durch.«

»Eminanim, das paßt doch genau, der heutige Tag war doch so ekelhaft, daß er es gar nicht anders verdient, als daß man ihn in der Scheiße schlafend beendet.«
»Osman, es kann morgen nur noch besser werden. Ich wünsche dir eine angenehme Nachtruhe.«
»Hoffentlich wird es besser. Meine Beine tun mir so weh, und ich bin auch total müde, gute Nacht.«
»Aber beweg dich nicht soviel, damit im Kleiderschrank nicht alles versaut wird!«

Dienstag, 19. Juni, 8:15 Uhr

»Wachen Sie auf, Herr Engin, wachen Sie doch auf!«

»Huch, wer sind Sie denn? Wo bin ich? Was mache ich hier?« fahre ich erschrocken und schlaftrunken hoch. Ich bekomme einen fürchterlichen Schock, als ich sehe, wo ich bin.

»Mein Name ist Doktor Rainer-Maria Knigge, und ich versuche Ihnen zu helfen. Aber mir ist jetzt schon schlecht«, ruft er. Dabei hält er sich die Nase zu und versucht sich zu mir in den Kleiderschrank hineinzuzwängen.

»Frau, warum hast du mich nicht geweckt, bevor du den Arzt gerufen hast«, schreie ich wütend nach draußen.

»Aber das wollte ich doch, Osman! Als Hatice mich losgebunden hat, habe ich sofort den Notarzt gerufen. Dann habe ich ganz schnell geduscht und das Bett saubergemacht. Als ich damit fertig war, wollte ich dich gerade wecken, aber da waren die drei Männer schon da.«

Heldenhaft und tapfer, wie ein Notarzt nun mal ist, versucht er sich durch die Ruine des eingestürzten Kleiderschranks zu mir durchzukämpfen:

»Gerhard, gib mir aus deinem Werkzeugkasten mal den Vorschlaghammer und das Brecheisen.«

»Herr Doktor, Herr Doktor, ist es wirklich so schlimm«, höre ich Eminanim draußen jammern.

»Vati, Vati, nicht sterben! Onkel Doktor, tu meinem Vater bitte nichts«, heult Hatice los.

»Kind, ich tue deinem Vater schon nichts«, beruhigt sie der Arzt, »er hat nur seine Beine hier unten eingeklemmt, mit bloßer Hand bekomme ich ihn nicht raus.«

»Frau, was sucht Hatice denn hier? Bring sie sofort raus!«

»Da kann ich nichts für, Osman. Sie hat sich mit dem Arzt reingeschmuggelt. Hatice, komm mein Kind, geh draußen spielen. Papa wird jetzt eine Spritze bekommen.«

Der Arzt versucht im dunklen Kleiderschrank meine Beine zu befreien. In seinem verzweifelten Bemühen, mein Leben zu retten, schlägt er sich mit dem Hammer voll auf die eigene Hand: »Auuaaaa!! Frau Engin, es wäre besser gewesen, wenn Sie statt eines Arztes einen Tischler gerufen hätten! Jetzt habe ich aber die Nase voll, Gerhard, geh nach unten zum Wagen und hol die Notaxt, und dann nehmt ihr den Schrank auseinander!«

Anscheinend hatten die beiden Feuerwehrleute vom Rettungsdienst auf dieses Kommando schon wochenlang gewartet. Nur wenige Sekunden später höre ich, wie die mutigen Lebensretter ihre Arbeit aufnehmen und der Schrank unter den Axtschlägen nur so kracht!

Dann endlich werde ich von der Feuerwehr aus dem Schrank befreit und von den beiden Gorillas auf das Ehebett geschleppt.

»Herr Engin, die Strapse stehen Ihnen aber gar nicht so schlecht. Ziehen das in der Türkei alle Männer nachts an?« fragt mich Doktor Rainer-Maria Knigge interessiert.

»Du, Herbert«, höre ich einen Feuerwehrmann zum anderen flüstern, »dieses Jahr fahre ich auch in die Türkei. Aber ohne meine Frau!«

»Ach, das war so eine Schnapsidee von mir, Herr Doktor. Ich wollte doch nur meine Frau zum Lachen bringen«, lüge ich ohne rot zu werden.

»Machen Sie sich doch nichts draus, Herr Engin. Als Arzt ist man ganz andere Sachen gewöhnt. Fast allen Männern in Ihrem Alter passiert sowas. Aber zugegebenermaßen, so oft holen wir doch keine alten Männer in Strapsen aus vollgeschissenen Kleiderschränken raus. Andererseits weiß man in Ihrem Alter, daß dies eines der letzten Feuerwerke ist, die Sie in Ihrem Sexualleben abschießen. Und gerade deshalb wird soviel Donner und Getöse darum gemacht. Einige Senioren segnen dabei sogar das Zeitliche, weil ihr Herz soviel Aufregung nicht mehr verträgt.«

»Aber, ich ..., ich meine doch ...«

»Schon gut, Sie brauchen sich nicht zu schämen, Herr Engin. Ich habe vollstes Verständnis für Sie. Freuen Sie sich doch darüber, daß Ihr Unternehmen heute Nacht so grandios schiefgegangen ist. Mit den paar Kratzern, Prellungen, Blutergüssen und den beiden rausgesprungenen Kniescheiben sind Sie wirklich glimpflich davongekommen. Gott allein weiß, was passiert wäre, wenn Sie es wirklich bis zu Ihrer Frau geschafft hätten!«
»Die Kniescheiben sind rausgesprungen, sonst nichts?« frage ich verwirrt und überhöre absolut alles andere, was die Leute in meinem Schlafzimmer von sich geben.
»Ja, ja, die habe ich beide gleich wieder an der richtigen Stelle. In einer Viertelstunde können Sie alleine ins Badezimmer gehen, um sich endlich zu duschen.«
»Vielen Dank, Herr Doktor Knigge, ich danke Ihnen vielmals!«
Als ich danach endlich mit wackeligen Knien zum Duschen ins Badezimmer will, sehe ich, daß die beiden Holzfäller den Kleiderschrank komplett zu Kaminholz verarbeitet haben. Dieser Kleiderschrank wird garantiert keinem Mann mehr den Sex verderben.

Als die schönste Frau des nordwestlichen Europas mit ihrem engen, roten Leder-Minirock kurz nach neun Uhr unsere Wohnung betritt, habe ich mich auch schon wieder soweit zurecht gemacht, daß ich mich unter Menschen trauen kann. Die Kniescheiben sitzen wieder da, wo sie hingehören, ich dufte nicht mehr so stark nach Natur, sondern mehr nach Aftershave, und selbst der gräßliche Turban auf meinem Kopf ist dezenter geworden. Der Notarzt hat einen neuen Verband aufgelegt. Aber das allerwichtigste: Meine glücklichen Augen haben Frau Tanja wiedersehen dürfen!
»Guten Morgen, Herr Engin, Sie sehen recht erholt aus. Offenbar haben Sie eine ruhige Nacht gehabt und gut geschlafen.«
»Guten Morgen, Frau Tanja, Sie haben völlig Recht. Ich habe so tief geschlafen, daß ich den ganzen Ärger, in dem ich stecke, völlig vergessen habe. Aber sagen Sie mal, hatten wir uns nicht

eigentlich für acht Uhr verabredet?« lächele ich verblüfft zu ihr hinauf.
»Das hatte ich auch vor, ich bin bereits um sechs Uhr aufgestanden. Aber ich habe unerwartet große Probleme mit meinen Haaren bekommen. Die saßen einfach unmöglich. Ich habe sie dreimal waschen und fönen müssen. Herr Engin, wie sehr ich Sie um Ihre Glatze beneide! Wegen dieser einen Locke hier rechts vorne habe ich nichts als Ärger. Letzte Woche konnte ich drei Tage lang nicht zur Arbeit, weil die Wimpern nicht den rechten Schwung hatten. Sie saßen wirklich so schlecht, ich konnte nicht mal Einkaufen gehen. Es war der reinste Alptraum!«
»Ach, Frau Tanja, wie sehr ich Sie um Ihre Sorgen beneide. Meine Haare und ich gehen schon lange getrennte Wege.«
Da mischt sich meine Frau ein und meint ironisch:
»Ich muß schon sagen, deine Haare waren klüger und konsequenter als ich. Die haben sich rechtzeitig von dir getrennt, als sie merkten, daß mit dir nicht mehr viel los ist.«
Aber da eilt mir Frau Tanja zu Hilfe: »Also schön, wenn das so ist, dann können wir ja mit neuem Elan an diese Asylgeschichte gehen. Machen wir uns also auf den Weg zur Ausländerbehörde. Wird Ihre Frau denn auch mitkommen?«
»Nein, nein, Eminanim kann heute nicht. Sie meint, daß sie zuviel im Haus zu tun hat!«
»Osman, wenn du glaubst, ich würde dich auch nur eine Minute mit der Tante alleine lassen, dann hast du dich aber gewaltig getäuscht«, flüstert meine Frau, die zweitgrößte Nervensäge des Mittleren Orients, zynisch auf türkisch.
»Aber Frau, glaubst du allen Ernstes, ich würde so eine Katastrophe wie die letzte Nacht noch mal riskieren?«
Aber Eminanim ignoriert meinen Einwand komplett und ruft:
»In einer Minute bin ich auch fertig, Frau Tanja, wir können sofort gehen.«
30 Minuten später verlassen wir das Haus und gehen zu Frau Tanjas Auto. Erst jetzt bemerke ich, welch extrem hochhackigen Schuhe Frau Tanja trägt.

Der Absatz ist mindestens zwanzig Zentimeter hoch. Ihre Schuhe erinnern mich an Akrobaten, die ich in meiner Kindheit auf der Wiese gesehen habe. Sie stiegen auf lange Holzstangen und liefen damit durch die Gegend.

Frau Tanja öffnet die Tür ihres Wagens.

»Das Auto sieht ja toll aus. Sind Sie gleichzeitig auch die Sprecherin des italienischen Sportwagenverbandes?«

»Nein, mein kleiner Flitzer hier stammt aus Japan! Mein alter Taschen-Computer kam auch aus Japan, jetzt habe ich statt dessen einen amerikanischen. Meine Uhren kaufe ich natürlich nur in der Schweiz. Meine Kleider besorge ich mir ausschließlich in Paris.«

»Bei Allah, Frau Tanja, Sie sind ja wirklich ganz international!«

Ich öffne elegant die Beifahrertür, doch bevor ich mich hinsetzen kann, zerrt mich Eminanim am Arm zurück.

»Nix da, Osman, du setzt dich nach hinten, ich gehe nach vorne! Wenn schon eine Dame den Wagen lenkt, dann setzt sich auch eine andere Dame daneben.«

»Aber es ist doch gar keine andere Dame da, dann kann ich ja wohl ...«

»Nach hinten mit dir, du Kanake!« schubst sie mich wie eine Einkaufstüte auf die Rücksitze.

»Frau Tanja, das ist so eng hier hinten, kann ich nicht mit Ihnen den Platz tauschen, mit den hohen Schuhen können Sie doch kein Auto fahren.«

»Sie machen Scherze, Herr Engin. Sie brauchen keine Angst zu haben, die Schuhe sind mir wie angewachsen.«

»Du bleibst da hinten, wo du bist, Osman«, bestimmt meine Frau, »mit deinen kaputten Knien bist du heute doch garantiert der reinste Kamikaze-Fahrer!«

»Na, hoffentlich ist unsere Akte endlich bei der Ausländerbehörde angekommen«, wechsele ich wie immer gekonnt das Thema, wenn ich nicht weiter weiß.

»Da glaube ich nicht dran«, erwidert unsere Fahrerin.

»Was glauben Sie nicht?«

»Ihre Akte ist heute bestimmt noch nicht da!«
»Aber unsere Sachbearbeiterin, die Frau Kottzmeyer-Göbelsberg, sagte, daß die Akte heute da wäre.«
»Herr Engin, Sie meinen, Ihre Papiere seien in der Behördenpost?«
»Ja, genau das hat sie gesagt.«
»Und in der Behördenpost können Briefe gar nicht innerhalb eines Tages ankommen. Das ist rein praktisch gar nicht möglich, nicht mal theoretisch.«
»Ja, aber wir haben doch nur noch sechs Tage Zeit, und Frau Kottzmeyer-Göbelsberg hat gestern gesagt ...«
»Naja, Sie werden ja gleich sehen, daß ich recht habe.«
Ohne einen nennenswerten Unfall kommen wir bei der Ausländerbehörde an. Das ist deswegen erwähnenswert, weil Frau Tanja anscheinend an Linksverkehr gewöhnt ist und dazu noch mit diesen als Schuhe getarnten Stelzen gefahren ist.

Ich erschrecke mich jedesmal aufs neue, wenn ich den Wartesaal der Ausländerbehörde betrete. Es ist immer zehnmal voller und lauter als auf dem Arbeitsamt, wo sich die ganzen Leute treffen, die sowieso nicht arbeiten wollen und die alle auf meine Kosten leben. Das Durcheinander ist noch größer als auf dem Frankfurter Hauptbahnhof zur Hauptverkehrszeit. Und es wird mindestens in genauso vielen Sprachen herumgebrüllt. Aber als Frau Tanja den Raum betritt, hört das ganze Gedränge auf und alle Sprachen der Welt verstummen. Man könnte eine Stecknadel fallen hören, wenn sie mit ihren Absätzen nicht so laut klackern würde. Doch damit nicht genug: Genauso wie damals das Rote Meer für Moses und das Volk Israel, so teilt sich die riesige Menschenmasse vor uns in zwei gleiche Hälften und läßt uns im Kielwasser von Frau Tanja passieren. So als ob das die normalste Sache von der Welt wäre, geht Frau Tanja mit ihrem Taschencomputer unter dem Arm lächelnd durch das Rote Meer von Menschen hindurch. Und das Turkvolk, bestehend aus mir und meiner Frau, folgt ihr auf den Fersen. Jetzt, nach vielen Jah-

ren, verspüre ich endlich die tiefere Bedeutung der Parole: »Wir sind das Volk!«
»Osman, ich glaube, ich hätte gestern auch so einen roten Minirock anziehen sollen«, ruft Eminanim begeistert.
»Frau, ich befürchte, deine langen Wollunterhosen würden dem Minirock die Schau stehlen!«
Frau Tanja klopft an die Tür und geht rein, ohne auf eine Antwort zu warten. Wenn sie doch bloß wüßte, was für einen entsetzlich langen Kampf wir gestern hier ausgefochten haben, um dieses Büro nur betreten zu dürfen! Die drei männlichen Beamten lassen sofort alles fallen, was sie in der Hand haben, stehen wie ein Mann blitzschnell auf und rufen im Chor:
»Junge Frau, kann ich Ihnen irgendwie behilflich sein? Ich habe gerade nichts zu tun, kommen Sie doch zu mir.«
Schade, daß die für uns zuständige Sachbearbeiterin nicht männlichen Geschlechts ist. Frau Kottzmeyer-Göbelsberg tut so, als hätte sie uns überhaupt nicht wahrgenommen. Wir stehen direkt vor ihrem Schreibtisch, aber sie ignoriert uns total und hämmert wie wild auf ihren Computer ein. Aus ihrem Verhalten und aus ihrem Gesichtsausdruck kann ich nicht herauslesen, ob sie sich ihren männlichen Kollegen zum Trotz so verhält, ob sie rote Miniröcke nicht mag, oder ob sie dem ostfriesischen Bauernverband feindlich gesinnt ist. Wie dem auch sei, es herrscht eine recht unerträgliche und gespannte Stimmung im Raum.
»Schönen guten Morgen, Frau Kottzmeyer-Göbelsberg. Sie haben heute aber eine tolle Bluse an«, schmeichelt meine Frau.
»Wir sind die Familie Engin. Wir sollten doch heute noch mal schauen, ob unsere Akte endlich da ist.«
Ohne vom Computer hochzusehen knurrt unsere Sachbearbeiterin:
»Nein, tut mir leid, Ihre Akte ist noch nicht angekommen.«
»Das war mir ohnehin klar! Können Sie mir bitte sagen, bei welcher Behörde die Akte Engin zuletzt gesichtet worden ist?« mischt sich Frau Tanja zum ersten Mal in den Streit zwischen Osman Engin und der Bundesrepublik Deutschland ein. Unsere

Sachbearbeiterin ignoriert Frau Tanja weiterhin und fragt mich: »Ist die Dame hier etwa Ihre Rechtsanwältin?«

»Mein Name ist Tanja Schulz, und ich bin die offizielle Sprecherin des ostfriesischen Bauernverbandes in Emden und Umgebung. Ich bin mitgekommen, um der Familie Engin in ihrer mißlichen Lage behilflich zu sein.«

»Seit wann gehört unsere Stadt zu Ostfriesland?« fragt Kottzmeyer-Göbelsberg trotzig. »Abgesehen davon ist ein Bauernverein für diese Sache überhaupt nicht zuständig. Herr Engin muß mit seiner gesamten Familie Deutschland innerhalb von sechs Tagen verlassen. Sein Asylantrag wurde rechtsgültig abgelehnt. Das neue Ausländergesetz läßt uns da keinerlei Spielraum!«

»Meine liebe Frau, ich möchte Sie darauf hinweisen, daß es in der Bundesrepublik Deutschland überhaupt keinen Wirtschaftsverband gibt, der einen so hohen Organisationsgrad aufzuweisen hat wie die Landwirtschaft. Unser Bauernverband kann deshalb mit dem Anspruch auftreten, für die Gesamtheit der deutschen Landwirtschaft, inklusive Herrn Engin, zu sprechen.«

»Aber Herr Engin ist doch gar kein Bauer, er ist doch Schlosser!«

»Doch, doch, Herr Engin ist Nebenerwerbsbauer. Im letzten Jahr hat er in seinem Kleingarten fünf Kilo Tomaten, zwei Kilo Bohnen, zwölf Äpfel und fünf Gurken erwirtschaftet. Außerdem möchte ich Sie darauf hinweisen, daß Herr Engin im Agrarland Türkei kein einfacher Schlosser war, sondern eine qualifizierte Ausbildung als Landmaschinenschlosser absolviert hat«, liest Frau Tanja vom Bildschirm ihres amerikanischen Taschencomputers ab.

Um im Kampf der schlagenden Argumente nicht zu unterliegen, hackt Frau Kottzmeyer-Göbelsberg wie eine Wilde auf ihren deutschen Computer ein und liest hastig von dem Monitor ab:

»Frau Schulz, 6,99 Millionen Ausländer haben sich Ende 1994 hier in Deutschland legal aufgehalten. Der Anteil der Ausländer an der Bevölkerung, die sogenannte Ausländerquote, beträgt bereits 8,6 Prozent, von den Illegalen ganz zu schweigen!«

»Und da haben Sie sich gedacht, schieben wir doch mal einige Ausländer nach dem Zufallsprinzip ab, um die Quote etwas zu drücken. Um die Daten zu türken, Türken raus!«
»Frau Schulz, hier wird nichts getürkt! Bei uns läuft überhaupt nichts nach dem Zufallsprinzip. Hier hat alles sein Gesetz und seine Ordnung! Das Ausländergesetz nennt uns die Tatbestände, die zwangsläufig eine Ausweisung nach sich ziehen.«
Während Frau Kottzmeyer-Göbelsberg ihr Plädoyer hält, ruft Frau Tanja auf ihrem Taschencomputer neue Gegenargumente ab.
Krieg der Computer!
»Sie haben keinerlei Grund, über unsere Arbeit in Ostfriesland abfällig zu reden«, stoppt sie die eifrige Beamtin. »Bei uns werden innerhalb von zwölf Monaten Ferkel mit einem Anfangsgewicht von 20 kg auf ein Schlachtgewicht von 100 kg gemästet. Das sind knallharte Fakten, an die Ihr Amt mit dieser trägen Behördenpost nie und nimmer herankommen wird. Das möchte ich Ihnen hier laut und deutlich und in aller Öffentlichkeit einmal gesagt haben!«
»Ja, hören Sie mal, ich kann mich ja auch nicht noch um die Behördenpost kümmern. Ich kann doch nicht alles machen; soll ich vielleicht auch noch den Briefträger spielen, während die Massen da draußen sehnsüchtig auf mich warten?!«
»Nun gut, dann sagen Sie uns wenigstens, wo sich die Akte zur Zeit angeblich befindet. Ohne Einsicht in die Akten genommen zu haben, werde ich es nicht zulassen, daß diese Familie hier abgeschoben wird!«
»Frau Schulz, werden Sie hier nicht beleidigend! Und Sie haben hier überhaupt nicht das Recht, irgendwas zu bestimmen! Wenn Sie so wild darauf sind zu erfahren, warum diese Ausländer hier abgeschoben werden, dann suchen Sie in der Zentralverwaltung der Behördenpost selber nach ihrer Akte. Wir sind hier nicht in Ostfriesland, wo sich abends die Kühe und Schweine ›Gute Nacht‹ sagen! Und auf Ihre Trecker-Demos vom Bauernverband pfeifen wir hier!«

»Trecker-Demos sind gar nicht mehr angesagt, die sind total out! Erst letzte Woche habe ich 500 als Punks verkleidete Mastschweine durch das Emdener Rathaus gejagt!«
»Frau Schulz, glauben Sie, daß Sie mir dadurch imponieren können? Das haben wir hier jeden Tag in noch größeren Mengen!«
Ich stehe hier die ganze Zeit wie auf glühenden Kohlen!
Ob das gut ist, daß man sich die eigene Sachbearbeiterin zum Feind macht? Mein ganzes Leben lang bin ich mit meiner Methode, nämlich dem konsequenten Arschkriechen, im Prinzip sehr gut vorangekommen. Bisher hatte ich auch noch nie die Absicht, daran was zu ändern, jedenfalls nicht in diesem Leben!
»Herr Engin, falls Sie sich erdreisten, mit dieser Person noch mal hier aufzutauchen, dann werde ich mich in Zukunft weigern, Ihre Akte weiter zu bearbeiten!« schreit Frau Kottzmeyer-Göbelsberg mit vor Wut zitternder Stimme.
»Um Akten bearbeiten zu können, müssen Sie sie erstmal in der Hand haben. Vorausgesetzt, Sie haben bis dahin Lesen und Schreiben gelernt!« brüllt Frau Tanja genauso verärgert und stürzt aus dem Büro.
Erst jetzt, da Frau Tanjas Beine überhaupt nicht mehr zu sehen sind, setzen sich die drei männlichen Beamten, von denen es keiner gewagt hatte, auch nur einen Ton von sich zu geben, völlig erschöpft wieder hin.
Draußen vollzieht sich das unglaubliche Phänomen erneut vor unseren Augen: Wie hypnotisiert teilt sich das Rote Meer wieder in zwei gleiche Hälften und läßt Frau Tanja passieren. Aber diesmal haben wir ihr nicht schnell genug folgen können, um das Naturwunder ausnutzen zu können. Direkt hinter ihr schließt sich das Meer von Menschen wieder, und meine Frau und ich, wir ersaufen jämmerlich in den Fluten. »Frau Tanja, Frau Tanja, warten Sie doch auf uns!«
Zum Glück kommt Moses zurück und rettet das Volk Israel! Ich meine Engin!

»Herr Engin, ich sagte Ihnen doch, wenn Ihre Akte noch in der Behördenpost steckt, dann kann die unmöglich heute hier sein.«
»Aber selbst aus München brauchen die Briefe höchstens zwei Tage.«
»Ich merke schon, Sie haben überhaupt keine Ahnung, was Behördenpost bedeutet. Ich versuche, es Ihnen mal zu erklären: Überflüssigen Beamten kann man nicht so einfach kündigen. Und wie in jeder Firma gibt es auch bei der Behörde Leute, die überhaupt nichts auf die Reihe kriegen. Also Alkoholiker, Schlafmützen, völlig Fertige, die einfach nicht arbeiten wollen. Und weil man ihnen nicht kündigen kann, werden sie alle zur Behördenpost abkommandiert. Diese Genies sind dafür da, die Post von einer Behörde zur anderen zu schleppen. Es gibt Gerüchte, daß zumindest eine Akte schon mal bei der richtigen Behörde angekommen sein soll. Aber wie gesagt, es ist halt ein Gerücht, dafür gibt es keine Beweise. Diese Leute bei der Behördenpost nennt man deswegen auch ›Laufende Ausgaben‹!«
»Frau Tanja, für solche Arbeiten braucht man doch keine ›Laufenden Ausgaben‹, sondern bestenfalls ›Laufende Meter‹! Das ist doch lächerliche Kinderarbeit. Selbst unsere Hatice könnte das problemlos schaffen!«
»Nein, Ihre kleine Tochter könnte das nicht schaffen. Sie ist noch nicht fertig genug! Ach, Herr Engin, entschuldigen Sie bitte, wenn ich so indiskret frage. Aber ich wollte schon immer wissen, warum machen die Türken alle so viele Kinder?«
»Das machen wir doch nicht selbst. Die kriegen wir von Allah geschenkt!«
»Osman, versuch dich nicht herauszureden, sag ihr die Wahrheit«, treibt mich meine hinterhältige Frau zusätzlich in die Ecke.
»Herr Engin, vor mir brauchen Sie sich doch nicht zu schämen. Es gibt Lebewesen, die machen hundertmal mehr Kinder. Verglichen mit einer ägyptischen Zwergmaus sind Sie bestenfalls unterster Durchschnitt.«
»Aber die ägyptischen Zwergmäuse machen doch keine Kinder.

Die machen doch nur ägyptische Zwergmäuse«, versuche ich abzulenken, »die machen höchstens zwischendurch mal normale Mäuse!«

»Frau Tanja, das hat keinen Sinn mit dem Kerl. Der würde doch nie zugeben, warum wir so einen Haufen Kinder haben. Tatsache ist, es ist ganz allein seine Schuld, weil er früher einfach zu faul war, anständiges Deutsch zu lernen.«

»Aber seit wann ist denn die deutsche Sprache ein Verhütungsmittel?«

»Weil er so gut wie kein Deutsch konnte, hat er die Pillen, die ihm der Arzt ohne mein Wissen für mich mitgegeben hatte, jeden Monat selber genommen. Dafür habe ich jahrelang seine Prostata-Tabletten schlucken dürfen. Und nach jeder Schwangerschaft hat er unseren armen Hausarzt angebrüllt, weshalb seine doofen Pillen denn nicht richtig wirken! Jetzt sollen wir in sechs Tagen abgeschoben werden, und er hat immer noch Unsinn im Kopf. Osman, wie schlimm muß es denn noch kommen, damit du den Ernst der Lage endlich kapierst?«

»Herr Engin, ich muß sagen, ich gebe Ihrer Frau völlig recht. Diese Sache dürfen Sie nicht einfach auf die leichte Schulter nehmen. Denn wenn sich die Mühlen des Staates erst einmal in die falsche Richtung drehen, dann brauchen Sie sehr viel Energie, Kraft, Mut und Geduld, um Ihr Leben wieder in Ordnung zu bringen!«

»Aber ich nehme es doch ernst! Seit zwei Tagen sind wir ununterbrochen bei der Ausländerbehörde! Man hat mich deswegen in der Fabrik gefeuert, dann hat man mir ein Ohr abgeschnit-ten, und außerdem habe ich über 1.000 Mark Taxischulden. Wegen der Magengeschwüre hatte ich heute Nacht auch nur Ärger, und heute morgen sind wir auch keinen Schritt weitergekommen, weil wir immer noch nicht wissen, was hinter dieser Sache steckt! Es kann nicht sein, daß sie mich ausweisen wollen, weil mein Asylantrag abgelehnt wurde, schließlich habe ich keinen Antrag gestellt. Meine Arbeitserlaubnis ist in Ordnung, mein Paß ist in Ordnung. Und dazu habe ich eine gültige Aufenthaltserlaubnis. Damit bin ich praktisch so gut wie unabschiebbar!«

»Ja, das stimmt! Aber nur noch sechs Tage lang«, ergänzt meine Frau.

»Also, ich weiß auch nicht, was ich von dieser Ausweisungsgeschichte halten soll. Wie sehr ich doch diese ganzen Asylbewerber, diese Opfer von Krieg, Folter, Hunger und Vertreibung hasse. Die Brüder haben irgendwann mal dieses Asylding erfunden, und ich muß den ganzen Mist jetzt ausbaden!«

»Herr Engin, machen Sie sich keine Sorgen. Ich denke, bald wissen wir genauer, wem Sie diesen ganzen Ärger wirklich zu verdanken haben. Wir fahren jetzt mit dem Wagen zur Zentrale der Behördenpost. Wie ich Ihnen vorhin erklärt habe, werden alle Briefe von den ›Laufenden Ausgaben‹ erstmal von den jeweiligen Dienststellen abgeholt und zur Zentrale gebracht. Da werden die Briefe sortiert, und dann transportiert man sie zur gewünschten Zielbehörde. Ich war vorhin etwas verärgert und habe übertrieben, daß die Briefe bei der Behördenpost nie ankommen oder so! Das stimmt natürlich nicht. Die kommen schon an, aber es dauert eben sehr, sehr lange. Und es passiert auch ständig, daß die Unterlagen bei den falschen Behörden landen. Wie lange es dann dauert, bis Sie Ihre Akte wiederhaben, das können Sie sich doch selber vorstellen.«

Dienstag, 19. Juni, 11:15 Uhr

Als die beiden Frauen meine Überreste aus dem Auto herauszerren, fühle ich mich wie eine Sardine, die endlich aus ihrer Dose befreit wird. Ich war auf der Rückbank des kleinen japanischen Flitzers so sehr zusammengepfercht, daß ich es nicht mal mehr schaffe, aus eigener Kraft auch nur ein Bein auszustrecken. Jedes einzelne Gelenk gibt Geräusche von sich wie eine eingerostete Ritterrüstung. Im nachhinein muß ich eingestehen, daß der Vergleich mit der Sardine nicht ganz zutrifft. Dosensardinen haben es nämlich wesentlich besser als ich, die legt man wenigstens in Öl ein.

Ich glaube, in den ganzen 30 Jahren harter Arbeit als Schlosser in Deutschland wurden meine armen Knochen noch nie so sehr strapaziert wie in den letzten beiden Tagen. Langsam richte ich mich auf und versuche zu laufen. Es hört sich an, als würde man ein 100 Jahre altes Klavier stimmen.

»Osman, beeil dich doch, es ist kurz nach elf. Die machen bestimmt gleich Feierabend.«

»Frau, das muß hier an der Luft liegen. In der Nähe von der Behördenpost bewegt sich alles im Zeitlupentempo«, quietscht es aus meinem Gebißknochen hervor. Die Wahrheit, warum ich mich wie eine Schnecke kriechend fortbewege, kann ich mir sowieso sparen. Meine Ehefrau hätte dafür ohnehin kein Verständnis.

»Osman, du bist sogar zu dämlich, um über die Straße zu laufen. Es gibt nur eins, für das man dich heute gebrauchen könnte, und zwar als warnendes Beispiel für unterlassene Geburtenkontrolle!«

»Frau Engin, sagen Sie mal, schon von der ersten Minute an, seitdem ich Sie beide kennengelernt habe, diskutieren Sie ununterbrochen mit Ihrem Ehemann. Sie haben beide so unterschiedliche Meinungen, gibt es bei Ihnen überhaupt Gemeinsamkeiten?« höre ich Frau Tanja ganz leise fragen, während die beiden vor mir herlaufen.

»Nun ja, wir haben beide gemeinsam fünf Kinder großgezogen, wir sind beide von seiner Abschiebung bedroht, und leider haben wir beide am gleichen Tag geheiratet! Das waren sie schon, die Gemeinsamkeiten.«

Bei Allah, wie kann dieses Weib denn vergessen, daß wir jahrzehntelang jeden Samstag gemeinsam die Sportschau geguckt haben? Wie kann sie denn vergessen, daß wir jahrelang gemeinsam in der Küche zu tun hatten? Sie hat gekocht, ich habe Tee getrunken. Wie kann sie denn vergessen ..., hmm ..., wie kann sie denn vergessen ...? Ich glaube, soviel hat sie nun doch nicht vergessen. Ich befürchte, im Grunde genommen waren das schon sämtliche Gemeinsamkeiten, die wir uns in 33 Ehejahren mühsam erarbeitet haben.

Endlich stehen wir vor dem uralten Gebäude der Behördenpost. Wir gehen über einen langen, dunklen Flur bis zur zentralen Annahmestelle und stehen plötzlich vor einer Tür mit einem Plakat, auf dem es heißt:

»Wenn Arschlöcher fliegen könnten, dann wäre das hier ein Flughafen!«

Mit diesem Satz meinen die doch hoffentlich nicht mich? Die können doch gar nicht wissen, daß wir hierher kommen? Oder wurden die etwa von Frau Kottzmeyer-Göbelsberg vor uns gewarnt? Ohne weiter nachzudenken, landen wir, ich meine, gehen wir hinein in diesen verkannten Flughafen. Nachdem Frau Tanja und Eminanim auch drin sind, schließe ich die Tür wieder leise hinter uns.

»Bei uns geht alles langsam, aber dafür werden wir schnell müde.«

Dieser Satz, der auf der Innenseite der Tür klebt, springt mir ins Auge. Gleich daneben lese ich:

»Lieber in der finstersten Kneipe als im hellsten Büro!«

Jetzt leuchtet mir alles ein! Vor lauter Sprüche-Aufhängen kommen die armen Beamten gar nicht dazu, die lästigen Behördenbriefe zügig auszutragen.
»Hallo, schlaft ihr, oder habt ihr schon alle Wochenende?!«
Dies ist keiner von den Sprüchen, die an der Wand hängen, sondern das hat Frau Tanja laut von sich gegeben, weil sich absolut niemand um uns kümmert. Das ganze ist auch eine bemerkenswert neue Erfahrung für mich: Ich betrete zusammen mit Frau Tanja einen Raum, und die Männer da drin zeigen trotzdem keine Reaktion. Die fünf alten Herren beachten uns nicht einmal. Lautlos geistern sie durch die langen Regalreihen. In diesem riesigen Saal stehen so viele Regale wie im Ersatzteillager meines Autohändlers. Wir drei stehen einsam und verloren vor dem großen Tresen. Uns ergeht es so wie den meisten Briefen hier: bestellt und nicht abgeholt!
Wenn nicht einmal Frau Tanja diesen Männern Leben einhauchen kann, was soll dann meine armselige, kümmerliche, verstaubte Akte hier schon bewirken?
»Hallo, ihr Süßen, kann uns denn keiner von euch Hübschen etwas helfen?« rufe ich mit möglichst erotisch-warmer Stimme in den Raum. Denn wenn Frau Tanjas Anblick bei diesen fünf Männern keinerlei Reaktion auslöst, dann rechne ich mir große Chancen aus.
Und prompt antwortet mir auch einer:
»Habt ihr es draußen am Eingang nicht gelesen? Wir machen in zehn Minuten Mittagspause, und wir sind gerade bei der innerlichen Vorbereitung darauf.«
Hastig versucht Frau Tanja ihren Revolver..., eh..., ihren Taschencomputer auszupacken.
»Um Himmelswillen, Frau Tanja, lassen Sie das Ding bloß in Ihrer Tasche! Das Vorschriftenduell werden Sie hier bestimmt gewinnen. Aber wir müssen uns doch nicht gleich die gesamte Beamtenschaft dieser Stadt zum Feind machen.«
Und ich versuche Frau Tanja aufzuheitern, indem ich noch einen Spruch laut von der Wand ablese:

»Hier gibt's für alle Lösungen ein Problem!«
»Haha, sehr lustig, Herr Engin. Aber für unsere Situation wäre der Spruch vom Beamten-Mikado viel besser. Wissen Sie überhaupt, wie man Beamten-Mikado spielt?«
»Nein, Frau Tanja, bis vor zwei Tagen hatte ich mit denen überhaupt nichts zu tun. Wie sehr ich mich doch danach zurücksehne. Aber wenn ich noch mal auf die Welt kommen sollte, dann werde ich auch Beamter. Das steht fest! Jetzt sagen Sie schon, wie Beamten-Mikado geht.«
»Wer sich zuerst bewegt, hat verloren!«
»Mahlzeit, Genossen, wie kann ich euch helfen, wo liegt das Problem?« ruft einer.
»Hier, Frau Tanja, ein Verlierer, in jeder Hinsicht«, rufe ich. Glücklich, daß sich endlich ein Beamter um uns kümmert, holt Frau Tanja tief Luft: »Guten Tag, wir suchen nach einer Akte. Nach der Akte von Herrn Engin. Sie muß von der Asylentscheidungsstelle zur Ausländerbehörde geschickt worden sein, aber dort ist sie bis heute nicht angekommen!«
»Und da habt ihr euch gleich gedacht, diese Penner, die Laufenden Ausgaben von der Behördenpost müssen das Ding verbummelt haben!«
»Sie wissen, wie man Sie nennt? Haben Sie uns belauscht?« rufe ich.
»Mein Gott, Sie wissen ja auch, wie Sie heißen. Ich arbeite seit mehr als zwanzig Jahren hier, da kriegt man alles mit.«
»Was? Schon seit zwanzig Jahren? Was haben Sie denn so Schlimmes angestellt?«
»Mich hat man hierher strafversetzt, weil ich überzeugter Kommunist bin!«
»Sagen Sie mal, dann kennen Sie doch sicherlich meinen Sohn Mehmet?!«
»Sie waren wohl Grundschullehrer, was?« fragt Frau Tanja mitfühlend.
»Nein, ich bin Lokomotivführer!«
»Wollen Sie mich auf den Arm nehmen?«

»Nein, das ist mein voller Ernst! Wenn ich Lehrer gewesen wäre, dann könnte man ja noch Verständnis für die da oben haben. Ich hätte ja die Schüler mit meinen Ideen ›vergiften‹ können. Aber verraten Sie mir mal, wie ich eine Lokomotive mit meinen politischen Idealen beeinflussen soll? Haben Sie schon mal so einen riesigen Berg von Stahl und Eisen gesehen, den man auch Lokomotive nennt, der marxistische Theorien nachplappern kann? Der Richter dachte wohl, das schwarze Ungeheuer würde durch meine sozialistischen Gedanken auf die falsche Bahn geraten und nach Kuba flüchten ...«

»Es ist mir egal, ob Ihre kommunistische Lokomotive nach Kuba oder nach Moskau flüchtet, Hauptsache, sie verschleppt unsere Akte nicht dorthin«, setzt meine Frau der rasanten Fahrt des linken Lokomotivführers ein rasches Ende.

»Mit der Versetzung zur Post sind Sie ja noch glimpflich davongekommen. Wenn wir unsere Akte nicht wiederfinden, die hier verschlampt worden ist, dann werden wir nach Anatolien ins Exil geschickt!«

»Liebe Genossen, ich kann euch versichern, bei uns werden im Prinzip nie Akten verschlampt. Hier geht alles seinen sozialistischen Gang. Mein Kollege kann euch das sicherlich auch bestätigen, nicht war Genosse Manfred? Ich hab' doch Recht, oder?«

»Das ist völlig richtig! Hier in unserer Brigade kommt nichts weg. Es kann natürlich sein, daß mal eine Akte aus Versehen bei der falschen Behörde landet. Aber das ist nie unsere Schuld. Alle Behörden haben siebenstellige Kennziffern. Wenn auf dem Briefumschlag nur eine Zahl vertauscht wird, dann landet die Akte natürlich ganz woanders. Dann kann es passieren, daß eine Akte von der Autobahnmeisterei, die an das Amt für Straßen- und Brückenbau gerichtet war, letztendlich bei der Kinder- und Jugendpsychiatrischen Beratungsstelle des Hauptgesundheitsamtes landet. Aber lassen Sie sich nicht unterkriegen, Herr Engin, das kommt auch nicht immer vor. Die Solidarität der Arbeiterklasse in unseren Brüdervölkern wird vor dem Klassenfeind

nicht kapitulieren. Die Behördenpost in ihrem Lauf hält weder Ochs noch Esel auf!«
»Sie sind wohl auch ein politisch Verfolgter?« will Frau Tanja Schulz von dem Herrn mit dem prachtvollen Leninbart wissen.
»Ja, genau, wie alle Kollegen hier. Wir sind die Rebellen der Behörde. Wir sind die Unbeugsamen!«
»Dann sind aber Sie bestimmt Lehrer gewesen, nicht wahr?«
»Nein, wieder falsch getippt! Ich bin Leuchtturmwärter an der Nordsee gewesen!«
»Meine Herren, lassen wir mal die Lokomotiven und Leuchttürme beiseite. Mir wäre viel wichtiger, wenn Sie uns sagen könnten, wie wir an unsere Akte wieder rankommen«, drängelt sich meine Frau schon wieder vor.
»Also, Genossin Engin, ich hätte da einen Vorschlag zu machen. Wir werden ab sofort einen sogenannten Suchumlauf starten. Das heißt, wir werden bei allen Behörden nachfragen, ob sie eine Akte bei sich rumliegen haben, die nicht für sie bestimmt ist. Schauen Sie mal in ein paar Tagen wieder rein, dann müßte sich Ihre verlorengegangene Akte hier eingefunden haben.«
Wir verabschieden uns von den beiden Unverbesserlichen und versprechen, in zwei Tagen hier in ihrer behördlichen Parteizentrale wieder vorbeizuschauen.
Während wir rausgehen, entdecke ich noch einen schönen Spruch an der Wand:
»Wenn das Problem weg ist, bleiben immer noch Leute, die daran arbeiten!«
»Ich habe Ihnen das gleich gesagt, Herr Engin«, meint Frau Tanja vor der Tür, »wenn eine Akte erstmal im Behörden-Labyrinth verschwunden ist, dann kann es Ewigkeiten dauern, bis sie wieder auftaucht. Also, diese zwei Tage sollten wir denen noch geben!«
»Aber wenn wir unsere Akte dann immer noch nicht in der Hand haben sollten, dann müssen wir einen Anwalt einschalten. Die Zeit arbeitet gegen uns. Die schieben heute ganze Großfamilien ab, ohne mit der Wimper zu zucken!« sagt meine Frau.

»Frau Engin, die blöde Ziege von der Ausländerbehörde hat ja gesagt, daß Ihr Asylantrag auch in der zweiten Instanz abgelehnt worden ist. In dem Fall nützt auch kein Rechtsanwalt mehr was!«

Der Schlußsatz von Frau Tanja zeigt seine Wirkung. Ich bemerke, wie Eminanim hastig ihr Kopftuch neu bindet. Das macht sie heute bestimmt zum 200. Mal. Immer wenn sie nervös ist, muß das arme Kopftuch dran glauben. Sie zerrt, sie zupft, sie knotet daran rum, als wäre es Teig für ein Fladenbrot. Was für sie das Kopftuch ist, das ist für mich der Schnurrbart. An solchen Tagen wie gestern und heute, da reiße ich mir mindestens 50 Schnurrbarthaare einzeln aus. Es ist mir selber ein Rätsel, wie es kommt, daß ich immer noch einen so wundervollen, buschigen Türkenschnurrbart habe! Ob Frau Tanja meinen Schnurrbart auch so toll findet wie ich? Oder ob sie uns womöglich nur deswegen hilft, weil sie als Ostfriesin in Deutschland selbst zu einer verspotteten Minderheit gehört?!

»Sagen Sie mal, Frau Tanja, kennen Sie eigentlich Ostfriesenwitze?« frage ich, während wir zum Auto zurückgehen.

»Osman, wie kannst du denn sowas fragen? Schämst du dich denn gar nicht? Du bist wirklich völlig taktlos!« schimpft meine Frau und läuft dabei so knallrot an, daß der Leder-Minirock von Frau Tanja dagegen blaß-rosa aussieht!

»Aber da ist doch nichts bei, Frau Engin. Nirgendwo in Deutschland werden so viele Ostfriesenwitze erzählt wie bei uns in Emden. Wir lachen darüber doch am meisten. Mir fällt da spontan sogar einer ein, den muß ich Ihnen erzählen: Treffen sich zwei Ostfriesen. Fragt der eine den anderen: ›Wo arbeitest du denn jetzt eigentlich?‹ – ›Bei VW in Emden‹ – ›Am Band?‹ – ›Nöö, die lassen uns frei rumlaufen!‹«

»Osman, bitte sei ruhig! Stell jetzt keine Fragen. Ich erkläre dir den Witz, wenn du heute abend nach Hause kommst«, bemerkt Eminanim.

»Frau Tanja, lassen Sie uns nach Hause fahren. Ohne die Akte können wir heute sowieso nichts machen! Am besten trinken wir jetzt zu Hause gemütlich eine Tasse Tee, und dann überlegen wir uns in aller Ruhe, wie es weitergehen soll.«

»Osman, du bist wohl süchtig nach abgehackten Ohren, oder was?« kommt meine Frau meiner Einladung in die Quere.

»Süchtig? Ohren? Warum?«

»Weil dir heute Abend die Ohren abgerissen werden, wenn du dem Taxifahrer kein Geld geben kannst.«

Oooh Mist! Den Typ habe ich total vergessen!

»Und deswegen gehst du jetzt sofort zu Arbeitsamt-Necmeddin. Irgendeine Schwarzarbeit hat er bestimmt für dich. Wenn du dem Taxifahrer nicht zumindest eine Anzahlung gibst, dann können dich hinterher selbst deine lästigen Verwandten in der Türkei nicht wiedererkennen! Außerdem, was sollen wir schon großartig überlegen? Wir rufen morgen früh bei Frau Kottzmeyer-Göbelsberg an, und wenn die unsere Akte dann immer noch nicht erhalten hat, dann schauen wir übermorgen hier bei der Behördenpost nach.«

Daß Eminanim ständig Recht hat, das ärgert mich ungemein. Aber daß sie auch jedesmal im allerungünstigsten Moment Recht haben muß, das treibt mich fast in den Wahnsinn! Wie gerne hätte ich mit Frau Tanja gemütlich auf dem Sofa bei einer Tasse Tee gesessen. Und ihr dabei nicht nur die Briefmarkensammlung von Mehmet gezeigt! Aber mit abgehackten Ohren kommt das bestimmt nicht so gut.

»Frau Tanja, ich gehe jetzt lieber Arbeit suchen. Doch bevor wir uns verabschieden, möchte ich mich ganz herzlich bei Ihnen bedanken. Und weil Sie einen so schönen Ostfriesenwitz erzählt haben, will ich auch mit einem Türkenwitz dagegenhalten: Ein deutscher Polizist hält einen Türken an und sagt: ›Zeigen Sie mal Ihren Paß!‹ Nein, nein, ich glaube der Witz war irgendwie anders ...«

»Aber der Witz ist doch uralt, Herr Engin! Ich ahne schon, welchen Witz Sie meinen: Ein Polizist hält einen Türken an und sagt: ›Können Sie sich ausweisen?‹ Der Türke fragt: ›Wieso? Muß man das jetzt schon selbst tun?‹«

Dienstag, 19. Juni, 16:35 Uhr

»Von wem sind Sie zu uns geschickt worden?«
»Die Adresse habe ich von Abdullah Necmeddin. Er hat gesagt, daß Sie Arbeit für mich haben.«
»Dann hat ja alles seine Richtigkeit. Wir haben natürlich Arbeit für Sie.«
»Oooh, Necmeddin-Efendi, ich danke dir, mein Gönner! Du gibst mir Brot und Wasser und bewahrst mich vor dem Hunger, dem Taxifahrer und meiner Frau! Für immer werde ich in deiner Schuld stehen!«
»Sie brauchen nicht in seiner Schuld zu stehen, der bekommt schon von uns sein Kopfgeld ..., ich meine seine Provision, daß er Sie zu uns geschickt hat. Wie war doch gleich der werte Name?«
»Osman Engin! Karnickelweg 7b. Seit 30 Jahren als Schlosser in Deutschland. Kein Ärger mit der Polizei, keine Punkte in Flensburg und keine Haare auf dem Kopf.«
»Gut, Herr Engin, dann gehen Sie mal in den Wartesaal. Hier vorne gerade aus und dann die zweite Tür links. Von dort holt mein Kollege Sie ab.«
Kaum bin ich im Wartesaal, schon fühle ich mich wie zu Hause. Ein wohliges Gefühl, wie ich es bisher in keinem Wartezimmer verspürt habe, außer vielleicht im Wartesaal des Hauptbahnhofs. Hier herrscht genau die gleiche Atmosphäre wie am Bahnhof: einige Alkoholiker, viele Ausländer und ein paar junge Burschen, die aussehen, als wären sie Freunde von meinem Sohn Mehmet.

Nach dem Besuch in der Behördenpost heute Mittag habe ich mich schweren Herzens von den beiden Frauen verabschiedet und bin sofort zum türkischen Männercafé gegangen. Dort suchte ich umgehend das Arbeitsamt auf. Natürlich den Abdullah »Arbeitsamt« Necmeddin! Wie immer saß er in seiner Ecke, umgeben von den vielen Ordnern, die er ständig mit sich herumschleppt.

Der Arbeitsamt-Necmeddin ist bekannt dafür, daß er den Leuten – wie schon sein Name sagt – jede Menge Arbeit besorgt. Auf dem Gebiet ist er viel erfolgreicher als alle Arbeitsämter zusammen. Allerdings bezahlt er kein Arbeitslosengeld, und die Aussichten auf Tariflohn und Schlechtwettergeld, Überbrükkungsmaßnahmen, Umschulungs-, Fort- und Weiterbildungskurse sind auch nicht viel besser. Aber abgesehen davon, ist er wesentlich erfolgreicher. Man wird nie ohne irgendeine Arbeit nach Hause geschickt. Er ist gewissermaßen eine »Ein-Mann-Institution«, mit behördlichem Sitz im türkischen Männercafé.

»Ooh, Bruder Necmeddin, möge Allah dich schützen, ich brauche ganz dringend eine Arbeit«, sagte ich zu ihm.

»Das haben wir gleich. Setz dich erstmal hin, und bestell dir einen Tee und mir aber auch«, brummte er vor sich hin und tippte auf sein Mobiltelefon.

Bereits 15 Minuten später – nachdem er drei Tee und vier Raki auf meine Kosten getrunken hat – nahm er mich endlich wieder zur Kenntnis.

»Was für eine Arbeit soll's denn sein?«

»Also, etwas Leichtes und Einfaches, wofür man aber viel Geld bekommt.«

Da nahm er einen großen Ordner, schlug ihn bedächtig auf und schaute mir zum ersten Mal ins Gesicht.

»Du bist alt, du bist unsympathisch, du siehst aus wie eine Gurke, du hast so viel Sex-Appeal wie dieser stinkende Aschenbecher, und du bist keine Frau. Mit anderen Worten, du bist völlig unqualifiziert, um als Prostituierte zu arbeiten.«

In dem Moment wurde mir bewußt, welch enorme Qualifikation, verglichen mit mir, selbst Prostituierte haben. Und ich naiver Mensch hatte diese Damen immer von oben herab betrachtet.

Da fiel mir plötzlich das Mikadospiel ein: »Bruder Necmeddin, könntest du mich denn nicht Beamter werden lassen?«
»Osman, du bist wie ein kleines Kind. Du willst immer das machen, was du gar nicht machen kannst! Und bevor du mich weiter fragst, sage ich dir gleich: Hubschrauberpilot kannst du nicht mehr werden, katholische Nonne nur unter erschwerten Bedingungen. Bei Gehirnchirurgen, bei Ballettänzerinnen, bei Professoren für Wirtschaftschinesisch sieht's auch schlecht aus. Auch Fotomodell für Damendessous kannst du nicht werden!«
Der Arbeitsamt-Necmeddin weiß eben nicht, wie gut mir Strapse stehen!
»Ooh, großer Bruder, ich habe gar nicht gewußt, daß ich ein so unmöglicher Taugenichts bin. Was soll ich nur machen, ich bin total deprimiert. Kann ich nicht wenigstens einen Killerjob übernehmen, um mich anschließend selbst zu erledigen?«
»Nun laß mal nicht die Ohren hängen, Osman. Ich habe schon größeren Nieten als dir einen Job besorgt. Mein Künstlername ist nicht umsonst: Arbeitsamt-Necmeddin.«
»Aber von dir kann man nicht behaupten, daß du einem das Selbstvertrauen stärkst. In der Hinsicht bist du kein bißchen besser als das staatliche Arbeitsamt.«
»Aber im Gegensatz zu denen habe ich eine Arbeit für dich. Und zwar eine sehr gute. Du brauchst nicht viel zu tun, nur die Hand aufzuhalten. Dabei liegst du die ganze Zeit nur auf der faulen Haut...«
»Ich hab's, Aufsichtsratmitglied bei irgendeinem großen staatlichen Konzern!«
»Nein, du brauchst nur ein paar Tabletten zu schlucken. Und danach kannst du stundenlang schlafen, solange wie du willst.«
»Die Arbeitsbedingungen hören sich gut an. Wo ist der Haken an der Sache?«
»Es gibt keinen Haken, du mußt nur ein paar Tabletten schlukken. Außerdem kommt es deinem ursprünglichen Berufswunsch von vorhin im Prinzip auch sehr nahe. Der Volksmund nennt diese Arbeiter auch ›Pharma-Nutten‹!«

»Das ist ja ein toller Job! Bittere Pillen schlucken muß ich sowieso den ganzen Tag. Das mach' ich auch noch freiwillig, und bezahlen muß ich Idiot dafür auch noch.«
»Ja, gefährlicher als die Pillen, die du ohnehin täglich schluckst, sind die harmlosen Testpillen bestimmt auch nicht. Wenn du schlau bist, dann wirfst du die Tabletten einfach ins Klo, anstatt sie zu schlucken. Falls du die Tabletten aber doch einnimmst, dann mach mir bitte keine Schande und markiere da nicht den Kranken. Wenn du dich dort brav verhältst, ohne zu mucken, und dich auf gar keinen Fall über irgend etwas beschwerst, dann nehmen sie dich immer wieder. Also nicht mekkern und nicht schlappmachen! Zeig denen, daß ein Türke keinen Schmerz kennt. Zeig denen, daß du ein würdiger Nachfolger der heldenhaften Osmanen bist. Wie unser Staatsgründer schon sagte: ›Türke, sei stolz, arbeite und vertraue!‹«
»Keine Sorge, Bruder Necmeddin. Ich werde dir schon keine Schande machen. Ich werde stolz und tapfer sein. Ich werde fleißig arbeiten. Ich werde alle Pillen schlucken und darauf vertrauen, daß die fortschrittlichen deutschen Mediziner nichts Böses entwickelt haben. Ich kann dir versprechen, daß du es nicht bereuen wirst, für diese wundervolle Arbeit ausgerechnet mich, den stolzesten Vertreter der großen türkischen Nation, ausgesucht zu haben!«

Nachdem ich im Warteraum Platz genommen habe und mir die übrigen Anwesenden genauer betrachte, da bemerke ich, daß ich offensichtlich doch nicht der einzige stolze Vertreter der großen türkischen Nation bin, den Arbeitsamt-Necmeddin hierher geschickt hat. Und als ich mir die Menge noch genauer betrachte, da muß ich mich sogar fragen, ob in der gesamten Türkei überhaupt noch ein einziger stolzer Vertreter der großen Nation übriggeblieben ist! Es ist, als ob sich alle hier in diesem Raum versammelt haben.
Hier im Wartesaal sind die Stolzen von nahezu allen Nationen versammelt. Auffallend viele sind aus dem Mittelmeerraum.

Aber das sind ja auch die stolzesten. Gleich neben der Tür entdecke ich auch drei Deutsche.
Denen sieht man allerdings an, daß sie dies hier nur nebenberuflich machen. In ihrem Hauptberuf sind sie vermutlich Schnapstester. Jetzt wird mir endlich klar, warum diese Leute überall als Gruppe auftauchen. Sie brauchen sich gegenseitig als Stütze, um nicht ständig umzufallen. Ich hoffe nur, daß niemand auf die Idee kommt, bei der schneidenden Luft hier ein Feuerzeug anzuzünden.
Eine Sekretärin kommt mit einem Stapel Papier in der Hand herein. Jeder bekommt mehrere Zettel in die Hand gedrückt: »Wichtige Informationen für den Probanden!« Niemand macht sich die Mühe, das Papier zu lesen. Alle stopfen es, genauso cool wie ich, in irgendeine Tasche. Wenn wir scharf auf Lesestoff wären, dann säßen wir doch in der Bibliothek und nicht hier.
In schneller Reihenfolge werden die Wartenden, einer nach dem anderen, von kräftigen Männern in weißen Kitteln abgeholt. Ich folge meinem Arzt durch einen langen, schmalen Flur. Zu beiden Seiten gehen die Türen zu kleinen Zimmern ab. Wir gehen in einen der kleinen Räume in der zweiten Etage, mit der Nummer 267, hinein. Das Zimmer ist sparsamer eingerichtet als die billigste Absteige: kein Fenster, kein Fernseher, kein Kühlschrank, kein Telefon, kein Teppich. Nur ein Bett und ein Stuhl!
Der ältere Herr mit dem weißen Kittel, der mich hierher geführt hat, setzt sich auf den Stuhl und fragt mich:
»Wir müssen noch diesen Fragebogen ausfüllen. Wie heißen Sie?«
»Ich heiße Osman Engin.«
»Sehr schön, vergessen Sie es! Ab sofort heißen Sie 267!«
Mit einem Klebestreifen heftet er mir einen Zettel auf das Hemd, auf dem mit rotem Filzstift mein neuer Name steht: 267!
»Das ist doch wirklich ein hübscher Name, oder?« sagt der Weißkittel begeistert. »Es hätte noch viel schlimmer kommen können. Stellen Sie sich vor, man hätte Ihnen den Namen 4711 oder 218 gegeben. Oder sogar 175!«

»Meinen neuen Namen finde ich wirklich super! Ich hatte wirklich Angst, als neuen Namen 08/15 zu bekommen! Aber verglichen damit, ist 267 tierisch gut«, bemühe ich mich um einen harmonischen Dialog mit meinem Arzt.
»Nummer 267, Sie bekommen hier bei uns freies Essen, freies Trinken, Sie können hier kostenlos übernachten, nur Damenbesuch ab Mitternacht ist untersagt!«
»Was will der Mensch eigentlich mehr? Hier ist es doch viel besser als zu Hause. Und diese lästigen Damenbesuche ab Mitternacht, die ich seit 30 Jahren kriege, hängen mir ohnehin zum Halse heraus! Sagen Sie mir lieber, ob Sie Kabelfernsehen haben.«
»Nummer 267, lassen Sie uns den Fragebogen hier erstmal in Ruhe zu Ende bringen. Sie brauchen übrigens keine Angst zu haben, bei unseren Versuchen für ein neues Medikament Schaden zu erleiden. Verglichen mit dem Straßenverkehr haben wir hier weit weniger Todesfälle. Das letzte Ärgernis in dieser Hinsicht liegt, soviel ich weiß, schon mindestens 14 Tage zurück. Vorausgesetzt natürlich, daß nicht gerade jetzt jemand in einer der Zellen hier rechts und links wegen Altersschwäche das Zeitliche segnet.«
»Na klar, das verstehe ich doch«, pflichte ich meinem Arzt bei, »Sie können doch nicht über jeden, der Ihnen hier wegstirbt, informiert sein. Sie können sich schließlich nicht um alles kümmern.«
»Nummer 267, ich habe diesen Fragebogen jetzt schon mal für Sie ausgefüllt, um Sie nicht mit unnötiger Arbeit zu belasten. Sie müssen hier nur noch diese Papiere unterschreiben. Hiermit erklären Sie, daß Sie alle Untersuchungen freiwillig absolviert haben. Für eventuelle Schäden, die Ihnen aus dieser Testreihe entstehen könnten, können wir natürlich keine Haftung übernehmen.«
»Das ist doch klar! Ich mach' das hier absolut freiwillig! Mal abgesehen von Frau Kottzmeyer-Göbelsberg, meiner Job-Kündigung, den Taxischulden und meiner Ehefrau.«

»Genau, das ist die richtige Einstellung, Nummer 267! Ich bin froh, mit Ihnen zusammenarbeiten zu dürfen. Ihr Ausländer seid für unsere Firma wie geschaffen. Ihr stellt nicht tausend dämliche Fragen und macht nicht vor Angst in die Hosen. Im Prinzip sind alle Ausländer echt tapfer und machen nicht so schnell schlapp wie die verweichlichten Deutschen. Mit den Ausländern können wir unsere Testreihen so hoch dosieren, wie wir wollen, die können alles ab. Sie hätten mal sehen sollen, welche Zicken die drei deutschen Penner mir vorhin gemacht haben. Die Brüder schütten sich jeden Tag literweise den billigsten Fusel auf die Leber, aber hier wollen sie bis ins Detail genau wissen, woraus die Testpillen bestehen und wie die Nebenwirkungen aussehen. Ehrlich gesagt, ich würde nicht mal einen einzigen Ausländer gegen zehn Deutsche eintauschen.«

»Sie sind aber ein großer Ausländerfreund!«

»Aber selbstverständlich! Unsere Branche ist immer entschiedener Gegner der Verschärfung der Asylgesetze gewesen! Wir bewundern alle Organisationen, die sich für mehr Ausländer engagieren. Leider haben wir mit den Tierschutzvereinen nur Ärger. Wenn Sie mich fragen, dann würde ich am liebsten alle Tierversuche sofort einstellen und statt dessen ausschließlich mit Ausländern arbeiten. Aber diese Tierversuche sind bei einigen Medikamentensorten immer noch gesetzlich vorgeschrieben.«

»Ich bin echt gerührt, Herr Doktor. Ich lebe wie gesagt schon seit 30 Jahren in Deutschland, aber so schöne Sachen wie Sie hat mir noch kein Deutscher gesagt. Ihre Rede geht mir so ans Herz, in Ihren Armen würde ich sogar mit Freude sterben.«

»Das wollen wir doch nicht hoffen, Nummer 267. Falls es unverhoffterweise jedoch dazu kommen sollte, daß Sie sich für immer von uns verabschieden, dann eröffnen sich für Sie gleich mehrere zusätzliche Perspektiven.«

»Aber so viele Alternativen gibt's nun auch wieder nicht. Eigentlich gibt es nur zwei. Entweder lande ich in der Hölle oder im Paradies. Und bei meinem Glück lande ich sicherlich in der

Hölle. Aber egal, da trifft man ohnehin auf die interessanteren Menschen.«

»Mit Perspektive meine ich doch nicht das Jenseits, sondern die daraus resultierenden zusätzlichen Verdienstmöglichkeiten. Wenn Sie bitte diese beiden Formulare auch noch unterschreiben wollen, dann können wir im Fall der Fälle das Geld an Ihre Familie überweisen.«

»Erst vor einer Stunde hat man mir gesagt, daß ich für kaum etwas zu gebrauchen bin. Und jetzt sagen Sie mir, daß ich sogar Geld verdienen kann, auch wenn ich bereits tot bin?«

»Ja, das ist ganz einfach. Das machen wir ständig. Unterschreiben Sie erstmal dieses Formular hier, das ist Ihre generelle Einverständniserklärung als Organspender. Und wenn Sie dieses grüne Formular auch unterschreiben wollen, dann sind Sie ein gemachter Mann. Hier erklären Sie sich nämlich einverstanden, daß wir Ihre Leiche als Dummy für Crash-Tests weitervermitteln können.«

»Geben Sie her, ich unterschreibe. Aber das gilt nur für Autos bis 65 PS, das sage ich Ihnen gleich.«

»Aber liebe Nummer 267, seien Sie doch nicht so kleinlich. Sagen wir doch rund 200 PS!«

»Nun gut, wegen 135 PS will ich mit Ihnen nicht streiten. Aber ich bestehe darauf, daß man mich grundsätzlich immer anschnallt! Wegen Ihrer Tests möchte ich keine Punkte in Flensburg riskieren!«

»Ja, und für den Fall der Fälle haben wir hier ein weiteres Formular. Um Sie nach diesen Crash-Tests zusätzlich weitervermitteln zu dürfen – damit Sie als Zombie in Horrorfilmen spielen.«

»Nein, nein, da habe ich wirklich kein Interesse. Aber lassen wir das alles mal, wieviel Geld verdiene ich denn heute?«

»Der Tarif für ›Risikogruppe vier‹ ist zur Zeit 1.500 Mark.«

»1.500 Mark? An einem Tag? Ich werde verrückt! Warum habe ich 30 Jahre lang als Schlosser gearbeitet? Geben Sie die Pillen schon her, ich schlucke alles!«

»Nun ja, für einen einzigen Tag auch nicht. Die Untersuchungsreihe wird zirka acht Wochen dauern, und am Ende bekommen Sie Ihr Geld bar auf die Hand.«

Acht Wochen lang? Davon hat mir der Arbeitsamt-Necmeddin aber nichts gesagt! Ich weiß noch nicht mal, ob ich in einer Woche noch in Deutschland bin.

»Für den Fall, daß ich ausgewiesen werde oder so, könnten Sie mich dann hier ein paar Tage verstecken?«

»Was meinen Sie denn damit? Wir sind doch nicht die evangelische Kirche!«

Die Ausweisung zu erwähnen, war, glaube ich, keine so gute Idee.

»Ach nichts, das war nur so 'ne Spinnerei von mir. Ich bin mit den 1.500 Mark und den acht Wochen einverstanden. Aber ich hätte das Geld gerne als Vorschuß.«

»Das geht nicht, Nummer 267. Wir zahlen aus Prinzip die Summe nicht im voraus. Wir haben damit schlechte Erfahrungen gemacht, manche lassen sich gar nicht mehr sehen, wenn sie das Geld erstmal haben.«

Dann bin ich ja doch nicht der Erste, der auf die Idee kommt. Aber ich kann unmöglich acht Wochen warten, bis ich das Geld bekomme.

»Gut, ich sehe ein, daß Sie mir nicht das ganze Geld im voraus auszahlen können. Es gibt so viele schlechte Menschen heutzutage. Aber meinen Lohn für heute würde ich gerne gleich mitnehmen.«

»Ich denke, daß ließe sich schon machen. Sie könnten natürlich ein risikoreicheres Medikament testen, dann verdienen Sie natürlich entsprechend mehr.«

»Ist das wahr? Wieviel denn?«

»Das ist doch logisch, Nummer 267. Unser Haus hat seine medizinischen Testreihen in sieben Risikogruppen unterteilt. Für die Untersuchungen von Zahnpasta, Vitaminkapseln und Fußpilzsalben gibt's am wenigsten Geld. In der nächsthöheren Gruppe, in Stufe zwei, testen wir Hustensäfte, Grippetabletten und Abführmittel. So steigert sich das bis zur Stufe sieben, wo die in-

teressanteren und spannenderen Medikamente getestet werden: Antidepressiva, Herzpräparate und ähnlich teure Sachen.«
»Was ist denn das Teuerste überhaupt, was Sie heute im Angebot haben?«
»Da lassen Sie mich mal nachgucken. Ein sehr schönes Herzmittel hätten wir da. Für diese Testreihe bekommen Sie 3.000 Mark.«
»Super, die will ich haben. Ich schlucke gleich alles. Ich will gleich die doppelte Menge. Übrigens, wo ist hier das Klo?«
»Halt, halt, so schnell geht das auch wieder nicht. Bevor wir anfangen, müssen wir Sie erstmal gründlich untersuchen. Sonst können wir doch später gar nicht wissen, ob Sie schon vorher krank waren, oder ob unsere Medikamente Sie krank gemacht haben. Und das da drüben ist Ihr Klo, wir müssen Ihren Urin sowieso untersuchen«, ruft er und zeigt auf einen kleinen weißen Topf in der Ecke.
»Aber für diese Untersuchungen bezahle ich nichts. Das dürfen Sie mir nicht von meinem Honorar abziehen!«
»Nein, nein, selbstverständlich brauchen Sie dafür nichts zu bezahlen. Sie werden jetzt auf Kosten unseres Hauses ganz gründlich untersucht. Aber nur, weil Sie es sind! Und das Ganze über acht Wochen lang jeden Morgen. Auch bei unseren freien Mitarbeitern scheuen wir keine Kosten.«
Ich folge ihm über den Flur in ein größeres Labor. Dort treffe ich viele meiner Kollegen aus dem Wartezimmer wieder. Ich muß die ganze Prozedur über mich ergehen lassen, wie damals vor 30 Jahren in der Türkei im deutschen Anwerbebüro: Wiegen, Messen, Klopfen, Husten, Hüpfen, Zähne und Plattfüße zeigen. Aber diesmal ohne gekauften Urin. Alles in Eigenproduktion!
Zwanzig Minuten später bin ich wieder bei meinem Namensvetter: Kabine 267! Jetzt kann's losgehen!
»Ihre Werte sind total in Ordnung, Nummer 267. Wir können mit dem Test anfangen. Legen Sie sich mal dort hin.«
»Ich nehme Tabletten grundsätzlich nur im Stehen ein. Geben Sie die Pille her.«

»Von Tabletten hat hier keiner was gesagt. Sie bekommen diese beiden Ampullen gespritzt. Lassen Sie bitte die Hose runter und legen Sie sich auf den Bauch.«

»Aber das geht doch nicht! Ein anständiger, stolzer Türke läßt niemals die Hosen runter, wenn ein Mann hinter ihm steht!«

»Nehmen Sie es nicht so tragisch, von mir erfährt niemand was.«

»Aber..., ich dachte doch..., Arbeitsamt-Necmeddin..., Tabletten wegwerfen...«

Weißt du, Oooooh Scheiße!

So war das aber nicht geplant. An eine Spritze habe ich überhaupt nicht gedacht! Arbeitsamt-Necmeddin, du Hundesohn. Du hast doch gesagt, ich kann die Tabletten einfach wegschmeißen. Was soll ich jetzt bloß machen? Ich kann ihm doch nicht die 50-Zentimeter-Spritze wegnehmen und...

»Aauuuuaaaa!!«

Wie kann denn eine einzige Spritze, auch wenn sie 50 Zentimeter lang ist, so höllisch weh tun? Ich drehe meinen Kopf nach hinten und betrachte die Katastrophe in voller Lebensgröße: »Osman am Spieß«. Jetzt fehlen nur noch ein paar Tomaten, Paprika und Zwiebeln drumherum.

»Sagen Sie mal, das war doch jetzt das gefährlichste Medikament, daß Sie auf Lager hatten, nicht wahr?«

»Ja, ein Herzmittel aus Stufe sieben. So wollten Sie es doch haben. Das finde ich richtig gut von Ihnen. Einen so tapferen Kerl wie Sie habe ich hier schon lange nicht mehr gesehen. Daß Sie sogar die ganze Zeit Witze darüber gerissen haben, finde ich echt toll. Unglaublich, wie mutig diese Ausländer sind!«

»Aber ich bin doch gar kein richtiger Ausländer mehr. Ich lebe schon seit 30 Jahren in Deutschland!«

Ooh, Allah, ich hoffe nur, daß ich hier lebend rauskomme. Wie heißt es doch so schön: Es gibt immer noch was Schlimmeres! Jetzt erscheint mir sogar unsere Abschiebung vergleichsweise harmlos! Im gleichen Moment höre ich einen herzzerreißenden Schrei aus dem Nebenzimmer. Der Schmerz in dieser Stimme läßt mein Blut in den Adern gerinnen. Woher kenne ich nur diese Stimme? Das ist Hatice, meine jüngste Tochter! Was machen die Kerle mit ihr im Nebenzimmer?!

»Was war das? Was geht da drüben vor sich? Wer schreit drüben um sein Leben?«

»Ach nichts, schon gut. Das ist nur eine Laborkatze. Die hat genau das gleiche Medikament bekommen wie Sie auch. Ich sagte Ihnen doch, die Ausländer sind viel mutiger!«

Gott sei dank, es ist nicht meine Hatice! Jetzt höre ich auch, daß es eine Katze ist. Ich weiß, wie Katzen jaulen, wenn man ihnen versehentlich auf den Schwanz tritt. Die Katze da drüben schreit aber tausendmal herzzerreißender, so als würde man ihr bei lebendigem Leibe das Fell abziehen.

»Sagen Sie mal, was hat dieses Zeug eigentlich für Nebenwirkungen?« frage ich geschockt.

»Es könnte sein, daß ein Ausfall von Myokardfasern und beider Perikardblätter sowie Arrhythmien aufkommen. Bei schweren Bradykardien, ventrikulären Tachydardien, hypertrophisch obstruktiver Kardiomyopathie und Verdacht auf Digitalisintoxikation sind Herzglykoside kontraindiziert. Physiologische Sinusarrhythmien, supraventrikuläre Extrasystalen sowie supraventrikuläre paroxysmale Tachykardien könnten auch auftreten. Vereinzelt sieht man auch Ataxie, Tremor, Agranulozytose, cholestratischen Ikterus bei Nifedipin Applikation. Leider ist bei Antiarrhythma die Gefahr von Bradykardie sehr erhöht!«

Ich muß meiner Frau wohl oder übel erneut recht geben. Nach 30 Jahren kann ich immer noch kein Deutsch. Ich habe nichts verstanden. Wesentlich schwieriger stelle ich mir einen Dialog mit Mao Tse-tung in seiner Muttersprache über die Diktatur des Proletariats in der Volksdemokratie auch nicht vor. Zumal er schon seit einiger Zeit tot ist. Aber bei einem Medikament mit so vielen Nebenwirkungen bin ich wahrscheinlich schneller bei Mao, Lenin, Napoleon und meinem kürzlich verstorbenen Nachbarn, dem Gemüsehändler Selim, als mir lieb ist!

»Hat dieses schreckliche Zeug denn gar keine Nebenwirkungen, die auch ein einfacher ausländischer Arbeiter kriegen kann?«

»Doch, doch, da haben wir schon was für Sie: Kopfschmerzen, Durchfall, Allergien, Sehstörungen, Benommenheit und Magen-Darm-Beschwerden. Es kann auch zu Erstickungsanfällen und Kreislaufschocks kommen, die vereinzelt auch zum Tode führen können. Wie gesagt, in dem Fall übernehmen wir selbstverständlich die Beerdigungskosten. Das Schöne an der Sache ist, Haarausfall kommt bei Ihnen als Nebenwirkung nicht in Frage, weil Sie glücklicherweise ja gar keine Haare mehr haben.«

»Ich habe einen Vorschlag: Wenn ihr bei euren Medikamenten alle Nebenwirkungen auf einen Schlag los sein wollt, dann testet das Zeug doch an einem Toten! Ich sehe erst seit zwei Tagen so aus!«

»Nein, das geht nicht! Denn im Gegensatz zur Autoindustrie müssen die Dummys bei uns noch etwas lebendig sein, so schreibt es das Gesetz vor. Abgesehen davon, müssen die von mir genannten Nebenwirkungen nicht alle zusammen auftreten. Das hat auch was mit der verabreichten Dosis zu tun. Herzmedikamente haben interessanterweise eine sehr geringe therapeutische Breite. Bereits eine kleine Überdosierung kann tödliche Folgen haben. Falls man aber von einer oder mehreren dieser Nebenwirkungen betroffen ist, dann hören sie in der Regel nach genau zwei Stunden von selbst wieder auf. Voraussetzung dafür ist allerdings, daß der Herzmuskel diesen Test überlebt hat!«

Ein unglaublich lauter Katzenschrei aus dem Nebenzimmer zerreißt mir fast das Trommelfell. Im gleichen Moment bekomme ich so starke Magenkrämpfe, als hätte mir Mohammed Ali in seinen besten Jahren zwei Treffer hintereinander verpaßt. Ich krümme mich wie ein Wurm und stürze auf den Betonboden. Die unerträglich gequälten Schreie meiner Nachbarin bohren sich immer tiefer in mein Hirn. Mein Herz tut mir unheimlich weh, so als würde es gleich platzen. Ich hab' das Gefühl, als hätte sich das gesamte Blut aus dem Körper im Herz zusammengestaut und irgend jemand hat die Ausgangsadern abgebunden. Die nicht enden wollenden Schreie meiner Schicksalsgenossin aus dem Nebenzimmer füllen mein ganzes Hirn aus und haben sich auf Dauer in meinem Kopf qualvoll eingenistet. Zusätzlich höre ich diese ohnehin schrecklichen Töne jetzt mit mehrfachem Echo. Als sich dann noch alles um mich herum zu drehen beginnt, habe ich überhaupt keine Kontrolle mehr über meinen Körper und schlage mit dem Kopf auf den Boden. Ich spüre, wie der Arzt mehrfach versucht, mich zum Bett zu schleifen, um mich hinzulegen. Da, wo mein Kopf eben noch auf den harten Betonboden schlug, hatte ich für Sekundenbruchteile keine Schmerzen. Oder die Schmerzen, die ich bei dem Aufprall verspürte, ließen mich die anderen für einen Moment vergessen. Ich schlage mit dem Kopf unaufhörlich gegen die Wand, um die Herzkrämpfe nicht wahrzunehmen. Bei jedem Schlag vertieft sich der gräßliche Katzenschrei, der von meinem Gehirn Besitz ergriffen hat.

Als die Zellenwand völlig mit Blut beschmiert ist, versucht mich der Arzt vergeblich auf dem Bett festzubinden. All das Blut, das von meinem Gesicht über mein Hemd bis zu meiner Hose runterläuft, erleichtert mich unheimlich. Ich habe das Gefühl, je mehr Blut ich verliere, umso mehr Druck entweicht meinem Herzen. Jede Sekunde warte ich sehnsüchtig darauf, daß meine Adern endlich platzen und diese unerträglichen Qualen ein Ende finden.

Zum ersten Mal in meinem Leben verstehe ich plötzlich die Sprache der Tiere. Ich weiß genau, was die gemarterte Katze schreit. Ich spüre, welche Schmerzen sie erleiden muß. Sie fleht: »Hört auf! Hört auf! Mein kleines Herz kann das nicht mehr ertragen! Was habe ich euch Menschen denn getan, daß ihr mich so quält? Hört doch endlich auf!«

Ich schreie zusammen mit der Katze. Ich schreie vor Schmerzen fast lauter als sie! Diese kleine Katze in der Nachbarzelle, die absolut unschuldig zu Tode gefoltert wird, ist zur Zeit das einzige Geschöpf auf Erden, mit dem ich mich verbunden fühle. Ich

bin ganz sicher, ihr geht es genauso. Meine Schreie sind für sie wahrscheinlich kaum erträglicher, als die ihren für mich!
Ich sehe alles nur noch verschwommen. Alle möglichen Schmerzen aus meinem Körper haben sich zusammengetan, um mich wie eine immer größer werdende Lawine zu erdrücken. Ich fühle, wie mir schwarz vor Augen wird und ich langsam mein Bewußtsein verliere. Werde ich nur bewußtlos? Oder sterbe ich?

Nur langsam komme ich wieder zu mir. Mühsam öffne ich die Augen. Mein erster Gedanke: Ich lebe ja doch noch! Ich kann meinen Körper nicht bewegen. Es kribbelt überall, als wären tausend Ameisen in mir! Und ich sehe alles doppelt. Aber als einer der beiden Ärzte zu sprechen beginnt, da weiß ich, daß ich keinen Sehfehler habe. Es sind zwei Ärzte in meiner Zelle.
»Herzlichen Glückwunsch und gute Besserung. Sie haben den Test gut überstanden.«
Ich blicke an mir herunter und sehe, daß meine Kleidung von oben bis unten voller Blut ist. Ich schaue mich lieber nicht an, damit mir nicht schlecht wird.
»Herr Doktor, Herr Doktor, habe ich jetzt wirklich alles überstanden?« frage ich meinen bisherigen Arzt. Der andere, neu dazugekommene Arzt schaut seinen Kollegen irritiert an.
»Aber ich habe doch niemals behauptet, ein Doktor zu sein«, stottert mein Arzt. »Ich bin hier nur der Hausmeister von der zweiten Etage.«
»Und dann dürfen Sie mir solche Spritzen geben?«
»Wieso? Da verpassen sich doch die meisten Fixer in irgendeinem Bahnhofsklo noch ganz andere Dinger!«
»Aber das Fachchinesisch vorhin, mit den ganzen Nebenwirkungen?«
»Reine Routine. Den Text habe ich schon mindestens hundert Mal ohne zu Stottern runtergerasselt.«
»Nummer 267«, mischt sich nun der echte Arzt ein. »Wir haben gerade an Ihrem Fall bemerkenswert deutlich demonstriert, welche Phänomene durch die Psyche hervorgerufen werden.«

»Was meinen Sie damit, Herr Doktor?«

»Sie haben vor zwei Stunden von meinem Helfer ein Arzneimittel verabreicht bekommen, das keinerlei pharmakodynamisch wirkende Stoffe enthielt. Sie haben ein Placebopräparat gespritzt bekommen.«

»Wenn ich ehrlich sein soll, diesmal habe ich noch weniger verstanden!«

»Nun gut, noch mal von vorne! Placebos sind ›Scheinmedikamente‹. In Ihrem Fall eine reine Kochsalzlösung, ohne jede Wirkstoffe. Beim Testen von Nebenwirkungen eines Medikaments werden heute bis zu fünfzig Prozent wirkungslose Placebos verabreicht. Wenn wir also an hundert Leuten dieses Medikament testen sollen, dann bekommen fünfzig davon Placebos und nur fünfzig das eigentliche Medikament. Und alle Testkandidaten werden über die möglichen Nebenwirkungen informiert. Anschließend können wir genau erkennen, welche Rolle die Psyche bei der Entstehung von Nebenwirkungen hat. Und Sie haben dieses Scheinmedikament, ein sogenanntes Placebo, erhalten. Aber interessanterweise bekamen Sie alle klinisch bekannten Nebenwirkungen und sogar einiges mehr, was selbst für uns neu war.«

»Wie? Was? Das gibt's doch nicht! Das glaub' ich nicht!«

»Also, Nummer 267, um es jetzt noch einmal ganz einfach zu sagen: Placebos schlucken ist wie Hamburger essen bei McDonald's. Da essen Sie ja auch in dem Irrglauben, Nahrung in sich aufzunehmen. Sie täuschen sich und werden kurzfristig satt. Aber der Körper erhält keine Nährstoffe, ihm wird eher geschadet.«

»Bei Allah, ich werde verrückt! All das Schreckliche der letzten Stunden soll ich nur durch Einbildung erlebt haben? Wer weiß, was passiert wäre, wenn ich das echte Medikament bekommen hätte?«

»Nun ja, die Symptome sind in der Regel immer die gleichen. Vielleicht mit dem kleinen Unterschied, daß Sie unter Umständen nicht mehr aufgewacht wären.«

»Und das nächste Mal bekomme ich wieder McDonald's-Medizin?«

»Das können und dürfen wir Ihnen nicht sagen. Wir erfahren das auch immer erst hinterher.«

»Das ist ja verrückter als das idiotische Spiel mit der einen Kugel in der Pistole!«

»Ja, das ist richtig. Spannend ist es auf jeden Fall, sogar für uns.«

»Meine Kollegen und ich schließen jedesmal Wetten darüber ab, wie es bei diesem ›Russischen Roulette‹ ausgeht«, mischt sich der Möchtegern-Arzt ein.

»Na gut, ich ziehe mich erstmal an und mache mich auf den Heimweg. Aber bevor ich gehe, möchte ich mit meinem Honorar für heute die arme Laborkatze von nebenan freikaufen.«

»Tut mir leid, das geht leider nicht mehr. Sie ist bereits im Katzenparadies und jagt dort Mäuse. Tiere bekommen niemals Placebos!«

Dienstag, 19. Juni, 22:00 Uhr

»Mein Gott, Osman, wie siehst du denn schon wieder aus? Überall Blut, wie soll ich das wieder rauskriegen! Du armer Kerl, hat dich der Taxifahrer doch noch erwischt! Hat der Unmensch dich bloß mit seinem Taxi überfahren, oder hat er dich zusammen mit seinen Kollegen so verprügelt?« ruft meine Frau schreckensbleich, als sie mir die Haustür öffnet.

»Wie? Ist der Taxifahrer tatsächlich wieder hier gewesen?« frage ich voller schlechter Vorahnungen.

»Na logisch! Denkst du etwa, der läßt sich die 1.000 Mark durch die Lappen gehen? Der hat hier rumgetobt wie ein Wilder. Und dann hat er noch gesagt: ›Bestellen Sie Ihrem van Gogh, diesem verhinderten Maler, der soll sich in acht nehmen. Ich werde die Kohle von diesem Pinselquäler kriegen und wenn ich ihn dafür ausquetschen muß wie eine Zitrone!‹«

»Der Idiot soll sich lieber selbst in acht nehmen. Erst zu Anfang dieses Jahrhunderts hat doch die ganze Welt gesehen, zu was ein verhinderter, durchgedrehter Maler so alles fähig ist!«

»Bevor er rausging, hat der Taximensch auch noch gesagt: ›Ich bekomme mein Geld und wenn ich dafür über Leichen fahren muß!‹«

»Dann habe ich schon die passende Arbeit für ihn. Er sollte Hausmeister bei McDonald's werden, ich habe gerade einen kennengelernt.«

»Aha, dann hast du also bis eben bei McDonald's gearbeitet?« ruft Eminanim erwartungsvoll aus dem Flur, während sie das Paket öffnet, das ich mitgebracht habe. »Was hast du uns denn zu Essen mitgebracht? Chicken McNuggets oder einen Fisch Mac?«

»Direkt bei McDonald's habe ich nicht gearbeitet, aber bei sowas ähnlichem. In beiden Fällen fühlt man sich hinterher satt, aber nicht besonders gesund. Und bei beiden ...«

»Iiiiiigiiit! Osman, was ist das denn? Bääh! Du hast ein kleines totes Tier mitgeschleppt. Da ist sogar noch das Fell dran. Sehen die neuen Hamburger jetzt alle so aus?«

»Nein, nein, das ist was anderes. Das ist eine ehemalige Arbeitskollegin von mir gewesen. Die hatte aber leider nicht ganz soviel Glück wie ich.«

»Was meinst du denn damit? Hast du vielleicht Raubtierbändiger im Zirkus gespielt? Sind die Katzen über dich hergefallen und haben dich so entsetzlich entstellt? Und in deiner Wut hast du das arme Ding hier umgebracht?«

»Nein, nein, Eminanim, jetzt sei ruhig, du bringst alles durcheinander. An meinen Verletzungen hat diese Katze überhaupt keine Schuld. Ich habe das arme Tier nur gekauft, damit diese Unmenschen nicht auch noch über ihre Leiche bestimmen. Als sie noch lebte, konnte ich nichts für sie tun. Ich wollte zumindest verhindern, daß man sie zu Tierfutter verarbeitet. Die Kinder könnten sie doch morgen irgendwo im Park begraben«, rufe ich vom Schlafzimmer aus, wo ich mich neben den Resten des Kleiderschranks umziehe. Eminanim läßt das Paket im Flur stehen und kommt zu mir ins Schlafzimmer. Sie schaut mir ganz tief in die Augen und sagt:

»Osman, wir haben Riesensorgen wegen der Abschiebung, und du schleppst tote Katzen nach Hause. Ich glaube, wenn der Staat das systematisch machen würde, nämlich ständig unschuldige Menschen auszuweisen, dann wären zwei Berufe sehr begehrt: Ärzte für Magen-Darm-Krankheiten und Psychologen«, und dabei schüttelt sie den Kopf langsam und bedächtig von links nach rechts.

»Frau, schau mich nicht so mitleidig an! Ich bin nicht verrückt geworden. Ich habe lediglich zusammen mit dieser Katze als Testperson für ein Herzmedikament gearbeitet. Die Ärzte gaben mir ein sogenanntes Scheinmedikament, ein Placebo, gewissermaßen eine McDonald's-Medizin, um zu testen, welche Rolle

die Psyche bei den Nebenwirkungen für dieses Medikament spielt. Der Katze hier haben sie aber volle Kanne die doppelte Portion verpaßt.«
»Warum haben die Mediziner der armen Katze denn nicht auch Placebos gegeben, wenn man sie dadurch hätte retten können?«
»Katzen bekommen keine Placebos, weil sie die Beipackzettel für die Medikamente nicht lesen können! Bei Allah, du stellst vielleicht Fragen! Freu dich doch, daß es nicht umgekehrt gelaufen ist. Oder hättest du es lieber gesehen, wenn die Katze meine Leiche in einem Paket zu sich nach Hause geschleppt und mich die Katzenkinder morgen im Park verbuddelt hätten?«
»Osman, du bist so herzlos!«
»Das stimmt nicht! Wenn ich bei einem meiner Organe wirklich sicher bin, das ich es habe, dann ist es mein Herz. Und vielleicht auch noch mein Magen, denn ohne Magen kein Magengeschwür. Von mir aus kannst du behaupten, ich sei nierenlos oder zwölffingerdarmlos. Aber herzlos bin ich garantiert nicht, erst vorhin habe ich mein Herz zwei Stunden lang sehr schmerzvoll gespürt. Und ich kann dir sagen, mein Herz ist absolut robust, bestimmt stärker als das von Prinz Eisenherz und Richard Löwenherz zusammen.«

Als ich endlich das Wohnzimmer betrete, da überwältigen mich doch Mitleidsgefühle: Ein junger Mann sitzt zusammen mit meinem Sohn Mehmet auf der Couch, vermutlich noch so ein kommunistischer Freund von ihm, und trinkt Tee. Aber das Traurige ist, daß er den gleichen Turbanverband auf dem Kopf tragen muß wie ich.
»Bei Allah, du armer Junge! Hat der Taxifahrer seinen Zorn an dir ausgelassen? Er hat dir doch hoffentlich nicht beide Ohren abgeschnitten?« frage ich unseren Gast mitfühlend auf türkisch. »Und sowas will ein taxifahrender Arzt sein!«
»Vater, du mußt Deutsch mit ihm reden, er kann dich nicht verstehen«, erklärt Mehmet die verwirrende Situation. »Er heißt Puschpa Singh Mangeschkar und kommt aus Lakhnau.«

»Also, für einen Afrikaner hätte ich ihn echt nicht gehalten. Er sieht wirklich aus wie einer von uns.«
»Er kommt doch auch nicht aus Afrika. Lakhnau ist eine große Stadt in Nord-Indien. Er ist ein Studienkollege von mir. Als wir vor zwei Jahren die Studienreise mit der Uni dorthin machten, habe ich mehrere Tage bei seinen Verwandten in Lakhnau gewohnt.«
»Dann ist ja gut, ich hatte schon Angst, daß sich der wahnsinnige Taxifahrer einen unserer Gäste vorgeknöpft hat. Sag ihm, daß mein Turban nichts mit Religion zu tun hat.«
»Puschpa weiß das schon längst, er hat sich köstlich über die Geschichte amüsiert.«
»Das war ja klar, wenn jemand ein Freund von dir ist, dann kann man von ihm natürlich auch kein Mitleid und Verständnis erwarten. Bei euch roten Brüdern ist doch Hopfen und Malz verloren, wie mein Arbeitskollege Hans aus Halle 4 zu sagen pflegt.«
Bei einer repräsentativen Umfrage, die ich unter den 247 Studenten seines Studiengangs durchgeführt habe, kam heraus, daß drei Prozent glaubten, Mehmet in den letzten fünf Jahren wirklich einmal in der Universität gesehen zu haben, aber sie waren sich nicht sicher. Sieben Prozent meinten, sie würden sich an den Namen Mehmet erinnern, aber soviel sie wüßten, wäre der längst fertig und in seine Heimat Kairo zurückgekehrt.
Die restlichen 90 Prozent kannten ihn alle ganz genau, aber nur von verrufenen Diskotheken, Säuferkneipen und Stripteasebars.
»Du ewiger Student«, rufe ich verärgert.
»Da bin ich doch lieber ewiger Student als ewiger Asylant«, hält Mehmet dagegen, »wir Studenten kriegen mehr Bafög, haben die besseren Wohnheime, haben die hübscheren Freundinnen und werden nicht abgeschoben!«
»Osman, laß doch endlich die Jungs in Ruhe!« unterbricht mich meine Frau und drückt mir energisch ein Glas Tee in die Hand. Voller Wut schlürfe ich an meinem Tee; aber bei diesem herrlichen Aroma bekomme ich strahlende Augen.
»Ooh, dieser Tee schmeckt heute ja besonders gut! Siehst du,

mein indischer Freund, wie gut türkischer Tee schmecken kann?« rufe ich überlegen, wie ein Kolonialherr in die Runde.
»Osman, du ungehobelter Flegel! Das ist doch indischer Tee!« fällt mir Eminanim verschämt und verärgert ins Wort. »Diesen Tee hat der Junge doch vorhin als Gastgeschenk aus seiner Heimat mitgebracht.«
Um das bedeutungsvolle Schweigen nach diesem unglücklichen Patzer zu kaschieren, werde ich schnell wieder laut:
»Also euren Gandhi, den finde ich wirklich toll. Das muß ein phantastischer Mann gewesen sein.«
»Das finde ich gar nicht«, erwidert unser junger indischer Gast, »die Zeiten des stillen Protestes sind endgültig vorbei. Sie haben den zwei Burschen in der Straßenbahn doch auch nicht Ihr zweites Ohr zum Abschneiden hingehalten. Wir werden jetzt in unserer Heimat genauso hart kämpfen, wie unsere Gegner es verdienen! Wie der Guru Gobind Singh seinerzeit schon sagte: ›Wenn alle anderen Mittel nicht ausreichen, dann muß man letztlich zum Schwert greifen!‹«
»Ist das der Grund, warum sich die Sikhs und die Inder in Kaschmir den Schädel einschlagen? Dabei haben die doch so schöne Pullover! Das verstehe ich ja nun überhaupt nicht«, diskutieren wir von weißem Turban zu weißem Turban.
»Aber, Herr Engin, das ist doch im Prinzip ganz einfach zu verstehen. Die Situation ist doch fast genau dieselbe, wie bei euch. Die Sikhs werden in Indien genauso unterdrückt wie die Kurden in der Türkei!«
»Das stimmt überhaupt nicht! In der Türkei haben alle Menschen die gleichen Rechte!«
»Da werden alle Leute gleichmäßig unterdrückt«, sagt Mehmet.
»Und in der Türkei wird jeder frei geboren!« rufe ich.
»Und gleich danach fängt der Ärger auch an«, sagt Mehmet wieder.
»Puschpa, mein Junge, ich weiß nicht, ob es in Indien Sikhs gibt, aber in der Türkei gibt es keine Kurden. Im Osten leben nur die Berg-Türken!«

»Welchen Osten meinen Sie, den türkischen oder den deutschen?«

»Den türkischen natürlich. Die deutschen Zonis sind doch viel vernünftiger. Die sind gegen eine Trennung. Unsere Generäle und Politiker behaupten, das Wort ›Kurde‹ sei in der Osttürkei in den Bergen entstanden und zwar durch das Laufgeräusch auf dem Schnee: Kurd, Kurd, Kurd!«

»Herr Engin, nach dieser Theorie müßte ja ganz Kanada, Sibirien, Alaska, Österreich, Finnland und Grönland voll mit Kurden sein.«

»Genau, die Kanadier sind doch die Kurden Amerikas. Die sogenannten ›Berg-Amis‹!« mischt sich mein unerzogener Sohn Mehmet wieder ein: »Und die Pinguine am Südpol heißen in Wirklichkeit ›Kurduine‹!«

»Stellen Sie sich doch mal vor, Herr Engin, Ihr Republikgründer wäre kein Türke, sondern Kurde gewesen und hieße Atakurd. Und die Türken dürften in ihrer Heimat keine türkische Musik hören und keine türkischen Zeitungen lesen.«

»Ach, wer liest denn heute noch freiwillig Zeitung, wo es doch Fernsehen gibt!«

»Aber das dürften Sie dann auch nicht in Ihrer Muttersprache. Selbst in Deutschland kaufen die Türken gleich mehrere Satellitenschüsseln, damit sie auch nicht einen von den 20 türkischen Privatsendern verpassen! Aber die Kurden dürfen nicht mal in ihrer Heimat kurdisches Fernsehen gucken!«

»Ach, Fernsehen ist doch sowas von überflüssig, da gibt es doch nur Schund zu sehen! Das habe ich erst gestern wieder festgestellt!«

»Und stellen Sie sich bloß mal vor, Sie dürften Ihren eigenen Kindern keine türkischen Namen geben!«

»Wen interessieren schon Namen! Namen sind nur Schall und Rauch, mein Junge! Also, ob der Kommunist da drüben nun Mehmet oder Memo heißt ... also, das ist mir doch sowas von egal! In beiden Fällen bleibt er ein Nichtsnutz und ein ewiger Student!«

»Aber wie sollen Kinder sowas wie Kultur und eigene Persönlichkeit entwickeln, wenn sie nicht mal in der Grundschule ihre Muttersprache sprechen dürfen?«
»Da ist was Vernünftiges dran, an dem was du sagst, Puschpa! Denn wenn Mehmet in der Türkei und nicht hier in Deutschland zur Schule gegangen wäre, dann hätte selbst aus ihm möglicherweise was Anständiges werden können!«
»Und das ist ja erst der Anfang, Herr Engin! Von der Vertreibung aus den Heimatdörfern will ich erst gar nicht re...«
Noch bevor er den Satz beenden kann, geht plötzlich mit einem schauderhaften Geklirre unser großes Wohnzimmerfenster zu Bruch.
»Ein Erdbeben«, kreischt meine Frau, »Kinder, kriecht schnell unter den Tisch und macht die Augen zu. Osman, paß du auf den Fernseher und den Videorecorder auf, rette die teure Vase und die Teegläser. Und halt auch mich ganz fest!«
»Die Außerirdischen greifen an!« brülle ich nicht minder laut. »Rette sich wer kann. Osmans und Kinder zuerst in die Boote!«
Hatice weint vor Angst: »Papa, Papa, brennen die unser Haus jetzt auch ab?«
»Ein paar Glatzen rollen die Straße runter und kratzen gerade die Kurve!« formuliert mein akademischer Sohn, was er vom kaputten Fenster aus, gemeinsam mit seinem indischen Freund, beobachtet – in seiner hochkultivierten Studentensprache.
»Mehmet meint, daß da gerade zwei Skinheads weggelaufen sind«, übersetzt mir Puschpa Singh Mangeschkar. Dieser aus 10.000 Kilometer Entfernung stammende Gast versteht meinen Sohn wesentlich besser als ich. Und dies, obwohl ich seit 25 Jahren mit ihm Wand an Wand wohne und ihn jede Nacht schnarchen höre, beziehungsweise er mich!
»Ihr stinkenden Asylbetrüger! Wenn ihr nicht sofort aus Deutschland verschwindet, dann wird man euch in Särgen raustragen müssen. Das können wir euch versprechen. Unterschrift: Die wahren Retter des deutschen Volkes! Sieg Heil!« liest Eminanim mit zittriger Stimme den Zettel vor, mit dem der große

Stein umwickelt war, der unser schönes Wohnzimmerfenster zertrümmert hat.
Innerhalb weniger Sekunden läuft jener Teil der deutschen Geschichte wie ein Film vor meinen Augen ab, in dem Menschen, die nicht deutscher Rasse waren, verbrannt wurden. In den paar Sekunden natürlich nur die neuere deutsche Geschichte: Hoyerswerda, Rostock, Mölln, Solingen, Lübeck etc. Für die etwas ältere deutsche Geschichte zum gleichen Thema hätte ich einen Film von der Länge der kompletten Dallas-Serie in ungekürzter Originalfassung benötigt.
»Wie haben diese Arschlöcher denn das so schnell erfahren?« frage ich, wie vor den Kopf geschlagen, in die verwirrte Runde.
»Von unserer Abschiebung weiß doch mittlerweile sicherlich die ganze Stadt. Denk doch mal, wieviele Leute allein gestern hier waren. Unglück spricht sich schnell herum!« äußert sich meine Frau sichtbar verängstigt.
»Man muß aber zugeben, daß diese Steinwurfmethode der Glatzenpost wesentlich schneller und effektiver ist als die der kommunistischen Behördenpost. Wenn wir doch bloß wüßten, welches Geheimnis sich in unserer verschwundenen Akte verbirgt, dann könnten wir diesem idiotischen Wahnsinn endlich ein Ende setzen!«
»Osman, so langsam aber sicher habe ich das Gefühl, daß dies alles Teil eines bewußt inszenierten Komplotts ist! Das Ganze ist ein Alptraum, ein langsam wirkendes Gift, das uns von innen auffressen will. Wer hat sich dieses mörderische Spiel ausgedacht, das sie uns hier aufzwingen? Schon bald werden sie uns hier von unseren vertrauten Wurzeln losreißen, wegwerfen und unbeachtet verdorren lassen. Aber der Täter ist nicht zu sehen und nicht zu fassen, das ist sozusagen ein perfekter Mord!!«
»Aber Eminanim, nun übertreibe mal nicht so sehr. So hoffnungslos ist unsere Situation nun auch wieder nicht.«
»Osman, wie du hier alles verharmlost! Du machst mich noch wahnsinnig!«
»Aber Frau, das hier ist doch wirklich nicht mit einem perfek-

ten Mord zu vergleichen. Im schlimmsten Fall kann dieser Irrsinn die ›perfekte Abschiebung‹ genannt werden.«
»Dann sag mir mal, wo der Unterschied liegt?«
»Bei der perfekten Abschiebung lebt man zumindest noch, im Gegensatz zum perfekten Mord.«
»Das mag sein, aber nur noch rein körperlich!«
Unser indischer Gast meldet sich zu Wort:
»Ich hätte nicht gedacht, daß ich sowas selbst miterleben muß. Ich schlage vor, daß wir alle aus dem Zimmer rausgehen, es zieht hier fürchterlich durch das kaputte Fenster. Abgesehen davon ist es ohnehin spät geworden, und ich muß morgen ziemlich früh aufstehen. Ich gehe dann jetzt mal lieber«, will sich Puschpa verabschieden.
Während ich wütend die Scherben aufsammele, sage ich:
»Ach, Puschpa, du kannst mir nichts vormachen. Euch ewige Studenten, euch Nichtstuer, die kenne ich nur zu gut. Was du frühmorgens nennst, ist bestimmt nach zwölf Uhr mittags. Wenn diese Leute vom Ausländeramt schlau wären und wenn sie unbedingt ein paar Leute zum Abschieben brauchen, dann sollen sie doch die ganzen Studenten abschieben. Dagegen hätte kein Mensch was. Die Polizei würde mit einer ganzen Hundertschaft und viel Tatü Tata um zehn Uhr morgens vorfahren. Aber für euch ist diese Zeit natürlich mitten in der Nacht, und das viele Saufen hat euch den Rest gegeben. Mein junger Freund Puschpa, die Sirenen werden heulen, Hunderte von Polizisten werden mit ihren schweren Stiefeln durch die Gegend poltern, das ganze Studentenwohnheim wird in Schutt und Asche liegen, und ihr habt nichts davon mitbekommen. Stunden später werdet ihr einer nach dem anderen im Flugzeug völlig verkatert aufwachen. Und wenn ihr dann alle Viere genüßlich von euch strecken wollt, dann geht das nicht! Und die hübsche Stewardeß in ihrer Uniform wird sagen: ›Guten Morgen, mein Herr. Oder besser gesagt, guten Abend. In zehn Minuten sind wir da. Wir setzen gerade zur Landung auf dem Flughafen von Neu Delhi an. Aber Sie brauchen sich nicht zusätzlich anzuschnallen. Denn Sie sind

ja von den Herren Polizisten in der Reihe hinter Ihnen so perfekt an Ihrem Sitz angekettet worden, als wären Sie ein tollwütiger Hund!‹«

»Osman, laß deine Wut über den Stein nicht an armen Jungs aus. Alles was du da eben von dir gegeben hast, das wird eher dir passieren als den beiden Studenten hier. Vielleicht hast du es schon wieder vergessen, wir sind es, die man in fünf Tagen ausweisen will. Hör doch endlich auf rumzualbern. Fahr doch mal lieber zum Bahnhof und kauf die Zeitung von morgen. Jemand von der Bürgerinitiative sagte, er will es auch der Presse melden.«

Es ist kurz nach Mitternacht, als ich am Bahnhof ankomme. Herrlich, diese vielen freien Parkplätze. Ich parke meinen Ford-Transit quer ein, so belege ich gleich sechs Parklücken auf einmal. Tagsüber finde ich hier nur Lücken auf den Behindertenparkplätzen. Die Polizisten sagen nie etwas, wenn ich dort parke. Sie gucken immer nur ganz mitleidig. So wie ich aussehe, kann ich das durchaus verstehen.

Die Bahnhofshalle ist ziemlich leer. In der Tür zum Zeitungskiosk steht ein Junge mit einer etwas eigenartigen Frisur und starrt mich genauso eigenartig an. Ich glaube, er ist einer von dieser »Glatzenpost«, von der wir eben eine Nachricht bekamen.

Alle Zeitungen im Regal haben nur ein Thema, »Arbeitslosigkeit!« Es gibt nur eine Ausnahme, deren Schlagzeile lautet: »Unglaublich! Drei Rocker von einer ausländischen Oma vergewaltigt!« Ich kaufe diese Zeitung und gehe raus. Aber es steht leider kein Wort über uns darin. Oh, doch, da ist ja was:

»Abschiebung wurde vereinfacht!«

Der Junge von der Glatzenpost ist immer noch da. Jetzt sind sie sogar zu zweit. Als ich an ihnen vorbeigehe, murmelt der eine:

»Türkensau!«

Ich bleib' stehen und schau' mir die beiden »ehrenamtlichen Postbeamten« an.

»Nun gut, daß ich ein Schwein bin, war ja nicht schwer zu erraten. Aber wie habt ihr trotz des Turbans gemerkt, daß ich Türke bin?«
Als noch zwei weitere komisch frisierte Gestalten dazukommen, fangen alle zusammen laut an zu schreien:
»Deutschland den Deutschen!«
»Jungs, ich kann euch ja gut verstehen. Aber euren Frust wegen des Haarausfalls müßt ihr schon woanders rauslassen. Unter dem Turban habe ich auch so eine tolle Glatze, aber dafür gebe ich niemandem die Schuld. Außerdem hättet ihr mir euren Brief heute Abend auch unter der Tür durchschieben können!«
Als noch ein Glatzkopf mit einem dicken Holzknüppel dazukommt, werden sie noch lauter. Ich versuche so schnell wie möglich zu meinem Auto zu kommen.
Ich kenne diese Holzköpfe, ich meine Glatzköpfe, ganz genau. Das sind Typen, die, wenn sie zehn Mann sind, eine ausländische Frau, und wenn sie 20 Mann sind, einen ausländischen Mann angreifen und zusammenschlagen. Das sind Neo-Nazis, sogenannte Skinheads! Es sind erst acht Mann, die mir nachlaufen. Also habe ich noch etwas Zeit, bis die restlichen zwölf auftauchen.
»Türken raus aus dem Bahnhof!«
Weil sie noch nicht vollzählig sind, haben sie bescheidene Forderungen.
Ohne stehenzubleiben, antworte ich mit möglichst ruhiger Stimme:
»Daß ihr Brüder soviel Sozialhilfe bekommt, weil wir Ausländer ohne Ende Steuern zahlen, das hat euch noch keiner gesagt, oder?«
»Halt's Maul, Türkensau!« brüllt einer zurück.
»Also, wie ihr doch gleich drauf kommt, daß ich Türke bin?«
»Alle Kanaken sind Türken!«
»Jetzt wirst du aber rassistisch! Wie kannst du denn behaupten, daß alle Kanaken Türken sind?«
»Halt's Maul, Kanake!«

»Also, ich hätte mir die deutschen Skinheads viel weltoffener, toleranter und völkerfreundlicher vorgestellt. Ich muß schon sagen, ich bin echt enttäuscht von euch.«
»Du, Sven, stimmt das etwa, was der sagt?« fragt ein kleiner Lehrling-Skinhead.
»Quatsch! Laß dich doch nicht von so einem Kanaken irritieren. Wir sind das, was wir sind!«
»Und was sind wir?«
»Arschlöcher!« rufe ich, springe blitzschnell in meinen Ford-Transit und verriegele die Tür von innen.
Gerade noch rechtzeitig habe ich es geschafft: drei Glatzköpfe vor zwanzig! Ich hoffe, daß ich richtig gezählt habe. Wie nie zuvor freue ich mich, daß ich ein Mann bin.
Einer von den Holzköpfen stellt sich direkt vor meinen Wagen, damit ich nicht wegfahren kann. Es ist zu spät, sie müssen schon vollzählig sein! Das Licht meiner Scheinwerfer wird von den Glatzen reflektiert und blendet mich. 22 Reflektoren und ein Blinker stehen um mein Auto. Der Blinker ist der Mini-Skin mit dem Identitätsproblem. Mit ihren Holzknüppeln klopfen sie auf Motorhaube und Scheiben herum. Ein Skin bricht mit voller Kraft meine Scheibenwischer ab.
»Komm, Osman, fahr ihn platt, das Schwein!« sagt eine wütende Stimme in mir.
»Nein, Osman, nein! Sind denn ein paar Scheibenwischer wertvoller als ein Menschenleben?« beschwichtigt eine andere innere Stimme.
Der böse Osi in mir flucht: »Weißt du denn eigentlich, wieviel Stunden man für neue Scheibenwischer arbeiten muß?«
Aber der gute Osi versucht ihn zu beruhigen: »Was soll's, auch wenn man einen Tag dafür arbeiten gehen muß. Seine Mutter hat schließlich neun Monate an ihm gearbeitet!«
»Glaub' ich nicht! Der Kerl ist bestimmt ein genmanipuliertes Retortenbaby. Du siehst doch selbst, das ist kein normaler Mensch!«
»Also, wegen ein Paar Scheibenwischern werden wir nicht mal

eine leere Bierdose totfahren. Geschweige denn ein Geschöpf Allahs.«
»Da hat Allah aber Mist gebaut«, mische ich mich ein.
»Halt du dich da raus, dich hat keiner gefragt«, schreit der böse Osi mich an.
»Knobi, Go Home!« versucht der Mini-Skin im Stimmbruch zu brüllen.
»Ach, wie putzig!« lacht der gute Osi.
Die Glatzköpfe, die Nazis, die Hohlköpfe, die Skinheads, die Reflektoren, sie alle sind sauer, daß sie an unserem geistreichen Gespräch nicht teilnehmen dürfen und demolieren deswegen alle zusammen meinen geliebten Ford-Transit.
»Osman, fahr endlich los, mach ihn platt, das Schwein!« kreischt der böse Osi.
»Nein, Osman, nein«, sagt die gute Stimme, »das sind doch alles arme Menschen. Daran ist nur die Arbeitslosigkeit schuld! Als es noch genug Arbeit gab, hatten diese Burschen alle lange Haare. Die Jungs tun mir richtig leid. In Deutschland Skin zu sein, ist doch ein schweres Los. Bei der Kälte mit Glatze rumzulaufen, muß fürchterlich sein. In Afrika wäre ich auch gerne Skinhead. Aber hier frieren die sich nicht nur den Arsch, sondern auch noch den Kopf ab.«
»Wo ist da der Unterschied?« schimpft der böse Osi.
Die Skins versuchen die Scheiben einzuschlagen, damit sie in den Wagen reinkommen. In diesem Moment kommt ein Polizeiwagen am Bahnhof vorbei. Ich freue mich wahnsinnig über unsere Freunde und Helfer.
Man sagt, die Polizei soll sich neutral verhalten, und die Polizisten hier verhalten sich wirklich völlig neutral. Ohne für eine der streitenden Parteien Position zu beziehen, fahren sie mit freundlichem Gruß an uns vorbei. Das nenne ich nicht nur gerecht, sondern auch noch höflich.
Der böse Osi ist außer sich vor Wut:
»Osman, du Idiot! Willst du so lange warten, bis die Horde uns umbringt? Fahr endlich los! Mach ihn platt, das Schwein!«

Der liebe Osi antwortet nicht mehr. Er hat sich in eine hintere Ecke verkrochen. Nach einer Weile meint er:
»Das kannst du nicht machen, die Skins werden uns bei der Polizei anzeigen. Das ist schon Grund genug für eine Abschiebung!«
»Das ist mir doch egal! Willst du hier wie ein Wurm krepieren? Du hast doch selber gerade gesehen, wie korrekt sich die Polizei verhalten hat. Von denen brauchst du keine Hilfe mehr zu erwarten.«
Als die Windschutzscheibe völlig zertrümmert ist, gibt endlich auch der gute Osi nach. Beide Osis überzeugen mich, daß ich endlich Gas geben muß. Sonst wird keiner von uns dreien lebend aus dem Wagen rauskommen. Ich halte die Kupplung und lasse den Motor aufheulen. Ich kneife die Augen zusammen und lasse die Kupplung los. Die drei Minuten und zwölf Sekunden von null auf 100 zeigen ihre Wirkung: Anstatt wie eine Sternschnuppe wegzufliegen, hat der Glatzkopf genug Zeit, zur Seite zu gehen. Schade, sonst hätte ich einen Wunsch frei gehabt!

Als ich mich dann zu Hause endlich völlig erschöpft neben Eminanim ins Bett fallen lasse, geht ganz leise unsere Schlafzimmertür auf. Hatice kommt mit aufgerissenen Augen wie eine Schlafwandlerin herein. Sie schaut keinen von uns beiden an. Mit kleinen Schritten kommt sie auf uns zu und setzt sich mitten auf das Bett.
»Hatice, mein Kind, was ist denn los? Hast du schlecht geträumt?« fragt ihre Mutter.
Aber Hatice gibt keinen Ton von sich. Sie sitzt mitten auf dem Bett, ohne sich zu rühren, und starrt mit leerem Blick die Wand an.
»Eminanim, was hat das Kind denn?«
»Woher soll ich das wissen! Sie macht sowas zum ersten Mal heute! Ich weiß nicht, was ich machen soll, ihr Verhalten ist mir auch unheimlich. Vielleicht verleitet ihr Unterbewußtsein sie

dazu. Bestimmt möchte sie nicht noch einmal morgens ihre Mutter in so einem Zustand auffinden.«
»Hatice, Hatice, geh schon in dein Zimmer, mein Kind«, rufe ich meiner Tochter ins Ohr. Aber sie schaut mich nicht einmal an.
»Komm, Osman, laß uns schlafen. Mal sehen, was sie dann macht.«

Eine halbe Stunde nachdem wir das Licht ausgemacht haben, sitzt Hatice immer noch stocksteif und ohne ein Wort zu sagen zwischen uns, wie ein steingewordener Buddha! Hatice, unser Little Buddha!
»Komm, Hatice, leg dich hin, mein Kind«, flüstert ihr Eminanim zu, »du kannst heute Nacht bei uns schlafen.«
Aber es ändert sich nichts! Hatice antwortet nicht.
»Osman, ich glaube, auf die Ereignisse der letzten Tage reagiert Hatice sensibler als wir. Ich habe richtig Angst um sie!«
Und bevor Eminanim zu schnarchen beginnt, nuschelt sie ganz leise:
»Osman, vielleicht will Hatice sowas wie die gestrige Nacht verhindern. Du weißt ja, was dir der Arzt heute morgen gesagt hat: Möglicherweise rettet dir deine Tochter heute Nacht das Leben!«

Mittwoch, 20. Juni, 9:25 Uhr

Kottzmeyer-Göbelsberg ... Ingenieur Dünnebier ... Abdullah »Arbeitsamt« Necmeddin ... Dr. Rainer-Maria Knigge ... Behördenpost ... Krieg der Computer ... Mohammed-Rüdiger ... Abschiebung ... van Gogh ... Magengeschwür ... Nummer 267 ... Cholestratischer Ikterus ... Placebo ... Leckmikowski ... Glatzenpost ... Little Buddha ...

Mit unangenehmen Namen und schrecklichen Bildern im Kopf wache ich am »Tag drei nach dem Abschiebungsbescheid« ausgesprochen übelgelaunt auf. Ich klettere laut fluchend aus dem Bett und knalle die Schlafzimmertür hinter mir zu. Meine Frau und die Kinder sind bereits auf und gucken Frühstücksfernsehen im Wohnzimmer, das genauso durcheinander und unaufgeräumt ist wie meine Gedanken. Die ganze Familie scheint auf diese Abschiebung sehnsüchtig gewartet zu haben. Keiner kommt seinen normalen Verpflichtungen mehr nach, niemand geht zur Schule, und keiner räumt auf!

Wütend aber elegant trete ich mit dem Außenrist, wie seinerzeit unser Kaiser Franz Beckenbauer, gegen den erstbesten kleinen Pappkarton, der mir im Weg liegt. Das Ding fliegt in großem Bogen durch die Gegend und knallt gegen den Fernseher. Im selben Moment vollzieht sich genau das gleiche Phänomen wie gestern Abend bei der Glatzenpost:

Jedes Familienmitglied schmeißt sich hinter die Couch oder versucht mit dem Kopf unter einen Sessel zu kriechen. Alle tun so, als hätte jemand eine scharfe Handgranate ins Wohnzimmer geworfen. Meine früher so heldenhafte Familie hat sich in einen einzigen erbärmlichen Haufen jämmerlicher Angsthasen verwandelt.

»Stellt euch nicht so an! Deswegen braucht ihr doch keine Angst zu haben, Kinder. Mein Farbfernseher fliegt nicht so leicht in die Luft. Der ist nicht so ein Jammerlappen wie ihr!«

»Osman, du Idiot! Du kannst von Glück reden, daß du noch lebst«, vernehme ich ganz leise die Stimme meiner Frau, wie aus dem Jenseits. Ich gehe in die Küche, aus der ihre dumpfe Stimme drang. Reichlich konsterniert beobachte ich, wie die Tür des Gefrierschranks wie von Geisterhand aufgeht. Aus dem Türspalt quillt zuerst eine dicke Dunstwolke heraus, und dann krabbelt, bedeckt mit einer Schicht Ein-Millimeter dicken Schnees, Eminanim heraus! Sie zittert, bibbert und klappert am ganzen Körper.

»Frau, du mußt da einiges nicht richtig verstanden haben! Diese Methode, sich einfrieren zu lassen, wendet man erst nach dem Tod an.«

»Biiir, was, biir, die Ausländerbehörde, zzz!« klappert sie wie ein erschöpfter Storch, der gerade Fünflinge vorbeigebracht und eine junge Familie für den Rest ihres Lebens ruiniert hat.

»Aber Eminanim, das hat doch keinen Sinn. Die Ausländerbehörde würde uns auch in einem Gefrierschrank verpackt ausweisen. Bei der Hitze in der Türkei taust du sowieso wieder auf!«

»Biirr, zzzz und was die Skins ... biirr!«

»Ach, jetzt verstehe ich dich! Du versuchst dich im Gefrierschrank zu verstecken, für den Fall, daß uns die Skins angreifen. Deswegen ziehst du also mitten im Hochsommer zehn Pullover und drei knielange Unterhosen übereinander.«

Nachdem sie endlich halbwegs aufgetaut ist, schreit sie mich dampfend an:

»Du Trottel, was ich sagen will, ist doch, was die Ausländerbehörde und selbst die Skins nicht schaffen, nämlich uns zu beseitigen, das schaffst du mit links. Das war doch gerade eine Paketbombe, die du gegen den Fernsehapparat geknallt hast!«

Dann höre ich ihre Stimme auf einmal von draußen:

»Aber Osman, du brauchst jetzt keine Angst mehr zu haben. Das kleine Paket ist ja zum Glück nicht explodiert.«

Das unheimliche Päckchen liegt auf dem Teppich direkt vor dem Fernseher.
»Schau doch«, flüstert Eminanim, als würden die Schwingungen ihrer Stimme die Bombe zum Explodieren bringen können, »da, guck, das Ding hat man uns anonym zugeschickt. Nur unsere Adresse ist drauf, aber kein Absender!«
»Nur weil der Idiot zu blöd ist, seinen eigenen Namen zu schreiben, denkst du gleich, das sei eine Bombe?!«
»Aber, Osman, hörst du denn niemals Nachrichten? Jeden Tag geht irgendwo in Europa eine Paketbombe von den Rechtsradikalen hoch. Und nach dem Steinwurf gestern abend bin ich mir absolut sicher, daß die uns hier anonym eine Bombe zugeschickt haben!«
»Aber wenn das so wäre, dann müßte das Paket doch bei meinem eleganten Kaiser-Schuß sofort explodiert sein?«
»Nein, bei der Bundespost werden die Pakete ja auch die ganze Zeit durch die Gegend getreten. Die Mörder konstruieren die Päckchen doch so, daß sie erst dann explodieren, wenn der Empfänger sie öffnet.«
»Wenn das so ist, dann bitte ich Frau Kottzmeyer-Göbelsberg, das Paket für uns aufzumachen.«
»Osman, du bist wirklich sehr verdorben«, schimpft Eminanim. »In den letzten Tagen fühlte ich mich immer so, als säße ich auf einer tickenden Zeitbombe. Und jetzt sitzen wir tatsächlich auf einer. Am besten, du nimmst jetzt dieses Paket und bringst es sofort zur Polizei«, fügt sie hinzu.
»Na toll, warum ausgerechnet ich?«
»Erstens, weil dein Name auf dem Paket steht, und zweitens, weil du der Mann im Hause bist!«
»So, so, wenn es dir also paßt, dann bin ich der Herr im Haus, und wenn es dir nicht paßt, dann bin ich nur der Kanake.«
»Kanake bist du sowieso, das steht nicht zur Diskussion. Aber leider Gottes bist du auch der Mann im Haus. Deswegen putzt du dir jetzt die Zähne, machst dir die Fingernägel sauber, klemmst dir das Paket unter den Arm und bringst es zur Polizei.«

»Das wollen wir doch mal sehen. Wenn ich noch einen Funken männlichen Stolzes besitze, wenn ich auch nur noch eine Prise Selbstachtung habe und wenn ich auch noch in Zukunft aufrecht und selbstbewußt durchs Leben gehen will, dann werde ich nie und nimmer mit diesem Paket einen Fuß vor die Tür setzen!«
Als ich fünf Minuten später mit der Paketbombe in der Hand das Haus verlasse, rufe ich verärgert nach hinten:
»Selten hatte ich soviel Verständnis wie jetzt für Männer, die freiwillig in den Krieg zogen, nur um von zu Hause weg zu kommen!«

Obwohl das Polizeirevier nur 200 Meter von uns entfernt ist, steige ich mit der Paketbombe extra in die Straßenbahn, in der Hoffnung, die beiden Gangster von vorgestern wieder zu treffen. Ich fahre zwei Stunden lang von einer Endstation bis zur anderen, aber die beiden Verbrecher lassen sich heute nicht sehen. Anscheinend haben die Burschen mittwochs Ruhetag! Ich hätte diesen beiden Kerlen, die meine Butterbrote mit Knoblauchwurst und Ziegenkäse, meine neue Thermoskanne, mein Salmonellenei, meine letzten 23 Mark 65 und mein rechtes Ohr auf dem Gewissen haben, zusätzlich noch gerne dieses Paket mitgegeben. Und damit sie sich auch sofort gierig über die Bombe hermachen, hätte ich laut gejammert: »Nein, nehmt mir mein Paket nicht weg! Da sind doch nur meine ganzen Ersparnisse aus den letzten 30 Jahren drin. Bitte, bitte, ihr dürft mir diese hunderttausend Mark nicht auch noch wegnehmen!«
Dann hätte ich mich unauffällig in sicherer Entfernung versteckt und genüßlich zugeschaut. Anschließend hätte ich diesen Gangstern auch ihre Ohren und noch ein paar Finger dazu in die Jakkentasche gesteckt und gerufen: »Jetzt geht mal brav zu Oma, die kann euch ja wieder zusammenflicken.«
Als ich mit meinen kaputten Beinen und meinem Kopfverband endlich beim Polizeirevier ankomme, drücke ich lange auf die Klingel neben der Tür. Mit einem tiefen Brummgeräusch geht sie auf. Hinter dem Tresen sind fünf Polizisten mit Kreuzworträt-

seln beschäftigt. Keiner beachtet mich. Aber ich weiß, wie man sich schnell Zuwendung verschafft! Ich lege das Paket auf den Tresen, laufe zurück bis zur Tür und rufe laut:
»Guten Tag, meine Herren! Das hier ist eine Paketbombe. Könnten Sie das Päckchen wohl für mich öffnen?«
Alle fünf Beamten stürzen fluchtartig in den Nebenraum. Ich höre lautes Fluchen durch die Tür. Nach einer Weile steckt einer der Polizisten seinen Kopf durch die Tür.
»Was wollen Sie von uns? Wir hatten gestern Nacht am Bahnhof überhaupt keine Zeit, sonst hätten wir Ihnen bestimmt geholfen.«
»Sie waren also die höflichen Polizisten am Bahnhof!«
»Wir mußten dringend Pizza holen für unseren Chef!«
»Gut, vergessen wir die Sache! Deswegen bin ich auch gar nicht hier!«
»Was wollen Sie mit dieser Aktion denn sonst erreichen? Wollen Sie Geld, oder haben Sie politische Forderungen?«
»Das ist ein Mißverständnis, Sie brauchen keine Angst zu haben. Sagen Sie Ihren Kollegen, sie können rauskommen. Ich tue denen schon nichts! Ich habe dieses Päckchen auch nur zugeschickt bekommen, aber ich befürchte, daß eine Bombe drin steckt!«
»Herbert, Norbert, Alfred, Manfred, kommt mal alle rüber. Ich habe die Sache hier absolut unter Kontrolle!« ruft der mutige Polizist ins Nebenzimmer.
Aber Herbert, Norbert, Alfred und Manfred trauen dem Frieden nicht und wagen sich aus ihrem Versteck nicht raus.
»Leute, die Gefahr ist vorbei! Der Terrorist hat sich ergeben und alles gestanden«, wiederholt er dann wieder.
Gut, gut, ich sehe es ein! Ich bin ja so schlecht, so schuftig! Den armen Jungs am frühen Mittwochmorgen einen solchen Schreck einzujagen. Mein Gesprächspartner starrt – wie das Kaninchen die Schlange – fasziniert das Paket an. Ich gehe am Tresen vorbei und trete ins Nebenzimmer ein, um dort mein taktloses Benehmen von vorhin zu entschuldigen:

»Liebe Polizisten, ihr braucht euch nicht mehr zu verstecken. Ihr habt mich alle mißverstanden. Ihr tüchtigen Verteidiger von Recht und Ordnung! Dieses Paket habe ich mit der Post heute morgen zugestellt bekommen. Und ich bin zu euch gekommen, weil ich weiß, daß ihr alle so mutig seid, und weil die Polizei ja für jede gefährliche Situation eine Lösung parat hat.«
Nachdem alle vier einmal tief durchgeatmet haben, werfen sie sich plötzlich mit einem lauten Aufschrei auf mich und pressen mich auf den Fußboden.
»Uns entgeht nichts, wir sind immer auf der Lauer. Stets behalten wir die Übersicht«, ruft einer der »Siegreichen Vier«.
»Keine Paketbombe, kein noch so schlimmer Verbrecher, kein noch so finsterer Ort kann uns Angst machen. In jeder Situation sind wir Polizisten immer Herren der Lage«, versucht jemand den peinlichen Moment zu überspielen.
»Das habe ich gesehen ...«, stöhne ich, während ich mit dem Gesicht auf dem Boden liege, beide Arme brutal nach hinten gebogen.
»Weshalb sind Sie sich denn so sicher, daß eine Bombe in dem Karton drin ist? Welche Indizien sprechen für Ihre Vermutung?« fragt entweder Herbert, Norbert, Alfred oder Manfred.
»Ich bin mir da ganz sicher. Meine Frau hat das nämlich behauptet. Und die lag mit ihrer Nase selten falsch. Die Frau ist der reinste Spürhund. Aber für euch ist sie unbrauchbar: Sie ist nur auf Geld trainiert, nicht auf Sprengstoff oder Drogen. Bisher hat sie in der Wohnung jedes Versteck herausbekommen, in dem ich Geld deponiert habe.«
»Tut mir leid, aber wir können Ihnen bei Ihrem Problem nicht helfen.«
»Ich weiß, bei der Frau kann mir niemand mehr helfen! Seit langem verstecke ich mein Geld deshalb auch am Arbeitsplatz.«
»Nein, nein, was ich sagen möchte, ist, wir können Ihnen mit der angeblichen Bombe nicht weiterhelfen«, meint der dickste der vier Polizisten, während er es sich mit seinen beiden Knien auf meinem Nacken noch gemütlicher macht.

»Ich hab' eine Idee, wie Sie mir alle helfen könnten: Indem Sie alle von mir runtersteigen.«
Nach kurzer Beratungspause verlassen Herbert, Norbert, Alfred und Manfred einer nach dem anderen meinen Rücken und stecken ihre Pistolen wieder ein.
»Na gut, meine Herren, wenn Sie mir nicht helfen können, dann gehe ich halt wieder«, rufe ich um einige Zentner erleichtert.
»Halt, halt, vergessen Sie Ihre Bombe nicht! Nehmen Sie das Ding bloß mit!«
Verärgert klemme ich mein Paket wieder unter den Arm und sage trotzig: »Also, zu euch tapferen Helden komme ich erst wieder, wenn jemand meiner kleinen Tochter das Fahrrad geklaut hat und ich genau weiß, wer das war!«
»Warten Sie mal, wir könnten Sie mit Ihrem Paket ja zur Kriminalpolizei schicken«, ruft der mutigste Polizist, dessen Namen ich nicht weiß, »jagen Sie diesen arroganten Besserwissern von der Kripo auch mal einen Schrecken ein!«

Wenig später sitze ich mit einer Bombe auf dem Schoß in einem Polizeiauto. Dafür wurde extra über Funk ein ahnungsloser Kollege zum Polizeirevier gerufen, weil sich alle fünf geweigert haben, mich und meine Bombe zur Kriminalpolizei zu fahren. Mit Blaulicht und Sirene werde ich durch die Stadt kutschiert. Ich komme mir sehr sehr wichtig vor! Überall, wo ich mit meinem kleinen Paket auftauche, werde ich bestens hofiert. Dieser kleine Karton hat mich innerhalb kürzester Zeit gleich mehrere Klassen in der Gesellschaft nach oben katapultiert. Ich könnte mich daran gewöhnen, so bedeutsam und prominent zu sein. Ich genieße es, auf die gleiche Stufe gestellt zu werden, wie die Fürstin Gloria von Thurn und Taxis. Mit meinem Turban auf dem Kopf fühle ich mich wie der König von Indien. Und in der Schatulle auf meinem Schoß befindet sich der weltgrößte Smaragd als Gastgeschenk für meine Freundin Silvia!
»Eure Hoheit, wir sind da«, ruft mein Fahrer in der grünen Livree schüchtern nach hinten.

»Sahib Manjid, sind wir schon da? Bei der Königin von Schweden? Ich hoffe, der Gustav wartet auch auf der Treppe.«
»Wir sind bei der Kripo, spinnen Sie nicht rum. Steigen Sie schon aus, Mann!«
Meine Herrschaft hat leider nur 14 Minuten gedauert. Mehr war auch mit einer so kleinen, mickrigen Bombe nicht drin. Jetzt leuchtet mir aber ein, warum die Diktatoren auf der ganzen Welt mit allen Tricks versuchen, eine Atombombe in ihre Hand zu bekommen. Gleich morgen früh werde ich auch versuchen, mich auf dem Schwarzmarkt mit Atomwaffen zu versorgen. Aber mit dem bißchen Öl, das ich besitze, habe ich nur geringe Chancen, deutsche Spitzenmanager dafür zu gewinnen, extra für mich mehrere Giftgas- und Nuklearfabriken zu bauen, beziehungsweise speziell für mich interkontinentale Raketen zu entwikkeln. Dafür müßten die Bohrtürme in meinem Schrebergarten wesentlich mehr Öl liefern. Leider habe ich in der Küche zur Zeit bestenfalls einen Liter Olivenöl vorrätig: kaltgepreßt, leicht bekömmlich, naturtrüb!
Andererseits wären ein paar niedliche Boden-Raketen mit atomaren Sprengköpfen auf meinem Balkon neben dem Blumenkasten mit den Stiefmütterchen gar nicht mal so schlecht. Diese Raketen, programmiert mit den Zielkoordinaten für die Ausländerbehörde, würden mir in meinem Streit mit dieser Frau Kottzmeyer-Göbelsberg völlig neue Perspektiven eröffnen! Dann erst wären die Kräfteverhältnisse auf beiden Seiten etwas gerechter verteilt: Abschiebeurteil gegen Atombombe!
Der Herr von der Kripo empfängt mich mit den Worten:
»Das ist aber schön, daß Sie ein Geschenk mitbringen. Ist da türkischer Honig drin?«
»Den bringe ich Ihnen nächstes Mal. Diesmal müssen Sie leider mit einer süßen Bombe vorlieb nehmen.«
Sekunden später werden von allen meinen Fingern Abdrücke genommen. Wie zum Erschießen werde ich vor eine kahle Wand gestellt. Aber zum Glück erschießt man mich nicht, sondern es werden nur serienweise Fotos von mir geschossen. Bei jedem

Bild werde ich um 15 Grad nach rechts gedreht, während ich dabei ein Autonummernschild unterm Kinn hochhalten muß. 24 Fotos später habe ich eine komplette Drehung um 360 Grad hinter mir.

»Liebe Kripoleute, eigentlich müßtet ihr euch mehr um das Paket kümmern als um mich«, platzt es aus mir heraus, »da drüben, das ist die Bombe, nicht ich!«

»Vielleicht haben Sie sich dieses Paket selber zugeschickt, um sich hier groß aufzuspielen! Das ist alles schon vorgekommen: Ich habe schon Pferde vor der Apotheke kotzen gesehen! Bei Ihnen habe ich das Gefühl, daß Sie ein mediengeiler Wichtigtuer sind. Typen wie Sie würden alles dafür geben, um mit der Fürstin Gloria von Thurn und Taxis auf einer Stufe zu stehen. Sie können mich ja korrigieren, falls ich mich irren sollte!«

»Was, mit Glo.., mit Klo.., mit Fürst, mit Taxi?«

Aber zum Glück erscheint in diesem Moment ein dritter Kripobeamter mit einer Akte unterm Arm und erlöst mich auf wunderbare Weise aus dieser unangenehmen Situation.

»Seine Fingerabdrücke sind absolut identisch mit denen auf dem Paket. Der Kerl muß die Bombe gebaut haben. Es gibt keinen Zweifel, er ist der Attentäter!«

»Seid ihr denn wahnsinnig geworden? Das ist doch klar, daß meine Fingerabdrücke auf dem Paket drauf sind. Schließlich renne ich schon seit mehreren Stunden mit dem Ding durch die Gegend. Außerdem, wenn ich mich mit meiner eigenen Bombe umbringen wollte, dann bezahle ich doch kein Portogeld!«

»Es soll Situationen geben, wo unter Umständen selbst ein Ausländer tendenziell recht haben könnte. Das soll's alles geben«, philosophiert der Kripomensch, der schon mit der Gloria richtig lag.

»Wieso sind Sie sich denn bei den Ausländern so sicher? Haben Sie etwa auch schon Kamele vor der Apotheke kotzen sehen?«

»Nun ja, das mag ja alles sein«, fährt der dicke Kripobeamte mit dem gelben Pullover und der Akte unter dem Arm fort, »aber ob da wirklich eine Bombe drin ist, das läßt sich nicht so leicht

feststellen. Wir haben das Paket geröntgt, aber der Inhalt ist wahrscheinlich mit Alupapier umwickelt. Da läßt sich auf dem Monitor nichts erkennen. Momentan sehe ich nur eine einzige Möglichkeit, um festzustellen, was da drin ist.«
»Und das wäre was?«
»Wir müssen das Paket sprengen!«
»Prima, sprengen wir es eben in die Luft! Dann bin ich das Problem ein für allemal los!«
»Einverstanden, aber falls was anderes drin sein sollte, dann ist das nicht mehr zu gebrauchen! Das sollten Sie wissen!«
»Das macht überhaupt nichts. Und außerdem haben wir gar keine andere Wahl. Ein wirklich wertvolles Paket habe ich noch nie im Leben zugeschickt bekommen. Ich habe in den letzten 30 Jahren nämlich immer in Deutschlands Westen gelebt, niemals im Osten.«
»Nun gut, dafür müssen wir aber zuerst nach unten in den Luftschutzkeller gehen. Um Pakete ohne Absender aufzumachen, haben wir dort einen Extraraum.«
Meine drei Freunde von der Kripo und ich gehen gemeinsam in den Keller. Höflich wie sie sind, lassen sie mich mit der Bombe vorgehen. Ich muß mein kleines Paket in einen Raum mit dicken Wänden ohne Fenster tragen. Der Sprengstoffspezialist montiert mehrere Drähte drumherum. Danach wird die dicke Eisentür wieder zugemacht. Der Feuerwerker legt einen Hebel um, und im gleichen Moment hören wir einen dumpfen Knall aus dem Raum.
Nachdem sich der Rauch verzogen hat, gehen wir alle rein. Die drei Herren von der Kripo schnüffeln an den Wänden nach dem Paketinhalt. Der Beamte, der mich heute mittag hier empfangen hat, ruft:
»Ich glaube, ich lag mit meiner ersten Vermutung gar nicht so falsch.«
Ein anderer drückt mir einen Telefonhörer in die Hand: »Hier, ich glaube, Ihre Frau ist am Apparat.«
»Osman, komm wieder nach Hause. Die Sache hat sich bereits

aufgeklärt«, höre ich Eminanim aufgeregt rufen, »meine Mutter wollte uns mit dem Paket überraschen und eine Freude bereiten. Um uns von unseren Sorgen abzulenken, hat sie per Paket ein Pfund türkischen Honig geschickt.«

»Das weiß ich mittlerweile auch«, werde ich laut, »die Polizisten lecken das Zeug gerade von den Wänden!«

Mittwoch, 20. Juni, 15:35 Uhr

Nachdem meine angsteinflößende und bedrohliche Bombe als völlig harmloser türkischer Honig enttarnt worden ist, sinkt mein Ansehen bei den Kripomenschen so tief, wie nicht mal das Thermometer während der sonnenlosen Wintermonate in der Antarktis. Ich werde völlig ignoriert, niemand begleitet mich bis zur Ausgangstür. Niemand kommt auf die Idee, mich wieder mit einem Polizeiauto nach Hause zu fahren.

Lebewohl Gloria! Ade Silvia!

Voller Wut knalle ich die Eisentür vom Kripo-Gebäude hinter mir zu. Verärgert stampfe ich dynamisch die Treppe hinunter. Man kann die Gleichung aufstellen: je verärgerter, umso dynamischer. Genauso wie die armen Stiere in der Kampfarena, die wie wild um sich stoßen, weil sie mißhandelt werden. Diese edlen Tiere werden reihenweise abgeschlachtet, weil die Zuschauer ihren eigenen abartigen Blutdurst durch einen Dritten befriedigt sehen wollen. Man hat an einem Mord direkt teilgenommen, gedanklich und gefühlsmäßig. Aber man kann völlig problemlos am nächsten Tag als Lehrer wieder zur Schule gehen, als Angestellter ins Büro, als Ehemann zu seiner Familie, als Verkäufer ins Geschäft und muß keine Angst haben, in den Knast gesteckt zu werden!

Ebenso wie der Torero, läßt auch Frau Kottzmeyer-Göbelsberg immer wieder neue Ausländer schutzlos in ihre Arena. Die deutschen Mitbürger und der Gesetzgeber sind dabei die Zuschauer, und ich bin der blutende, schnaufende Stier. Alle warten sehnsüchtig darauf, wie ich mit einem letzten Dolchstoß endgültig fertiggemacht werde, um dann voll befriedigt aufschreien zu können:

»Oleeeeyy!!«

Bei solch widerwärtigen Gedankengängen fällt es mir sehr schwer, mich in dieser Gesellschaft zu verwurzeln. Eigentlich brauche ich mich gar nicht zu verwurzeln. Ich wäre schon froh, wenn man mich nicht abschieben würde! Na gut, dann denke ich halt nicht mehr soviel darüber nach. Bei Allah, welch ein Hundeleben, bei dem man nicht nur bei den Schimpfwörtern, sondern jetzt sogar auch noch bei den eigenen Gedanken faule Kompromisse schließen muß!
Frustriert steige ich in die Straßenbahn ein.
Wegen des großen Verbandes auf dem Kopf setze ich mich ohne den Anflug eines schlechten Gewissens auf den Behindertenplatz direkt hinter dem Fahrer.
Als die Straßenbahn an einer Haltestelle stoppt, betrachte ich im Fenster mein eigenes Gesicht. Erstaunlich, der Streß der letzten Tage scheint mir gutgetan zu haben: Ich sehe viel jünger aus. Oder kommt es mir durch die dreckigen Scheiben nur so vor? Aber...? Warum kann ich den Verband auf meinem Kopf nicht sehen? Mit beiden Händen taste ich alles ab: Der Turban ist immer noch da. Ruckartig fährt die Straßenbahn wieder los, und ich verliere mich aus den Augen. Aber bereits an der nächsten Haltestelle wiederholt sich das Spiel. Ich sehe mir erneut in die Augen. Schon wieder habe ich keinen Verband auf dem Kopf.
Nein, das gibt's doch nicht! Das ist ein Schwarzweißfoto von mir. An allen Haltestellen hat man Bilder von mir aufgehängt! Während die Straßenbahn wieder anfährt, kann ich die große Zahl unter meinem Foto entziffern: 2.000! Ich werde gesucht! Ich werde wie ein Schwerverbrecher steckbrieflich gesucht!
Mit 2.000 Mark Belohnung. Jetzt erst bemerke ich die vielen anderen Steckbriefe mit meinem Foto drauf, überall an den Häuserwänden. Manche Baustellenzäune sind mit meinem Steckbrief förmlich zugeklebt. Es ist ein uraltes Paßfoto von mir. Viel jünger und natürlich ohne Turban. So oft werden mir in Deutschland die Ohren nun doch wieder nicht abgeschnitten.
Der Turban wird wohl auch der Grund sein, warum mich heute

kein einziger von den ganzen Polizisten erkannt hat. Ich ziehe meine Tarnung – den Kopfverband – noch mehr ins Gesicht. Bis in die Augen, so, daß ich gerade noch darunter hervorsehen kann.
Wenn ich früher mal ohne Fahrkarte in der Straßenbahn saß, und das kam nur sehr selten vor, dann habe ich in jedem, der ein- und ausstieg, den Kontrolleur gesehen. Jetzt erkenne ich in jedem den Kopfgeldjäger.
All diese Kreaturen fahren doch heute nur deswegen Straßenbahn, weil sie sich daran erinnern können, daß sie mich in dieser Linie schon mal gesehen haben. Wie tief die Menschen doch sinken können, und das alles für lächerliche 2.000 Mark. Sicherlich spielten der Blutdurst und die Sensationsgier eine wichtige Rolle! Schon wieder das Stierkampf-Syndrom!
Mit einem Ruck ziehe ich den Verband endgültig bis zum Kinn runter, um mein ganzes Gesicht zu verstecken. Ich kann nichts mehr sehen. Gerne wäre ich jetzt ein Vogel Strauß, um meinen Kopf in der Erde verstecken zu können!
Wie bewundere ich doch den Westernhelden, der letzte Woche im Fernsehen grinsend vor seinem Steckbrief stand und ihn mit mehreren Kugeln durchlöcherte. Anschließend hat er ganz selbstverständlich den Rauch seines Revolvers lässig weggepustet. Aber im Wilden Westen war es auch viel einfacher, sich darüber lustig zu machen. Da wurde doch jeder zweite steckbrieflich gesucht. Aber in Deutschland bin ich anscheinend zur Zeit der einzige Mensch, der so gesucht wird.
Für zwei, drei Sekunden habe ich ganz schlimme, ganz radikale Gedanken, aber leider ist das hier kein Flugzeug, sondern eine ganz gewöhnliche Straßenbahn. Und mit einer Straßenbahnentführung komme ich bestimmt nicht weit!
An der nächsten Haltestelle springe ich blitzartig raus und renne prompt gegen einen Laternenpfahl. Die Wucht des Aufpralls schleudert mich wieder zurück in die Straßenbahntür.
»Entscheiden Sie sich mal, wollen Sie nun aussteigen oder nicht?« tönt es hinter mir von einer älteren Kopfgeldjägerin.

»Ich würd' ja gerne aussteigen, aber diese ganzen Laternenpfeiler stellen sich mir immer absichtlich in den Weg!« stöhne ich mit merklich dicker werdender Beule an der Stirn.
Aber augenblicklich werde ich still. Ich will doch nicht den ganzen Kopfgeldjägern die einmalige Chance geben, mich an meiner markanten Stimme zu erkennen. Aber ich habe noch Glück im Unglück gehabt. Mein großer, bis zu den Augen runtergezogener Verband hat dem Zusammenstoß die Wucht genommen. Mein Turban hat sozusagen als Airbag fungiert. Ein zierliches Händchen zupft an meinem Ärmel, und eine dünne Stimme ruft:
»Komm, Opa, ich bringe dich rüber auf die andere Straßenseite, wenn du nicht sehen kannst.«
Unter dem Verband hervor kann ich sehen, daß das kleine Mädchen, daß mich an der Hand hält, unmöglich hinter der Belohnung her sein kann. Die niedliche Kleine ist so klein, daß sie mit Sicherheit keine Steckbriefe liest. Sie trägt so dicke Brillengläser, daß sie die Steckbriefe garantiert nicht gesehen haben kann. Beruhigt ziehe ich den Verband noch weiter herunter und lasse mich von dem guterzogenen Kind über die Straße führen. Warum wird diese gräßliche Welt nicht von Kindern regiert? Kinder kennen keine Vorurteile, sie haben keine schlechten Hintergedanken und sind voller Unschuld.
»So, hier bist du sicher, Opa!«
»Oh, das war nett von dir, ich danke dir, mein Kind!« antworte ich zu Tränen gerührt.
Nur Sekunden später höre ich mehrere Autoreifen quietschen und Dutzende von Autos hupen:
»Verpiß dich, du Blindfisch!«
»Hau ab, du Zombie!«
»Wenn du dich unbedingt umbringen willst, dann mach das doch zu Hause und belästige nicht andere Leute damit«, brüllen mich irgendwelche Leute von allen Seiten an.
Als ich dann auch noch das scheppernde Geräusch ineinanderkrachender Autos höre, reiße ich den Turban hoch, um die Si-

tuation zu überblicken. Noch schneller ziehe ich den Verband wieder nach unten.
Das Bild um mich herum ist so schrecklich, daß ich es gar nicht sehen will. Ich stehe mitten auf der Kreuzung der beiden meistbefahrenen Schnellstraßen der Stadt. Ich bin total umzingelt. Hunderte von Autos, die kreuz und quer stehen, haben mich eingekreist. Als ich dann auch noch mehrere Polizeisirenen höre, gebe ich auf. Ich schiebe meinen Turban nach oben und strecke die Hände in den Himmel! Es hat doch alles keinen Sinn. Die Kopfgeldjäger haben mich also doch erwischt.
Ich stehe eine ganze Weile so, mit erhobenen Händen, mitten auf der Kreuzung rum, aber die Polizeiwagen kommen wegen der vielen querstehenden Autos nicht durch. Da wittere ich meine Chance und renne los! Ich renne um mein Leben, wie ein olympischer Hürdenläufer auf der 5.000-Meter-Hindernisstrekke springe ich über mehrere Motorhauben, klettere über Autodächer und stoße alle Leute weg, die sich mir in den Weg stellen wollen. Im Rennen stoße ich systematisch alles um, was nicht niet- und nagelfest ist: Mülltonnen, Koffer, Gemüsestände, Fahrräder, Bauzäune mit meinen Plakaten drauf, Hunde, Katzen – alles, um den Kopfgeldjägern die Verfolgung zu erschweren.
Immer wenn die Polizei mir nachjagt, bin ich zu absoluten Spitzenleistungen fähig. Denn das klassische »Schlagstock-in-den-Arsch-Trauma« sitzt ziemlich tief. Naja, lieber das Trauma als der Schlagstock höchstpersönlich!
Keuchend und völlig außer Atem komme ich zu Hause an. Blitzschnell schmeiße ich die Tür hinter mir zu und schließe ab. Meine erschöpften Beine tragen mich nicht mal mehr bis zur Couch. Ich lehne an der Flurwand, die Knie geben nach, und ich plumpse auf den Boden.
»Osman, du hättest dich nicht so zu beeilen brauchen, ich bin mit dem Essen noch nicht ganz fertig«, klappert meine Frau aus der Küche mit den Töpfen.
»Eminanim, die ganze Stadt ist hinter mir her. Wegen der 2.000 Mark würde der Pöbel mich sogar lynchen.«

»Nun übertreibe mal nicht so, Osman. Bisher sind es nur 1.000 Mark, und was du die ganze Stadt nennst, das ist in Wirklichkeit nur ein einziger Taxifahrer. Aber mit dem Lynchen hast du schon recht, wenn du nicht bald Geld besorgst, dann schafft der Kerl das auch ganz alleine.«
Ich versuche mich aufzurappeln. An der Heizung ziehe ich mich langsam nach oben. Meine Frau kommt mit einem großen Stück Papier in das Wohnzimmer und rollt es vor meiner Nase auf.
»Hast du das eigentlich schon gesehen, Osman?«
Geschockt falle ich erneut auf den Hintern.
»Frau, das ist es, das ist es! Das meine ich doch! Wegen dieses Steckbriefes veranstaltet die ganze Stadt eine Treibjagd auf mich. Die sind alle hinter diesen 2.000 Mark her.«
»Du Idiot, das ist doch kein Steckbrief! Das ist das Plakat von der Bürgerinitiative wegen unserer Abschiebung. Und von 2.000 Mark steht hier nichts drauf. Hier steht nur die Uhrzeit: 20:00 Uhr morgen abend im Kulturzentrum Neustadt findet die Veranstaltung statt.«
»Aber, aber, das Foto. Da ist doch ein Foto von mir drauf.«
»Das Foto habe ich denen gestern nachmittag gegeben. Auf die Schnelle habe ich kein besseres gefunden. Deswegen brauchst du dich doch nicht so aufzuregen. Du siehst grundsätzlich auf jedem Foto wie ein Verbrecher aus! Übrigens, bevor ich es vergesse: Ich habe bei der Behörde angerufen. Frau Kottzmeyer-Göbelsberg hat gesagt, daß unsere Akte immer noch nicht da ist. Also wenn ich das richtig sehe, dann müssen wir morgen wieder zu den Kommunisten von der Behördenpost.«
»Frau, wie konntest du bloß zulassen, daß die mit diesen Verbrecherplakaten die ganze Stadt zukleben! Sowas weckt doch keine Sympathie! Wegen diesem blöden Plakat machen sich doch bestimmt alle Leute lustig über mich. Warum hast du mir nichts von dem Plakat und dem Foto erzählt? Noch habt ihr mich nicht abschieben können! Noch bin ich der Herr im Haus!«
»Vater, Vater, mach dir wegen der Abschiebung keine Gedanken

mehr. Ich habe eine saugeile Idee, wie wir das Problem loswerden«, brüllt Mehmet aus seinem Zimmer, oder bessergesagt, aus seinem Stall. Womit ich aber weder den Kühen, den Pferden oder gar den Schweinen unterstellen will, daß sie nur halb so unordentlich sind wie mein Sohn Mehmet. Das sage ich aber nicht laut, weil schließlich jeder weiß, wie man den Vater eines Ferkels nennt.
Mehmet hat sogar ein riesiges Poster mit Hammer und Sichel über seinem Bett. Dieser verlogene Angeber, als wenn der jemals in seinem Leben einen Hammer oder eine Sichel in die Hand nehmen würde. Und bei den vielen jungen Mädchen, die täglich in seinem Zimmer ein- und ausgehen, komme ich mir vor wie eine marokkanische Puffmutter! »Ach, was du dir gleich denkst«, sagt er dann immer ganz treuherzig, »ich bin doch nur mit Susanne fest zusammen.« »Was? Schäm dich!« schimpfe ich dann immer mit ihm, »du empfängst Dutzende von Frauen in deinem Zimmer, und du treibst es nur mit einer? Du Schandfleck der Familie!«
»Eminanim, warum sollen wir uns eigentlich solche Mühe machen und morgen zu den Kommunisten von der Behördenpost gehen? Wir haben doch einen von der Sorte im Hause. Wir wohnen doch gewissermaßen Tür an Tür mit dem ›Reich des Bösen‹, wie mein alter Freund Ronald zu sagen pflegte.«
Da geht die Tür zum »Reich des Bösen« auf und mein Sohn Mehmet kommt mit langen Haaren und kurzen Hosen heraus. Mehmet ist ein echter Klo-Revolutionär. All die schrecklichen Bücher, die die Jugend verderben, liest er auf unserer Toilette. Es ist erschütternd, was diese Wände schon gesehen haben. Normale Menschen sagen, wenn sie diesen Ort verlassen: »Ich habe schon wieder Durchfall!« oder »Das Klopapier ist alle.« Mein Sohn Mehmet aber ruft: »Das war doch gar kein richtiger Sozialismus in Rußland!« oder »Mutter, wir brauchen neue Gorbatschows, am besten dreilagig!« Seit einigen Jahren hat er das Klopapier in »Gorbatschow« umbenannt, um ganz subtil Rache zu nehmen.

»Vater, ich weiß, wie wir die Pläne der Behörde durchkreuzen können. Ich habe eine todsichere Methode entdeckt.«
»Wenn du dir schon was ausgedacht hast, dann kann bestimmt nichts Vernünftiges dabei herauskommen. Aber trotzdem, nun sag schon!«
»Ganz einfach, Vater, wir verheiraten dich noch mal.«
»Es war mir klar, daß von dir nur Schwachsinn kommt. Was soll's denn bringen, wenn ich mir noch so ein Problem wie deine Mutter anlache? Also, Eminanim, wirklich, das ist nicht persönlich gemeint. Aber du mußt zugeben, daß dieser Vorschlag sehr dumm ist.«
»Das will ich nicht sagen, Osman. Nur kann ich mir nicht vorstellen, daß eine Frau so verrückt ist, dich freiwillig zu heiraten.«
»Hört auf euch zu streiten, hört lieber zu, was ich mir ausgedacht habe«, erstickt Mehmet die sich anbahnende Familientragödie im Keim, »ich meine, wir verheiraten dich einfach mit einer deutschen Frau. Dann kann dich die Behörde nicht mehr abschieben.«
»Mehmet, sag mal, kennst du irgendeine Frau, die eine solche Dummheit für weniger als eine Million Mark machen würde?« lästert Eminanim über mich.
»Das ist kein Problem. Ich kenne genug Frauen, die für sechs- bis siebentausend Mark zu allem bereit wären.«
»Aber wenn sie deinen Vater kennengelernt haben, haben sie keine Lust mehr dazu.«
»Das geht doch ganz anders. Die lernen sich überhaupt nicht kennen. Die treffen sich erst im Standesamt, kassieren das Geld und sehen sich danach nie wieder.«
»Ja, ja, so stelle ich mir das ideale Eheleben vor. Niemals Streit, keine Kinder, keine Sklavenarbeit und keine alten Männer, die glauben, auf Kleiderschränken rumhüpfen zu müssen«, ruft meine Frau und läßt wieder ihre Töpfe klappern.
»Also Mehmet, das ist ja keine so schlechte Idee«, begrüße ich seinen Einfall, »wenn wir mehr Zeit hätten, würde ich das viel-

leicht sogar machen. Aber wir haben doch nur noch ein paar Tage bis zur Abschiebung. Beim Standesamt muß man das Aufgebot doch mindestens sechs Wochen vorher abgeben, soweit ich weiß.«
»Vater, laß das mal meine Sorge sein. Das kriege ich schon irgendwie hin. Vielleicht haben wir Glück und irgend jemand heiratet zum Schein morgen oder übermorgen. Dann könnten wir ihm die Braut und den Heiratstermin abkaufen! Ich weiß auch schon, wo ich hier für euch beide echt aussehende Scheidungs-Urkunden aus der Türkei fälschen lassen kann«, sagt mein politisch-aktiver Sohn Mehmet voller Überzeugung.
»Mehmet, also ich glaub' nicht, daß wir das in der kurzen Zeit schaffen können. Aber von mir aus, probiere es! Mir ist egal, was es kostet, finde eine Frau, ob jung, ob alt, ob hübsch, ob häßlich, ob groß, ob klein, ob dünn oder dick. Hauptsache, ich muß mir keine zweite Schwiegermutter aufladen.«
»Osman, blubber hier nicht rum«, unterbricht mich Eminanim, »durch dein Gequatsche hätte ich das Wichtigste fast vergessen. Heute mittag ist dieser Eilbrief gebracht worden. Du glaubst es nicht, wir dürfen heute abend als Ersatzkandidaten bei der tollsten Game-Show teilnehmen, die es im Fernsehen gibt! Zieh dich um.«
»Das glaub' ich wirklich nicht! Ist das wahr? Zeig her! Bei Allah, das stimmt ja wirklich! Welch eine Wohltat, nach all dem Horror und dem Schrecken der letzten Tage. Mir kommen gleich die Tränen. Jetzt werde ich endlich doch noch berühmt und unabschiebbar!«
»Ich glaube, ich kriege die Krise! Das kann nicht euer Ernst sein! Ihr könnt doch nicht an dieser blöden Show für Gehirnamputierte teilnehmen! Dieses Spiel ist doch eine wahre Strafe für jeden halbwegs intelligenten Menschen. Ich hab' keine Lust, mich für meine Eltern zu schämen«, schimpft Mehmet.
»Mehmet, du hast keine Ahnung! Das ›Glücksrad‹ ist doch total intelligent. Die Hauptsache ist doch, wir kommen ins Fernsehen und werden prominent! Prominente können sich alles erlauben,

was das normale Volk nicht darf. Und die werden auch nicht abgeschoben!«
Ich komme, Gloria!
Warte, Silvia!

Mittwoch, 20. Juni, 18:00 Uhr

»Und heute abend dreht sich das Glücksrad wieder, meine Damen und Herren. Da sind wir wieder! Aus Anlaß des Weltflüchtlingstages haben wir unsere heutige Sendung in ›Glücksrad des guten Willens‹ umbenannt. Wie immer winken dem Gewinner auch heute tolle, phantastische Preise, bei denen man nicht nein sagen kann. Der Hauptgewinn ist aus Anlaß des besonderen Tages eine wundervoll leidgeprüfte Asylantenfamilie, die ihr zwei Wochen lang in eurer Wohnung behalten dürft. Unsere Geschenkfamilie kommt aus Uganda. Da könnt ihr euren ganzen guten Willen zeigen und euer Gewissen für Jahre im voraus beruhigen!« Ein Hampelmann von einem Animateur springt auf und macht ein Zeichen, damit alle im Fernsehstudio Beifall klatschen. Die Zuschauer hören auf, gelangweilt in der Nase zu bohren, und schlagen die Hände aufeinander. Meine Frau hat mich bereits bei Hunderten von Game-Shows als Kandidat vorgeschlagen. Selbst bei Hausfrauen-Shows, deren Fragen sich ausschließlich um Kochrezepte, Windeln und Waschpulver drehen, schlägt sie immer mich vor. Ich werde das ungute Gefühl nicht los, daß sie danach lechzt, endlich zu sehen, wie ich mich vor einem Millionen-Publikum unsterblich blamiere. Und ausgerechnet heute werde ich zu dieser blöden Show als Kandidat eingeladen, bei der man nichts weiter gewinnen kann als eine wertlose Asylantenfamilie, so wie wir selbst eine sind. Erst letzte Woche war der Hauptpreis noch ein tolles Auto!
»Und heute haben wir wieder zwei ganz tolle Kandidaten am Start, die sich hier vor der Kamera um diese herrlichen Preise prügeln werden. Hier zu meiner Linken unser Lokalmatador. Dieser gutaussehende junge Mann mit dem attraktiven Turban und dem wunderschönen Schnurrbart, unser Osram Eugin!«

»Nein, nein, ich heiße Osman. Und sag mal, müssen wir die Preise gleich hier auf der Bühne verprügeln?« frage ich schüchtern den Moderator.
»Nein, nein, die sind schon oft genug geschlagen worden. An denen sollst du nur deinen guten Willen zeigen.«
»Aber du sagtest doch eben ›Prügeln‹!«
»Ich meinte doch nur, daß du und der andere Kandidat euch heute abend vor diesem tollen Publikum um den wundervollen Hauptgewinn streiten sollt. Da kommt er schon, unser zweiter Kandidat aus Regensburg in Bayern ...«
Vor lauter Freude springe ich auf und klatsche begeistert Beifall: »Wahnsinn! Endlich bin ich da, wo ich hingehöre. Zusammen mit Gloria von Thurn und Taxis im Fernsehen!«
»Mein lieber Osram, außer der Fürstin leben noch ein paar andere Leute in Regensburg! Und da ist er schon! Darf ich vorstellen: Carlo Behrends. Meine Herren, ihr kennt die Spielregeln, ich wünsche euch viel Erfolg und toi, toi, toi!«
Hampelmann winkt, Finger aus der Nase und Hände heftig aufeinander schlagen.
»Danke, danke, danke für diesen phantastischen Applaus, liebes Publikum. Ja, meine Herren, und damit kommen wir zur ersten Runde. Ihr müßt erstmal an unserem Super-Glücksrad drehen. Die Zahl, die ihr erdreht, wird zu euren richtigen Antworten addiert. Das Ganze wird mit Pi multipliziert, und daraus wird die Wurzel gezogen. Einfacher geht's nun wirklich nicht!«
Plötzlich blinken tausend Lampen in allen möglichen Farben gleichzeitig. Ein Höllenlärm übertönt alles, die erste Runde fängt an.
»Frau, wenn du mich in Zukunft noch einmal zu so einer blöden Game-Show schleppst, bei der ich mich nicht mal mit Gloria unterhalten kann, dann will ich wenigstens was Anständiges gewinnen können. Mindestens ein Auto oder eine vollautomatische Klobürste. Was soll ich denn mit Asylanten, davon habe ich doch zu Hause selbst genug!« schimpfe ich im Geiste mit meiner Frau, während ich am Glücksrad des guten Willens drehe.

»Und hier, meine Damen und Herren, zusätzlich zum Hauptpreis können unsere Kandidaten diesen herrlichen Spitzen-Staubsauger gewinnen.«
Es ist, als könnte der Moderator meine Gedanken lesen!
»Hier seht ihr Aufnahmen von diesem tollen Staubsauger. Ideal für den Haushalt, im Wert von 1.000 DM und mit zwei Jahren Garantie. Und hier seht ihr Bilder von unserem absoluten Hauptpreis des Abends: unsere Asylantenfamilie aus Uganda. Hier noch glücklich nach der dritten abgefackelten Wohnung. Hier nicht mehr ganz so glücklich nach dem fünften Hausbrand. Hier beide Töchter im Koma. Vater wird auf der Straße von Skins angegriffen. Vater im Koma. Die Familie ist völlig arm und hilfebedürftig. Mit taufrischem Abschiebeurteil, ideal zum Gewissenberuhigen. Ich wünsche euch beiden viel Glück, toi, toi, toi!« brüllt der Moderator, der so herumtobt, als wäre er ein orientalischer Basarverkäufer aus dem 17. Jahrhundert. Nur eben schleimiger. Hampelmann winkt, Finger aus der Nase und Hände aufeinanderschlagen.
»Danke, danke, danke für den tollen Beifall, liebes Publikum. Meine erste Frage für heute Abend an die Kandidaten lautet: Warum kommt so eine Asylantenfamilie zu uns nach Deutschland, obwohl unser Land völlig überfüllt ist? Drei kurze Antworten bitte!«
»Erstens wegen der zu laschen Gesetze, zweitens, um auf unsere Kosten zu leben, drittens, weil denen das ganze Geld nachgeschmissen wird«, brülle ich blitzschnell. Zum Glück bin ich auf solche Art von Fragen bestens vorbereitet. Ich hätte nie gedacht, daß die blöden Sprüche von meinem Meister und den Kollegen aus Halle 4 mir mal nützlich sein würden.
»Naja, so kann man das auch sehen, Osram. Aber wie sind deine Antworten, Carlo?«
»Erstens, weil die armen Menschen Hunger haben, zweitens wegen Krieg und drittens wegen politischer Verfolgung.«
»Super, Carlo, super! Du bekommst die volle Punktzahl! Das waren genau die Antworten, auf die sich unsere Redaktion mit

den Sponsoren geeinigt hat! Doch bevor wir zur Werbung kommen, will ich euch unsere eben genannten Sponsoren vorstellen: Die heutige Sendung wurde finanziert von der deutschen Bundesregierung und Ariel!« Hampelmann winkt, Finger aus der Nase, an dem Hemd abwischen und Hände aufeinander schlagen.
»Dieser Duft, dieser Kaffee aus Kolumbien, diese tollen gelben Bananen aus Costa Rica. Dieses Aroma, dieser herrliche Tee aus Indien«, tönt es in der Werbung.
»Ja, meine Damen und Herren, da sind wir wieder mit der zweiten Runde von unserer beliebten Game-Show mit der Sondersendung ›Das Glücksrad des guten Willens‹. Und in der zweiten Runde können unsere Kandidaten einen tollen Club-Urlaub für zwei Personen gewinnen. Die Reise geht nach Uganda, in das Land wo unsere Bimbos ..., ich meine, wo unsere Asylantenfamilie herkommt. Unseren beiden Kandidaten wünsche ich viel Glück und toi, toi, toi! Und hier kommt sie auch schon, unsere zweite Frage: Was bringen die Asylanten mit in unser Land?«
»Aids, Terror, Armut«, schreie ich wie aus der Pistole geschossen. Ein unglaublicher Beifall läßt das Studio erzittern.
»Nun ja, aber wie sind deine Antworten, Carlo?«
»Ich würde sagen, die Fremden bringen uns Kultur, Nächstenliebe und menschliche Wärme! Abgesehen davon sind die kleinen Negerbabys wirklich sehr, sehr niedlich!«
»Super, Carlo, super! Das ist Spitze!«
Tausend Lampen blinken wieder gleichzeitig, und der Moderator ruft:
»Jetzt kommen wir zu unserer letzten Frage des heutigen Abends: Wie sollen wir uns gegenüber den erdrückenden Flüchtlingsmassen verhalten?«
»Absperren! Abfackeln! Abschieben!« schreie ich in die Kamera, »das Boot ist voll! Wir haben selbst genug Sorgen!« und mache unter dem starken Beifall der Zuschauer die Siegerfaust. Der ganze Saal kocht vor Begeisterung. Eine fantastische Laola-Welle rollt durch die Zuschauerränge.

»Osram! Osram! Osram!« Jubelrufe lassen das Studio förmlich erbeben. Als hätte ich in der Verlängerung einer Fußball-WM das goldene Tor geschossen.
Mein chancenloser Konkurrent faselt was von »Zuneigung«, »Hinwendung« und »nicht in den Krieg zurückschicken« und solchen Kram, aber es geht unter dem Riesenbeifall meiner Fans unter. Der orientalische Basarverkäufer aus dem 17. Jahrhundert brüllt wie am Spieß:
»Und der Gewinner unserer heutigen Sendung, das Glücksrad des guten Willens, heißt Carlo!«
Der Landsmann von Gloria wird den Kameras als Gewinner präsentiert, aber mich bestürmen die Zuschauer, um Autogramme zu bekommen. Und alle reden auf mich ein:
»Toll, Osram, für uns bist du der wahre Gewinner der Sendung. Du hast uns allen aus der Seele gesprochen. Du bist ein Mann des Volkes!«
Während ich stolz die Autogrammwünsche befriedige, lese ich den Abspann der Sendung:
»Unsere heutige Asylantenfamilie wurde eingekleidet von United Colors of Benetton!«
Plötzlich höre ich den schleimigen Moderator direkt neben mir in die Kamera brüllen:
»Halt, halt, liebes Publikum zu Hause. Hände weg von der Fernbedienung. Ihr seht ja selbst, wie das hiesige Publikum seinen Lokalmatador feiert. Und da wollen wir uns von der Redaktion auch nicht lumpen lassen. Wegen seiner großen Beliebtheit in der heutigen Sendung sehen wir uns veranlaßt, Osram den tollen Staubsauger im Wert von 1.000 DM als Trostpreis zu überreichen.«
Begeistert falle ich über den Moderator her und knutsche ihn ab. Er ist der sympathischste und liebenswürdigste Moderator, den ich je gesehen habe.
Mit einem großen Paket in der Hand verlasse ich auf den Schultern der jubelnden Massen mit meiner Frau das Studio. Wir sind beide wie besoffen vor Glück. Die Fragen waren doch ganz ein-

fach. Ich hatte vorher solche Angst, daß ich was Schwieriges gefragt werde.

Ohne daß wir gerufen haben, hält sofort eine Taxe vor unseren Füßen. Das ist der beste Beweis dafür, daß ich schon berühmt bin. Freudestrahlend springt mein Taxifahrer aus dem Wagen und reißt mir den Staubsauger aus der Hand:

»Gut gemacht, Osram von Gogh. Über meinen Minifernseher im Taxi habe ich die Show verfolgen können. Ich bin der Ansicht, daß Sie meinen Staubsauger ehrlich verdient haben. Übrigens die Zinsen und die Baskenmütze dürfen Sie als Geschenk betrachten.«

Donnerstag, 21. Juni, 9:13 Uhr

Der Verlust des 1.000 Mark teuren Staubsaugers steckt mir immer noch tief in den Knochen. Ich wurde um die Früchte meiner mühsam eingetrichterten Ausländerfeindlichkeit gebracht. Heute Nacht habe ich nicht weniger als siebenmal davon geträumt. Immer in verschiedenen Versionen. Einmal kam der Taxifahrer als Weißer Hai, das andere Mal als Kottzmeyer-Göbelsberg, dann als Schutzgelderpresser und in der letzten Version als meine Schwiegermutter. Das war der Traum, in dem ich am meisten geschwitzt habe. Dabei hat Eminanims Mutter in Wirklichkeit gar keinen Taxischein, ja sie kann nicht mal Fahrrad fahren. Am Ende jedes Alptraumes wachte ich schweißgebadet auf und sah meine Tochter Hatice, genau wie in der vorherigen Nacht, als Little Buddha auf unserem Ehebett sitzen. Ohne einen Ton von sich zu geben, hockte sie wieder zwischen meiner Frau und mir und starrte mit aufgerissenen Augen die Wand an. Irgendwann zwischen vier und fünf Uhr morgens wurde auch meine Frau mal wach und murmelte:
»Osman, du hast Hatice einmal das Leben geschenkt, sie dir aber jetzt schon zweimal!«
Erst im Morgengrauen schlief das Kind endlich ein, im Sitzen natürlich. Zwischen dem fünften und sechsten Alptraum habe ich die Kleine dann in ihr Zimmer getragen und ins Bett gelegt. Auch schwerbeschäftigte Buddhas müssen irgendwann mal schlafen.

Ich stolpere noch übelgelaunter in unser Wohnzimmer als am Morgen zuvor. Und erblicke schon wieder eine Bombe! Aber was für eine diesmal. Diese Bombe ist viel süßer als der türkische Honig von gestern. Mit langen, blonden Haaren und dem heiß-

geliebten engen, roten Leder-Minirock! Frau Tanja weilt wieder unter uns. Ich muß wohl heute nacht besonders gut geschlafen haben. Selten hatte ich so gute Laune wie heute morgen!
»Schönen guten Morgen, Frau Tanja, ich freue mich, Sie in unserem Palast begrüßen zu dürfen.«
»Ja, schönen guten Morgen, Herr Engin. Sie wissen ja, wir wollten heute morgen zusammen zur Behördenpost.«
»Aber natürlich, da freue ich mich schon lange drauf.«
»Daraus wird leider nichts. Ich habe es Ihrer Frau vorhin schon erklärt, so leid es mir tut, aber ich kann heute beim besten Willen nicht mitkommen. Sie werden die Angelegenheit ohne mich erledigen müssen.«
Ich betrachte sie noch intensiver: Die Frisur sitzt absolut perfekt, als hätte man jedes Haar einzeln geföhnt. Ihre Wimpern haben genau den richtigen Schwung. Mehr noch, jede einzelne ihrer Wimpern sieht wie ein gespannter Bogen aus, mit dem sie mir ihre umwerfenden Blicke wie Pfeile ins Herz schießt. Und ihre Beine erst, elegant und schön und sehr, sehr lang, und beide reichen von der Hüfte bis runter zum Boden!
»Also, Frau Tanja, mir ist an Ihnen absolut nichts aufgefallen, was bei einem Behördenbesuch hinderlich wäre.«
»Aber Herr Engin, sowas kann man doch nicht übersehen. Schauen Sie sich doch mal meine Beine genau an.«
Oh toll, um sowas braucht sie mich nicht zweimal zu bitten.
»Frau Tanja, das müssen Sie ihm doch nicht extra sagen. Der Gaffer tut sowieso nichts anderes, als die ganze Zeit Ihre Beine anzustarren!« ruft Eminanim aus der Küche.
»Aber Frau, sie hat mich doch darum gebeten! Ich muß sie doch davon überzeugen, daß sie hübsche Beine hat. Sie soll doch mit uns zur Behörde. Von ihren Beinen hängt gewissermaßen unsere Abschiebung ab«, brülle ich auf türkisch zurück.
Ich beruhige unseren Gast:
»Frau Tanja, Sie brauchen sich keine Sorgen zu machen. Sie sehen heute mindestens genauso gut aus, wie an den letzten beiden Tage.«

»Also, Herr Engin, sowas ist mir noch nie passiert. Ich habe meinen Rasierapparat in Emden vergessen.«
»Aber Sie haben doch gar keinen Bart!«
»Aber ich meine doch für die Beine. Sehen Sie doch nur hier diese gräßlichen, schwarzen Haare überall. So kann ich mich doch nicht in der Öffentlichkeit zeigen.«
»Osman, frag sie mal, warum sie sich nicht ausnahmsweise mal eine Hose anzieht und wie eine anständige Frau rumläuft!« stichelt meine Frau auf türkisch.
»Also, Frau, lieber werde ich abgeschoben, als daß ich Frau Tanja in langweiligen Hosen sehen muß!«
In dem Moment kommt Mehmet in die Wohnung gestürmt und brüllt: »Vater, komm schnell, es hat alles geklappt. Du wirst gleich im Standesamt getraut. Es war eine Wahnsinnsarbeit, aber ich hab' alles organisiert.«
»Herr Engin, was ist denn hier los? Ich habe nur Standesamt verstanden.«
»Frau Tanja, ich muß mit einer deutschen Frau eine Scheinehe eingehen, damit die Ausländerbehörde mich nächste Woche nicht abschiebt.«
»Frau Tanja, kommen Sie doch mit, wir können noch einen Trauzeugen gebrauchen«, ruft Mehmet eilig.
»Sie müssen mich schon entschuldigen. So wie ich heute aussehe, in diesem erbärmlichen Zustand, würde ich nicht mal zu meiner eigenen Trauung gehen!«
»Na gut, dann macht eben Mutter den Trauzeugen.«
»Mehmet, du spinnst doch wohl! Ich bin mit deinem Vater immer noch verheiratet.«
»Nein, bist du nicht mehr! Ich hab' alles organisiert. Ihr seid jetzt seit drei Jahren geschieden, und seitdem führst du deinen Mädchennamen wieder. Du heißt jetzt wieder Eminanim Üstünsürüçü.«
Kein Witz, so hieß die arme Frau wirklich. Und auf deutsch heißt das: Meisterfahrer!
»Ülülülü-üüü, was war das?« stottert Frau Tanja.

»Ist doch ganz einfach«, ruft Mehmet, »Üstünsürüçü!«
»Ich mußte den Osman damals heiraten«, murmelt Eminanim und gibt ein Familiengeheimnis preis, von dem ich selbst noch nichts wußte, »ich wollte diesen grauenhaften Nachnamen loswerden. Die Familie ließ mir die Wahl zwischen Osman und Hasan. Der Familienname von dem hübschen Hasan, den ich damals geliebt habe, war auch nicht viel besser: Hasan Ünlügümüs! (Hasan, der berühmte Silberling) Da zog ich wohl oder übel den Engin vor!«
»Schade, warum hast du denn nicht diesen Hasan geheiratet?« ruft Mehmet dazwischen, »in dem Fall wäre dein Doppelname echt geil geworden: Frau Eminanim Üstünsürüçü-Ünlügümüs! Das wäre die gerechte Rache an Frau Kottzmeyer-Göbelszwerg. Mit dem Namen könnte man jeden Computer in der Behörde in den Wahnsinn treiben. Ein Briefträger nach dem anderen würde im Flur vor unserem Briefkasten Harakiri machen. Keine finnische, geschweige denn deutsche Ministerin könnte gegen so einen Doppelnamen anstinken. Nicht mal die alte FDP-Tante Leutheusser-Schnarrenberger!«
»Mehmet, das reicht jetzt«, unterbreche ich den respektlosen Vortrag meines schlechterzogenen Sohnes.
»Frau Tanja, Sie hören ja, wir haben leider schrecklich wenig Zeit. Wir müssen sofort los zum Standesamt. Hier haben Sie die Telefonnummern von den Behörden. Bitte tun Sie mir den Gefallen und rufen Sie dort für mich an und fragen, was mit unserer Akte los ist. Da brauchen Sie sich auch keine Gedanken zu machen wegen Ihres Aussehens. Denn von unserem billigen Apparat aus kann garantiert niemand bei der Behörde auf ihre Beine gucken. Aber für den Fall, daß ein Molotowcocktail reingeschmissen wird und Sie doch rausgehen müssen, lasse ich Ihnen zur Sicherheit meinen Naßrasierer hier auf dem Küchentisch liegen.«
Beim Rausgehen stellt sich meine Frau in die Tür und versperrt uns den Weg:
»Osman, zur Trauung ziehst du dir einen anständigen Anzug an.

Zum zweiten Mal lasse ich es nicht zu, daß du bei der Heirat wie ein Penner rumläufst!«

Wir kommen kurz vor meinem Trautermin beim Standesamt an. Mehmet muß ganze Arbeit geleistet haben. Anscheinend hat er die halbe Stadt zu meiner Trauung eingeladen. Dutzende – mit weißen Schleifen, Blumen und Babypuppen geschmückte – Autos blockieren die Einfahrt zum Standesamt. An fast jedem Wagen hängt ein Rattenschwanz mit leeren Konservendosen. Haben die noch nie was vom gelben Sack gehört?
In dem Menschenauflauf auf dem Platz vor dem Standesamt entdecke ich jede Menge hübscher Frauen in weißen Brautkleidern.
»Mehmet, gut gemacht, mein Sohn. Welche Braut ist denn jetzt für mich vorgesehen?« rufe ich freudig erregt. »Oder darf ich mir eine aussuchen?«
»Nein, Vater, sie ist noch nicht da. Jemand holt sie gerade von zu Hause ab«, erklärt er mir die Situation, »sie soll eine Spätaufsteherin sein!«
»Dann ist sie also auch eine Studentin?«
»Nein, sie arbeitet nur bis tief in die Nacht hinein.«
»Das ist gut. Solche Frauen weiß ich zu schätzen, die selbst ihr Geld verdienen und nicht nur ihren Ehemännern auf der Tasche liegen«, rufe ich laut genug, damit meine Trauzeugin Eminanim Üstünsürüçü dies auch hören kann.
»Natürlich muß die arme Frau arbeiten gehen. Dein bißchen Geld reicht ja nicht mal für mich aus«, bemerkt meine Exfrau.
»Schau, Vater, da kommen sie schon«, ruft Mehmet und rennt auf die beiden jungen Menschen zu, die in unsere Richtung laufen. Oder besser gesagt, die männliche Person läuft auf uns zu, während er die weibliche mühevoll hinter sich herschleift.
»Vater, darf ich bekannt machen, dies ist deine zukünftige Frau, Karin.«
»Aber, Mehmet, wird sie denn von ihrer Familie gezwungen mich zu heiraten? Ist sie vielleicht keine Jungfrau mehr? Warum

schleift ihr großer Bruder sie denn sonst zum Standesamt? Bei Allah, hat ihre Familie sie denn auch noch mit Medikamenten vollgepumpt, damit sie sich gegen die Zwangsheirat nicht wehren kann? Mehmet, das hat keinen Sinn, eins habe ich im Leben gelernt: Liebe kann man nicht erzwingen!«

»Paß mal auf, Louie, so geht das aber nicht«, schimpft Mehmet mit dem Bruder, »der Standesbeamte verheiratet meinen Vater niemals mit einer Frau, bei der man nicht weiß, ob sie noch ohnmächtig oder bereits tot ist!«

»Keine Angst, sie kommt gleich zu sich. Das kenne ich schon«, beruhigt uns mein zukünftiger Schwager Louie und schlägt meiner Braut zwei-, dreimal ins Gesicht.

»Hör auf, Louie, vielleicht kommt das durch die Aufregung. Bei meiner ersten Hochzeit habe ich auch schlappgemacht«, sage ich.

»Halt dich da raus, Alter! Ich weiß schon, was ich tue!«

Nach ein paar weiteren Ohrfeigen kommt meine zukünftige Ehefrau mit schneeweißem Gesicht endlich zu sich:

»Was ist los? Was machen wir hier?« ruft sie erschrocken.

»Alles nicht so wichtig«, antwortet ihr rabiater Bruder, »du mußt nur diesen Opa hier heiraten. Dann gehen wir wieder nach Hause.«

»Ooh, Mehmet, was hast du uns da eingebrockt? Das kann doch überhaupt nicht gut gehen«, schimpft meine Exfrau. Sie schimpft lauter, als die sechs verschiedenen Hochzeitskapellen um uns herum spielen.

Erneut kommt ein Brautpaar aus dem Standesamt, und schon wieder hagelt es Reiskörner. Ein Dutzend Männer mit Fotoapparaten und Videokameras drängeln sich durch die Schar der Gäste nach vorne und stürzen sich auf die hilflosen Opfer. Ich werde innerhalb von nur zehn Minuten gleich zweimal von Brautsträußen am Kopf getroffen. Meine Exfrau kann es sich nicht verkneifen, meine Zukünftige stichelnd zu fragen, ob sie eigentlich glaubt, mit einem dreckigen T-Shirt und einer kaputten Jeans für die Hochzeit richtig angezogen zu sein.

Das hätte sie nicht sagen sollen!
»Ich will auch weiße Klamotten haben«, kreischt Karin und reißt einer frisch gebackenen Ehefrau mit einem einzigen Ruck das Brautkleid vom Leib. Der verwirrte Bräutigam versucht tapfer, das geraubte Hochzeitskleid von Karin zurückzuerobern. Da werden auch schon unsere Namen aufgerufen, und Karin muß sich ohne weißes Brautkleid trauen lassen. Wir werden in ein kleines Zimmer mit hohen Wänden und einem großen Tisch in der Mitte hineingeführt. Kaum sind wir im Zimmer, werden wir schon wieder rausgeschmissen:
»Halt, halt, halt, so geht das aber nicht! Schnitt! Die Szene drehen wir noch mal! Die Braut muß mehr lächeln!« schreit der Mann mit der Videokamera.
»Wer hat denn diesen Möchtegern-Fellini bestellt?« frage ich meinen Sohn.
»Das ist einer von Louies Leuten. Das Video ist im Brautpreis inbegriffen.«
Der Standesbeamte schaut meine Braut mißtrauisch an:
»Sagen Sie mal, kenne ich Sie nicht irgendwoher? Habe ich Sie hier nicht schon mal als Braut gesehen? Wer ist denn heute der Glückliche?«
Karin stiert mit leerem Blick durch den Raum.
»Nein, nein, den können Sie nicht heiraten«, ruft der Standesbeamte, »das ist mein Protokollführer! Der gehört zu mir. Aber ich gebe Ihnen noch eine Chance, unter den Anwesenden Ihren zukünftigen Ehemann zu finden.«
Karin schaut wieder hilflos Mehmet und mich an.
»Ja, einer von den beiden ist es. Nun raten Sie mal.«
Ich kann die Qualen meiner zukünftigen Ehefrau nicht länger ertragen und erlöse sie:
»Ich bin der Ehemann, Herr Standesbeamter. Die Karin versucht nur, Spaß mit Ihnen zu machen. Ich heiße Engin, Osman Engin.«
»Guten Tag, Herr Engin.«
»Guten Tag«, antworte ich.

»Guten Tag, Frau Engin«, ruft der Standesbeamte.
»Guten Tag«, sagt Eminanim und fällt prompt auf seinen Trick herein. Aber dann bemerkt sie ihren Fehler und stottert: »Wie sind Sie denn darauf gekommen? Offiziell sind wir seit heute drei Jahre geschieden.«
»Ach, es ist jedesmal das gleiche«, sagt der Standesbeamte, »damit kein Außenstehender etwas mitbekommt, werden hier immer die Exfrauen als Trauzeugen mitgeschleppt.«
Dann dreht er sich zu Karin und meint:
»Laufen die Geschäfte auf der Straße denn so schlecht? Wieviel hat man Ihnen denn für diesen Handel geboten?«
»Das weiß ich nicht so genau. Mein Louie hat für mich verhandelt. Aber diese Türken können tierisch gut handeln. Hören Sie, Herr Standesbeamter, heiraten Sie bloß keinen Orientalen. Das sind alles Halsabschneider!«
»Hören Sie mal, junge Frau, wissen Sie nicht, daß es verboten ist, nur wegen des Geldes zu heiraten?!«
»Sie sind vielleicht gut! Würden Sie so einen Kerl etwa gratis heiraten? Schauen Sie sich die Vogelscheuche doch mal an!«
»Herr Standesbeamter«, sage ich, »meine Braut und ich, wir kennen uns noch nicht so gut. So einen Bund fürs Leben sollte man nicht überstürzen. Geben Sie uns fünf Minuten Zeit auf dem Flur.«
»Herr Engin, ist Ihnen eigentlich bekannt, daß Ihre Zukünftige täglich mit mindestens 15 verschiedenen Männern schlafen wird?«
»Das geschieht ihm recht, dem eifersüchtigen Macho«, freut sich meine Ex, »ich durfte nicht mal alleine aus dem Fenster gucken!«
»Naja, bei einer multikulturellen Ehe muß man halt gewisse Kompromisse eingehen!« versucht Mehmet zu schlichten.
»Na gut, wenn sie dabei ein anständiges Kopftuch trägt, dann wäre ich damit einverstanden!« sage ich.
»Wie soll ich sie denn an den Haaren zur Arbeit schleifen, wenn sie ein Kopftuch aufhat?« protestiert ihr Bruder.

»Du Idiot, eine noch blödere Kuh hast du wohl nicht finden können!« platzt es aus mir heraus, und ich schreie Mehmet wütend an: »Wenn du schon eine Nutte von der Straße holst, dann hättest du wenigstens eine etwas intelligentere aussuchen können!«

»Aber mit der konnte ich doch gar nicht reden. Die war doch dicht bis oben hin. Ich hab' nur mit ihrem Zuhälter Louie sprechen können«, verteidigt sich Mehmet, »und die übrigen Fixerinnen auf dem Strich sind schon alle besetzt! Die sind bereits alle ehrbare Ehefrauen von Illegalen!«

Donnerstag, 21. Juni, 11:50 Uhr

Es sind nicht mal zwei Tage vergangen, seitdem ich beim Medikamententest meinen Kopf an die Laborwände geknallt habe. Und jetzt sitze ich schon wieder dem Kerl gegenüber, dessen Idee das war: Arbeitsamt-Necmeddin!

Nach der verpatzten Zweittrauung mit meiner Junkiebraut Karin hat mich meine Exfrau Eminanim höchstpersönlich hier im türkischen Männercafé abgeliefert. Sie hat mir gedroht, ich solle mich ohne Arbeit besser nicht zu Hause blicken lassen. Und sei es diesmal sogar als Testperson für Rattengift.

Eminanim selbst hat sich auf den Weg zu Frau Kottzmeyer-Göbelsberg gemacht. Ich glaube, sie ist sogar noch nach Hause gefahren, um sich den roten Leder-Minirock von Frau Tanja auszuleihen. Damit sie doch noch drankommt, so kurz vor zwölf Uhr mittags. Aber ich bin immer noch der Meinung, daß ihre knielangen Baumwoll-Unterhosen dem Minirock die Show stehlen.

»Du, Osman, das mit der Spritze tut mir echt leid. Das konnte ich nicht wissen. Da kann man nichts machen, das ist unkalkulierbares Berufsrisiko«, meint Arbeitsamt-Necmeddin trocken.

»Ich hab' wirklich geglaubt, die würden dir Tabletten geben. Die hättest du dann ja heimlich wegschmeißen können«, sagt er und bestellt sich schon wieder einen Tee auf meine Kosten.

»Der Job war nicht so einfach, wie du mir erzählt hast. So wie die Ärzte da drauf sind, hätten die mir die Tabletten auch eigenhändig in die Speiseröhre reingedrückt.«

»Osman, reden wir mal über was anderes. Was für einen Job willst du denn diesmal haben?«

Ich verschweige das mit dem Rattengift und sage: »Ganz einfach, irgendeine angenehme Arbeit mit viel Geld in sehr kurzer Zeit.«

»Ja, schauen wir mal nach. Hier hätte ich einen guten Job für dich. Das ist eine Adresse, da brauchst du nur ein bißchen Staub zu wischen.«
»Herr Necmeddin, unter uns stolzen Männern gesagt, ist Staubwischen nicht würdelose Frauenarbeit?«
»Im Allgemeinen hast du Recht, Osman. Aber in Wirklichkeit kommt es darauf an, wie hoch der Stundenlohn ist. Sind es 8 Mark 50, ist es Frauenarbeit. Sind es 80 Mark 50, ist es Männerarbeit. Und du würdest 80 Mark 50 dafür bekommen.«
»Sie haben recht, Necmeddin-Efendi. Das ist ehrenvolle Männerarbeit. Wessen Wohnung ist das denn, die ich sauber machen muß? Aber sagen Sie denen, in meinem Alter lasse ich mich von dem Hausherren nicht mehr angrabschen. Ich weiß ganz genau, was solche Menschen mit den armen Dienstmädchen so alles anstellen.«
»Osman, mach dir keine Sorgen. Du bist für den Job absolut qualifiziert. Die Firma wünscht sich nämlich Arbeiter, bei denen sich keine unnötigen Haare mehr auf dem Kopf befinden. Nur für den Fall, daß es doch mal zu einer kleinen radioaktiven Verstrahlung kommen sollte.«
»Sagen Sie mal, was ist das für eine komische Wohnung, die ich sauber machen soll?«
»Von einer Wohnung habe ich nichts gesagt. Das ist natürlich ein Atomkraftwerk. Du kannst sofort deine erste Schicht dort anfangen. Hier gebe ich dir die Adresse von der Firma.«
Kaum habe ich die Visitenkarte eingesteckt, stößt jemand völlig außer Atem die Tür von unserem Café auf und brüllt mit hochrotem Kopf:
»Leute, hört mal zu! Es ist was Schreckliches passiert. Bei der Ausländerbehörde hat sich eine türkische Frau aus dem Fenster im zweiten Stock gestürzt!«
»Neeeiiin, das kann doch nicht wahr sein!« schreie ich auf und renne aus dem Café.

Bei Allah, Eminanim, warum hast du das getan?! Du kannst mich doch mitten in diesem Lebenskampf nicht alleine lassen! Was soll ich denn nur ohne dich anfangen? Gemeinsam wollten wir doch die gesamte deutsche Ausländerbehörde, allen voran die Frau Kottzmeyer-Göbelsberg, in die Knie zwingen! Zusammen hätten wir es auch sicherlich geschafft. Aber wie soll ich denn ohne dich dafür die Kraft aufbringen? Wie soll ich unseren Kindern erklären, was du gemacht hast? Bei Allah, warum hast du das getan? Wie kannst du denn vor einer drohenden Niederlage so schnell aufgeben? So kenne ich dich gar nicht!
Während ich in Richtung Ausländerbehörde laufe, merke ich, daß mein Schnurrbart von den vielen Tränen ganz feucht geworden ist. Als mir das bewußt wird, lasse ich meinen Tränen erst recht freien Lauf. Ich habe meine Gefühle nicht mehr unter Kontrolle und laufe laut weinend die Straße hinunter.
Eminanim, auf diese schreckliche Situation bin ich nicht vorbereitet gewesen. In allen Zeitungen stand doch geschrieben, daß Frauen in der Regel acht Jahre länger leben als Männer. Du solltest mir hinterherheulen. Es war deine Aufgabe, mich den Rest deines Lebens zu vermissen. Und so schlecht haben wir uns ja auch nicht verstanden!
Mein ganzes Leben mit Eminanim läuft wie ein Film vor meinen Augen ab. Nie habe ich es wirklich böse gemeint, wenn ich mal mit ihr geschimpft habe. Niemals wollte ich sie wirklich verletzen. Sie hat mich allerdings auch ein paar mal wirklich bis zur Weißglut genervt. Aber wer weiß, was in den Köpfen von Frauen vorgeht, möglicherweise hat sie ja auch alles ganz anders gemeint. Vielleicht war das ja nur eine andere Form von Liebe. Vielleicht hat sie sich ja heute nur deswegen geopfert, um mich vor der drohenden Abschiebung zu bewahren!
Durch nichts hat sie mich ahnen lassen, daß sie mich so sehr liebt! Sie war wohl so ein Mensch, bei dem das Herz und der Mund oft verschiedene Sprachen gesprochen haben. Sie war ein so liebevoller Mensch! Wie sagt man doch so schön: Wenn der Blinde stirbt, dann hatte er blaue Augen, und wenn der Glatz-

kopf stirbt, dann schwärmt man von seinem seidigen Haar. Was immer sie auch tat, es war von tiefer Liebe geprägt. Unsere Liebe war wohl stärker als die von Romeo und Julia, Tristan und Isolde, Cäsar und Kleopatra oder auch die von Oma Fischkopf und Opa Prizibilsky!
Ohne nach rechts und links zu gucken, laufe ich wie in Trance zur Ausländerbehörde. Während ich mit dem Jackenärmel meine Augen abwische, schießen mir tausend Fragen durch den Kopf. Ich habe immer wieder von Asylbewerbern gehört, die aus Verzweiflung Selbstmord begingen. Aber ich hätte nie gedacht, daß unsere Familie davon mal betroffen sein könnte. Keuchend erreiche ich das Gebäude und kämpfe mich entschlossen durch das Meer der Schaulustigen. Ich glaube, meine verfluchte Akte ist bei der Behörde angekommen. Und wahrscheinlich hat die Ausweglosigkeit unserer Lage meine Frau in den Selbstmord getrieben.
Jetzt hat Eminanim alle Sorgen hinter sich gelassen. Mit nichts Weltlichem wird sie sich mehr rumärgern müssen. Nicht mit den Kindern, nicht mit der Ausländerbehörde, nicht mit dem Vermieter, nicht mit den Nachbarn, nicht mit der Gesundheit, nicht mal mehr mit mir!
Eminanim gibt es nicht mehr! Sie ist tot!!
Nie mehr werde ich ihre liebe, warmherzige Stimme hören. Nie mehr werde ich hören, wie sie meiner Tochter sagt: »Hoffentlich kotzt der Penner mir nach dem fünften Bier nicht die ganze Bude voll!« Nie mehr wird sie mich hysterisch anschreien: »Osman, damit du es weißt, alle meine vier Orgasmen der letzten 33 Jahre waren nur vorgespielt, du elender Versager!« Nie wieder wird sie ironisch anmerken: »Deine Haare waren klüger und konsequenter, als ich es jemals war. Die haben sich rechtzeitig von dir getrennt!« Nie mehr wird sie hinter mir herrufen: »Was rennst du denn wie ein aufgescheuchtes Huhn durch die Gegend! Bleib doch stehen, ich kann nicht so schnell.«
Aber ich kann mich gar nicht genau erinnern, wann sie mir das gesagt haben soll.

»Bleib doch endlich stehen, du Idiot!« wiederholt die warmherzige Stimme meiner Frau aus dem Jenseits. Und ich spüre ihren Geist förmlich hinter mir.
Ich habe nie gewußt, daß ein Geist so schnell laufen kann. Dazu auch noch ein weiblicher Geist! Als dieser Geist mir die Handtasche, die er mit sich rumschleppt, auch noch von hinten auf den Kopf knallt, werde ich auf brutale Art und Weise mit der Realität konfrontiert.
»Eminanim, was machst du denn hier? Ich denke, du bist tot? Was hast du denn in der Handtasche? Du hast mir meinen Kopfverband total ruiniert!«
»Osman, was ist los mit dir? Warum soll ich denn tot sein?«
»Aber du hast dich doch meinetwegen vom Fenster der Ausländerbehörde runtergestürzt!«
»Aber das war doch nicht ich. Die Frau, die das getan hat, ist auch nicht tot. Die hat sich nur ein paar Knochen gebrochen.«
»Aber ich dachte doch, weil du da warst und weil eine Türkin ...«
»Osman, warum sollte ich mich denn umbringen, wenn sie dich abschieben wollen. Kannst du mir das mal bitte in Ruhe erklären?« keift sie mit ihrer typisch nervigen Stimme.
»Ja, weil Romeo und Julia und weil Klo..., Kleo...«
»Was quasselst du denn da für einen Unsinn? Was für ein Klo? Was machst du hier eigentlich, du solltest dir doch eine Arbeit besorgen! Mit diesem Romeo-und-Julia-Ding willst du doch nur davon ablenken!«
»Ich habe Arbeit gefunden. Aber sag mal, ist unsere Akte denn schon angekommen?«
»Keine Ahnung! Aber wir sind gleich dran.«
»Du meinst, der Laden läuft einfach so weiter, obwohl hier gerade jemand versucht hat, Selbstmord zu begehen?«
»Wenn sie bei jedem Selbstmord die Ausländerbehörde schließen würden, dann kämen wir doch niemals dran. Ich sage dir, das würde die Zahlen dieser Verzweiflungsakte noch in ungeahnte Höhen treiben.«

»Naiv wie ich bin, habe ich doch immer geglaubt, daß Frauen gefühlvoller als Männer seien.«
»Von Gefühlen kann man sich nichts kaufen. Komm, wir sind jetzt dran. Laß uns reingehen.«
Unsere Sachbearbeiterin hat mal wieder nur Augen für ihren Behördencomputer.
»Guten Tag, Frau Kottzmeyer-Göbelsberg«, ruft Eminanim in den Raum.
»Mahlzeit«, knurrt sie nur, mit einem kurzen Blick auf die Wanduhr.
»Wir beide möchten uns entschuldigen für unsere Landsmännin. Da gibt es so viele Brücken und Hochhäuser in der Stadt, aber diese Ausländer müssen immer hier runterspringen. Uns persönlich ist das sehr peinlich.«
»Ja, das ist wirklich grauenhaft«, klagt Frau Kottzmeyer-Göbelsberg verschwitzt, ohne uns anzugucken, »nicht mal bei dem Wetter dürfen wir die Fenster aufmachen. Entweder stürzen die Moskitos von außen rein, oder die Ausländer von oben runter! Aber die Behördenleitung hat schon was dagegen getan«, und sie deutet auf ein großes Schild neben dem Fenster: »Runterspringen während der Arbeitszeit untersagt!«
»Also, Herr Engin, Ihre Akte ist endlich hier angekommen. Die Papiere sind aus Versehen bei den Kollegen von der Denkmalpflege gelandet. Wir haben jetzt alles schwarz auf weiß. Wie ich Ihnen schon vor ein paar Tagen gesagt habe, der Asylantrag, den Sie vor zwei Jahren gestellt haben, ist endgültig abgelehnt worden. Auch die Revision, die Sie eingelegt haben, wurde abgelehnt! Aber all das hat Ihnen Ihr Anwalt sicherlich schon erzählt!«
»Nein, mein Anwalt weiß nicht mal, daß ich angeblich einen Asylantrag gestellt haben soll.«
»Nun ja, aber gegen diesen Bescheid kann er sowieso nichts mehr bewirken. Montag mittag müssen Sie endgültig zurück nach Indien.«
»Was, wie bitte? Wo soll ich hin? Nach Indien? Was soll ich

denn da? Gibt's kein anderes Land, das mich haben wollte? Wieso werde ich nicht in die Türkei abgeschoben?«

»Herr Engin, wir schicken die Asylbewerber immer in ihr Heimatland zurück. Wir machen da keine Ausnahmen. Als Urlaubsland müßte Ihnen Deutschland schon genügen. Sie sind aus Indien eingereist, also schicken wir Sie dorthin wieder zurück.«

»Aber was soll ich denn da? Warum werde ich nach Indien geschickt?«

»Weil Sie Inder sind, Herr Engin. Ist das so schwer zu verstehen?«

»Aber ich bin doch gar kein Inder! Nicht mal mein Vater ist Inder gewesen. Nicht mal als Tourist war ich in Indien.«

»Vielleicht haben Sie ja zuerst in der Türkei versucht, Asyl zu schinden und sind erst dann nach Deutschland gekommen. So machen es jedenfalls alle Iraner.«

»Ich komme doch aus Indien und nicht aus dem Iran!«

»Aha, jetzt plötzlich also doch!«

»Nein, ich meine, Sie behaupten das ja! Jetzt hab' ich's, wegen meines Kopfverbands verwechseln Sie mich. Ich kann Ihnen erklären, warum ich den Turban trage. Meine Frau hier neben mir kann alles bezeugen. Ich komme aus der Türkei, nicht aus Indien! Warum sonst sollte meine Tochter Zeynep wohl in Istanbul bei ihrer Tante Urlaub machen und nicht in Bagdad?«

»Osman, sei endlich ruhig«, stoppt mich Eminanim, »Bagdad ist doch bei Saddam und nicht in Indien. Frau Kottzmeyer-Göbelsberg, sind Sie sich wirklich sicher, daß dies die Akte von meinem Mann ist? Jetzt, da Sie ihn nach Indien abschieben wollen, ist es doch offensichtlich, daß hier eine Verwechslung vorliegt.«

»Nein, nein, das hat schon alles seine Richtigkeit. Der Name, das Geburtsdatum, die Namen der Kinder, die Adresse, Karnikkelweg 7b, das ist alles richtig. Da gibt es nichts zu verwechseln.«

»Frau Kottzmeyer-Göbelsberg, ich traue dem Kerl ja alles mögliche zu. Er hat mich auch schon verdammt oft reingelegt. Aber das ist selbst für einen Gauner wie ihn eine Nummer zu groß. Wir stammen aus Nachbardörfern. Und die liegen immer noch in der Türkei.«

»Das interessiert mich herzlich wenig, wo Ihr Dorf liegt. Wir schicken Sie auf jeden Fall am Montag nach Indien. Und von dort aus dürfen Sie hingehen, wohin Sie wollen, bloß nicht mehr nach Deutschland.«

»Aber Frau Kottzmeyer-Göbelsberg, ich bin doch nicht in Indien geboren. Das muß doch in meinen Einreisepapieren von vor 30 Jahren stehen.«

»Hier gibt es keine 30 Jahre alten Akten mehr. Wir haben voriges Jahr auf EDV umgestellt, und dabei wurde alles sorgfältig übertragen. Selbstverständlich werden die Daten der Ausländer kontinuierlich aktualisiert. Und hier steht nun mal, daß Sie aus Indien kommen. Also kommen Sie aus Indien. Der Flug nach Indien führt über die Türkei. Wenn Ihnen die Gegend so gut gefällt, können Sie von mir aus unterwegs abspringen. Da machen wir Ihnen absolut keine Vorschriften. Und jetzt bitte raus hier! Hauen Sie endlich ab! Sie, Sie Kanaken-Gandhi, Sie!«

»Osman, ich habe gewußt, daß mit dir was nicht stimmt. Selbst wildfremde Frauen wissen über deine Lebensgeschichte besser Bescheid als ich«, zischt Eminanim beim Rausgehen, »du hast immer gesagt, daß du aus dem Nachbardorf stammst. Heißt dieses Nachbardorf etwa Kalkutta?«

»Ich drehe gleich durch, was hier läuft, ist doch zum Verrücktwerden. Frau, hilf mir, mach sofort das Fenster auf!«

»Osman, mach doch keinen Blödsinn! Aus dem Fenster zu springen ist doch während der Arbeitszeit verboten! Warte etwas, in zwei Minuten ist doch Mittagspause!«

»Das gilt doch nur für Behördenbesucher, aber nicht für die Beamten! Ich schmeiße jetzt diesen ekeligen Drachen mitsamt Computer aus dem Fenster!«

Donnerstag, 21. Juni, 20:25 Uhr

»Ladies and Gentlemen, here's the President of the United States, Mister Osman Engin!«
Dann komme ich durch einen langen, schmalen Flur gelaufen, gehe direkt zum Mikrofon und rufe unter dem Beifall der Zuhörer: »Isch biin eyn Hämbörger!«
Ich mag nämlich keine Berliner, das Zeug ist mir viel zu süß. Seit Jahren wünsche ich mir heiß und innig, so wichtig und berühmt zu sein, wie der Präsident der USA. In Wirklichkeit geht es mir natürlich nur um den Moment, in dem man durch einen langen, schmalen Flur über einen sündhaft teuren Teppich läuft, um dann grinsend vor den Fernsehkameras aus aller Welt zu stehen. Und heute abend bietet man mir endlich die Gelegenheit – auch wenn es nicht gerade das Weiße Haus ist –, zum Mikrofon gerufen zu werden und eine Rede zu halten. Und dieses Haus hier war sicherlich auch mal weiß. Jetzt ist es mehr das nikotingelbe Kulturzentrum. Aber so toll wie den J.F. Kennedy wird mich die Bürgerinitiative als Gastgeber garantiert nicht präsentieren.
»Meine Damen und Herren, hier kommt er, der einohrige Asylbetrüger Osman Engin!«
Nein, nein, so schlimm wird es schon nicht werden. Aber man wird mich bei der Vorstellung irgendwo zwischen einem US-Präsidenten und dem einohrigen Asylbetrüger einstufen.
Es ist schon eine halbe Stunde über die Zeit, aber die Protestveranstaltung gegen meine Abschiebung hat immer noch nicht angefangen. Ich bin, ehrlich gesagt, angenehm überrascht, daß so viele Menschen ausschließlich meinetwegen heute abend ins Bürgerzentrum gekommen sind. Langsam wird die Masse genauso unruhig wie ich.

»Du, Mehmet, wann geht's denn endlich los, die Leute langweilen sich hier schon«, frage ich meinen Sohn.
»Wir haben noch etwas Zeit, Vater, das akademische Viertel sollte man bei sowas schon abwarten. Die meisten Leute kommen ja noch!«
»Aber wir sind doch schon zwei Viertelstunden über die Anfangszeit. Fast vierzig Minuten!«
»Aber ich sag' doch: akademisches Viertel!«
»Ich hab's ja gewußt, in der Uni gehen die Uhren doch anders.«
»Na, Osman, ist doch 'ne tolle Veranstaltung geworden, oder?« klopft mir Ali, der selbsternannte Rächer aller entrechteten Ausländer, der Beschützer aller Witwen und Waisen, lässig auf die Schulter.
»Ja, ja, toll gemacht, Ali. Aber wollen wir nicht so langsam mal anfangen?«
»Kein Problem, wir fangen gleich an. Wir haben uns nur wegen der Eröffnungsreden noch nicht einigen können.«
»Das ist doch ganz einfach. Mach es doch wie bei den US-Präsidenten: Ladies and Gentlemen, here is ...«
»Nein, nein, nein, es geht nicht um den Inhalt, das ist nicht ganz so wichtig! Im Komitee für den heutigen Abend sind nicht weniger als acht verschiedene Initiativen zusammengeschlossen. Das Problem ist, in welcher Reihenfolge die Begrüßungsreden gehalten werden. Mach dir mal keine Sorgen, das kriegen wir schon hin. Aber jetzt mal unter uns, Osman, wenn die Sache mit der Abschiebung doch schiefgeht, dann ist ja wohl klar, daß ich in deine Wohnung einziehe?!« ruft er und verschwindet.
»Nur über meine Leiche«, sage ich nicht. Ich will keine schlafenden Hunde wecken. Man weiß nicht, wozu die Leute bei dieser Wohnungsnot fähig sind.
»Eins, zwei, eins, zwei; Mikrofontest, Tonprobe!«
Oh, endlich, jetzt geht's los!
»Sagen Sie mal, wann bin ich denn dran mit meiner Rede?« frage ich erwartungsvoll.
»Das dürfen Sie mich nicht fragen. Ich bin hier nur für die An-

lage zuständig«, ruft der Mann von der Bühne runter und pustet dreimal kräftig in das Mikro.
»Jetzt geht's looooos, jetzt geht's looooos«, singt der ganze Saal im Chor. Mit soviel geballter Kraft im Rücken kann mich bestimmt keine Behörde mehr abschieben.
Froh, das ganze Volk hinter mir zu haben, brülle ich mit: »Jetzt geht's looos, jetzt geht's looooos«, und haue mit den anderen dabei rhythmisch auf die Tische. Endlich kommt ein junger Bursche mit Vollbart unter dem starken Beifall der Besucher auf die Bühne.
»Guten Abend, liebe Freundinnen und liebe Freunde, und die zahlreichen von uns eingeladenen Medienvertreter begrüße ich auch im voraus, obwohl die noch nicht da sind!«
Ich halte es bei meiner Frau am Tisch nicht mehr aus und stehe startklar neben der Bühne, jederzeit bereit, einer plötzlichen Einladung nachzukommen.
»Wir haben uns heute abend hier versammelt unter dem bewegenden Motto: ›Ein Herz für Ausländer‹«, ruft er weiter. Dieser tolle Spruch bekommt zurecht unser aller Beifall.
»Und ich sage euch, wer auch nur ein Leben rettet, der rettet da selbst die ganze Welt. Wer auch nur einen Menschen abschiebt, der schiebet alsda die ganze Welt ab!«
Nach diesem unglaublichen Satz springt der ganze Saal auf und klatscht begeistert Beifall.
»Ich möchte mich kurz vorstellen, ich bin der stellvertretende Vorsitzende vom ›Liebe deinen Nächsten wie dich selbst e.V.‹. Um diesen Solidaritätsabend möglich zu machen, hat unser Verein ganz alleine in der Kürze der Zeit 750 Plakate drucken lassen und sie über Nacht in der ganzen Stadt angeklebt«, ruft er weiter.
Der Beifall kommt jetzt nur noch von drei Tischen, rechts von der Bühne. Alle anderen pfeifen und schreien:
»Buuuhh, pfuuuii! Aufhören, aufhören!«
Der Redner regt sich richtig auf:
»Daß hier jetzt einige pfeifen, ändert überhaupt nichts an der

Tatsache, daß die anderen Organisationen nur auf dem Papier, bzw. auf den Plakaten als Mitveranstalter für den heutigen Abend aufgetreten sind. Keiner in den Initiativen hat daran gedacht, uns Helfer zu schicken, um die Stühle aufzubauen.«
»Pfuuiii, buuuhh, Lügner!«
Ein anderer junger Bursche stürmt an mir vorbei auf die Bühne und schiebt den Redner energisch vom Mikrofon weg.
»Guten Abend, liebe Freundinnen und Freunde! Das kann hier so nicht unwidersprochen im Raum stehenbleiben. Ich bin der Sprecher der Initiative ›Das Haar in der Suppe mißfällt uns sehr, selbst wenn es vom Haupt der Geliebten wär‹. Unsere tagelangen Bemühungen, die Medienvertreter von Zeitungen, Funk und Fernsehen für die heutige Veranstaltung zu mobilisieren, wird typischerweise mal wieder nicht erwähnt. In diesem Zusammenhang möchte ich die Leute von ›Liebe deinen Nächsten wie dich selbst e.V.‹ doch mal fragen, wer denn eigentlich die Vorlage für das Plakat zusammengestellt hat? Die können auch nicht leugnen, daß wir den Saal für diese Veranstaltung organisiert haben.«
Ich zupfe von unten vorsichtig an seiner Hose und frage leise: »Und ich? Wann muß ich denn meine Rede halten?«
»Halt dich da raus! Dich hat keiner gefragt«, zischt er zu mir runter, während er das Mikro zuhält, und ruft danach mit engagierter Stimme in den Saal:
»Weil die Typen noch nie einen so gelungenen Abend organisiert haben, können die Brüder doch gar nicht wissen, wie kompliziert es ist, in so kurzer Zeit einen passenden Saal zu mieten!«
Blitzschnell springt diesmal eine junge Frau mit Igelfrisur auf die Bühne und reißt das Mikro an sich:
»Den ganzen Abend schon, auch hinten im Büro, reden die Leute von der Initiative ›Das Haar in der Suppe mißfällt uns sehr, selbst wenn es vom Haupt der Geliebten wär‹ davon, wie schwierig es war, diesen Saal zu mieten. Ich frage Sie, liebes Publikum, was soll denn daran kompliziert sein? Verzeihen Sie

bitte, daß ich so aufgebracht bin. Ich habe sogar versäumt, mich vorzustellen. Ich bin die Ilse, vom Komitee ›Quod tibi fieris non vis, alteri non feceris‹. Was auf gut deutsch heißt: ›Was du nicht willst, daß man dir tu, das füg auch keinem andern zu‹! Unser Komitee hat die gesamte Saalmiete für den heutigen Abend ganz alleine aufgebracht. Aber davon spricht kein Mensch, obwohl das mit Sicherheit das Wichtigste ist.«

Tosender Beifall kommt von den vier Tischen ganz hinten am Eingang, während alle anderen demonstrativ gähnen.

Vorsichtig zupfe ich an ihrem langen, blauen Hippirock, um mich von unten bei ihr bemerkbar zu machen. Und frage ganz leise:

»Entschuldigen Sie, Fräulein, wann darf ich denn meine Rede halten? Schließlich geht es doch um meine Abschiebung!«

»Fummel nicht an meinen Beinen rum, du Macker!« Und sie zerquetscht mit ihrem schweren Stiefel meine rechte Hand.

»Osman, das ist ja wohl die Höhe, wie kannst du denn nur der armen Frau vor allen Leuten einfach unter den Rock packen«, bekomme ich anschließend am Tisch noch von Eminanim zu hören. Während ich meine Hand im Colaglas kühle, stöhne ich:

»Aber Frau, was sollte ich denn sonst machen? Du siehst doch, die nehmen überhaupt keine Notiz von mir. Die Leute hier machen sich doch nur alle gegenseitig fertig. Die können ihre Grabenkämpfe doch woanders austragen. Wir sind schon fast zwei Stunden hier, und die haben meinen Namen noch kein einziges Mal erwähnt.«

»Was soll's, das Programm gefällt dem Publikum offenbar. Irgendwie sind alle Besucher Mitglieder von irgendwelchen Vereinen. Unseretwegen scheint gar keiner gekommen zu sein.«

Plötzlich stürmen zwanzig ausländische Kinder in Folklorekostümen auf die Bühne. Eine schrecklich laute Musik aus einem kleinen Kassettenrecorder untermalt ihren Auftritt.

»Komm, Eminanim, gehen wir raus. Diese Folkloregruppe habe ich schon fast tausendmal ertragen müssen. Laß uns an Alis Döner-Stand eine Kleinigkeit essen.«

Während wir kauen, macht Ali Kassensturz: »Na, Osman, war doch eine gelungene Veranstaltung, oder? Ich habe einen Bombenumsatz gemacht!«

Bevor ich unhöflich werde, zieht meine Frau mich zur Seite: »Du, Osman, ich habe am Nebentisch gehört, daß die Behörden bei einer Abschiebung nicht bis zum letzten Tag warten. Damit die Leute nicht heimlich untertauchen, werden sie ein paar Tage vorher verhaftet und in Gefängnisse gesteckt, die man speziell dafür gebaut hat. Das sage ich dir, Osman, kampflos lasse ich mich nicht abtransportieren. Aus dieser blöden Veranstaltung wird sowieso nichts. Ich gehe lieber nach Hause und verbarrikadiere die Wohnung. Wenn die Polizisten heute Nacht kommen, dann werden sie ihr blaues Wunder erleben!«

»Mach das, Eminanim. Aber ich kann nicht mitkommen. Ich muß hier noch meine Rede halten. Da warten doch alle drauf.«

»Mach dir doch nichts vor, Osman. In Wirklichkeit bist du hier der einzige, der auf deine Rede wartet«, ruft sie mir bissig zu, während sie in der Dunkelheit verschwindet. »Noch was, Osman, unsere Chiffre ist ›Kiwi‹! Ohne diesen Geheimcode kommt niemand mehr in unsere Wohnung rein. Merk es dir gut. Nicht Banane, nicht Apfel oder Avocado, sondern ›Kiwi‹!«

Im Saal plärrt immer noch der Kassettenrecorder, und ich genehmige mir meinen dritten Döner. Ich muß doch meine Rede halten. Wie sagt man so treffend: Hungriger Bär tanzt nicht schön!

Ob hinter dieser Geschichte mit Indien der Leckmikowski aus der Zone steckt?

Frau Kottzmeyer-Göbelsberg wollte mich in die Türkei abschieben, Leckmikowski bestand aber auf den Fidschis. Aus Kostengründen haben sich die beiden bestimmt auf die Mitte geeinigt! So wird's wohl gewesen sein!

»Sagen Sie mal, wann bin ich denn endlich dran?« frage ich leicht verärgert mit vollem Mund einen der Veranstalter, der gerade aus dem Saal herauskommt.

»Das mußt du schon diese Idioten von der Initiative ›Das Haar in der Suppe mißfällt uns sehr, selbst wenn es vom Haupt der

Geliebten wär‹ fragen. Die Knallköppe tun doch unverschämterweise so, als hätten sie ganz alleine die gesamte Veranstaltung organisiert. Diese Kulturbanausen sind demonstrativ rausgegangen, als unsere Folkloregruppe aufgetreten ist! Das ist typisch für diese Schmarotzer!«

»Das kann doch nicht sein, ich stand die ganze Zeit hier vor der Tür. Von denen habe ich niemanden rauskommen sehen. Die können doch jetzt nicht alle gehen!«

»Die sind alle zusammen durch den anderen Ausgang gegenüber raus«, antwortet er sichtlich verärgert. Mit seinen vier Begleitern steigt er in ein Auto und fährt los.

»Halt! Bleibt doch hier! Nicht wegfahren. Wollt ihr etwa meine tolle Rede nicht hören, oder was?« schreie ich dem stinkenden Diesel hinterher.

Danach tue ich so, als hätte ich die vier Mittelfinger, die aus dem klapprigen Wagen rausgestreckt werden, in der Dunkelheit nicht sehen können. Stattdessen winke ich freundlich und laufe zurück in den Saal.

Bei Allah, wie konnte denn das passieren? Es sind wirklich nur noch sieben Leute im Saal. Und die ziehen sich auch gerade an, um wegzugehen.

»Geht nicht weg, der wichtigste Teil des Abends kommt noch«, rufe ich ihnen zu und klettere so schnell ich kann auf die verlassene Bühne.

»Hallo! Hey! Macht doch keinen Quatsch. Bleibt noch einen Moment. Ich halte doch noch eine Rede ...«, brülle ich den beiden letzten Leuten hinterher, die gerade den Saal verlassen wollen. Aber diese Ignoranten drehen sich nicht einmal um. Das sind wahre Ausländerfreunde. Die haben mir nicht mal den ausgestreckten Mittelfinger gezeigt.

In dem Moment versucht der Tontechniker auch noch mein Mikro abzuschrauben.

»Lassen Sie die Finger davon! Ich habe extra für diesen Abend eine acht Seiten lange Rede geschrieben. Drei Stunden habe ich mich hinhalten lassen. Jetzt setze ich mich aber durch!«

»Alles klar, Alter! Beruhige dich wieder. Ich muß sowieso noch andere Kabel aufrollen.«

Obwohl nur noch der Tonmensch da ist, halte ich meine engagierte Rede. Verglichen mit meiner Rede ist das kommunistische Manifest nicht aufrüttelnder als die Speisekarte von Alis Dönerladen.

Aber wie heißt es so schön: Wenn man nur einen einzigen Menschen rettet, dann rettet man die ganze Menschheit. Und ich denke, wenn man auch nur einen einzigen Tontechniker überzeugt, dann überzeugt man in gewissem Sinne die ganzen Tontechniker der Menschheit.

»Ladies and Gentlemen, liebe Vereinsfreunde, hochverehrtes Publikum und liebe Tontechniker!

Ich lebe seit mehr als 30 Jahren in diesem unserem Kaff..., ich meine natürlich in dieser schönen Stadt. Sie alle wissen, wessen man mich beschuldigt. Sie alle wissen um die Ungerechtigkeiten des deutschen Ausländergesetzes. Ich gestehe, früher habe ich mich nie um das Ausländergesetz gekümmert. Ich habe mir früher niemals Gedanken darüber gemacht, wie inhuman die deutsche Abschiebepraxis ist. Es kann nicht rechtens sein, wenn hilflose Menschen aus ihren Häusern vertrieben und gegen ihren Willen des Landes verwiesen werden! Nun bin ich der Betroffene, und ich danke Allah, daß es so viele aufrechte Bürger in dieser Stadt gibt, die sich gegen dieses zum Himmel schreiende Unrecht auflehnen.

Wie gesagt, was sie mit den armen Asylbewerbern machen, ist unmenschlich. Aber was sie mit mir machen, ist wahrhaft unglaublich. Die Behörde will mich allen Ernstes als abgelehnten Asylbewerber abschieben. Dabei habe ich niemals um Asyl gebeten! Ich bin kein Flüchtling! Ich bin doch Schlosser in Halle 4!

Politischer Flüchtling, das kann ich nicht gewesen sein! Denn ich hasse Politiker wie die Pest. Diese Arschlöcher haben doch alle eine Macke! Warum sonst fängt das Wort ›Politik‹ denn sonst mit ›Po‹ an und endet mit ›tik‹?!

Wirtschaftlicher Flüchtling, auch das kann ich nicht gewesen sein. Bei meinem dicken Bauch kann ich nur selten an Hunger gelitten haben. Und zwar nur dann, wenn sich meine Frau grundlos weigerte, mir jeden Tag meine Bohnensuppe zu kochen. Und vor der Unterdrückung in der Ehe kann ich auch nicht geflüchtet sein, denn wie Sie alle wissen, wohne ich mit meiner Frau Eminanim immer noch zusammen, leider. Welcher Idiot würde denn ausgerechnet in das Land flüchten, mein liebes Publikum, in dem die Frau lebt, mit der er schon 33 Jahre verheiratet ist? Welches Schaf flüchtet schon freiwillig zum Schlachter? Welcher Fisch geht schon gerne ins Netz? Wer geht schon selbst ins Gefängnis? Und welcher Lebensmüde würde schon freiwillig nach Deutschland flüchten, wo auf das Leben von Asylbewerbern mehr Anschläge verübt werden, als in Kambodscha und Libanon zusammen?
Danke, danke, liebes Publikum, für diesen phantastischen Applaus! Ihr seid großartig.
Danke, danke, das reicht nun wirklich. Ich kann es nicht oft genug sagen: Ich bin ein Produkt eurer Liebe! Ihr habt mich zu dem gemacht, was ich jetzt bin. Für einen Künstler gibt's nichts Schöneres auf der Welt, als die Anerkennung durch seine Fans. Das Glück, vor vollen Sälen auftreten zu dürfen, hat nicht jeder Schlosser in Halle 4.
Ich danke allen meinen Freunden von den verschiedenen Bürgerinitiativen für die Ermöglichung dieses überaus erfolgreichen Abends. Ich verbeuge mich vor ihrem selbstlosen Einsatz und bedanke mich nochmals von ganzem Herzen. Kein Gesetz und keine Regierung dieser Welt kann uns unterkriegen, wenn wir weiter so geschlossen für unsere Rechte kämpfen.
Haben Sie bitte ein Einsehen, wenn ich angesichts dieser beispiellosen Solidarität mit meinen Tränen kämpfen muß! Aber kommen wir wieder zurück zu dem eigentlichen Grund unseres heutigen Treffens.
Liebe Kollegen, was heute mich betrifft, kann morgen euch widerfahren. Diese Behördenwillkür hat überhaupt keine Logik.

Wenn es für meine Familie nicht so tragisch wäre, dann könnte ich die Situation nahezu als komisch bezeichnen.
Aber wissen Sie, was wirklich komisch ist? Die Ausländerbehörde will uns nach Indien abschieben! Doch, doch, Sie haben richtig gehört. Osman soll nach Indien! Hat man je davon gehört, daß Türken nach 30 Jahren Deutschland zu Indern werden? Was werden denn die Griechen nach vierzig Jahren? Etwa Mongolen? Und die Italiener? Werden die etwa nach fünf Jahren zu Marokkanern? Was ist mit den Portugiesen? Werden die etwa Perser?
Oder wird ab sofort jeder, der einen Kopfverband trägt wie ich, grundsätzlich nach Indien abgeschoben? Schickt die Ausländerbehörde alle Bartträger nach Kuba zu Fidel Castro? Alle Glatzköpfe zu Kojak nach Manhattan, und weist sie alle fetten Birnen nach Oggersheim aus?
Wohin wollen sie mich denn abschieben, wenn ich bald keinen Kopfverband mehr brauche? Vielleicht nach Italien? Weil ich italienische Spaghetti mag? Oder etwa nach Japan? Weil ich einen japanischen Videorecorder habe?
Vielleicht ist das auch eine neue Strategie der Deutschen, um die vielen Türken aus der Türkei zu vertreiben. Damit man im Urlaub nicht von denen belästigt wird.
Eins habe ich gelernt, möglich ist alles. Nicht Amerika, sondern Deutschland ist das Land der unbegrenzten Möglichkeiten. Zumindest für Asylpolitiker.
Ladies and Gentlemen, liebe Vereinsfreunde, hochverehrtes Publikum und liebe Tontechniker, ich danke Ihnen für Ihre Aufmerksamkeit, mit der Sie meiner Rede gelauscht haben!«
Nach meinen bewegenden Worten wische ich mir mit zittriger Hand den Schweiß von der Stirn und frage mit bebender Stimme die Menschheit:
»Jetzt sagen Sie mir ehrlich, junger Mann, wie fanden Sie denn meine Ansprache?«
»Was ist los? Was soll ich finden?« fragt er verwirrt, während er eine riesige Metallkiste hinter sich herschleift.

Die Menschheit ist auch nicht mehr das, was sie früher mal war.
»Mann, meine Rede! Wie fandst du sie? Jetzt mal ehrlich!«
»Du, Alter, tut mir echt leid, ey! Ich hab' nichts gehört. Die Anlage habe ich schon vor einer halben Stunde ausgeschaltet. War bestimmt ganz toll, deine Rede. Aber kannst du damit jetzt draußen weitermachen?«

Freitag, 22. Juni, 0:45 Uhr

»Weintrauben, Birnen, Preiselbeeren, Hagebutten, Kürbis, Bananen, Zwergbananen, EG-Zwergbananen – mir fällt nichts mehr ein! Frau, mach endlich die Tür auf!«
Es passiert wieder nichts!
Warum habe ich eigentlich immer noch keinen eigenen Haustürschlüssel! Im Caféhaus haben alle Männer meines Alters schon eigene Schlüssel. Die meisten jedenfalls. Die zweite Etage von Karnickelweg 7b gibt noch kein Lebenszeichen von sich. Bei Allah, wie soll ich mich nach all der Aufregung noch daran erinnern, was für ein dämliches Wort Eminanim sich als Chiffre ausgedacht hat? Ich habe doch schon alles aufgezählt, was unser Gemüsehändler Yusuf in seinem Laden hat.
»Datteln und Rosinen«, brülle ich laut nach oben. Ich glaube, die beiden – Datteln und Rosinen – haben mir noch in meiner Sammlung gefehlt. Jetzt habe ich wirklich alle Obstsorten dieser Welt aufgezählt.
Um diese Uhrzeit kann ich auch nicht mehr bei Oma Fischkopf klingeln, damit sie mich ins Haus läßt. Die geht spätestens bei Sonnenuntergang ins Bett.
»Frau, du kennst doch meine Stimme. Ich weiß ganz genau, daß du hinter dem Vorhang stehst. Ich bin's doch, Osman, dein süßer kleiner Osi! Oh, du bezauberndste Rose des Mittleren Orients. Oh, erhöre mein Flehen, ooh du mein Stern des Südens.
Eminanim, glaub mir, für mich bist du die schönste Frau, die es jemals im Universum gegeben hat. Na gut, sagen wir auf der Erde, wir wollen ja ehrlich sein. Also gut, für Deutschland stimmt es wirklich. Aber mit Sicherheit bist du die schönste Frau vom ganzen Viertel. Vom Karnickelweg aber allemal. Glaubst du mir nicht? Also im Karnickelweg 7b bist du mit Abstand die schön-

ste Frau. Nun gut, Eminanim, du mußt zugeben, du siehst jedenfalls besser aus als Oma Fischkopf!«

Nicht mal vor 33 Jahren, als ich um ihre Hand anhielt, mußte ich soviel Süßholz raspeln. Aber ihre Reaktion ist haargenau die gleiche wie damals. Ich bekomme einen Eimer Wasser über den Kopf geschüttet und bin bis auf die Unterhose durchnäßt. Als Zugabe hat sie mir den Eimer auch noch auf den Kopf geschmissen. Zum Glück hat man während der letzten 30 Jahre den Plastikeimer erfunden.

»Halten Sie endlich das Maul, Herr Engin! Wissen Sie eigentlich, wie spät es ist? Ich will endlich meine Ruhe haben, sonst schütte ich noch einen Eimer Wasser herunter. Außerdem sehe ich viel besser aus, als Ihre Frau«, brüllt Oma Fischkopf aus dem dritten Stock herunter und knallt ihr Fenster scheppernd wieder zu.

Verdammt, jetzt habe ich mir auch noch Oma Fischkopf zum Feind gemacht.

»Eminanim, du blöde Kuh, schließ endlich auf, sonst werd' ich zum Tier. Glaubst du, wenn die Polizei hier wäre, um euch abzuholen, die hätten sich die Mühe gemacht, sich als Osman zu tarnen und tausend Obstnamen aufgezählt? Die hätten einfach die Tür kaputt gemacht und euch wie gefährliche Terroristen an den Haaren aus der Wohnung gezerrt.«

Mist, ich hätte nicht gedacht, daß mein Weib den Schwachsinn mit der Chiffre so ernst nimmt. Sonst hätte ich mir den Obstnamen bestimmt irgendwo notiert.

»Frau, laß mich endlich ins Haus! Bei der ganzen Hektik und Enttäuschung heute Abend konnte ich mir das Geheimwort einfach nicht merken. Reicht es dir nicht, daß ich wenigstens weiß, daß es Obst war? Mach jetzt endlich auf, sonst trete ich die Tür ein. Ich habe keine Geduld mehr und dazu noch nasse Unterhosen. Du zwingst mich, zum Einbrecher zu werden! Dann werden die mich erst recht ausweisen.«

»…«

»Liebe Frau, du kannst dir gar nicht vorstellen, wie gut die Rede heute Abend angekommen ist. Mit derart viel Beifall hatte ich beim besten Willen nicht gerechnet. Ich habe den begeisterten Zuschauern natürlich berichtet, daß große Anteile dieser grandiosen Rede aus deiner Feder stammen. Im Grunde genommen, beinahe alles. Der große Saal vom Bürgerhaus wurde mit ›Eminanim, Eminanim‹-Jubelrufen in seinen Grundfesten erschüttert. Vom ganzen Saal bist du für den Friedens-Nobelpreis nominiert worden. Und ich glaube, der ›Spiegel‹ und die ›Super-Illu‹ widmen dir deswegen nächsten Montag auch ihre Titelstories«, versuche ich mich mit einer kleinen Notlüge bei meiner Frau einzuschleimen.

»...«

In Mehmets Zimmer geht plötzlich das Licht an, und er hält ein großes Stück Papier ans Fenster, auf dem »Gurke« steht.

»Gurke! Eminanim, war es vielleicht ›Gurke‹?« rufe ich künstlich erleichtert, als wäre das Codewort mir gerade jetzt eingefallen. »Frau, ich hab' die Lösung, es heißt mit absoluter Sicherheit ›Gurke‹!«

»Du Idiot, Gurke ist doch kein Obst, sondern Gemüse«, flucht Eminanim aus dem zweiten Stock, »du kannst nicht mal Obst von Gemüse unterscheiden!«

Oh, Mehmet, der verdammte Hundesohn hat mich schon wieder reingelegt.

»Frau, das ist doch egal. Hauptsache ist, du hast endlich erkannt, daß ich hier unten stehe. Du hast gerade laut und deutlich ›Idiot‹ zu mir gesagt. Also, laß mich endlich rein. Ich friere mich sonst zu Tode.«

»Das geht leider nicht, Osman. Obwohl ich weiß, daß du der Idiot bist, der da draußen steht, kann ich dich nicht reinlassen.«

»Warum denn nicht, verflucht noch mal?«

»Aus Prinzip!«

»Aus was?«

»Aus Prinzip! Wir leben schließlich in Deutschland! Noch!«

»...?«

»Für einen Menschen, der keinerlei Prinzipien hat, wie du, ist

das vielleicht nicht nachvollziehbar. Ich habe dir gesagt, ohne Codewort kommt hier garantiert niemand rein.«
»Eminanim, wenn Frau Kottzmeyer-Göbelsberg von deiner Prinzipien-Rumreiterei wüßte, dann würde sie dich bestimmt nicht mit abschieben. Du bist ja engstirniger als ein deutscher Beamter! Jetzt laß mich endlich rein!«
»Das geht nicht, Osman. Aber ich kann dir eine Wolldecke runterschmeißen, falls du im Ford-Transit schlafen willst.«
Und jetzt steht in Mehmets Fenster geschrieben:
»Ätsch, reingefallen!«
In meiner Familie gibt es mehr Intrigen, Verleumdungen und Bösartigkeiten als im englischen Königshaus. Es ist grauenhaft: Nicht mal die Gefahr von außen kann meine Familie vereinen. Doch, doch, das ist hier genau so wie im englischen Königshaus, plus Bayern München, plus die Bundes-SPD. Eminanim ist die Königinmutter, Kaiserin Franz und Oskar Lafontaine in einer Person. Mehmet hat die Rolle von Lady Di, Uli Hoeneß und Gerhard Schröder.
In diesem Moment geht in Hatices Zimmer auch das Licht an. Sie hält einen Zettel ans Fenster. Welch Glück, meine kleine Tochter hält immer noch zu mir!
Schade, daß sie noch nicht Lesen und Schreiben kann. Sie hat was Kleines, Rundes gemalt.
»Zitrone«, heißt Mehmets Kommentar zu Hatices Zeichnung.
»Eminanim, ich hab's jetzt endlich. Das Codewort ist ›Zitrone‹«, schreie ich begeistert. Als Antwort wirft sie nur die Wolldecke auf die Straße.
»Ätsch, schon wieder reingefallen! Gute Nacht im Auto«, hat Mehmet diesmal aufs Papier geschrieben.
Er kann schreiben, was er will, das Papier ist geduldig; ich aber nicht! Ich suche einen dicken Stein und schmeiße ihn gegen Mehmets Fenster. Mit großem Geklirre geht die Scheibe zu Bruch.
Hatice hat eine neue Zeichnung gebastelt. Was soll das denn schon wieder darstellen?!

Ei? Eier sind doch kein Obst!
»Hamster«, steht diesmal an Mehmets kaputtem Fenster.
»›Hamster‹, Eminanim, es ist ein ›Hamster‹«, rufe ich siegessicher.
»Osman, du Idiot, drehst du jetzt völlig durch? Seit wann macht man aus Hamstern Obstsalat?« schimpft Eminanim.
»Du lernst es nie!« steht auf dem Papier, das Mehmet hochhält.
»Kiwi, Kiwi, Herr Engin. Die Parole ist ›Kiwi‹. Ich will endlich meine Ruhe haben«, brüllt Oma Fischkopf aus dem dritten Stock.
Widerwillig macht Eminanim langsam die Tür auf.
»Osman, komm doch endlich rein. Du weckst mit deinem Geschrei noch die ganze Straße auf.«
»Sag mal, seid ihr alle wahnsinnig geworden? Was soll denn die ganze Schikane? Nicht ich will euch ausweisen, sondern ich werde von der Behörde abgeschoben! Eminanim, du warst ja eben schlimmer als die Grenzbeamten der Ex-DDR und Bulgariens zusammen. Mit dem ganzen Obst der Welt konnte ich bei dir nichts bewirken. Die Grenzer konnte man früher mit nur zwei Bananen bestechen. Die haben uns durchgelassen und darauf spekuliert, daß sie noch eine Banane abbekommen ...«
»Osman, halt lieber die Klappe, bevor ich es mir anders überlege und dich wieder rauswerfe. Die Polizei kann jeden Moment kommen, um uns in Abschiebehaft zu nehmen, aber du redest die ganze Zeit nur Schwachsinn. Hast du denn überhaupt keinen Verstand im Kopf?«
»Eminanim, wer von uns beiden hat keinen Verstand im Kopf? Du oder ich?! Du hast mich doch eben eine Stunde lang ausgesperrt, so als wenn wir nicht genug Schwierigkeiten hätten. Gib's endlich zu, daß du mit der Frau Kottzmeyer-Göbelsberg unter einer Decke steckst, um mich fertig zu machen! Mehmet natürlich auch!!«

Durch lautes Hämmern und Treten gegen unsere Haustür werden wir bei unserer kleinen Familien-Diskussion unterbrochen.

»Aufmachen, sofort aufmachen«, hallt es von der Straße herauf.
»O Gott, o Gott, ich hab's gleich gesagt, da sind sie schon, die Polizisten! Die sind da, um uns abzuholen«, kreischt Eminanim völlig hysterisch.
»Kiwi, Kiwi, das Codewort lautet ›Kiwi‹, ich bin eine alte Frau, ich will endlich meine Ruhe haben, verdammt noch mal!« schreit Oma Fischkopf über uns aus ihrem Fenster.
»Aufmachen, aufmachen, jetzt macht endlich auf!«
»Seid ihr taub da unten, ›Kiwi‹ ist das Geheimwort!«
Das Geschrei draußen wird immer lauter.
»Papa, Papa, die haben aber gar keine Polizeiuniform an«, ruft Hatice, die von ihrem Fenster aus die Straße beobachten kann.
»Natürlich nicht«, jammert Eminanim, »die wollen doch keine Aufmerksamkeit erregen. Die Kerle kommen in Zivil, schnappen uns einfach, und ab ins Gefängnis. Und nach ein paar Monaten bei Wasser und Brot, ab in die Türkei!«
»Nein, nach Indien«, verbessere ich sie.
»Ich sag' dir, so leicht kriegen die mich hier nicht raus. Ich werde mich an die Heizung ketten«, ruft Eminanim verwirrt und zittert dabei am ganzen Körper, »eher werde ich mich umbringen, als daß ich mich abschieben lasse!«
»Frau, das ist endlich mal eine gute Idee«, rufe ich begeistert, »sowas schreckt die Bullen bestimmt ab. Laß uns doch den Mehmet umbringen. Hatice, hol mal Mehmet aus seinem Zimmer, ich habe eine gute Idee.«
»Osman, wenn wir die Wohnung rechtzeitig verbarrikadiert hätten, dann könnten die uns gar nicht mitnehmen. Aber nein, der Herr Engin muß eine saublöde Rede halten, die kein Schwein interessiert, und kommt dann mitten in der Nacht anspaziert. Und dann vergißt der Herr auch noch unsere Parole, die aus einem einzigen, lächerlichen Wort besteht. Aber, wer zu spät kommt, den bestraft die Ausländerpolizei! Jetzt mußt du mit ansehen, wie deine Familienmitglieder, ihrer Wurzeln entrissen, wie Schwerverbrecher abgeführt werden.«
»Du hast ja so Recht, Eminanim. Wenn es nur meine Familie

wäre, dann ginge es ja noch. Aber das Tragische ist doch: ich werde mit ausgewiesen.«

»Wenn diese Kerle mir zu nahe kommen, dann werde ich das ganze Haus hochgehen lassen. Lebend kriegen die mich hier nicht raus, nur über meine Leiche.«

»Wie willst du das denn anstellen? Da hättest du heute morgen dran denken sollen, als es auf dem Wochenmarkt vom Bundesnachrichtendienst dieses Sonderangebot Plutonium gab. Davon hättest du kaufen sollen. Und dazu ein paar Stangen Dynamit. Stattdessen kaufst du ein paar Stangen Lauch und Bohnen ein. Bevor ich diese Bohnen zu einem tödlichen Gas verarbeitet habe, sind die Bullen längst oben.«

»Halloo, aufmachen, aufmachen«, hämmern die Barbaren an unsere Haustür.

»Können Sie nicht zuhören, ich habe doch gesagt, die Parole ist ›Kiwi‹! Zur Not kommt man auch mit einem ›Hamster‹ rein. Es ist bereits nach Mitternacht, ich will jetzt endlich schlafen. Wenn ihr Idioten da unten nicht sofort ruhig seid, dann rufe ich die Polizei«, hören wir Oma Fischkopf von oben.

»Die Kerle da draußen tragen keine Uniform, aber die sind auch nicht in Zivil«, ruft Nermin, meine ältere Tochter, »die sind einfach in Lumpen. Es sind auch keine richtigen Männer, die sehen alle so bescheuert aus wie Mehmet. Mit ihren Stiefeln poltern sie die ganze Zeit gegen unsere Haustür.«

»Mehmet, mein Sohn, jetzt mußt du ganz tapfer sein«, sage ich ganz gefühlvoll und drücke ihn an meine Brust. »Mein geliebter zweitgeborener Sohn, du mußt jetzt ganz stark sein. Unsere ganze Familie ist dir anvertraut, du wirst uns alle retten, wenn du das machst, was deine Mutter vorgeschlagen hat. Du wirst dich jetzt gleich – zur Abschreckung der Polizei – für uns alle opfern. Du wirst zum Märtyrer der Familie Engin. Dein Name wird mit goldenen Buchstaben in die Geschichte eingehen.«

»Dafür kann ich mir nichts kaufen. Außerdem, wie oft soll ich eigentlich noch geopfert werden? Meine Geburt in diese Familie hinein ist doch schon Opfer genug.«

Ein Holzbeil, mit dem man unsere Wohnungstür zertrümmert, segelt knapp an meiner Nase vorbei. Um ein Haar wäre ich das Opferlamm geworden.
Durch das riesige Loch in unserer Tür zwängt sich eine grünhaarige Kreatur mit einem Beil in der rechten und einer Bierdose in der linken Hand in unseren Flur. Sein Köter hat die gleiche grüne Haartracht und genau das gleiche Halsband wie sein Herrchen. Und ich wette meinen Monatslohn drauf, daß beide die gleiche Anzahl von Flöhen beherbergen. Aber ob deren Haare ebenfalls grün gefärbt sind, läßt sich von hier aus, ohne Mikroskop, nicht feststellen. Gleich nach ihm quetscht sich noch ein Pärchen durch das Loch in der Tür. Dann noch eins und noch eins und noch eins ...!
Genau 21 Punks und 21 Promenadenmischungen.
»Ich wollte nur mal kurz ausprobieren, was die Wohnungstür hier aushält, wenn die Bullen stürmen sollten«, rülpst der Erste und knallt seine leere Bierdose an die Wand.
»Die Wände brauchst du nicht mehr zu testen, die halten schon ein paar Bierflaschen aus. Schließlich wohnt doch Mehmet hier.«
»Armes Deutschland, sowas soll Polizei sein?« staunt Eminanim, während sie sich mit eilig angezogenen Gummihandschuhen nach der leeren Bierdose bückt. »Aber das ist wahrscheinlich die Ausländerpolizei!«
»Das sind alles Freunde von mir, Kumpels aus der Kneipe. Ich hätte nicht gedacht, daß die Genossen so schnell auf die Beine kommen«, klärt uns Mehmet auf, »die sind gekommen, um uns zu helfen. Die wissen, wie man eine Wohnung erfolgreich gegen die Polizei verteidigt. Die sind das Beste, was die norddeutsche Hausbesetzerszene in den letzten 15 Jahren hervorgebracht hat, gewissermaßen die Crème de la Crème!«
»Als erstes müssen wir die Kleiderschränke vor die Wohnungstür schieben«, brüllt der Führer der Eliteeinheit.
»Dafür kommt ihr schon vier Tage zu spät«, sage ich, »der wurde bereits zertrümmert!«

Einer von der Bande rammt seinen Spaten in meinen neuen Berberteppich und sagt:
»Genau hier müssen wir mindestens zwei Meter tief graben. Bei jeder Hausbesetzung ist der Wassergraben mit Abstand das Wichtigste!«
»Vielleicht ist es euch in der Hektik nicht aufgefallen, aber wir wohnen in der zweiten Etage. Und der Holzboden ist hier höchstens 20 Zentimeter dick.«
Meine Argumente halten den jungen Mann mit den blauen Haaren aber nicht auf. Mit dem Spaten markiert er einen Entwurf des Grabens in meinem Teppich. Und sein Freund mit den rotkarierten Haaren folgt mit seinem Preßlufthammer den Markierungen. Das einzig positive daran ist: Ali wird keine Freude mehr an dieser Wohnung haben.
»Der mit den blauen Haaren ist Eddi, der Gruben-Virtuose in unserem Team«, erklärt mir der Kopf der Bande, »er ist bei jeder Hausbesetzung für die Fallgruben und Wassergräben zuständig. Diesen zwei Meter tiefen Graben füllt er später mit Wasser, und dann kommen noch selbstgezüchtete Piranhas rein!«
»Haben die etwa auch blaue Haare?«
»Nein, blaue Schuppen.«
»Von mir aus, in fünf Minuten lernen die beiden sowieso Opa Prizibilsky von der ersten Etage kennen. Eure beiden Grubenarbeiter werden gleich in seinem Nachttopf landen. Und da passen dann nicht mal mehr zwei kleine Babypiranhas mit rein.«
In dem Moment sehe ich mit blankem Entsetzen, wie ein Trupp der Bande eine riesige Stacheldrahtrolle abwickelt.
»Der Ratten-Uli und seine Leute sind bei uns für die Stacheldrahthindernisse und Elektroarbeiten zuständig. Alle Türen und Fenster werden mit Natodraht zugestopft.«
»Bei Allah, warum habt ihr denn anstatt Stacheldraht den teuren Natodraht gekauft? Wer soll denn für den ganzen Luxus aufkommen?«
»Auf der Baustelle, auf der wir in letzter Zeit immer unser Material besorgt haben, gab's nichts anderes.«

»Klaut ihr etwa?« frage ich empört, »Diebstahl ist ein Ausweisungsgrund!«
»Nein, wir haben es nur für immer ausgeliehen. Und die Ratte setzt das Ganze gleich unter Starkstrom. Niemand kann dann hier rein, ohne 5.000 Volt verpaßt zu bekommen.«
»Aber vermutlich auch nicht raus?« frage ich schüchtern nach.
»Das wollen wir auch nicht. Wir halten immer bis zum Schluß zusammen. Niemand verläßt den Kriegsschauplatz«, appelliert der Führer der norddeutschen Fremdenlegionäre an die begeisterten Massen.
»Aber was ist mit den armen Hunden, müßt ihr sie nicht Gassi führen?«
»Die blöden Köter sollen sich nicht so anstellen. Die können sich genauso wie wir eine Ecke zum Scheißen suchen.«
»Aber was ist mit Einkaufen und so?«
»Ich und meine Kumpels werden versuchen, mit dem auszukommen, was ihr hier im Haus habt.«
»Wir haben aber nicht genug deponiert. Der Belagerungszustand trifft uns leider völlig unvorbereitet! Offen gesagt, sahen unsere Pläne für die Verteidigung eigentlich etwas anders aus.«
»Meine nicht!« jubelt Eminanim. »Ich hab's vorhin schon gesagt: Ohne Kampf kriegen die mich hier nicht raus. Weiter so Genossen, wo sind denn hier die Tretminen?«
»Bin schon dabei«, ruft jemand aus dem Treppenhaus, »wir müssen alle Stufen mit Minen dekorieren, damit die Bullen es gar nicht bis zur Wohnung schaffen!«
»Tolle Idee«, klatscht meine Frau begeistert Beifall.
»Aber dann kann ja auch keiner unserer Nachbarn aus dem Haus«, stelle ich fassungslos fest.
»Sollen die auch nicht«, kontert Eminanim, »wenn ein Teil der Hausbewohner nach Indien abgeschoben werden soll, dann können die anderen aus Solidarität ruhig einige Zeit in ihrer Wohnung hocken.«
»Hey, Ratte, wir müssen diese Wohnung hier unten auch mit Stacheldraht sichern«, ruft Gruben-Eddi aus Opa Prizibilskys

Nachttopf herauf, »wir haben nämlich jetzt eine offene Verbindung hier runter.«

Opa Prizibilsky steht ängstlich und verwirrt im Nachthemd neben ihm.

Wir sind jetzt fast eine Großfamilie mit 21 Hunden und einem Opa. Ein sogenannter Drei-Generationen-Haushalt. Zum vollständigen Glück fehlt uns nur noch eine direkte Verbindung nach oben zu Oma Fischkopf. Die jahrelangen Versuche meiner Frau, die beiden Rentner zu verkuppeln, hätten plötzlich reale Chancen. Das einzige Hindernis wären da nur noch die hohen Brautgeldforderungen von Oma Fischkopf. Und Opa Prizibilsky gefällt die gesamte altmodische Aussteuer von Oma Fischkopf überhaupt nicht. Die ganzen Tischdecken, Nachthemden, Taschentücher und Bettbezüge stammen komplett aus den zwanziger Jahren. Eminanims Argument, daß die zwanziger Jahre wieder »in« seien, konnte ihn bisher nicht überzeugen. Er steht auf moderne Sachen aus den vierziger Jahren. Aber heute hätte das alles gar keinen Zweck. Selbst mit seiner gesamten Jahresrente als Brautgeld könnte Opa Prizibilsky bei unserer Nachbarin nichts bewirken.

Heute abend, oder besser gesagt, heute nacht, macht Oma Fischkopf ihrem Namen alle Ehre: Sie ist vollkommen stinkig und schlecht gelaunt.

Ein ohrenbetäubend lauter Knall läßt das ganze Gebäude in seinen Grundfesten erbeben.

Durch das riesige Loch in unserer Wohnungstür sehen wir entsetzt, wie eine der 26 Promenadenmischungen – wir haben inzwischen fünf niedliche Welpen als Nachwuchs bekommen – durch das gesamte Treppenhaus bis an die Tür von Oma Fischkopf fliegt.

Der Flur sieht aus wie ein Metzgerladen nach einem Bombenangriff durch militante Vegetarier.

»Der Mistköter ist selbst Schuld! Warum wollte er auch nicht auf mich hören?« flucht Saddam-Sigi, der vermummte Minenspezialist, von unten aus dem Treppenhaus. »Wie oft habe ich der blö-

den Töle erzählt, sie soll nicht auf meinen Minen rumtrampeln. Das wird dem Köter eine Lehre sein!«
»Na klar!« schreie ich nach unten. »Im Jenseits wird dein Hund jetzt höllisch aufpassen, nicht auf Minen zu treten. Aber Sigi, versprich mir, daß du uns wenigstens ein paar Minuten vorher Bescheid sagst, wenn du dein Giftgas ins Spiel bringst.«
»Ah, sei du doch ruhig da oben, du Batman-Osman!« höre ich Saddam-Sigi höhnen. »Ich sag nur: Batman-Osman, der Herr der Kleiderschränke!«
Bei Allah, ist mir das peinlich! Ich werde auf der Stelle verrückt! Irgend jemand muß unsere intimsten Familiengeheimnisse preisgegeben haben. Ich schaue mich blitzschnell um, um den ruchlosen Verräter ausfindig zu machen. Eminanim und Hatice scheinen ahnungslos zu sein. Eminanim kontrolliert, ob die Rasierklingen auf dem Natodraht scharf genug sind, um sich für ihren nächsten Behördengang damit die Beine zu rasieren. Und Hatice spielt selbstvergessen mit den fünf niedlichen Welpen. Aber Mehmet, dieser Hundesohn! Der starrt mit seinem dreckigen Grinsen angestrengt aus dem Fenster und sagt:
»Der Himmel ist glasklar und voller Sterne. Morgen wird's schönes Wetter geben. Nur schade, daß einige unter uns ohne Grund abgeschoben werden.«
»Jetzt ist mir alles egal! Jetzt sorge ich dafür, daß sie einen richtigen Grund haben, mich abzuschieben«, brülle ich und stürze auf Mehmet los. »Dich schmeiße ich jetzt sofort aus dem Fenster. Ich will das Problem ›Mehmet‹ ein für allemal los sein. Diese Verzweiflungstat wird hoffentlich auch die Bullen abschrecken. Lebendig warst du für die gesamte Familie nichts als schädlich und völlig unnütz. Höchstens dein Tod kann uns noch helfen!«
Ein gigantisches Krachen verhindert, daß ich zum Mörder an meiner eigenen Brut werde. Anscheinend ist Saddam-Sigi mit seinem gesamten Waffenlager in die Luft geflogen. Der Putz rieselt von den Wänden. Das geschieht dem elenden Großmaul recht, warum macht er sich auch über alte Männer lustig? Jetzt

ist Saddam-Sigi der Herr der Lüfte. Allah möge seiner armen Seele gnädig sein! Amen!

»Ey, geile Pogo-Party, mach lauter die Mucke! Punk rules forever! Neue Platte von Green Day, voll geil ey!« ruft einer meiner Gäste.

Als wirklich alle Promenadenmischungen sowie ihre Besitzer – bei der Dunkelheit sind sie nicht auseinanderzuhalten – anfangen, zuckende Verrenkungen zu machen, bin ich mir endgültig sicher, daß dieser ohrenbetäubende Lärm von vorhin sowas wie Musik sein soll. Sie springen hoch, sie treten sich gegenseitig ins Gesicht und rammen sich die Knie in die Weichteile.

Ich verdanke es ausschließlich dem Turban, daß meine Trommelfelle noch nicht geplatzt sind. Ich wußte gar nicht, daß man meine Stereoanlage so laut aufdrehen kann. Ich traue mich auch nicht, die Anlage leiser zu stellen. Wenn sie sich beim Tanzen schon gegenseitig ins Gesicht treten, möchte ich nicht dabei sein, wenn sie wütend werden.

Das ganze Haus wackelt, und das nachts um drei. Nicht nur in Hausnummer 7b, sondern im gesamten Karnickelweg wird heute nacht kein Auge zugemacht. Auch wenn ich es schaffen sollte, in Deutschland zu bleiben, in dieser Straße dürfte ich mich wohl nicht mehr blicken lassen.

Der Karnickelweg erlebt seine schlimmste Nacht, seitdem er von englischen Fliegerbomben im zweiten Weltkrieg heimgesucht wurde!

Ein Punker-Pärchen tanzt den Pogo am energischsten. Der Junge, der bis an die Zimmerdecke springt, ist doch Mehmet, der Hundesohn. Das Mädchen ihm gegenüber mit den lila Streifen in den Haaren bewegt sich so, als hätte sie ganz allein einen Liter Pattex geschnüffelt.

Bei Allah, was sehen meine übermüdeten Augen?

Aber das ist doch Eminanim? Wer hat ihr denn so schnell die Haare bunt gefärbt? Oder was noch wichtiger ist, wer hat ihr dieses dämliche Gehüpfe beigebracht? Wahrscheinlich ist sie einem der »Graffiti-Künstler« mit seiner Spraydose in die Quere

gekommen, die alle Zimmerwände mit ihren Sprüchen vollgeschmiert haben.
»Hafenstraße und Karnickelweg 7b bleibt, sonst knallt's!«
»Punks aller Länder vereinigt euch!«
»Spießer, verpißt euch!«
»Schweine-System!«
»Establishment – nein danke!«
»Ali, du Schwein! Ich wünsche dir viel Freude mit deiner neuen Wohnung!«
Der letzte Spruch ist allerdings ein Kunstwerk von mir.
»Hallo, Herr Engin, hallooo, Herr Engin, hören Sie mich?« schreit Opa Prizibilsky, als er mich von unten im Flur sieht. Anscheinend schreit er schon länger, zufälligerweise wurde gerade die CD gewechselt, und es ist einen Moment etwas leiser.
»Bitte, bitte, Herr Engin, retten Sie mich! Ziehen Sie mich hoch!«
Der arme Mann steht bis zum Hals im Wasser und versucht verzweifelt, in seiner überfluteten Wohnung nicht zu ertrinken.
»Herr Engin, machen Sie schnell! Diese Idioten wollen auch noch hungrige Piranhas hier reinschmeißen. Bitte, Herr Engin, ziehen Sie mich schnell nach oben!« Er wirft ein langes, zusammengeknotetes Bettlaken nach oben. »Wenn Ihre Frau darauf besteht, dann heirate ich auch sofort Fräulein Fischkopf. Schlimmer als Piranhas kann die alte Ziege ja auch nicht sein.«
Im letzten Moment, kurz bevor die Fluten über ihm zusammenschlagen, kann ich ihn nach oben ziehen. Einige Minuten liegt er regungs- und fassungslos in unserem dreckigen Flur neben mir, um sich von dem Überlebenskampf zu erholen.
»Herr Engin, vielleicht brauche ich Fräulein Fischkopf ja nicht direkt zu heiraten. Wir könnten es ja erstmal eine Zeitlang in Wilder Ehe versuchen«, schreit er mir ins Ohr und stellt sein Hörgerät lauter.
»Aber das geht doch nicht, Herr Prizibilsky! So können Sie doch nicht mit den Gefühlen einer jungen Frau spielen«, kreischt Eminanim dazwischen.

»Eine junge Frau?« stottert Opa Prizibilsky, »sie ist doch ein Jahrhundertwende-Modell.«
»Unverschämtheit«, sagt Eminanim, »Frau Fischkopf ist bestenfalls 93 Jahre alt. Eine zarte unberührte Jungfrau, mit naiven Zukunftsträumen!«
»Wie alt will die blöde Ziege denn noch werden? 200 Jahre vielleicht? Aber vielleicht können wir das morgen weiterdiskutieren«, stöhnt Opa Prizibilsky. »Kinder, ich fühle mich total kaputt, meine Beine schmerzen fürchterlich, ich weiß nicht, ob's die Knie oder die Knöchel sind. Der Rücken tut höllisch weh, ich weiß nicht, ob's die Bandscheibe oder der Nackenwirbel ist. Mir brummt der Schädel, ich weiß nicht, ob's eine Migräne oder die vereiterte Stirnhöhle ist...«
»Opa, du kratzt bestimmt bald die Kurve, ich weiß nicht, ob's heute oder ob's morgen passiert«, lästert Mehmet ohne Respekt vor seinem Alter. Ein Glück, daß Opa Prizibilsky bei dem Lärm kein Wort davon verstanden hat. Denn er erzählt ungerührt weiter:
»Ich habe solche Magenschmerzen, ich weiß nicht, ob's nur Gastritis oder bereits ein Geschwür ist.«
»Ist schon gut, Herr Prizibilsky. Sie haben mich überzeugt, das reicht. Sie haben ja mehr Krankheiten zur Auswahl als unser Gemüsehändler Yusuf an Obstsorten«, beruhige ich ihn. »Am besten stecken wir Sie sofort ins Bett, Schlafen ist die beste Medizin. Hoffentlich können Sie bei dem Höllenlärm überhaupt ein Auge zumachen. Sie haben es doch gut, Sie können einfach ihr Hörgerät ausmachen.«
»Ihr habt meine ganze Wohnung ruiniert! Wer weiß, wann das jemals trocken wird«, schimpft Opa Prizibilsky, als er Gruben-Eddi im Flur entdeckt. »Ich habe nicht mal trockene Unterhosen.«
»Mach dir nicht ins Hemd, Opa! Dein Loch da unten stinkt sowieso wie ein einziger Nachttopf. Eine Expressreinigung kann die Bude schon vertragen«, höhnt Eddi und schüttet die letzten Piranhas aus dem Plastikbehälter ins Wasser hinunter.

»Wenn du so große Sehnsucht nach deiner Wohnung hast, dann kannst du ja wieder reinspringen. Die süßen Piranhas brauchen dringend Futter! Wer weiß, wann die Bullen kommen. Deine Goldfische sind für die nicht mal eine Vorspeise.«
»Ihr elenden Penner, ihr Schnorrer, erst auf Staatskosten leben wollen und jetzt auch braven Rentnern Angst einjagen, das haben wir gerne.«
»Ach, Opa, spiele doch nicht den Beleidigten. Ihr Rentner seid doch viel schlimmere Schnorrer als wir harmlosen Punks.«
»Herr Prizibilsky, lassen Sie das jetzt. Unser Treppenhaus ist mit Minen übersät, alle Wohnungen sind mit Natodraht umwikkelt, ganze Horden von blutrünstigen Bestien laufen scheißend durch die Gegend. Und Ihre Wohnung ist voll mit Wasser und Piranhas. Hören Sie auf, den Helden zu spielen. Ich kann Ihnen nicht helfen. Ich weiß nicht mal, wohin ich selbst weglaufen soll.«
»Vater, als gastfreundlicher Türke solltest du eigentlich unseren jugendlichen Besuchern hier das Gefühl geben, als wären sie zu Hause«, mahnt Mehmet meine Gastgeberpflichten an.
»Ich hätte nichts dagegen, wären sie wirklich bei sich zu Hause. Aber schau sie dir an, deine Freunde fühlen sich in unserer Wohnung wohler als ich.«
»Da hast du Recht, Chef«, meint der Gruben-Eddi, »bei dir ist es so gemütlich, das machen wir zu unserem Zuhause. Uns hat man noch nirgendwo in weniger als einem Jahr aus einem besetzten Haus wieder rausbekommen.«
»Vater, stell dich doch nicht so an«, sagt Mehmet mit versöhnlicher Stimme. »Endlich ist diese ganze, langweilige Spießer-Wohnung richtig gemütlich geworden.«
»Da hast du recht, jetzt sieht nicht nur dein Zimmer, sondern die ganze Wohnung aus wie ein einziger Schweinestall. Dir scheint es ja zu gefallen, mich würde es aber nicht wundern, wenn der ganze Ärger der letzten Tage auf deinem Mist gewachsen ist. Frei nach dem Motto: Wer bringt den alten Osman zuerst in die Klapsmühle? Die Ausländerbehörde oder sein Sohn?«

»Schwachsinn, Vater, warum sollte ich euch denn abschieben lassen?« sagt Mehmet. »Wenn ihr weg seid, dann muß ich ja in ein Studentenwohnheim oder in eine WG. Da muß man selber kochen, selber spülen, selber putzen, selber einkaufen, selber waschen, selber aufräumen und dazu auch noch Geld bezahlen. Mit anderen Worten, warum soll ich den Ast absägen, auf dem ich so bequem sitze?«

»Kommen Sie jetzt mit, Herr Prizibilsky, ich zeige Ihnen mal, wo Ihr Bett steht. Es hat ja gar keinen Sinn, sich mit diesem Pöbel rumzuärgern. Dieser Kerl ist kein Stück besser als seine Mutter. Man kann ihm genau wie seiner Mutter ein gutes dutzend Wege aufzeigen, um aus irgendeinem Schlamassel herauszukommen, aber sie sucht garantiert so lange, bis sie einen dreizehnten gefunden hat. Und den geht sie dann bestimmt auch nur bis zur Hälfte, weil sie plötzlich merkt, daß dreizehn eine Unglückszahl ist.«

»Wem sagen Sie das, Herr Engin, wem sagen Sie das? Ich war auch schon mal verheiratet. Kennst du eine, kennst du alle!«

»Passen Sie auf, Herr Prizibilsky, daß Sie nicht stolpern. Überall auf dem Boden liegen hier Punks rum mit ihren Kötern.«

»Wissen Sie was, Herr Engin, ich kann mir gar nicht vorstellen, wie Sie jemals annehmen konnten, daß diese Schnorrer und Punker ihnen überhaupt behilflich sein könnten?«

»Das war doch nicht meine Idee, Herr Prizibilsky, mein Sohn Mehmet, dieser kommunistische Idiot, hat uns diese Leute eingebrockt. Glauben Sie mir, ich wechsele immer die Straßenseite, wenn ich Punks sehe. Aber diese Anarchisten schaffen es immer wieder, mir den Weg abzuschneiden und mich mit ›ey, haste mal 'ne Mark?‹ zu belästigen.«

»Da haben Sie noch Glück, Herr Nachbar. Wahrscheinlich, weil Sie so ein armes Ausländerschwein sind. Mich quatschen die immer andauernd an: ›Ey, Alter, haste mal fünf Mark für mich?‹«

»Herr Nachbar, Sie wissen, wie man einen alten Mann wieder aufrichtet. Und da drüben ist unser Schlafzimmer. Am besten, Sie versuchen den ganzen Krach hier zu ignorieren. Ich hoffe,

Sie können wenigstens ein paar Stunden schlafen«, sage ich und öffne unsere Schlafzimmertür. »Das ist das einzige Zimmer, wo man noch alleine ist und seine Ruhe hat. Eine Insel des Friedens in all diesem Chaos.«
Im gleichen Moment bekomme ich einen Schock. Sowas Grauenhaftes habe ich noch nie gesehen. Mein schönes Schlafzimmer ist völlig zerstört. Vor lauter Parolen sieht man die Wände nicht mehr. Alle Matratzen wurden aus dem Bett herausgerissen. Auf den Matratzen liegen ein bis zwei Punks besoffen in ihrer eigenen Kotze. Ein Hundepärchen sorgt für erneuten Nachwuchs. Und Hatice beobachtet mit großen Augen das Geschehen im Raum:
»Papa, was machen denn die Hunde für komische Sachen?« fragt sie.
»Guck da weg, Hatice. Die spielen Schubkarre-Schieben. Raus mit dir, du hast hier nichts zu suchen!«
Ich schnappe mir die kleine Voyeuristin und setze sie vor die Tür.
»Oh, so eine Scheiße!« schreie ich entnervt.
»Nehmen Sie es doch nicht so tragisch, Herr Engin. Sowas sieht sie doch täglich mehrmals auf der Straße oder im Fernsehen«, versucht Opa Prizibilsky mich zu trösten.
»Nein, darum geht's mir doch gar nicht. Ich meine diese richtige Scheiße hier. Schauen Sie sich doch bloß meine Socken an. Diese ekelhaften Köter haben überall hingeschissen.«
»Iii, meine Schuhe sind auch ganz voll.«
»Herr Prizibilsky, ich halte es hier nicht mehr aus! Ich habe Frau und Kinder, an die ich denken muß. Ich rufe jetzt selbst, freiwillig, die Polizei an. Bisher dachte ich immer, diese Abschiebung sei das Schlimmste, was mir passieren könnte. Seit heute nacht bin ich mit der Abschiebung einverstanden, Hauptsache, die schieben mich nicht mit diesen Idioten zusammen ab«, und laufe verärgert zum Telefon im Flur.
»Haben Sie sich das auch genau überlegt, Herr Nachbar? Nicht, daß Ihnen dieser Schritt später mal leid tut.«

»Nein, das wird es bestimmt nicht tun. Sehen Sie doch selbst, in welcher erbärmlichen Situation wir hier vegetieren müssen.«
Ich verkrieche mich in die Garderobenecke und rufe möglichst unauffällig die Polizei an.
»Kommen Sie schnell«, flüstere ich in den Hörer, »eine Horde von Anarchisten und Gewaltverbrechern hat ein ganzes Haus als Geisel genommen ...«
»Ich darf mal kurz unterbrechen, Sie rufen doch vom Karnickelweg an, nicht wahr?« stoppt mich der Polizeibeamte.
»Ja, genau, das stimmt! Woher wissen Sie das? Ist der Lärm bis zur Wache zu hören?«
»Nein, nein, Sie sind heute bereits der 78. Anrufer in dieser Sache.«
»Dann tun Sie doch was, kommen Sie doch hierher, befreien Sie uns. Aber passen Sie auf, das Treppenhaus ist total vermint. Und der Natodraht, mit dem man die Wohnung umwickelt hat, steht unter Starkstrom.«
»Sie brauchen überhaupt nicht so eine Hektik zu machen«, sagt der Polizist am anderen Ende ganz lässig. »Vorläufig kommen wir überhaupt nicht. Denn wenn sich Punks, Skinheads oder Ausländer in die Haare kriegen, dann kommen wir prinzipiell erst dann, wenn die Prügelei zu Ende ist. Vorher mischen wir uns in solche Privatangelegenheiten nicht ein, wir sind doch nicht blöd!«
»Soll das heißen, Sie kommen erst dann, wenn ein paar Leichen auf der Straße liegen?« frage ich fassungslos.
»Richtig, Sie haben unsere raffinierte Strategie voll erfaßt. Rufen Sie bitte erst dann wieder an, wenn es soweit ist! Jetzt blokkieren Sie nicht länger die Leitung! Klick!!«
»Aber das gibt's doch gar nicht, der Kerl hat einfach aufgelegt. Wenn man die Bullen wirklich mal braucht, dann kommen sie nicht«, sage ich total enttäuscht.
»Ich habe volles Verständnis für die Polizei«, meint Opa Prizibilsky. »Die verdienen so wenig Geld, sollen die sich denn auch noch um ein paar Geiseln kümmern? Außerdem habe ich mir

das schon gedacht. Wenn die Polizisten bis jetzt nicht hier waren, dann kommen die heute garantiert nicht mehr. Allein Oma Fischkopf hat die Polizei bestimmt schon mehrere dutzend Male angerufen.«

»Was sollen wir denn jetzt bloß machen, Osman?« höre ich die Stimme von Eminanim aus einer dunklen Ecke.

»Frau, wo steckst du denn? Ich kann dich gar nicht sehen.«

»Hier bin ich, neben der Schuhablage. Was sollen wir denn jetzt machen?«

»Ausgerechnet du fragst sowas? Schließlich warst du doch so begeistert von unseren neuen Beschützern.«

»Ja, wenn es nur um uns beide ginge, dann hätte ich keine Skrupel, die ganze Sache voll durchzuziehen. Aber für die Kinder wird die Situation im Hause langsam wirklich unerträglich. Die beiden Mädchen haben die ganze Nacht kein Auge zugemacht. Seit Stunden finden sie nicht mal einen Platz zum hinsetzen. Und Hatice ist sowieso schon sehr mitgenommen durch die letzten Tage.«

»Was soll ich denn machen, hast du Vorschläge? Soll ich den Boß von der Bande etwa bitten, die Aktion für beendet zu erklären? Es ist schließlich nichts mehr zum Essen oder zum Trinken im Haus. Vielleicht ziehen die dann ja freiwillig in die nächste Kneipe, wenn ich dort eine Runde Freibier ausgebe! Sollen die doch dort die Leute nerven mit ihrer groben Art und ihren Kötern. Aber leider habe ich nicht mal genügend Geld für eine einzige Flasche Bier.«

»Etwas Geld könnte ich schon locker machen, damit wir diese Plagegeister loswerden«, sagt Opa Prizibilsky.

»Hey, Ratten-Uli«, rufe ich dem Stacheldrahtspezialisten zu, der immer noch an seinen Barrikaden rumbastelt. »Was haltet ihr davon, wenn wir euch einen Kasten Bier ausgeben und ihr dafür das Nachbarhaus besetzt. Denn meine Frau und ich sind wegen der Kinder zu dem Schluß gekommen, daß Hausbesetzung doch nicht der richtige Weg ist.«

»Ach, stellt euch doch wegen der beiden Zwerge nicht so spießig an. Einige von uns haben auch mal klein angefangen. Und heute sind wir geachtete, erfolgreiche Hausbesetzer. Diese Branche bietet ungeahnte Karrieremöglichkeiten selbst für Ausländerkinder.«

An diesem Punkt mischt sich Eminanim ein:

»Als Mutter finde ich die Situation für die Kinder nicht so schön. Ich schlage vor, daß wir die Aktion hier an diesem Punkt für beendet erklären. Wir wissen ja jetzt selbst, wie man das macht, in Zukunft werden wir uns Dank eurer heutigen Hilfe völlig alleine verteidigen können. Wir bedanken uns für eure solidarische Unterstützung! Und tschüs!«

»Nein, nein, so läuft das nicht«, klärt uns Ratten-Uli auf. »Von mir aus könnt ihr verschwinden, wohin ihr wollt. Aber unsere Guerillatruppe gibt den Kampf nicht auf. Wir räumen das Feld niemals freiwillig. So ein kampfloser Rückzug wäre für uns total peinlich. Stell dir doch mal die Situation vor: Wir gehen aus einem besetzten Haus raus, und kein Wasserwerfer ist zu sehen. Nirgendwo sind Tränengasbomben, kein Bullen-Rollkommando, das die Wohnung stürmt. Schließlich haben wir nicht nur das Haus, sondern auch einen Ruf zu verteidigen.«

»Also für eine Hausbesetzer-Karriere bin ich wirklich zu alt. Und ich habe inzwischen auch keinen Ruf mehr zu verlieren. Wenn ihr nicht auszieht, dann verabschieden wir uns jetzt.«

»Das ist Ihre Entscheidung, aber ich hoffe, Sie denken daran, daß das Treppenhaus vermint ist. Aber ich werde Sie nicht daran hindern, sich aus dem Fenster zu stürzen.«

»Sag mal, Osman, könnten wir uns nicht mit den zusammengeknoteten Bettlaken nach draußen abseilen, mit denen du Opa Prizibilsky nach oben gezogen hast?«

»Na gut, dann bleibt uns wohl keine Wahl. Packt alles zusammen, was wir irgendwie gebrauchen können. Ich regele inzwischen das mit den Bettlaken.«

»Aber Herr Engin, bitte, bitte vergessen Sie mich bloß nicht«, klammert sich Opa Prizibilsky an meinen rechten Arm. »Lassen Sie mich bloß nicht mit diesen Chaoten alleine!«

Hatice und ihre Schwester sind von der Idee begeistert, die Wohnung umgehend durchs Fenster zu verlassen. Ihnen scheint der Spaß an den Punks auch vergangen zu sein.
»Vater, laß uns bitte sofort hier abhauen«, ruft Nermin, »ich hätte niemals geglaubt, daß es Leute gibt, die noch zehnmal blöder sind als mein Bruder Mehmet.«
»Aber eigentlich sind die richtig nett«, meint Hatice, »die haben mich überall zugucken lassen. Auch beim Schubkarrespielen.«
»Für dein Alter hast du heute mehr als genug gesehen, deswegen werden wir dich jetzt als erste nach unten abseilen.«
»Wieso, bin ich denn wirklich so klein?« fragt meine sechsjährige Tochter Hatice.
»Hatice, vielleicht tröstet es dich ja, aber mein ganzes Leben lang habe ich sowas wie heute abend auch noch nicht gesehen«, stöhnt ihre Mutter. »Komm, mein Kind, ich binde dir jetzt das eine Ende des Bettlakens um den Bauch, und dann lasse ich dich ganz langsam durch das Fenster runter.«
»Aber, Herr Engin, mich müssen Sie auch so runterkriegen. Ich habe Gicht in den Fingern, ich kann mich nicht selbst abseilen«, sagt Opa Prizibilsky.
»Spring doch so runter, Opa«, lästert Gruben-Eddi.
Ich befürchte, die beiden werden niemals dicke Freunde.
»Sollen wir noch ein wenig nachhelfen beim Abhauen, ihr Drükkeberger«, ruft ein anderer Hundeliebhaber, bei dem ich heute Abend noch nicht das Vergnügen hatte, ihn näher kennenzulernen. Was mir aber im nachhinein nicht besonders leid tut.
»Vater, du kannst beruhigt fliehen, dein tapferer Sohn, Sultan Mehmet der Verteidiger, wird deine Festung bis zum letzten Tropfen seines Blutes gegen die Christlichen Horden schützen«, sagt Mehmet, wobei ich annehme, daß er sich auf meine Kosten lustig macht.
»Gut, bleib du da«, rufe ich nach oben, während ich mich langsam an dem Bettlaken nach unten abseile, »von mir aus kannst du dich von Gruben-Eddi und Ratten-Uli adoptieren lassen.«

Wegen dieser verfluchten Abschiebung habe ich mich schon aus meiner Arbeitsstelle und meiner heißgeliebten Halle 4 rausschleichen müssen. Und jetzt muß ich auch noch aus meinem eigenen Heim flüchten wie ein Dieb. Mitten in der Nacht, kurz vor dem Morgengrauen, hänge ich an einem zusammengeknoteten Bettlaken an der Hauswand vom Karnickelweg 7b!
Bei Allah, was für eine absurde Situation! Seit Tagen habe ich nicht geschlafen. Die ganze Welt hat sich gegen mich verschworen. Erst schneidet man mir die Ohren ab, dann werden meine Knie halb zertrümmert, und meine Pumpe wäre fast explodiert. Mein ganzes schönes Leben, das 30 Jahre lang in Deutschland in geregelten und geordneten Bahnen verlief, ist binnen weniger Tage aus den Angeln gehoben worden. Was habe ich denn verbrochen, daß die da oben mir das alles antun?! Oder will Allah gar meinen Glauben auf die Probe stellen? Man zwingt mich, meine Heimat zu verlassen, genau wie den Propheten Mohammed, der seinerzeit von Mekka nach Medina flüchten mußte. Waren nicht auch die Eltern des Propheten Jesus – Joseph und Maria – in Bethlehem Asylbewerber? Genau wie der Prophet Abraham wollte ich noch vor wenigen Minuten meinen eigenen Sohn Mehmet opfern! Und kam nicht auch nach Noah die Sintflut? Sind die letzten Tage möglicherweise ein Test, um herauszubekommen, inwieweit ich zum Propheten tauge? Aber wenn das so ist, warum habe ich meine besten Prophetenjahre in Halle 4 und mit Eminanim vergeudet? Oder kommt sich jeder, der bei Nacht aus seiner eigenen Wohnung flüchten muß, wie ein großer Prophet vor? Müßte ich mir nicht eher wie eine Kakerlake vorkommen, die von einer riesigen Macht zerquetscht wird? Genau in dem Moment erhalte ich einen fürchterlichen Schlag auf den Kopf, und eine gigantische Masse zerquetscht mich wie eine Kakerlake auf dem Bürgersteig. Ich hätte mich doch nicht so sehr in Allahs Angelegenheiten einmischen sollen!
»Oh, Osman, entschuldige, aber ich konnte mich nicht länger an dem Bettlaken festhalten«, stöhnt Eminanim, während sie von meinem Rücken runterklettert. »Zum Glück warst du direkt un-

ter mir und hast mich aufgefangen. Sonst wäre ich wie eine Wassermelone auf den Bürgersteig geklatscht und hätte mir bestimmt beide Beine gebrochen!«

»Stattdessen habe ich mir beide Arme und den Halswirbel gebrochen«, stöhne ich und bitte Allah tausendmal um Vergebung wegen meiner zügellosen Gedanken.

Freitag, 22. Juni, 7:10 Uhr

»Mein Gott, Vater, was ist mit euch denn los? Wie seht ihr denn alle aus? Ist es nicht ein bißchen früh für einen Familienbesuch? Erzähl schon, was ist passiert?«

Mit diesen Worten öffnet mein Erstgeborener Recep mit verschlafenen Augen seine Wohnungstür. Aber plötzlich ist er hellwach.

»Kleinen Moment mal, was macht denn Opa Prizibilsky hier?«

»Ich will für heute bei dir Asyl beantragen«, scherzt Opa Prizibilsky, schon früh am Morgen fit wie ein Turnschuh.

»Los, kommt rein und setzt euch ins Wohnzimmer«, sagt Recep und geht torkelnd in seinem blaugestreiften Pyjama vorneweg. »Habt ihr etwa alle heute nacht von mir geträumt und besucht mich deshalb zu so früher Stunde?«

»Ach, Recep, das wäre schön. Aber wir haben heute nacht alle kein Auge zugemacht.«

»Was ist denn los? Was ist passiert?« kommt meine ostfriesische Schwiegertochter Helga ins Wohnzimmer, während sie ihren Morgenmantel zubindet.

»Helga, meine Tochter, wir wollen im Moment nur ein Bett zum Schlafen«, jammert Eminanim, »das Ganze erzählen wir euch am besten dann ganz ausführlich, wenn wir ein paar Stunden geschlafen haben.«

»Ihr könnt das Bett in unserem Schlafzimmer haben«, meint Recep, »wir beide sind jetzt sowieso hellwach. Und Opa Prizibilsky bekommt Tanjas Couch im Gästezimmer.«

»Ich könnte doch erzählen, was passiert ist«, meldet sich meine kleine Hatice, unser Little Buddha. »Ich habe überhaupt keine Lust zum Schlafen.«

»Erzähl schon«, sagt Recep ganz neugierig.

»Mehmets Freunde sind gestern abend zu Besuch gekommen, die haben alle ganz lustige Haare. Die haben aus der Wohnung von Opa Prizibilsky ein Hallenbad gemacht. Und dann haben sie überall in der Wohnung Schubkarre gespielt. Die haben total laute Musik gespielt, und Mama hat dazu getanzt.«
»Habt ihr nachträglich Papas Geburtstag gefeiert?« fragt Recep.
»Nein, mein Sohn, diese Freunde von Mehmet haben unser Haus besetzt, um uns gegen die Abschiebepolizei zu verteidigen«, greift Eminanim ein.
»Aber diese Besucher haben sich total daneben benommen«, ergänze ich.
»Und es hat auch Spaß gemacht, wie wir heute aus dem Haus rausgekommen sind«, schreit Hatice fröhlich.
»Nicht so langweilig wie sonst durch den Flur, sondern wir haben Gefängnisausbruch gespielt. Wir sind alle hintereinander aus dem Küchenfenster geklettert. Und dabei ist Mama dem Papa absichtlich auf den Kopf gesprungen. Papa wäre dabei fast krepiert, und Mehmets Freunde haben sich darüber kaputt gelacht ...«
»Das reicht jetzt Fräulein, du hältst jetzt die Klappe und gehst genauso schlafen wie wir alle«, wird sie von Eminanim unterbrochen.
»Gut, du kannst uns ja später vormachen, wie verrückt Mutter getanzt und Vater plattgewalzt hat«, sagt Recep.
»Was, Sie auch hier? Um diese Zeit, Herr Prizibilsky?« fragt auch Helga völlig überrascht.
»Ich mußte mitkommen«, stöhnt Opa Prizibilsky, »ich hatte sonst nur die Wahl zwischen diesen durchgedrehten Punkern, ein paar blutrünstigen Piranhas oder dieser gräßlichen Oma Fischkopf. Entscheiden Sie selbst, was von den dreien das Schlimmste ist.«
»Was haltet ihr davon, wenn wir alle zusammen erstmal frühstücken?« wechselt Recep das Thema.
»Nein, nein, wir wollen alle nur noch schlafen, am besten sofort, nur noch schlafen!« entscheidet Eminanim wie immer für uns.

In diesem Moment geht die Tür vom Gästezimmer auf und ein Engel betritt den Raum! Ein zauberhafter blonder Engel, mit einem zauberhaften schwarzen Leder-Minirock. Die schönste Frau Ostfrieslands! Ihr wundervolles Parfum verdreht mir den Verstand, als ob ihr Aussehen allein dafür nicht ausgereicht hätte!
Ich glaube, Allah hat Frau Tanja nur erschaffen, um den endgültigen Beweis seiner Existenz anzutreten. Schlagartig bin ich hellwach, so als hätte ich die letzten zwölf Stunden wie ein Murmeltier geschlafen.
»Haben Sie sich etwa so zurechtgemacht ins Bett gelegt? Wollten Sie für den Fall, daß Sie in Ihrem Traum heute nacht zu einer Party müssen, richtig aufgetakelt sein? Warum sonst tragen Sie morgens um halb acht Kriegsbemalung?« stichelt Eminanim reichlich eifersüchtig. Und das gar nicht mal so schlecht, wenn man bedenkt, daß sie ebenfalls die ganze Nacht kein Auge zugemacht hat.
»Nein, nein, ich habe mich nur ganz kurz zurechtgemacht, ich wollte jetzt sowieso aufstehen«, zwitschert Frau Tanja wie ein goldgelber Kanarienvogel früh am Morgen.
»In der kurzen Zeit haben Sie das aber gut hingekriegt«, lobe ich sie, »andere schaffen das nicht mal in einem Monat.«
»Osman, halt 's Maul, oder bin ich eben nicht hart genug auf deinen Kopf gesprungen?« zischt Eminanim gehässig auf türkisch.
»Das war kein Zufall, das kann ich jederzeit wiederholen.«
»Bei Allah, wer braucht die Ausländerbehörde oder die Rechtsradikalen zum Feind, wenn man dich zur Frau hat?«
»Viel Feind, viel Ehr'«, kontert Eminanim.
»Herr Engin, ich habe gestern den ganzen Tag drüber nachgedacht. Es gibt nur noch eine Möglichkeit, wie wir Ihre Abschiebung verhindern können«, ruft Frau Tanja dazwischen.
Schämen sollen sie sich und auf der Stelle im Boden versinken, all die Leute, die behaupten, die deutsche Sprache sei nicht melodisch. Alle Sprachen der Welt würden neben dem Wohlklang von Frau Tanjas Stimmbändern zu verrosteten Türscharnieren.

»Mein Kind, wie wollen Sie das denn schaffen«, fragt Eminanim von obenherab. »Wollen Sie ihn etwa auch im Schnellverfahren heiraten?«

»Nein, dafür ist es jetzt schon zu spät. Da Herr Engin nicht soviel Vitamin B hat, müssen wir es jetzt mit Vitamin G versuchen.«

»Das sagt sein Arzt auch immer. Aber woran sehen Sie das? Etwa an seinem Haarausfall?« blamiert mich Eminanim vor meiner Angebeteten.

»Weil Ihr Mann keine Beziehungen hat, muß man es halt mit Vitamin G versuchen: G wie Geld!«

»Aber das hat er ja noch weniger als Haare.«

»Das ist egal. Das ist unsere letzte Chance. Wir müssen versuchen, Frau Kottzmeyer-Göbelsberg von der Ausländerbehörde zu bestechen.«

»Glauben Sie wirklich, daß das die richtige Methode ist? Dieser Idiot Osman hat doch schon alles vermasselt, als er der Frau erzählt hat, wie er seinerzeit die deutschen Behörden in Istanbul mit seinem falschen Urin ausgetrickst hat.«

»Machen Sie sich mal keine Gedanken, Frau Engin, irgendwie wird das schon klappen.«

»Mein Kind, Sie sind ja reichlich naiv, wir sind hier doch nicht im Orient.«

»Ach, Frau Engin, in den letzten Jahren hat sich in Deutschland auch so einiges geändert. Es soll keine einzige Behörde mehr geben, in der man mit Bestechung nicht weiterkommt.«

»Aber womit sollen wir die alte Schlampe denn bestechen? Etwa mit seinem abgeschnittenen Ohr? Wir haben doch überhaupt kein Geld mehr, wir haben nur noch Schulden.«

»Aber das ist doch kein Problem, ich könnte euch doch ein paar Mark leihen«, ruft Recep dazwischen.

»Also, Frau Tanja, ich bin ja bereit, alles zu versuchen, was Sie mir vorschlagen. Aber ich weiß wirklich nicht, ob das die richtige Methode ist?« sage ich leise und versuche ihr dabei zur Abwechslung auch mal in die Augen zu schauen. »Eine deutsche Beamtin bei der Arbeit bestechen zu wollen, ist garantiert ein Ausweisungsgrund für sich.«

»Aber doch nur, wenn es Zeugen dafür gibt. Ihre Frau kommt am besten diesmal nicht mit. Und ohne Zeugen nehmen deutsche Beamte inzwischen alles mit, was nicht angenagelt ist.«

»Nun ja, Frau Tanja, ich habe keine Wahl, ein Ertrinkender klammert sich in der Not auch an eine Schlange. Laßt es uns versuchen. Aber wir müssen das Schmiergeld so verkaufen, als wäre es ein Geschenk. Denn unter dem Deckmantel Geschenk – Gastgeschenk, Geburtstagsgeschenk, Jubiläumsgeschenk oder Hochzeitsgeschenk – kann man fast jedes Schmiergeld ohne Hemmungen übergeben.«

»Herr Engin, wir haben jetzt Juni. Sie haben keine Zeit mehr, um bis auf Weihnachten zu warten oder herauszubekommen, wann die Ziege mal was zu feiern hat. Darum hätten Sie sich vorher kümmern müssen. Aber wenn Sie sich heutzutage geschickt anstellen, dann können Sie jeden deutschen Beamten jederzeit mit irgendwas bestechen. Einen Versuch sollte es wert sein.«

»Aber wenn das rauskommt, können die mich allein deswegen abschieben.«

»Abgeschoben werden Sie sowieso. Ist doch egal weswegen, und mehr als einmal kann man Sie ja nicht abschieben.«

»Vater, meine Schwägerin hat recht«, sagt Recep, »versuchen kannst du es ja. Zweimal kann man niemanden köpfen.«

»Also gut, dann gehe ich jetzt noch ein einziges Mal zu der alten Gewitterziege. Nach der Sache schickt mich die Kottzmeyer-Göbelsberg in die Antarktis und nicht mehr nach Indien. Aber, Frau Tanja, Sie müssen mitkommen, um mir den Weg freizumachen bei der Behörde.«

»Dann braucht ihr mich ja nicht«, ruft Eminanim trotzig, »ihr könnt ja anscheinend alles alleine. Ich gehe jetzt ins Bett, ich schlafe schon im Stehen.«

»Ich muß mich aber kurz zurechtmachen, Herr Engin. Inzwischen können Sie ja versuchen, etwas Bestechungsgeld aufzutreiben.«

»Dafür plündere ich Receps Sparschwein! Bis Sie fertig sind, kann ich bestimmt ein kleines Nickerchen machen. Wecken Sie mich auf, wenn Sie soweit sind.«

»Hallo, Halloo, Herr Engin, versuchen Sie mal wach zu werden! Wir müssen los zur Ausländerbehörde.«
»Okay, okay, Frau Tanja, ich bin so gut wie wach.«
»Haben Sie auch das Geld von Recep bekommen?«
»Alles erledigt, wir können sofort los.«
»Herr Engin, da vorne steht mein Wagen. Wollen Sie fahren, oder soll ich fahren?«
»Jetzt kann uns keiner mehr hören, Tanja, du kannst jetzt ruhig wieder Osman zu mir sagen. So schön hat noch nie jemand meinen Namen ausgesprochen.«
»Osman, Osman, Osman!«
»Tanja, Tanja, Tanja!«
»Jetzt sag endlich, Osman, wer von uns soll fahren?«
»Du fährst natürlich! Ich will jede Sekunde genießen.«
»Dafür hast du später immer noch genug Zeit, Osman. Sobald wir in der Karibik sind. Ich hoffe du hast die Pässe und die Flugtickets nicht vergessen?«
»Wie sollte ich, Tanja, wie sollte ich? Auf diesen Tag habe ich mein Leben lang gewartet, oooh du mein Ein und Alles!«
»Also wirklich, Osman, das mit der Abschiebung war eine raffinierte Idee von dir. Wir beide können uns jetzt seelenruhig in die Karibik absetzen, und alle denken, du nagst in Indien am Hungertuch.«
»Tanja, sag endlich wieder Osman, Osman, Osman zu mir!«
»Osman, Osman, Osman!«
»Tanja, Tanja, Tanja!«
»Herr Engin, Herr Engin, Herr Engin!«
»Aber du sollst doch Osman zu mir sagen.«
»Herr Engin, stehen Sie doch auf! Ich bin bereits fertig.«
»Was heißt, du bist bereits fertig, Tanja? Wir haben ja noch nicht mal angefangen.«

»Jetzt wachen Sie endlich auf, Herr Engin, wir müssen zur Ausländerbehörde! Los, los, keine Müdigkeit vortäuschen!«
»Äh, hmh, eh, da bin ich doch kurz eingenickt. Ich hatte einen so schönen Traum, Sie hätten mich ruhig etwas später wecken können. Aber was soll's, Sie sind bereits fertig, dann können wir jetzt auch los.«

Bei Allah, ich werde zum dritten Mal Zeuge der wundersamen Teilung des Roten Meeres. Im großen Wartesaal der Ausländerbehörde hört alles Gedränge schlagartig auf, und alle Sprachen der Welt verstummen urplötzlich. Ohne einen Mucks von sich zu geben, starren alle auf Frau Tanja. In ihrem Gefolge schaffe ich es problemlos, bis an die Bürotür von Frau Kottzmeyer-Göbelsberg vorzustoßen. Ehrlich gesagt, diese ostfriesische Blondine eignet sich mehr zum Propheten als ich. Sie hat alle Rassen und Nationalitäten der Welt unter ihrem Einfluß. Und ihr würden diese Menschen alles glauben, egal was sie ihnen erzählt. Und ich? Mich nimmt nicht mal Eminanim für voll. Und es wäre auch an der Zeit, daß mal eine Frau Prophet wird. Allein wegen der Frauenquote. Was für ein Wunder, heute traut sich das Rote Meer sogar, Frau Moses mit Komplimenten zu umschmeicheln. Man hört sozusagen das Plätschern und Säuseln des Meeres:
»Geile Alte, nimm mich!«
»Zertrete mich mit deinen hohen Hacken!«
»Gestern Rot, heute Schwarz, dein Rock möchte ich sein!«
Und das waren ausschließlich die Komplimente in türkischer Sprache. Von den Schmeicheleien auf Spanisch, Italienisch, Arabisch, Thailändisch, Bulgarisch, Albanisch, Slowenisch, Russisch, Afghanisch, Hebräisch, Polnisch, Haussa und allen anderen afrikanischen Dialekten ganz zu schweigen. Ohne irgend jemanden auch nur kurz anzuschauen stöckelt Frau Tanja mit ihrem eleganten Taschencomputer unter dem Arm freundlich lächelnd durch die Massen hindurch. Wunder auf Wunder, diesmal geht auch noch die Bürotür wie von selbst auf, gewissermaßen von Geisterhand.

»Bitte, kommen Sie doch rein, gnädige Frau. Ich habe Sie gleich an der wunderschönen Melodie ihrer Plateau-Schuhe erkannt«, kreischt der Büroleiter mit dem gelben Pullover, der sich gleichzeitig bis zum Boden bückt. Sicherlich wegen der besseren Aussicht von dort unten. Schade, daß diese Männer nicht für meine Akte zuständig sind. Alles wäre so einfach gewesen. Statt dessen kann ich nur hoffen, daß diese Extrabehandlung Frau Kottzmeyer-Göbelsberg nicht zusätzlich verärgert hat. Aber sie tut so, als hätte sie uns gar nicht wahrgenommen. Und macht ungerührt weiter den armen, kleinen Afrikaner zur Sau, der vor ihr steht wie ein Schuljunge, der die Hausaufgaben nicht gemacht hat.
»Mich interessiert das überhaupt nicht, ob Sie jetzt aus einer ehemaligen deutschen Kolonie in Afrika stammen oder gar aus Ostfriesland. Tatsache ist, Sie bekommen die Aufenthaltserlaubnis nicht!«
Ein Schwarz-Afrikaner mit ostfriesischer Abstammung, ich glaube Frau Kottzmeyer-Göbelsberg will damit was andeuten! Ich wünsche mir zutiefst, daß die Schwester meiner Schwiegertochter auf diese plumpe Provokation nicht hereinfällt. Sie müßte jetzt so tun, als hätte sie gar nichts gehört. Sie ist schließlich nur mitgekommen, um mir den Weg freizumachen und die männlichen Beamten abzulenken, während ich das Schmiergeld übergebe.
»Meine Herren, es ist nun mal bewiesen, daß insbesondere Bürofrauen durch ewiges Sitzen mit der Zeit einen riesigen Plattarsch kriegen«, referiert sie vor den männlichen Beamten, die ihr – ohne zu atmen oder mit den Augen zu zwinkern – gebannt zuhören.
»Diese armen Frauen werden aggressiv und sehr unfreundlich. In Fachkreisen nennt man das ›das Plattarsch-Syndrom‹!«
Es ist zu spät, sie ist schon wieder auf den simplen Trick hereingefallen.
»Herr Engin, es gibt doch tatsächlich blonde Frauen, die glauben, durch billiges Po-Wackeln im Minirock alles erreichen zu können«, antwortet Frau Kottzmeyer-Göbelsberg recht geschickt

indirekt Frau Tanja, »und sowas nennt man dann ›Fortgeschrittenes Flittchen-Syndrom‹!«
Frau Tanja kocht vor Wut! Nicht nur ihr Gesicht, sondern auch ihre Beine werden knallrot. Noch bevor sie ihren Mund aufmachen kann, bremse ich sie.
»Bitte, Frau Tanja, beherrschen Sie sich! Sie wissen doch, warum Sie mit mir hier sind!«
»Warum denn?« tobt sie, schäumend vor Haß.
»Um die Männer hier abzulenken, während ich den Bestechungsversuch starte.«
»Hören Sie mal, Herr Engin, hatte ich Ihnen nicht ausdrücklich gesagt, daß ich mich weigern werde, Ihre Akte zu bearbeiten, wenn Sie es wagen sollten, noch einmal mit dieser Person hier aufzukreuzen! Abgesehen davon ist Ihr Fall sowieso längst abgeschlossen. Spätestens in drei Tagen haben Sie Deutschland zu verlassen. Haben Sie das jetzt endlich kapiert?«
»Sehr verehrte Frau Kottzmeyer-Göbelsberg, die junge Frau hat mich doch nur hierher gefahren. Ich verspreche es Ihnen, sie wird ihren Mund hier garantiert nicht noch einmal aufmachen.«
»Sie braucht auch alles andere hier nicht aufzumachen. Der Fall Engin ist für diese Behörde ein für allemal abgeschlossen.«
»Aber Frau Kottzmeyer-Göbelsberg, ich bin doch nur gekommen, um Ihnen zum Geburtstag zu gratulieren. Happy birthday to you, happy birthday to you ...«
»Was soll das? Ich habe erst in vier Monaten Geburtstag. Wenn Sie unbedingt wollen, dann können Sie mir ja eine Postkarte aus Indien schicken.«
»Aber das ist doch gerade der Grund: Weil ich in vier Monaten ja bereits in Indien bin, wollte ich Ihnen bereits heute zu Ihrem 29. Geburtstag ...«
»Sie, dämlicher Schleimer, Sie! Seit mehr als 25 Jahren arbeite ich hier. Glauben Sie etwa, ich hätte im Alter von vier Jahren bei der Behörde angefangen?«
»Sie sagen es, das ist der eigentliche Grund, und ich gratuliere Ihnen hiermit zu Ihrem 25jährigen Dienstjubiläum.«

»Das feiere ich erst im Dezember.«
»Dezember? Sehr geehrte Frau Kottzmeyer-Göbelsberg, hiermit wünsche ich Ihnen ein frohes Weihnachtsfest und ein glückliches neues Jahr. Oooh duuu Frööhlicheee, oooh duuu Seeligeeee...«
»Aus! Ruhig! Sie Idiot, Sie! Sie sind ja völlig übergeschnappt. Dann ist das ja kein Wunder, daß Sie nicht mal wissen, aus welchem Land Sie stammen!«
»Bitte, Herr Engin, geben Sie ihr endlich das Geld. Sagen Sie doch, es sei wegen Ramadan«, flüstert mir Frau Tanja ins Ohr.
»Entschuldigung, Frau Kottzmeyer-Göbelsberg, mit dem frohen Fest meinte ich natürlich mein indisches Ramadanfest.«
Ich verstecke das Geld in meinem Paß und lege ihn auf ihren Schreibtisch.
»Was soll ich denn mit Ihrem ungültigen Paß?« fragt sie, »außerdem haben Sie hier etwas Geld liegenlassen. Verlieren Sie es nicht, Sie werden es noch brauchen in Indien.«
»Frau Kottzmeyer-Göbelsberg, das ist doch für Sie gedacht«, flüstere ich ihr ins Ohr. »Sozusagen als Dankeschön.«
»Als Dank, wofür? Daß ich das Flugticket nach Indien bezahle? Und kommen Sie mir nicht so nah! Stellen Sie sich wieder vor den Schreibtisch! Habe ich Sie etwa richtig verstanden? Sie bedanken sich dafür, daß wir Sie abschieben?«
»Nein! Das Geld gebe ich Ihnen, damit Sie mich nicht abschieben.«
»Was soll das heißen? Wollen Sie mich etwa mit lächerlichen dreihundert Mark bestechen?!«
»Mehr hatte mein ältester Sohn leider nicht zu Hause. Sie können das auch gewissermaßen als die erste Rate betrachten.«
»Das darf doch nicht wahr sein! Sie wollen mich, eine deutsche Beamtin, mit so einem Witzbetrag bestechen? Ich laß' mich doch nicht in meiner Persönlichkeit beleidigen!«
»Lieber Gott! Nimm doch den deutschen Kaufleuten und Beamten diese dumme Sucht, sich als gar so kostbar hinzustellen und sich mit etwas dicke zu tun, was meist gar nicht da ist: mit einer

Persönlichkeit! Das sagte schon seinerzeit Kurt Tucholsky«, mischt sich Frau Tanja wieder ein, die es einfach nicht lassen kann, Frau Kottzmeyer-Göbelsberg zu ärgern. »Und wie man sieht, die Zeiten haben sich seitdem überhaupt nicht geändert«, fährt sie fort.

Aber anstatt sich grün und blau zu ärgern, lacht sich meine Sachbearbeiterin fast schlapp.

»Das gibt's doch nicht«, schlägt sich Frau Kottzmeyer-Göbelsberg auf ihre strammen Schenkeln, »das kann doch gar nicht wahr sein! Eine Blondine kann Tucholsky zitieren! Das fasse ich nicht! Eine Blondine zitiert Tucholsky! Hiihaaahoooo, das ist der kürzeste Blondinenwitz aller Zeiten: Blondine zitiert Tucholsky!«

»Bezogen auf Aussage und Kürze ist der vergleichbar mit meinem Lieblingswitz«, strahlt der Beamte ein Tisch weiter. »Eine Blondine geht zur Uni, hiihoorrrhaaaa!«

Als ihn Frau Tanja mit einem knappen Augenaufschlag kurz fixiert, wird er schlagartig ruhig.

»Ööö, eeh, Entschuldigung, gnädige Frau, war nicht persönlich gemeint.«

Aber Frau Kottzmeyer-Göbelsberg kann sich gar nicht mehr einkriegen:

»Daß ich das erleben darf: Eine Blondine zitiert Tucholsky, hoo haaa hiii hrhrhr! Das ist fast so gut wie der schönste Blondinenwitz überhaupt: Warum haben Blondinen, wie die da drüben aus Ostfriesland, eine Hirnzelle mehr als eine Kuh?«

»Ja, warum denn?« frage ich fast automatisch.

»Damit sie nicht muht und kackt, wenn man ihr ans Euter greift! Hohoha hrhrhrhr...«

Zwei Beamte halten mit aller Kraft Frau Tanja fest, damit sie nicht schon in jungen Jahren zur Mörderin wird.

Und da sage noch einer, deutsche Beamte seien nicht hilfsbereit, sondern nur faul und träge!

Und je mehr Männer Frau Tanja festhalten, desto mutiger wird Frau Kottzmeyer-Göbelsberg.

»Blondine und Ostfriesin, das ist ja fast genauso schlimm wie Ausländer und dazu noch Asylant.«

»Sie, Sie, Sie, das werden Sie mir büßen, Sie Behörden-Plattarsch!« tobt Frau Tanja, während alle Beamten gemeinsam versuchen, sie nach draußen zu zerren. »Ich werde es niemals zulassen, daß Herr Engin abgeschoben wird!«

»Los, hauen Sie schon ab! Suchen Sie sich doch einen anderen Zeitvertreib.«

Das Rote Meer auf dem Flur beobachtet fassungslos die ganze Aktion, ohne auch nur einmal zu atmen. Mit ihren Plateau-Schuhen tritt Frau Tanja gegen Türen, Schränke, Knie und alles andere, was sich bewegt. Ich nutze die Gunst der Stunde – niemand achtet auf Frau Kottzmeyer-Göbelsberg und mich – und sage eindringlich zu ihr:

»Bitte, Frau Kottzmeyer-Göbelsberg, bitte, schauen Sie sich meinen Paß genau an, der ist nicht abgelaufen. Die letzten beiden Male habe ich Ihnen meinen Paß nicht gezeigt, weil ich Angst hatte, Sie würden ihn einkassieren. Schauen Sie selbst, der ist absolut in Ordnung. Ich habe eine unbegrenzte Wohn- und Arbeitserlaubnis.«

»Mir können Sie doch nichts vormachen, das ist doch eine Fälschung. Wen haben Sie denn dafür bestochen?«

»Bei Allah, Frau Kottzmeyer-Göbelsberg, was kann ich denn tun? Was verlangen Sie dafür, daß Sie meine Abschiebung vergessen?«

»Glauben Sie allen Ernstes, eine Beamtin wie ich würde sich von einem armen Schlucker, wie Sie es sind, mit nur dreihundert Mark bestechen lassen?«

»Einen sehr gut erhaltenen, wunderschönen Ford-Transit kann ich noch anbieten. Der ist noch tiptop.«

»Jetzt habe ich aber die Nase voll! Jetzt hauen Sie endlich ab! Aber die dreihundert Mark, die lassen Sie hier schön liegen. Das sind Beweismittel für den Versuch der Beamtenbestechung.«

»Aber der Wagen hat ein neues Getriebe. Die Batterie ist auch so gut wie neu. Sie können ihn sozusagen als Dienstwagen benutzen.«

Aber ganz eisern zeigt sie mir weiter, wo der Ausgang ist.

»Machen Sie endlich die Tür von außen zu«, bellt sie.

Im Fahrstuhl nach unten versucht Frau Tanja, ihre verrutschte Kleidung wieder etwas zu ordnen.

»Ich habe den Verdacht, wir haben alles nur noch mehr vermasselt«, sage ich schüchtern.

»Das war einfach nicht geschickt genug«, schnauft sie immer noch wütend, »wir hätten das Geld besser diskret auf das Bankkonto dieses Behörden-Plattarsches überweisen sollen, so wie das alle machen. Das war einfach nicht raffiniert genug, ihr das Geld wie auf dem Basar in die Hand zu drücken.«

»Frau Tanja, es wäre toll, wenn wir es wenigstens schaffen könnten, daß die mich nach Rußland schicken anstatt nach Indien.«

»Weil Sie den brutalen Kapitalismus hier mittlerweile hassen? Ich kann Sie beruhigen, Herr Engin, dort ist es inzwischen genauso schlimm.«

»Ach, nein, doch nicht deswegen, Frau Tanja. Ich meine, dann hätte ich doch bessere Chancen als Rußland-Deutscher wieder zurückzukommen.«

»Das geht nicht mehr, Herr Engin. Dafür sprechen Sie schon viel zu gut Deutsch!«

Als im Erdgeschoß die Fahrstuhltür aufgeht, versperren uns zwei Männer den Weg.

»Gehen Sie mal ein bißchen zur Seite, meine Herren. Lassen Sie uns erstmal raus, dann dürfen Sie sofort Fahrstuhl fahren«, ruft Frau Tanja etwas genervt.

Ihr Prophetenimage hat heute doch ein paar Kratzer abbekommen. Nicht alle Männer machen ihr automatisch den Weg frei.

»Sprechen wir mit Herrn Engin?« sagt einer der Männer.

Der andere greift meinen rechten Arm und sagt:

»Sie müssen mitkommen!«

»Was soll denn das? Wer sind Sie überhaupt? Lassen Sie den

Mann in Ruhe«, schreit Frau Tanja und versucht meinen Arm zu befreien.
Der andere Mann packt sie an den Schultern und schubst sie einfach zur Seite.
Mit einem kurzen Schrei landet Frau Tanja auf dem Boden. Sie plumpst auf den harten Beton, als wäre sie von einer hohen Leiter gefallen.
Wie können es denn diese beiden brutalen Kerle wagen, im Beisein eines aufrechten Mannes eine hilflose Frau so zu mißhandeln?
Gerade will ich mich auf meine alten Tage hin auf eine Schlägerei einlassen, da sehe ich einen Revolver unter der Jacke hervorlugen.
»Was? Wie? Was soll das? Wieso soll ich mitkommen? Was hat Frau Tanja euch angetan?« frage ich verschüchtert.
»Wir sind von der Kriminalpolizei. Sie sind festgenommen. Sie kommen in Abschiebehaft, weil bei Ihnen die akute Gefahr des Untertauchens besteht.«

Freitag, 22. Juni, 11:36 Uhr

Die Eisentür in der dicken, hohen Mauer geht wie von selbst auf. Die beiden Männer, die mich verhaftet haben, lassen mich vorgehen, höflich wie sie nun mal sind. Nach zehn Metern kommen wir zu einem Bürocontainer, den man fast fünfzig Meter vor dem eigentlichen großen Gebäude auf den Hof gestellt hat. So einen Bürocontainer hat mein Meister von Halle 4 auch. Alle drei gehen wir in die Blechkiste rein. So schöne Goldfische hat mein Meister allerdings in seinem Aquarium nicht. Und die abgeschabte Fototapete mit dem romantischen Sonnenuntergang läßt wehmütige Urlaubsgefühle bei mir aufkommen. Werde ich jemals wieder mit meinem Ford-Transit am Bosporus parken dürfen?

»Ausziehen!« brüllt mich der einzige Beamte in der Blechhütte an.

»Wieso? Warum? Was denn? Die Schuhe?«

»Maulhalten! Ausziehen! Alles! Hier wird nicht diskutiert!«

Das sind Argumente, die überzeugen, und ich ziehe mich aus.

»Gürtel, Schnürsenkel, Ringe und Armbanduhren abgeben!«

»Warum denn, die brauche ich noch.«

»Wegen akuter Selbstmordgefahr!«

»Aber das ist doch Unsinn. Warum sollte ich mich denn umbringen? Ich habe doch gar keinen Grund dafür.«

»Jetzt red nicht, leg die Sachen hier auf den Tisch. Komm schon mit der Armbanduhr rüber.«

»Ich muß doch wissen, wie spät es ist.«

»Hier mußt du gar nichts wissen. Was du wissen mußt, das kriegst du schon gesagt!«

»Aber wie soll ich mich denn mit einer Armbanduhr schon umbringen? Soll ich mir mit dem Sekundenzeiger das Herz durchbohren? Oder mich mit dem Armband selbst erwürgen? Das ist doch keine schwere Wanduhr, an der ich mir den Kopf platthauen kann.«

»Jetzt halt endlich das Maul, her damit, du Schwätzer!« Der Tanja-Werfer reißt mir die Uhr vom Arm ab und schmeißt sie auf den Tisch.

Alle meine Taschen werden so gründlich gefilzt, als wäre ich ein langgesuchter Mafiakurier.

»Stell dich an die Wand, dreh dich um und mach die Beine breit!«

Die beiden Zivilpolizisten, die mich hierher gebracht haben, drehen mich mit einem Ruck um und schubsen mich an die Wand des Blechcontainers.

»Beine breit machen, aber dalli!«

»Aber wieso denn ...?«

Durch einen Tritt an die Innenseite meines Fußknöchels komme ich in die gewünschte Position.

»Bücken! Bücken! Bücken!«

Bei Allah, was haben die drei Mistkerle mit mir vor?

Mit dünnen Plastikhandschuhen und einem Pott Vaseline bewaffnet, sehe ich den Vorposten von hinten auf mich zukommen. Schlagartig steckt er mir seinen Mittelfinger hinten rein, während mich die anderen beiden an Händen und Füßen festhalten. Jetzt weiß ich endlich, warum der Mittelfinger »Stinkefinger« heißt.

»Ja, mein Junge, aus dem Loch haben wir schon so einiges rausgefischt. Drogen, Messer, Tabletten, Geld und sogar Nachrichten-Kassiber.«

»Auuaa, ausgerechnet dort sucht ihr nach Nachrichten. Habt ihr denn keinen Fernseher oder ein Radio?«

»Halt 's Maul! Oder soll ich die langen Handschuhe bis zum Ellbogen anziehen!«

»Es tut mir leid, daß mein Hintern nichts Aufregendes zu bieten hat. Bei mir ist leider nichts drin.« Woraufhin einer der beiden Zivilen mir seine Knie in die Nieren rammt.

»Halt 's Maul, Kanake!«
»Sagen Sie mir wenigstens, ob meine Hämorrhoiden schon wieder angeschwollen sind?«
»Hat aber noch 'nen knackigen Arsch, der alte Penner. Sollte man nicht für möglich halten. Paß bloß auf, daß die anderen geilen Knackis das nicht spitzkriegen«, sagt der andere Bulle.
»Danke, danke, so nette Sachen sagt nicht mal meine Frau zu mir.«
»Das hier sind deine Klamotten. Zieh sie jetzt an«, ruft der Uniformierte und wirft mir ein graues Bündel vor die Füße.
»Das gehört mir nicht. Meine Sachen liegen da drüben. Ich ziehe doch nicht das Zeug von fremden Leuten an.«
»Das ist deine Anstaltskleidung, und du ziehst sie jetzt sofort an. Sonst können wir auch nachhelfen.«
Eine schicke graue, hervorragend geschnittene Flanellhose. Dazu ganz Ton in Ton ein hellgraues, kurzärmeliges Polohemd. Und ein wunderschöner, taubengrauer Wollpullover.
»Wenn du dich angezogen hast, unterschreibst du das Papier hier wegen der Wertsachen.«
»Sagen Sie mal, Herr Polizist, können Sie mir sagen, warum ich eigentlich hier bin? Die beiden Zivilen reden ja nicht mit mir.«
»Bei dir ist Abschiebehaft beantragt worden, weil die akute Gefahr des Untertauchens besteht. Schließlich hast du kein Zuhause mehr.«
»Woher wissen Sie das denn?«
»Hier in dem Haftbefehl steht alles drin. In der Punker-Bude, die früher mal deine Wohnung war, kann kein Mensch mehr wohnen.«
»Meine ganze Familie ist zu meinem ältesten Sohn gezogen, sogar Opa Prizibilsky. Ich kann problemlos bei meinem Sohn auf der Couch schlafen. Ich werde garantiert nicht untertauchen, wenn ich zusammen mit meiner Familie abgeschoben werden soll. Warum holt ihr mich also hierher?«
»Weil wir grundsätzlich nicht die ganze Familie, sondern nur das Familienoberhaupt in Abschiebehaft nehmen.«

»Sie haben da etwas völlig durcheinandergebracht. In Wirklichkeit ist meine Frau bei uns das Familienoberhaupt«, sage ich und schnappe mir meine Klamotten. »Gehen wir, ich zeige Ihnen, wo sie steckt. Ich habe noch zu tun, ich muß für die Kinder das Mittagessen kochen.«
Einer der Zivilen schlägt mir mit dem Gummiknüppel auf die Hand, und alle meine Sachen fallen auf den Boden.
»Auuaa, warum kann ich nicht meine eigenen Sachen anziehen? Ihre Klamotten passen mir überhaupt nicht. Sehen Sie doch selbst, die Hose ist viel zu groß, das Hemd viel zu klein. Außerdem, bei meinem Teint steht mir grau überhaupt nicht. Zu mir würden knallige Farben viel besser passen, sagt meine Frau immer wieder: Kanariengelb, Blutrot, Veilchenblau und Wiesengrün. Wie sagt man doch so schön, Grün und Blau schmückt die Sau.«
»Mach dir keine Sorgen, Grau schmückt die echte Sau! Los, raus hier!«
Der Vorposten stolziert mit seinem großen Schlüsselbund vor uns her, und die beiden Kriminalbeamten schubsen mich aus dem Container nach draußen. In meiner neuen grauen Uniform sehe ich gar nicht mal so schlecht aus. Jedenfalls nicht blöder als all die anderen Uniformierten auf dieser Welt, die auf ihre Verkleidung so stolz sind. Ständig stoßen mich die beiden von hinten in den Rücken, so als würde ich mich wehren. Der Vorposten öffnet mit seinem Schlüsselbund eine dicke Eisentür, und wir gehen alle in dieses imposante, uralte Gebäude mit seinen dicken Mauern. Die beiden unhöflichen Zivilbeamten verabschieden sich, ohne sich bei mir für ihr schlechtes Benehmen zu entschuldigen. Statt dessen bekomme ich zwei neue Polizisten als Bewachung zugeteilt.
Über einen langen, kahlen Flur kommen wir zu einer engen Steintreppe und steigen hinab in einen dunklen, muffigen Kellergang. Über eine noch engere Steintreppe klettern wir noch weiter nach unten. Hier gibt's nicht mal Lampen an den Decken. Wir sind offensichtlich im Keller vom Keller; eine Tür reiht sich

an die nächste. Nach zehn Metern sperrt der Vorposten auf der rechten Seite wieder eine Eisentür auf, und meine beiden neuen Bewacher schubsen mich in den niedrigen Raum hinein.
»Ihr braucht mich nicht ständig durch die Gegend zu stoßen, ich kann schon seit langem laufen.«
Um mich besser zu orientieren, warte ich einen kurzen Moment, bis es heller wird. Aber es wird nicht heller. Es kommt auch niemand mit einer kleinen Taschenlampe, der zu mir sagt: »Hier, mein Herr, das ist Ihr Platz. Der Hauptfilm beginnt in fünf Minuten!«
»Hey Leute, das ist hier ja überhaupt kein Kino, das ist ja ein richtiges Gefängnis!« schreie ich erschrocken.
»Da könntest du Recht haben, das Park-Hotel ist es wirklich nicht«, lacht der Vorposten. »Aber du hast echtes Glück, du hast diesen Palast ganz für dich alleine. Bis heute morgen waren hier noch fünf von deinen Ausländerfreunden drin, die sind heute Mittag abgeschoben worden.«
»Bei Allah, den Gestank hier hält ja kein Schwein aus!«
»Ich sag' doch, hier waren jede Menge Ausländer drin. Und die waren über vier Monate in dieser Kiste.«
»Die Brüder müssen aber ein ganz übles Deospray gehabt haben«, meint einer meiner neuen Wärter.
»Sagt mal, Leute, muß ich wirklich hier drin bleiben? Wollt ihr mich tatsächlich hier drin einsperren? Ich habe wirklich überhaupt nichts verbrochen. Diese Zelle ist ja noch kleiner als das Bahnhofsklo.«
»Aber du bist hier doch auf dem Bahnhof. Du wartest hier auf den großen Abschiebungs-Express!«
»Leute, macht keinen Quatsch. In dem Loch kann ich es keinen Tag aushalten. Hier drehe ich nach fünf Minuten völlig durch. Warum sperrt ihr mich in so einer Arrestzelle ein?! Was habe ich denn so Schreckliches verbrochen?«
»Du bist von der Ausländerbehörde als hochgradig sebstmordgefährdet eingestuft worden. Du sollst sogar mal angedroht haben, aus dem Fenster zu springen.«

»Hey, hey, hey, das war doch nicht ernst gemeint. Man wird ja doch mal einen Spaß machen dürfen. Das habe ich doch nur so gesagt. Ihr könnt mich doch deswegen nicht in diese stinkende, dunkle Kloake einsperren!«
»In eine Gemeinschaftszelle können wir dich nicht stecken. Hier gibt es genug Psychopathen, die einem Spinner wie dir für nur fünfzig Mark den Hals umdrehen.«
»Ihr wißt doch genau, daß ich keinen Pfennig dabei habe. Ihr habt mir doch eben alles weggenommen. Ich kann mir gar keinen Privatkiller leisten.«
»Also wirklich, die einen verklagen uns, weil sie nicht mit so vielen zusammengepfercht leben wollen, und du beschwerst dich, weil du einen eigenen Raum zur Verfügung hast. Willst du als Inder eigentlich mit diesen dreckigen Afrikanern und stinkenden Türken zusammenhocken?«
»Bitte, Chef, lassen Sie mich in Ihrem Bürocontainer warten. Ich werde auch ganz bestimmt nicht weglaufen. Ich werde neben der Fototapete mit dem Sonnenuntergang ganz brav sitzenbleiben und keinen Mucks von mir geben, bis die Sonne auf dem Bild wieder aufgeht.«
»Hör mal zu, du Komiker, ich lasse noch nicht mal die normalen Wärter an meinem Sonnenuntergang teilhaben. Schließlich werden die Goldfische in meinem Büro unruhig, wenn so viele Menschen rein- und rausrennen. Paß du mal lieber auf, da in der Ecke befindet sich das Plumpsklo. Den dicken Holzpfropfen mußt du wieder in das Loch stecken, sonst kommen da Ratten raus.«
»Wie? Ratten gibt's hier auch?«
»Ja, aber nur ganz große, damit du dich nicht so einsam fühlst. Aber nachts mußt du halt ein bißchen aufpassen. Hier sind schon genug Leute morgens aufgewacht und hatten eine Nase oder ein Ohr weniger. Hörst du, wie die Tierchen quieken? Die wollen unbedingt reinkommen, um ihren Mitbewohner kennenzulernen.«
Dann drehen die drei sich um und schließen die Tür hinter sich

ab. Und mich lassen sie ganz alleine. Ganz mutterseelenallein in diesem Plumpsklo. Das Schlüsselbund-Gerassel wird immer leiser, bis nichts mehr zu hören ist. Ich habe früher schon des öfteren relativ lange Zeit im Klo verbracht, immer dann, wenn ich mal wieder Verstopfung hatte. Dann habe ich gelesen oder in der Nase gebohrt. Aber im Klo gewohnt habe ich bisher noch nie. Das ist eigentlich die optimale Gelegenheit, eine Verstopfung zu bekommen. Keine Kinder, die an der Tür trommeln: »Papa, komm endlich raus! Ich muß dringend Pipi!« Aber wie sollte das möglich sein, ich habe schon seit mehreren Tagen kaum was gegessen. Und diese Zelle hier ein Klo zu nennen, wäre eine Beleidigung für alle Klos. Selbst für die Autobahnklos in Serbien. Das Ding hier hat nicht mal eine Kloschüssel, geschweige denn eine Spülung. Zweitens habe ich noch kein Klo erlebt, daß so erbärmlich gestunken hat. Drittens gibt's hier nirgendwo ein Fenster. Nur über die Größe kann ich mich nicht beschweren. Das ist vermutlich die gültige EG-Norm für Hundeklos: zwei mal zwei Meter. Zum Glück habe ich diese Krankheit nicht, bei der einem in geschlossenen, engen Räumen schlecht wird. Aber bei diesem Gestank wird mir schlecht.
Als die Wächter und der Vorposten weggehen, komme ich mir vor wie in der Wohnung von Oma Fischkopf. Nicht, daß ich schon mal bei ihr in der Wohnung gewesen wäre. Aber die Geräusche sind haargenau die gleichen, wenn sie die Türe hinter sich abschließt. Erst wird mit dem dicken Schlüssel ein großes Schloß verriegelt. Dann weiter unten ein etwas kleineres Schloß. Dann wird ein riesiger Eisenriegel vorgeschoben. Durch den wird noch mal eine schwere Stahlkette gezogen und diese zum Schluß noch mal zusätzlich abgeschlossen.
Gut, bei Oma Fischkopf sehe ich diesen Aufwand an Sicherheitsmaßnahmen ein. Sie hat berechtigterweise Angst, daß man ihre Aussteuer aus den zwanziger Jahren und dazu noch ihre Unschuld rauben will. Aber ich habe hier doch keine Aussteuer versteckt. Ich habe nicht mal Schnürsenkel.
Langsam gewöhnen sich meine Augen an die Dunkelheit. Wie

im Kino, wenn man während des Films reinstolpert, alle Zuschauer nervt und dann endlich nach einer Weile einen freien Platz erkennt, genauso erkenne ich eine Sitzmöglichkeit in diesem Rattenloch. Der gravierende Unterschied ist aber, ich bin der einzige Zuschauer in diesem gräßlichen Horrorfilm.
Die Sitzmöglichkeit ist etwa einen halben Meter hoch, fünfzig Zentimeter breit, ein Meter achtzig lang. Und besteht aus altem Zement. Bei Allah, dieser kalte Klotz soll ein Bett sein? Und es ist das einzige, was sich außer diesem Plumpsklo-Loch in dieser Zelle befindet. Diese Zelle muß sehr, sehr alt sein. Hier haben im Mittelalter bestimmt viele arme alte Frauen ihre letzten Tage verbracht, bevor sie auf dem Scheiterhaufen verbrannt wurden. Viel Platz zum Bewegen habe ich hier wirklich nicht. Wie haben hier nur fünf Abschiebehäftlinge vier Monate lang Platz gefunden? Entweder waren das Liliputaner oder Gartenzwerge. Oder der Vorposten kann nicht bis fünf zählen. In keinem Schrebergarten darf man so viele Gartenzwerge auf so engem Raum zusammenpferchen. Die Wände, die Decke und der Liegestein sind aus massivem Zement gebaut. Nur den Boden haben sie so gelassen, wie er seit dem Schöpfungstag existiert: Nackte Erde und total matschig! Wie kommt denn der ganze Schlamm hier rein? Ich sehe kein Loch, durch das es reinregnen könnte! Vier Quadratmeter Deutschland, ganz für mich alleine.
Ich erkenne viele künstlerisch wertvolle Zeichnungen an den sonst kahlen Wänden. Alle Graffitis haben das gleiche interessante Thema. Es geht grundsätzlich um die Sache, wegen der ich mir vor ein paar Tagen in meinem ehemaligen Kleiderschrank die Knie kaputtgehauen habe. Aber auf diesen Bildern hat niemand ein Batman-T-Shirt an, geschweige denn gelbe Anglerstiefel mit Strapsen. Wie langweilig und einfallslos sind doch diese Leute. Es muß was dran sein – der Knast stumpft die Menschen ab. In allen Sprachen der Welt haben meine zahllosen Vorgänger Wörter und sogar Sätze in den Putz hineingeritzt.
»Fuck Kottzmeyer-Göbelsberg!« hat da ein Schicksalsgenosse von mir geschrieben. Die Dame hat also auch andere Freunde.

»Ein Volk, daß seine Fremden nicht schützt, wird bald untergehen! Johann Wolfgang von Goethe«, ist neben dem Steinsockel eingeritzt.
Bei Allah, den berühmten alten Mann haben sie hier auch eingesperrt! Jetzt wird mir klar, warum ich strenger bewacht und beschützt werde als die Aussteuer von Oma Fischkopf. Die Deutschen wollen nicht untergehen. Die meisten anderen Graffitis kann ich nicht lesen, weil sie in Sprachen geschrieben sind, die ich nicht verstehe.
Ich hocke mich auf die Zementliege. Dieser Raum ist kleiner als mein Ford-Transit von innen. Ich nehme jeden Zentimeter dieser Zelle ins Visier, so weit mir dies bei der Dunkelheit möglich ist. Ich lege die dünne Wolldecke, die mir einer der Wärter gegeben hat, auf die Sitzmöglichkeit und strecke mich aus. Aus dieser Position kann ich vielleicht auch an der Decke noch was Neues entdecken.
Ich weiß nicht, wie lange ich nach oben gestarrt habe. Aber erst jetzt kann ich so halbwegs nachvollziehen, was Eminanim wohl gemeint hat, als sie des öfteren sagte: »Osman, ich werde verrückt in dieser Wohnung. Den ganzen Tag eingesperrt in diesen vier Wänden. Ich habe das Gefühl, mir fällt gleich die Decke auf den Kopf.«
»Aber das sagst du doch schon seit Jahren«, machte ich mich immer über sie lustig, »letzten Endes sind Schuppen und Lockenwickler das einzige, was von deinem Kopf runterfällt.«
Jetzt habe ich richtiges Mitleid mit all den Hausfrauen, die sogar ein ganzes Leben lang in einer Zelle sitzen müssen. Rechts die Küche, links das Kinderzimmer, geradeaus das Bad. Und abends kommt der Triebtäter! Frauen, die sich in ihrer Häuslichkeit zu Tode langweilen und mit der Zeit immer träger und träger werden und immer blöder und blöder, je länger sie in ihren vier Wänden eingesperrt sind... Eminanim hat unter diesen Umständen sogar jahrelang versucht, ihr Bestes zu geben. Sie hat es sogar geschafft, jeden Tag für mich zu kochen. Jeden Tag gab's was Warmes, wenn ich nach Hause kam. Das Tragische

daran war nur, ich mußte das Zeug auch Tag für Tag essen. Naja, in dieser Situation sollte ich lieber nicht über meine Frau lästern. Mir fällt nämlich langsam selbst die Decke auf den Kopf.
Ein lautes Quietschen stört mich beim Nachdenken. Ein kleines Guckloch ist an der schweren Eisentür geöffnet worden. Irgendein Unbekannter leuchtet mit seiner grellen Taschenlampe in meine Zelle. Und das jetzt schon zum dritten Mal. Ich fühle mich massiv in meiner Intimsphäre gestört. Wenigstens im Knast sollte man seine Ruhe haben. Mit einem Papiertaschentuch, das ich am Boden einweiche, verstopfe ich das Guckloch. Wenn sie mir was zu sagen haben, dann sollen sie anklopfen und reinkommen, wenn ich sie rufe. Das ist hier ein Gefängnis und keine Peep-Show. Zum ersten Mal, seitdem ich hier bin, fühle ich mich in meiner Persönlichkeit wieder etwas gestärkt. Oder besser gesagt, seit meiner Hochzeit. Nein, nein, nein, alles lasse selbst ich nicht mit mir machen!
Plötzlich hallen laute Schritte auf dem Flur. Und alle Schlösser der dicken Eisentür werden ruckartig nacheinander aufgeschlossen. Drei Gäste besuchen mich in meiner trostlosen Zelle. Zwei greifen mich an den Armen und reißen mich vom Zementsockel hoch.
»Tut mir leid, Jungs, ich habe euch leider nichts anzubieten, nicht mal ein Glas türkischen Tee«, sage ich.
Der dritte Polizist rammt mir den Schlagstock mit aller Kraft in den Magen. Die beiden anderen lassen mich los, und ich versinke im Schlamm. Der Schläger kratzt das Schlamm-Taschentuch vom Guckloch ab und wirft es mir an den Kopf.
Von dem Schlag in den Magen ist mir ganz übel.
»Hey, hat mal einer von euch eine Kotztüte? Ich glaube, ich muß brechen!«
»Die Ratte wohnt mitten im Klo und will eine Plastiktüte zum Kotzen haben. Mensch, deine Sorgen möchte ich haben«, macht sich einer über mich lustig.
Dann gehen meine Gäste raus, ohne sich zu verabschieden. Alle Schlösser an der Tür werden nacheinander wieder verriegelt.

»Ihr Schweine! Das war glatter Hausfriedensbruch!« schreie ich hinter denen her, um meine Wut über den Schlag in den Magen loszuwerden. Aber wiederum nicht so schrecklich laut, daß die Schläger es hören können. Ich will den Mistkerlen ja keinen neuen Anlaß zum Hausfriedensbruch geben. Sie hätten mir schließlich auch ganz normal sagen können, daß sie Probleme mit dem Taschentuch am Guckloch haben! Meine schöne neue Uniform haben sie auch total versaut, die Mistkerle!

Die Wärter hier sind noch ungerechter als mein Meister in Halle 4 und Frau Kottzmeyer-Göbelsberg zusammen. Eigentlich sollte ich auf der Stelle eine Gefängnissrevolte starten. Aber ich habe überhaupt keine Zellennachbarn. Der ganze Flur scheint leer zu sein. Wie kann ich in diesem kahlen und stinkenden Betonraum randalieren? Ich könnte höchstens mit dem Holzpfropfen vom Plumpsklo gegen die Tür schlagen. Aber außer den Wärtern interessiert das wohl niemanden hier. Höchstens die Ratten. Aber mit einer Gefängnisrevolte würde ich mich richtig strafbar machen. Bis jetzt habe ich mir eigentlich nichts zu Schulden kommen lassen. Außer, daß ich den Jungs vom Polizeirevier bei uns um die Ecke mit dem türkischen Honig meiner Schwiegermutter einen Mordsschrecken eingejagt habe.

Ich male mit dem Finger im Schlamm herum. Wenn ich die Augen zuhalte, kann ich mir die Fototapete mit dem Sonnenuntergang im Bürocontainer vorstellen. Ich träume, ich sitze am Strand und spiele mit dem nassen Sand.

»Tanja liebt Osman«, schreibe ich. Und wische es wieder ganz schnell weg, noch bevor Eminanim, die Kinder oder die Wärter es sehen können.

Dann fällt mir ein, daß ich am Strand in der Türkei mit Freunden immer Backgammon gespielt habe. Mit den Fingern zeichne ich auf den weichen Boden ein Backgammonbrett. Aus dem dreckigen Papiertaschentuch bastele ich Spielsteine. Das restliche Papier rolle ich zu einer Kugel und mache daraus den Würfel. Einen runden Würfel. Eine geniale Idee. So kann keiner schummeln.

Ich zeichne die Zahlen von eins bis sechs mit dunklem Schlamm auf den Würfel. Leider habe ich nur einen Würfel. Aber das macht nichts, ich kann ja zweimal werfen. Soviel Zeit sollte man sich schon nehmen im Gefängnis. Ich rolle meinen Würfel auf dem Zementsockel und beginne zu spielen.
Nach einer Weile geht an der Tür in Bodenhöhe ein größeres Guckloch auf. Ein Wärter reicht mir wegen des starken Gestanks in der Zelle eine Spülschüssel mit etwas Abwaschwasser herein.
»Danke«, sage ich, »aber ob so ein bißchen Wasser gegen den üblen Gestank wirklich was bewirken kann, das bezweifele ich« und schütte das Spülwasser in das Plumpsklo.
»Hey, was machst du denn da?« schimpft mein Wärter.
»Was soll ich mit Spülwasser denn sonst machen? Ich habe doch gar kein Geschirr zum Abwaschen. Übrigens, ich habe schon seit einer Ewigkeit nichts mehr gegessen. Was hältst du davon, wenn du mir einen Döner von der Ecke holst. Das Geld kriegst du später.«
»Das war gerade dein Essen.«
Kurz darauf höre ich die Spülung über mir und beobachte, wie die Flut in meiner Zelle steigt.
»Hey, Kumpel, hör auf mit dem Quatsch! Willst du mich hier unten wie eine Ratte ersaufen lassen?«
Gleich danach gehen alle Schlösser meiner Zelle erneut auf und meine drei brutalen, ungebetenen Gäste kommen hereingestürmt. Einer packt meinen rechten Arm und dreht ihn nach hinten, bis es knackt. Der Zweite reißt mir den Kopf nach hinten und steckt mir einen Trichter in den Mund. Der Dritte kippt mir aus einem Blechnapf irgendeine kalte, geschmacklose Brühe in den Hals. Unter schrecklichen Würganfällen schlucke ich das Zeug bis zum letzten Tropfen.
»Wir haben es nicht gerne, wenn hier so ein Kaffer gleich am ersten Tag einen Hungerstreik anfängt. Wir können auch anders.« Dann schubsen sie mich in die Ecke und gehen raus. Anschließend wird die Tür wieder sehr sorgfältig verriegelt. Hier

wird nichts dem Zufall überlassen. Ich bin völlig geschockt! Das war gerade eine Viehfütterung! Das ist schlimmer als eine Viehfütterung! Bei uns im Dorf werden sogar die Kühe respektvoller behandelt als hier die Menschen!
Ich ziehe mich mühsam hoch und lege mich auf meinen Zementsockel. Ich habe ein ganz komisches Kribbeln im Bauch. Das ist die Ungewißheit, daß ich in etwas verwickelt bin, dessen Ausgang ich nicht kenne. Dieses seltsame Gefühl hatte ich schon vor ein paar Tagen beim Tablettentesten.
Ähnlich dem eigenartigen Gefühl, wenn der Flugzeug-Pilot durchsagt, daß jetzt leider beide Triebwerke ausgefallen sind. Und der Sitznachbar dumme Sprüche macht, wie: »Runter kommen wir schon irgendwie. Oben geblieben ist bisher noch keiner!« Oder genauso wie die letzten Sekunden vor einer schweren Prüfung. Oder wie der erste Arbeitstag beim neuen Job. Genau wie die Zitterpartie, ob ich diesen Gemüseladen von Yusuf übernehmen kann, oder ob mich dieser verdammte Walter Leckmikowski austrickst. Und die quälende Ungewißheit, ob ich in Wirklichkeit nicht doch ein Inder bin!
Meine Augenlider werden schwer, und ich lasse sie zufallen. Die letzten Tage lasse ich vor meinem inneren Auge Revue passieren. Ich merke, daß ich immer müder werde. Im Stillen hoffe ich, daß ich den Traum von heute morgen mit Frau Tanja und mir in den Hauptrollen weiter träumen kann. Ganz bewußt helfe ich diesem Traum nach, indem ich denke: »Oh, geliebte Tanja, nur du und ich alleine auf dieser Südseeinsel! Ist das nicht toll?«
Ein lautes Quietschen stört meinen Traum.
»Aufstehen! Du bist nicht im Hotel!«
»Entschuldigung, Herr Wärter. Ich habe gar nicht gewußt, daß man hier nicht träumen darf.«
»Hier wird nicht geschlafen!«
Mit einem Ruck setze ich mich aufrecht auf den Zementblock und starre zum Guckloch in der Tür. So kann jeder merken, daß ich wach bin und nicht schlafe.

Kaum geht das Guckloch zu, fallen meine Augenlider wieder runter. Was kann ich in dieser kahlen Zelle bloß anstellen, um wach zu bleiben? Ich fange an, mir jeden Film wiederzuerzählen, den ich gesehen habe und an den ich mich erinnern kann.
»Was laberst du denn die ganze Zeit?« fragt mich der Wärter verärgert, nachdem er alle Schlösser nacheinander aufgeschlossen hat.
»Wieso, habe ich was gesagt?«
»Willst du mich hier auf den Arm nehmen? Oder drehst du Spinner nach ein paar Stunden schon durch? Das ging aber schnell!«
»Ich rede nur mit mir selbst, damit ich nicht einschlafe. Das wolltet ihr doch.«
»In meinem Flur wird nicht gesprochen, in meinem Flur wird nicht geschlafen! Hier herrscht Ordnung, ist das jetzt klar?!«
Dann macht er seine Taschenlampe aus und schließt alle Schlösser von außen wieder ab. Schlagartig sitze ich wieder im Dunkeln und bin mit mir wieder ganz allein. Eigentlich ist das hier ja nie richtig langweilig.
Ich setze mich auf meine Betonpritsche, lehne meinen Rücken an die kühle Wand, lausche diesen herrlichen Tönen und lasse mich von diesem lieblichen Duft betören. Dann drehe ich mich ganz locker zur Seite und knöpfe meine graue Hose auf. Wenn ich schon im Klo wohnen muß, dann kann ich mir auch den Luxus leisten, bequem vom Bett aus zu pinkeln. Zu Hause dürfte ich das nicht mal im Stehen. Ich lehne mich wieder zurück an die Wand. Ich habe seit Tagen nicht richtig geschlafen, und die Müdigkeit kommt mit solcher Macht über mich, daß mir die Ermahnungen der Wärter egal sind. Ich erinnere mich an gute alte Zeiten, wo ich mit meinem Ford-Transit und der ganzen Familie in die Heimat gefahren bin. Auf den Landstraßen in Jugoslawien und Bulgarien bin ich nachts beim Fahren permanent eingeschlafen. Ich bin dann mehrfach durch den Gegenverkehr geweckt worden. Es gab einen lauten Knall, und ich hatte zum Glück nur einen Außenspiegel weniger. Aber ich habe auch ge-

nug Ford-Transits gesehen, die hinterher aussahen wie ein Akkordeon.

Viel größer als diese Zelle war mein alter Bus auch nicht. Die Atemluft war auch nicht viel besser bei sechs Personen, die darin schliefen. Aber zum Glück hat dort auch keiner im Liegen gepinkelt, außer meiner Tochter Hatice, die noch in den Windeln lag. Nach tagelangem Fahren wurden die Augenlider immer schwerer und schwerer. Das Summen des Motors wurde zu einem Gute-Nacht-Lied. Die ganze Umgebung interessierte einen nicht mehr, egal ob es eine Landstraße in Jugoslawien oder in Bulgarien war. Und in diesen sozialistischen Ländern war es für Türkeireisende während der Durchfahrt genauso verboten zu schlafen wie in dieser Zelle. Mir haben sie auf einem Parkplatz bei Belgrad mal in fünf Minuten vier Räder abmontiert. Hundert Meter weiter wurde mir dann aber doch ein fairer Tausch angeboten. Ich könnte vier neue Räder bekommen, die rein zufällig aussahen wie meine eigenen, wenn ich dafür den Halunken meinen alten Autokassettenrekorder mit Lautsprecherboxen und 27 Kassetten überließ. Meine Töchter haben sich anfangs vehement gegen dieses Tauschgeschäft gewehrt. Sie sagten, sie würden lieber hier auf diesem Parkplatz gemeinsam mit ihren geliebten Kassetten einen Urlaub verbringen, als in der Türkei irgendwelchen Verwandten, die sie gar nicht kennen, bei der Gurkenernte zu helfen. Aber ich habe sie dann doch mit dem Argument überzeugen können, daß wir die Autoräder auch für die Rückfahrt dringend brauchen.

Meinen alten Freund Selim hat es da erheblich schlimmer erwischt. Auf dem Dachgepäckträger transportierte er in einem selbstgebauten Sarg seinen toten Vater in die Heimat. Irgendwo kurz vor der bulgarischen Grenze machte er eine kleine Pause von zwei Minuten, und schon war der selbstgebaute Sarg samt totem Vater verschwunden. Den ganzen Tag lief er durch die Gegend, um die Leiche wiederzufinden. Schließlich wartete die gesamte Sippschaft in der Türkei, um den Vater in allen Ehren zu beerdigen. Am Abend fand er dann den Sarg. Aber sein Vater

war verschwunden. Und stattdessen lag die Leiche einer fremden alten Frau darin. Vermutlich konnte man Selims Vater noch gebrauchen, weil er sehr viele Goldzähne im Mund hatte. Das war einer der wahren Hintergründe des Bosnienkrieges, weil die Serben dadurch erfuhren, daß Moslems viele Goldzähne im Mund haben. Selim war heilfroh, daß in seinem Dorf niemand erkannte, daß die fremde alte Frau nicht sein toter Vater war, der so lange Jahre in Deutschland gelebt hatte. Das einzige, was Selim inzwischen wirklich ärgert, ist, daß er im Urlaub jedesmal mit seinen Verwandten am Grab einer fremden Oma für seinen Vater beten muß. Wo der wahrscheinlich ein paar tausend Kilometer weiter weg auf einer serbischen Müllkippe liegt.
Jetzt betet er für seinen Vater nur noch im Flugzeug, wenn er Serbien überfliegt. Nach diesem Vorfall haben sich alle Türken in Deutschland die Goldzähne rausnehmen lassen. Im Gegensatz zur offiziellen Meinung ist auf dem Balkan selbst Amalgam auf lange Sicht gesünder als Gold.
Mittlerweile kommt mir mein Zementsockel kuscheliger und weicher vor als jedes Wasserbett. Ich lege mich lang hin und strecke die Beine aus. Meinen Körper fühle ich nicht mehr. Ich bin nur noch wohliger Schlaf; so gut wie ohnmächtig. Ich liege auf einer saftigen grünen Wiese im Schatten eines großen alten Baumes. Es ist angenehm warm, die Vögel zwitschern, die Grillen zirpen, und das Wasser des vorbeifließenden Baches plätschert.
»Damit die Regel sauber und diskret abläuft«, brüllt mir Eminanim mit ihrer nervigen Stimme ins Ohr und reißt mich brutal aus allen Träumen. Mir bleibt fast das Herz stehen, und vor lauter Schreck falle ich von meinem Schlafstein in den Schlamm.
»Ich fühle mich hier nicht mal mit zwanzig Schlössern an der Tür sauber, diskret und sicher«, brülle ich so laut zurück, wie ich kann. »Wenn die Wichser wollen, dann kann hier jederzeit irgend jemand reinkommen und mir grundlos was auf die Fresse hauen. Warum mußt du eigentlich so schreien, Eminanim? Und wie bist du überhaupt hier reingekommen?«

»Damit es kein böses Erwachen gibt«, schreit die blöde Frauenstimme erneut so laut, daß der ganze Raum wackelt.
»Oh, doch, das gibt's wohl!« brülle ich schlaftrunken zurück. Erst dann registriere ich, daß die Wärter offensichtlich einen Lautsprecher in der Decke auf volle Leistung gestellt haben. Mit Hilfe eines Radiosenders versucht man, mich wach zu halten. Bei meinem Pech habe ich natürlich nicht nur den blödesten Sender, sondern auch die allerblödeste Werbung erwischt. Eine Frau verkündet mit ernster Stimme – so als hätte sie das wichtigste Ereignis der Weltgeschichte anzukündigen – »Durch die Flügel von Always-Ultra fühle ich mich rundum geschützt.« So, als wenn diese kleinen Papierfetzen mit Airbags, Seitenaufprallschutz, Panzerglas und automatischem Feuermelder ausgerüstet wären. Ich habe diese Werbung nie gemocht!
»Es ist genau 20 Uhr«, sagt die Nachrichtensprecherin. Das ist aber schön. Jetzt weiß ich wenigstens, wie spät es ist. Aber meine Verhaftung wird in den Nachrichten mit keinem Wort erwähnt. Das ist mal wieder typisch für die Deutschen! Kein Schwein nimmt Notiz von mir.
Draußen ist es bestimmt noch hell. Lassen die mich hier nicht einschlafen, damit ich nachts besser schlafen kann? Oder soll dieses dämliche Spiel die ganze Nacht dauern? Zum Schlußwerde ich aber doch noch erwähnt. Die Nachrichtensprecherin sagt mit belegter Stimme:
»Erneut hat sich ein abgelehnter Asylbewerber in Abschiebehaft das Leben genommen!«

Freitag, 22. Juni, 23 und noch was Uhr

Bei Allah, meinen die etwa mich?
Soll ich der abgelehnte Asylbewerber sein, der sich in der Zelle das Leben genommen hat? Vor ein paar Minuten haben sie diese Meldung in den 23 Uhr-Nachrichten wiederholt.
»Nicht gleich durchdrehen, Alter! Immer cool bleiben«, versucht mich der abgebrühte Osi in mir zu beruhigen. »Wir wissen doch, daß du noch lebst. Sonst hätte man uns schon längst getrennt.«
»Ja, genau, ich wäre im Paradies, du in der Hölle.«
»Das ist doch Unsinn. Kein Mensch kann gleichzeitig in der Hölle und im Paradies sein«, schimpfe ich mit meinen verfeindeten Gewissensparteien. »Aber vielleicht bin ich ja in der Hölle. Wer sagt denn, daß es in der Hölle nur Feuer gibt? Vielleicht gibt es ja Unterbezirke, wo man auf ewig in der Scheiße hockt und Werbesendungen hören muß. Jedenfalls ist offiziell aus dem Jenseits noch keiner wieder zurückgekommen, der das mit dem Fegefeuer bestätigen könnte. Aber vielleicht ist ja auch die Hölle das wahre Paradies und das Paradies in Wirklichkeit die Hölle.«
»Nur die Ruhe, nur die Ruhe, nichts überstürzen«, sagt der abgebrühte Osi, »und jetzt schlage mal deinen Kopf ein paarmal schön kräftig an die Wand.«
Paaaatt! Paaatt!
»Auuaaa!!«
»Also du siehst, wir leben immer noch. In den Nachrichten können sie unmöglich dich gemeint haben. Wie solltest du das auch schaffen in dieser völlig kahlen Zelle?«
»Aber es ist schon öfters vorgekommen, daß eine beschlossene Sache eher in die Presse gelangt, als sie in Wirklichkeit pas-

siert. Ein US-Nachrichtensender hat den letzten Militärputsch in der Türkei bereits gemeldet, da waren die Generäle noch längst nicht soweit.«

»Wir sind doch nicht im Orient, wo jeder verschlafene General Militärputsch spielen kann. Hier in Deutschland wird nicht geschlurt. Hier ist man erst dann wirklich tot, wenn zwei Ärzte das auch schriftlich bestätigt haben und du garantiert nicht mehr sprechen und weglaufen kannst.«

Erneut werden schlagartig alle Schlösser meiner Zelle aufgeschlossen. Wird die Radiosendung jetzt etwa wahr gemacht?!

»Wie viele?« brüllt der Wärter in meine dunkle Zelle.

»Einer!« brülle ich zurück.

»Richtig!« schreit er, macht die Taschenlampe aus und knallt die Eisentür wieder zu. Anschließend wird alles wieder sorgfältig abgeschlossen, wie es sich gehört. An dieses Spiel habe ich mich mittlerweile längst gewöhnt. Jede Stunde werden im gesamten Trakt die Zelleninsassen abgezählt. Der Zählvorgang verläuft in meiner Zelle meistens relativ unproblematisch. Bis eins können sogar diese Wärter zählen, ohne durcheinander zu kommen.

»Also, das war jetzt endgültig der Beweis, Osman, daß dich hier niemand umbringen will. Wenn man das vorhätte, dann würde man dich nicht ständig zählen.«

Nachdem sie Frau Tanja zu Boden geschleudert und mich festgenommen hatten, brachten mich die beiden Kriminalbeamten heute Mittag in ein großes Gebäude, genau in der Innenstadt. Dort mußte ich auf einer Holzbank auf einem langen Flur, zusammen mit vielen anderen Ausländern, Platz nehmen. Die Tür des Büros, vor dem wir warteten, wurde immer für ein paar Sekunden aufgemacht, und dann wurden auch immer ein paar Leute vorbeigeschoben. Als ich an der Reihe war, packten mich die beiden Beamten an meinen mit Handschellen nach hinten gefesselten Armen und stellten mich genau in die Türöffnung. Einer der Zivilen klopfte an und machte die Tür auf. Im Büro saß jemand an seinem Schreibtisch und knabberte an seinem Butterbrot, während er eine Zeitung las. Mit einer lässigen Handbewegung verscheuchte er eine Fliege von seinem Pausenbrot, die wegen der Hitze zur Zeit immer öfter auftauchen.

Danach ging die Tür auch wieder zu. Ich habe nicht mal sehen können, ob der Mann groß oder klein war. Ich konnte nicht sehen, ob der Mann fröhlich oder verärgert war. Ja, ich konnte nicht mal sehen, ob der Mann ein Mann war.

»Hey, was soll denn dieses Spiel?« fragte ich verwundert meine Zivilen, als sie mich abführten.

»Das Spiel heißt: ›mach 'ne Fliege‹!« meinte der eine der beiden Kriminalbeamten.

»Das war der zuständige Untersuchungsrichter. Er hat soeben in deinem Fall nach langen Recherchen und ausführlichem Gespräch mit dir entschieden, daß es für dich das Beste ist, wenn du ein bißchen in Abschiebehaft kommst.«

»Wie denn? Was denn? Dieser Mensch mit dem Pausenbrot hat mich nicht mal eine halbe Sekunde angeguckt!« rief ich erschrocken. »Der Richter hat doch nur in sein Brot gebissen und eine Fliege verscheucht.«

»Nein, nein, das verstehst du falsch. Die Handbewegung bedeutet, wir sollen dich abführen. Und das hier ist dein Haftbefehl, den habe ich mir schriftlich geben lassen.«

Augenblicklich warf ich mich auf den Boden und schrie:

»Euer Ehren! Euer Ehren! Ich bin das Opfer eines Justizirrtums! Ich bin unschuldiger als die Jungfrau Maria!«

Aber die beiden interessierte das überhaupt nicht, und sie zerrten mich nach draußen.

»Euer Ehren, das war wirklich kein fairer Prozeß. Sie haben mich nicht mal angehört!«

»Der braucht dich gar nicht anhören, er hat dich ja gesehen. Und so wie du aussiehst, reicht das völlig aus für die Inhaftierung.«

In der Zeit, bis sie mich aus dem Gerichtsgebäude rausgeschleppt hatten, wurden noch sechs weitere Verhandlungen abgehalten. Oder besser gesagt, der Richter knabberte noch ein paarmal an seinem Butterbrot und verscheuchte sechsmal die lästige Fliege.

Mein Schreien hatte überhaupt keinen Sinn mehr, nach einem halben Butterbrot hätte er sich wohl kaum noch an mich erinnern können.

»Ja, mein Junge, wir sind halt ein demokratisches Land«, sagte einer der beiden Kripomänner. »Ohne anständige Verhandlung kommt bei uns niemand in den Knast.«

An diesem Butterbrot-Urteil werde ich wahrscheinlich noch lange zu kauen haben! Urplötzlich ist der Druck meines Darmes unüberhörbar! Ich muß dringend aufs Klo! Sofort! Auf Zehenspitzen hetze ich zum Plumpsklo und reiße den Holzpfropfen aus dem Loch.

»Quiek, quiek!« werden die Ratten lauter.

Schlagartig lasse ich den Holzpfropfen ins Loch fallen und gehe mit meinen Händen in die bewährte Stellung des Fußballverteidigers beim Freistoß.

»Mensch, jetzt mach mir doch keine Angst. Ich muß wirklich unbedingt.«

Vorsichtig ziehe ich den Holzpfropfen aus dem Loch und lehne das 20 Zentimeter lange Teil an die Wand. Mit dem linken Fuß steige ich auf das Holzstück, mit den rechten Fuß stelle ich mich auf den Zementkloß. Und mit den Händen stütze ich mich an der Wand ab.

Die Ratten sind von meiner Zirkusnummer begeistert. Sie werden immer lauter und klatschen Beifall:

»Quiek, quiek, quiek!«

»Quiek! Quiek!«

»Quietsch!« Das war das Geräusch vom Guckloch.

»Na, Junge, was soll das denn werden, wenn es fertig ist?« fragt die grelle Taschenlampe.

»Ich habe solche Angst vor den Ratten. Aber ich muß so dringend!«

»Ach so, ich verstehe«, sagt die Stimme und schließt die dicke Eisentür auf. »Los, komm mit. Aber mach nicht so einen Lärm. Übrigens, ich bin der Manfred von der Nachtschicht.«
Mit meinen schnürsenkellosen Schuhen versuche ich ihm zu folgen. Leider rutschen sie mir immer wieder von den Füßen. Wir gehen die Zementtreppe nach oben. Ich muß meinen Hintern zusammenkneifen, um den Flur nicht so aussehen zu lassen wie meine Zelle. Oben im Gemeinschaftsklo angekommen, lasse ich der Natur freien Lauf. Hier gibt es eine anständige, saubere Toilette, und Ratten sind auch nicht zu hören. Mit einem unanständigen Geräusch verliere ich fast die Hälfte meines Körpergewichtes. Erschöpft wasche ich mir danach die Hände, das Gesicht und meine Zahnprothese. Aber die Klospülung betätige ich selbstverständlich nicht. Schließlich will ich meine eigene Zelle nicht sofort wieder überfluten. Ich stopfe mir mehrere Meter Toilettenpapier in die Taschen, als Rohmaterial für eine neue Backgammon-Partie, falls man mich weiterhin nicht schlafen läßt. Dieses Papier ist wie für das Spiel gemacht: Eine Seite Weiß, die andere Blau.
»Wenn du schlau bist, dann unterschreibst du das Ding einfach«, meint Manfred der Nachtwächter, dem ich vor der Klotür zum ersten Mal ins Gesicht sehen kann.
»Ich weiß nicht, was Sie meinen, was soll ich unterschreiben?«
»Na, das Papier, das die Abschiebepolizei haben will.«
»Ich weiß von nichts, mir hat keiner was gesagt.«
»Aber Junge, die schikanieren dich doch nur, damit du unterschreibst, daß du Deutschland freiwillig verläßt, nicht untertauchst und am Flughafen keinen Affentanz aufführst.«
»Entschuldigung, Herr Manfred, ich habe eine Frage, bin ich vielleicht der abgelehnte Asylbewerber, von dem sie im Radio andauernd reden? Der soll sich in seiner Zelle das Leben genommen haben! Wissen Sie was davon?«
»Jetzt übertreibst du aber, du lebst doch noch!«
»Bis jetzt schon! Ich meine, wird das auch so bleiben?«
»Also, mir ist nichts gegenteiliges bekannt.«

Wir sind wieder bei meiner Zelle angekommen. Manfred öffnet die dicke Eisentür. Der Gestank in meiner Zelle ist umwerfend, aber ich gehe trotzdem rein. Manfred flüstert:
»Ich werde jetzt mal ein Auge zudrücken, wenn du beide Augen zudrückst.«
»Sie meinen, ich darf jetzt wirklich schlafen? So richtig im Liegen?« wundere ich mich.
»Ja, ja, aber nicht so laut schnarchen. Ich weiß auf jeden Fall von nichts.«
»Keine Angst, die Ratten sind sowieso lauter als ich. Und der Lärm vom Radio übertönt ohnehin alles.«
Manfred schließt von außen alle Schlösser sorgfältig wieder ab.
»Danke«, rufe ich ihm aus dem Guckloch hinterher. Ich bin überglücklich, ja fast melancholisch. Ich durfte ein richtiges Klo benutzen. Ich darf schlafen. Ich werde nicht ständig geweckt. Es gibt doch noch gute Menschen hier in der Hölle. Zufrieden und genußvoll strecke ich mich auf meiner Zementpritsche aus. Und bekomme fast einen tödlichen Schreck.
In der Dunkelheit sehe ich, wie jemand neben dem Plumpsklo steht. Eine riesengroße, dicke, fette Ratte. Fast so groß wie Hatice! Sie steht auf ihren Hinterbeinen und starrt mich mit großen Augen an. Gleichzeitig putzt sie sich mit den Zähnen sauber.
Von meinem Liegeplatz aus werfe ich der Ratte eine paar Krümel vom restlichen Abendbrot zu. Blitzschnell greift sie das Brot und frißt es hastig auf. Ich komme mir vor wie in den Parkanlagen, wo ich des öfteren zusammen mit den Kindern die Enten gefüttert habe. Ich werfe der Ratte die letzten Brotkrümel zu und sage gönnerisch zu ihr:
»Jetzt ist aber genug, heute mittag hast du aus Versehen mein ganzes Essen bekommen. Nun verschwinde wieder. Ich muß schlafen!«
Als ich demonstrativ aufstehe, springt sie blitzschnell in das Kloloch. Ich stopfe den Holzklumpen wieder rein und lege mich zufrieden auf mein gemütliches Steinbett.

Samstag, 23. Juni, 6 und noch was Uhr

Die Hälfte meines sogenannten Morgenkaffees, eine braune, lauwarme Brühe, kippe ich ins Loch für meine Freundin, die Ratte.

»Quiek, quiek, quiek«, ruft sie begeistert. Woraufhin ich zwei Stücke Zucker hinterher schmeiße. Seit heute nacht spreche ich nahezu akzentfrei Rattisch.

»Quiek, quiek!« bedankt sie sich höflich und fügt hinzu »Qui, quie, quiek!« Was auf Deutsch heißen soll: »Nach den verschiedenen Rattengiften in den letzten Monaten ist dieser leckere Kaffee ein wahrer Balsam für mich und meine Freunde.«

»Bitte, bitte, gern geschehen«, rufe ich in das Plumpsklo hinein, aber natürlich in Form von: »Quiek, quiek!«

Wenn man lange genug in einem kleinen Loch ganz alleine mit sich selbst eingesperrt wird, dann kann man plötzlich die unmöglichsten Sprachen sprechen.

Dann öffnet sich die dicke Eisentür. »Los, komm mit!«

Im Gegensatz zu Manfred von der Nachtschicht läßt dieser Wärter mich vorgehen und führt mich zwei Etagen höher in einen Büroraum.

Drei Polizisten sitzen hier. Und in der Ecke steht Manfred.

»Willst du was zu trinken haben?« fragt er mich auch gleich ganz freundlich.

»Milchkaffee hätte ich gerne. Mit viel Milch und etwas Zucker.«

»Hier gibt's nur Kaffee«, brummt einer der Polizisten barsch, »Milch mußt du dir selbst rein tun!«

»Aber echter Milchkaffee ist doch was anderes als normaler Kaffee mit Milch«, sage ich. »Milchreis ist ja auch nicht Milch mit drei Körnern Reis drin«, rufe ich weiter, ziemlich ermutigt durch die Anwesenheit von Nachtwärter Manfred.

»So, so, frech will er auch noch werden, und das am frühen Morgen! Nimm erst mal den Turban ab, wenn du mit mir reden willst!«
»Das ist gar kein Turban. Das ist nur ein Kopfverband, weil man mir ein Ohr abgeschnitten hat.«
»Das ist auch kein Wunder, bei deiner losen Zunge! Das andere reiße ich dir gleich auch noch ab!«
»Entschuldigung, ich sage schon nichts mehr.«
»Kommen wir zur Sache. Du bist also Osman Engin, der Asylschmarotzer!«
»Nein, das bin ich nicht!«
»Du leugnest also, Osman Engin zu sein?«
»Nein, ich leugne es, Asylschmarotzer zu sein. Ich bin Schlosser in Halle 4 und zahle jede Menge Steuern. Zumindest war das die letzten Jahre immer so.«
»Na gut, wo ist Hüsamettin Güzelpinar?«
»Von dem Mann habe ich noch nie was gehört, wer soll das sein?«
»Jetzt tu nicht so. Das ist genauso ein Asylschmarotzer wie du, der aber untergetaucht ist. Ihr Asylbetrüger kennt euch doch alle untereinander!«
»Ich bin kein Asylbetrüger!«
»Und ob du ein Asylbetrüger bist! Die ganze Zeit versuchst du, auf Staatskosten zu leben.«
»Nein, der Staat lebt seit 30 Jahren auf meine Kosten. Ich habe all die Jahre meine Steuern ordentlich bezahlt. Auch diesen Solidaritätszuschlag. Obwohl ich bei der Eingliederung der DDR nicht gefragt worden bin!«
»Seit 30 Jahren bist du als Asylant hier? Das gibt's nicht!«
»Nicht als Asylbewerber! Als normaler Arbeiter, als Gastarbeiter. Das kann ich auch beweisen! Zum Beispiel, bei dem WM-Endspiel '74 hat Paul Breitner das erste Tor geschossen und kleines, dickes Müller das zweite Tor.«
»War das nicht Hölzenbein mit dem ersten Tor?« fragt der dicke Polizist mit dem Bullenschnurrbart in die Runde.

»Nein, nein, das war Rainer Bonhof!«
»Nein, Bonhof hat die Vorlage für das zweite Tor gegeben«, korrigiere ich die Beamten. »Und Hölzenbein war der Gefoulte bei dem Elfmeter, den Breitner dann verwandelt hat. Aber elfmeterreif war das Foul an Hölzenbein damals eigentlich nicht.«
»Doch, doch, das war ein eindeutiges Foul«, sagt der mit dem dicken Schnurrbart.
»Also für mich liegt diese Entscheidung genauso in der Schwebe wie das Wembley-Tor von 1966«, sage ich.
»War das wirklich 1966?«
»Na klar, 1966 im Wembley-Stadion, WM-Endspiel zwischen Deutschland und England. Deutschland mit Schnellinger, Haller, Höttges, Overath, Beckenbauer, Seeler, Held und Tilkowsky im Tor. Und der Mann mit der Mütze am Rand, das war Helmut Schön, der Bundestrainer. Sag doch mal, wer hat den entscheidenden Elfmeter bei dem EM-Finale '76 gegen die Tschechoslowakei verschossen?« stelle ich die Beamten erneut auf die Probe.
Alle schauen sich gegenseitig fragend an.
»Das war Heynckes«, bestimmt der Dicke mit dem Schnurrbart.
»Heynckes war es auf gar keinen Fall«, meint der Weißblonde entschieden.
»Red nicht so einen Quatsch! Natürlich war es Heynckes!« schreit ihn der Dicke an, wobei die Haare seines Schnauzers vor Wut zittern.
»Das wüßte ich ja wohl, wenn das Heynckes gewesen wäre.«
»Also gut, hören wir mit dem Quatsch auf! Fragen wir doch den Asylanten. War es vielleicht Müller?« fragt mich der Dritte im Bunde.
»Nein, Müller hat doch nach der WM '74 in der Nationalmannschaft aufgehört. Der Versager mit dem verschossenen Elfmeter war Uli Hoeneß!«
»Waas, echt, der Uli? Und jetzt spielt er bei den Bayern den großen Zampano«, ruft der mit dem Schnurrbart empört, der auf diesem Fachgebiet mit Abstand der Gebildetste von allen ist.

»Mit 27 Jahren war Uli Hoeneß schon Manager bei Bayern München«, prahle ich mit meinem Wissen.
»Jetzt ist aber Feierabend. Wir sind doch nicht hier, um über Fußball zu diskutieren«, schimpft er plötzlich.
Ich hätte ihn doch nicht so vor seinen Kollegen blamieren sollen.
»Genau, wer verhört hier eigentlich wen?« schreit der Weißblonde in die Runde.
»Aber meine Herren, ich wollte Ihnen doch nur beweisen, daß ich schon 30 Jahre lang in Deutschland lebe. Um mir dieses Fachwissen anzueignen, mußte ich 30 Jahre lang jede Woche mit meiner Frau Eminanim harte Kämpfe um das Fernsehprogramm ausfechten.«
»Das hat doch überhaupt nichts zu sagen, schließlich hat die ganze Welt seinerzeit diese Fußballspiele am Fernseher verfolgt.«
»In unserem Dorf im Kaukasus, aus dem ich komme, hatten die Leute damals nicht mal Radio, geschweige denn Fernseher.«
»Glaubst du Schmarotzer eigentlich wirklich, daß man dadurch Asyl schinden könnte, wenn man die Spiele der deutschen Nationalmannschaft auswendig gelernt hat? Wir kennen euch Gauner!«
»Ich will hier ja niemandem widersprechen, aber im Grunde bin ich doch nur ein ganz kleiner Gauner, warum kümmern Sie sich nicht um die wirklich großen Gangster?«
»Du hältst jetzt die Klappe und sagst das, was wir hören wollen!«
»So geht das nicht, Herr Kommissar. Eigentlich müßten Sie jetzt zu mir sagen: ›Sie haben das Recht zu schweigen. Alles was Sie aussagen, kann vor Gericht gegen Sie verwendet werden! Sie haben das Recht auf einen Anwalt!‹ Außerdem kommen in meiner Zelle Ratten aus dem Klo.«
»Was hättest du denn gerne, was da rauskommt? Blondinen in schwarzen Strapsen? Mensch, sei froh, daß du hier bei uns im Knast bist und nicht in so einem blöden Asylantenheim. Erst

gestern haben sie schon wieder eins abgefackelt. Hier bei uns bist du wenigstens in Sicherheit.«
»Draußen war ich aber trotzdem glücklicher. Ich bin doch schon so lange hier im Gefängnis. Glauben Sie, daß es bald eine General-Amnestie geben könnte?«
»Kein Problem, wenn du Amnestie haben willst, dann brauchst du nur zu gestehen, daß du ein Asylant bist. Wenn du dich auch noch bereit erklärst, freiwillig mit deiner gesamten Familie aus Deutschland zu verschwinden, dann könnten wir dich sofort laufen lassen. Mit deiner großen Sippschaft kannst du ja nicht untertauchen.«
»Aber ich bin doch gar kein Asylbewerber. Ich laß' mich nicht so einfach abschieben!«
»Ganz wie du willst! Für hartnäckige Fälle haben wir unsere Spezialisten. Der Kollege kommt gleich. Manfred, bring den Typ schon in seinen Übungsraum. Rudolf kann sich ja um ihn kümmern, wenn er da ist.«
Nachtwächter Manfred und der Weißblonde führen mich raus und begleiten mich zu einem Raum am Ende des Ganges mit doppelter Tür. Ich werde auf einen Metallstuhl gesetzt, und meine Arme werden von hinten mit Handschellen angekettet.
»Tut mir leid, ich muß jetzt weg«, flüstert mir Manfred ins Ohr, »ich kann nichts mehr für dich tun. Dieser Rudolf ist ein sadistisches Schwein und Ausländern gegenüber besonders brutal. Unterschreibe das Papier einfach und laß dich nicht quälen. Spiel nicht den Helden, die kriegen dich sowieso klein!«
»Aber Herr Manfred, wie oft soll ich es denn noch sagen: Ich bin kein Asylbewerber! Die können doch nicht von mir verlangen, daß ich alles aufgebe, was ich mir in Deutschland aufgebaut habe.«
Wortlos gehen die beiden hinaus und schließen die Tür von außen wieder ab. Hier wird jede Tür doppelt und dreifach verriegelt. Ich schaue mir den Raum an. Ein Holztisch steht in der Ecke. Kein Fenster, kein Teppich. Eine nackte Glühbirne an der Decke. Daneben ein großer Haken, von dem eine dicke Eisen-

kette herunterhängt. Auf dem Boden liegt eine umfangreiche Kollektion von verschieden großen Schlagstöcken. Und der Raum hat anscheinend besonders dicke Wände.
»Ich will sofort meine Zelle wiederhaben! Ich mag Ratten lieber als Polizisten«, fange ich an zu heulen.
Jetzt habe ich viel mehr Verständnis dafür, daß sich einige von den Punks, die vorgestern unsere Wohnung besetzt haben, Ratten als Haustiere halten.
Gedankenverloren döse ich vor mich hin und träume von glücklicher Zweisamkeit in meiner gemütlichen Zelle, mit meiner lieben Knast-Ratte. Es ist alles relativ: Jetzt muß es nicht mal mehr Frau Tanja sein!
Wie so oft in den letzten 24 Stunden holt mich das Rasseln der Schlüssel in die Realität zurück. Ich springe hastig auf, um meine Besucher zu empfangen. Aber die Handschellen bohren sich dermaßen schmerzhaft in meine Gelenke, daß ich doch lieber sitzenbleibe.
Der Fußballspezialist mit dem Schnurrbart und ein weiterer Polizist mit Halbglatze stehen vor mir. Der Schnurrbart lehnt sich an die Wand, und der andere setzt sich mir gegenüber auf den Holztisch.
»So, jetzt paß mal auf! Du nix Asyl ... Du Prügel ... dann Flugzeug ... Weg Indien ... Alles klar? Gottverdammter Scheiß-Kaffer!« brüllt mir der Neue zur Begrüßung in die Ohren.
»Du, Rudolf, wovon redest du eigentlich? Ich habe nichts verstanden«, fragt der Schnurrbart irritiert.
»Ihr Kollege meint: Ich ausländischer Mitbürger bin hier nicht sonderlich willkommen und erhalte kein Bleiberecht, statt dessen werde ich körperlich gezüchtigt, anschließend werde ich mit einem kostenlosen Flugticket der freundlichen Bundesregierung nach Indien verabschiedet!« übersetze ich es ihm. »Übrigens – ich kann Ihnen einen sehr guten Deutschkurs bei der Volkshochschule empfehlen. Der Lehrer ist ein Freund von mir, er heißt Hüseyin. Wenn Rudolf will, kann ich meine Beziehungen für ihn spielen lassen.«

»Paß mal auf, Alter! Für Übersetzungen habe ich immer meinen ›Schwarzen Dolmetscher‹ dabei. Und der hat seine eigene Sprache«, höhnt Rudolf und schlägt mir mit einem der herumliegenden Knüppel ins Gesicht.
Ich spucke meine zerbrochene Prothese mit etwas Blut auf den Boden.
»Danke«, lispele ich, »das Gebiß hat mir sowieso nie richtig gepaßt.«
Mit 52 Jahren entdecke ich noch einen ganz neuen Charakterzug an mir. Ich stecke in einer der gefährlichsten und brutalsten Situationen, und der nette und naive Osi in mir hat sich winselnd und zitternd aus dem Staub gemacht. Übriggeblieben ist nur der sarkastische Osi mit seiner großen Klappe. Ich bin sogar neugierig, wie es jetzt weitergeht. Was soll denn schon passieren? Schlimmer kann's doch gar nicht kommen. Die Deutschen wissen doch gar nicht, wie man richtig foltert. Was sollen die schon mit mir machen? Tagelang Volksmusik vorspielen? Mir Kaffee ohne Zucker servieren? Oder meinen Schnurrbart abrasieren?
»Ihr gottverdammten Scheißkaffer nehmt unsere Arbeitsplätze weg!« tobt der Neue und hämmert dabei mit dem Schlagstock auf den Tisch.
»Aber das ist doch gar nicht wahr. Ich wollte noch nie Polizist werden, weder hier noch in der Türkei.«
Der Schwarze Dolmetscher holt mir zwei meiner vier eigenen Zähne heraus.
Ich bin erschreckt über meine eigene Dreistigkeit! Wenn mich doch jetzt Eminanim sehen könnte, sie würde ihren tapferen Mann sicher bewundern.
Ich kann zugucken, wie meine Lippen anschwellen. Das tut höllisch weh!
»Typisch ist das«, schreit Rudolf, »typisch Kaffer! Stinkt wie die Pest und ist unrasiert!«
»Wann hätte ich mich denn rasieren sollen? Ich konnte mir nicht mal die Hände waschen.«

Rudolf holt schon wieder mit dem Schlagstock aus, aber er wird von dem Schnurrbart gestoppt.
»Das hat doch keinen Sinn. Wenn der Alte bewußtlos ist, dann kann er nichts unterschreiben.«
»Du Scheißpisser! Arschmade! Schweinehund!« versucht Rudolf seiner Aggression verbal Herr zu werden.
»Ihre Deutschkenntnisse verbessern sich ja bemerkenswert.«
Bei dem nächsten Schlag kippe ich mit dem Stuhl um. Langsam bekomme ich gewisse Zweifel, ob es für mich in dieser Situation wirklich gut ist, daß der respektlose und zynische Osi in mir die Oberhand gewonnen hat.
Aber als meine Stirn auf dem Betonboden aufschlägt, werde ich noch wütender. Ohne den Kopfverband wäre mein Schädel garantiert zerplatzt.
»Schlag doch weiter! Weiter! Mehr! Schlag zu!« schreie ich.
»Du Rudolf, ich glaube das ist ein Masochist!«
»Das ist mir völlig scheißegal! Diese kleine indische Ratte mache ich fertig!« Rudolfs Tritt mit seinem rechten Stiefel in meinen Magen setzt bei mir ungeahnte Kräfte und Talente frei.
Ich brülle lauter und stärker als Placido Domingo, Luciano Pavarotti, José Carreras und die Sirene von Halle 4 zusammen: »Auuaaaa, ihr Mistschweine!«
»Du indischer Kaffer, wirst du jetzt aus Deutschland abziehen, ohne Zicken zu machen? Oder ich breche dir jeden deiner Knochen einzeln.«
»Ich gehe nirgendwohin! Ich beschwere mich bei amnesty international über euch!«
»Das ist mir egal, in Indien kannst du dich beschweren, wo du willst. Du brauchst hier nur deine Aussage zu unterschreiben und schon bist du alle Sorgen los!« Dabei hält mir der Schläger ein Blatt Papier vor die Nase. »Du gibst hiermit zu, daß du in Deutschland illegal als Krimineller lebst, da dein Asylantrag abgelehnt wurde. Außerdem erklärst du dich bereit, das Land sofort freiwillig zu verlassen. Du brauchst die Aussage nur noch zu unterschreiben.«

»Das soll ich wirklich alles gesagt haben?«
»Aber ja! Hast du das etwa schon vergessen?« und er zerquetscht mir dabei mit seinen schweren Stiefel die rechte Hand.
»Aua, auaaa! Sie sagten doch, ich soll unterschreiben. Mit kaputter Hand kann ich nicht schreiben! Auuaaa, Sie Verbrecher in Uniform!«
Aus Versehen trifft er diesmal nur den Metallstuhl mit seinem Schienbein und hüpft vor Schmerzen. Wütend macht er meine Handschellen vom Stuhl ab und schließt mich an die lange Eisenkette.
Ein paar Sekunden später hänge ich wie eine Laterne an der Decke. Meine nach hinten gefesselten Arme müssen mein gesamtes Körpergewicht samt dem dicken Bauch tragen. Die Gelenke müssen ausgekugelt sein, denn die Schmerzen sind fürchterlich. Ich schwebe einen Meter über dem Boden, und von hier oben eröffnen sich mir ganz neue Perspektiven. Der tobende Rudolf sieht aus wie ein Kind, dem man sein Spielzeug weggenommen hat. Er humpelt wie ein aufgescheuchter Truthahn hin und her. Er prügelt auf meinen Körper ein, als würde er auf dem Balkon einen Teppich ausklopfen. Durch diese Körperhaltung bekomme ich fast keine Luft, und jeder einzelne Knochen schmerzt fürchterlich. In meiner Hilflosigkeit fällt mir nichts Besseres ein, als auf Rudolfs Halbglatze zu spucken. Mehr als hier an der Decke aufhängen und schlagen können sie mich ja wohl nicht! Der Schnurrbart packt Rudolf bei den Schultern und versucht ihn zu beruhigen. Wegen meiner Spuckerei ist Rudolf wie von Sinnen.
»Komm, Rudolf, reg dich ab, das bringt jetzt nichts! Wir brauchen die Brüder ja nur eine Stunde so hängen zu lassen, dann ändern die schon ihre Meinung!«
»Herr Rudolf, Herr Schnurrbart, bitte lassen Sie mich runter, ich kriege keine Luft mehr! Die Spucke war keine Absicht, das ist mir einfach nur aus dem Mund getropft. Ich halte es nicht mehr aus! Bitte, bitte, laßt mich runter!«
Während Rudolf beim Rausgehen meine Unterlagen anguckt,

ruft er mir höhnisch zu: »Das ist unsere ganz spezielle Überraschung für dich! Wir feiern heute nachträglich deinen 52. Geburtstag!«
»Laßt mich nicht wie eine Riesenspinne an der Decke zappeln! Bitte laßt mich runter!«
»Du Asylantenungeziefer verdienst doch nichts Besseres!«
Dann ist die Tür zu und ich hänge alleine in der Luft. Ich hätte doch auf Eminanim hören sollen, als sie mir immer wieder sagte, ich sollte endlich abspecken. Mit ein paar Tonnen weniger Fett am Bauch würden meine Schultergelenke nicht so höllisch weh tun. Wer rechnet schon beim Essen damit, daß er irgendwann wie eine Fahne gehißt wird? Warum muß gerade mir sowas passieren?! Bei meinem Glück werde ich sicherlich in Grönland von einer umherlaufender Kamelherde zertrampelt und in der Wüste Sahara an einem Tropfen Wasser ertrinken. Da habe ich nun mehrere Militärputschs und Folterregimes in der Türkei ohne Schaden und Kratzer überstanden, und ausgerechnet in Deutschland, im sogenannten demokratischen Herzen Europas, lasse ich mich foltern. Bei Allah, das verstehe wer will! Aber warum in die Ferne schweifen, wenn das Böse liegt so nah! Sie sollten sich mal mit nach hinten gefesselten Armen an der Decke aufhängen lassen. Bunjee-Springen ist nichts dagegen. Was ist das schon, wie ein Jojo an einem Gummiseil rauf und runter zu hopsen. Das ganze dauert nur knapp elf Sekunden, und außerdem fließt nicht mal Blut dabei.
Aber ganz Unrecht hatte Rudolf, der Folterer, doch nicht! Meinen bescheuerten 52. Geburtstag kann man vermutlich gar nicht anders feiern. Denn nicht mal meine Mutter kennt meinen genauen Geburtstag. Wie toll ist doch das alles bei den Deutschen geregelt. Selbst nach 53 Jahren wissen sie immer noch haargenau, an welchem Tag sie geboren wurden. Aber nicht so bei mir. Ich wurde nämlich am Tag des ersten Schneefalls in unserem Bergdorf in Anatolien geboren. Das war das einzige Datum, daß sich meine Eltern merken konnten. Aber der Tag, der bei mir im Paß steht, hat nichts mit meinem wahren Geburtstag

zu tun. Das ist nur das Datum, an dem mein Vater, viele Monate nach meiner Geburt, seine Tabakernte in der Stadt verkauft hat und nachmittags noch etwas Zeit fand, um mich offiziell anzumelden. Bisher war ich auch immer sehr stolz auf meinen Geburtstag. Denn den ersten Schnee als Datum hat schließlich nicht jeder. Unser Dorfpolizist, mein Vetter Mustafa, wurde beispielsweise geboren, drei Tage nachdem das schwarzgepunktete Kalb mit den zwei Köpfen zur Welt kam. Oder Mehmet, unser Dorffriseur: Sein Geburtstag ist identisch mit dem Todestag seiner Mutter. Ein noch genaueres Datum hat in unserem Dorf niemand für seinen Geburtstag.
Für anatolische Verhältnisse dürfte ich also mit Recht stolz auf meinen Geburtstag sein: »Der Knabe, der am Tage des ersten weißen Schnees geboren wurde!« Zumal es in unserem Dorf höchstens alle zehn Jahre einmal schneit. Welches Ereignis hätten sich meine Eltern wohl gemerkt, wenn es an dem Tag nicht zufällig geschneit hätte! Wahrscheinlich hätten sie mitten in der Nacht die schwarze Katze von unserer Nachbarin mit der Eselskarre plattgefahren, um sich so meinen Geburtstag zu merken: »Name: Osman Engin; Haarfarbe: Schwarz; Schnurrbartfarbe: Schwarz; Augenfarbe: Schwarz; Sockenfarbe: Schwarz; Zukunft: Schwarz; Geboren: An dem Tag, an dem sein Vater die schwarze Katze der Nachbarin im Dunkeln plattfuhr!« Aber nein, das hört sich gar nicht gut an. Es hätte lediglich den Vorteil, daß ich meinen Geburtstag feiern könnte, wann ich wollte. Ich müßte dafür im Dunkeln nur eine schwarze Katze plattfahren. Es muß ja nicht jedesmal die von meiner Nachbarin sein. So einen Geburtstag, denke ich mir im Nachinein, kann man eigentlich gar nicht anders feiern, als mit verdrehten Armen an der Decke im Knast hängend.
Während ich so ganz alleine im Raum blutend unter der Decke baumele, macht sich vorsichtig der ängstliche und vernünftige Osi in mir bemerkbar.
»Du Idiot«, schreit er den anderen an, »wegen deiner Unverschämtheit hängen wir hier wie ein Hammel beim Schlachter!«

»Was soll's, lieber an der frischen Luft hängen, als in der stinkenden Zelle liegen! Dir kann man es ja nie recht machen.«
»Wie kann man in Gegenwart von Bullen nur so frech und provozierend reden? Willst du uns vorzeitig ins Grab bringen oder zum Krüppel machen?«
»Ich habe getan, was ich tun mußte, um unsere Ehre zu verteidigen. Sollte ich vielleicht winseln und um Gnade bitten, nur weil die ihre stärkere Position schamlos und brutal ausnutzen?«
»Dann geschieht es dir fast recht, daß du hier oben hängst und keine Luft mehr bekommst. Das Tragische ist nur, daß ich gezwungenermaßen mithänge.«
»Na logo, wie heißt es doch so schön: Neben dem trockenen brennt auch das nasse Holz! Du mußt das nicht immer so negativ sehen. Wahrscheinlich wollten die beiden nur unsere stinkende Anstaltskleidung lüften. Aus Versehen haben sie leider übersehen, daß wir noch drin stecken.«
»Bei deiner losen Zunge steht zu befürchten, daß sie uns noch das Fell über die Ohren ziehen, wie einem Stück Vieh!«
»Stell dich nicht so an, du Angsthase. Du machst dich sowieso aus dem Staub, sobald es gefährlich wird.«
»Jetzt ist Feierabend«, gehe ich so laut ich kann dazwischen. »Hört endlich auf mit eurem nutzlosen Streit. Wir stecken nun mal in dieser grauenhaften Situation und müssen versuchen, das beste daraus zu machen. Aber ich habe keine Ahnung, wie das gehen soll?«
In diesem Moment wird mit großem Radau die Tür wieder aufgeschlossen. Rudolf und der Schnurrbart kommen herein.
»Na, bist du mittlerweile etwas vernünftiger geworden? Oder willst du da oben noch länger baumeln?« ruft Rudolf.
»Laß mich bitte runter! Ich unterschreibe alles!«
Rudolf löst die lange Kette aus der Halterung, und ich klatsche wie ein dicker Pfannkuchen auf den Betonboden.
»Na also, warum denn nicht gleich so! Hier ist der Kugelschreiber, unterschreibe endlich, daß du freiwillig abhaust!«
Kaum spüre ich Boden unter meinen Füßen, gewinnt wieder der

vorlaute Osi die Oberhand: »Nein! Sie wissen genau, daß sich ganz viele Initiativen und Leute für mich einsetzen. Sie können sich ganz sicher sein, daß ich Sie anzeigen werde.«
Total wütend packt mich Rudolf an den gefühllosen Armen: »Jetzt habe ich die Schnauze voll! Komm mit, du verdammter Kaffer! Das wollen wir doch mal sehen!«
Mit Hilfe des Schlagstocks, der auf meiner Schulter und auf meinem Hinterkopf landet, kriegt er mich schnell wieder hoch. Der Schnurrbart streift mir eine dicke Plastiktüte über den Kopf, und dann schubsen sie mich aus der Zelle. Mit Fußtritten und Schlagstock treiben sie mich auf der Treppe mehrere Stockwerke nach oben.
»Du hast es nicht anders gewollt! Du zwingst mich ja förmlich dazu, du Miststück«, beschimpft mich Rudolf, während er mich eine weitere Etage raufschubst. Wegen der schwarzen Plastiktüte kann ich nichts sehen und falle ständig hin. Aber wegen der Handschellen auf meinem Rücken kann ich mich nicht abstützen und lande jedes Mal auf der Nase.
»Was habt ihr vor? Was macht ihr mit mir?« schreie ich voller Panik.
»Halt 's Maul, du hast es nicht anders gewollt, du Kaffer!« schimpft er weiter.
»Bitte, meine Herren Polizisten, bitte hören Sie auf! Bisher habe ich nur zwei Zähne verloren. Das ist nicht weiter schlimm. Aber bedenken Sie, langfristig leiden die Folterer mehr unter dem Geschehen als die Gefolterten. Sie können mir wirklich glauben, ich komme aus einem klassischen Folterland, ich weiß, wovon ich rede. Außerdem will Foltern gelernt sein. Dafür braucht man eine richtige Ausbildung, mit Diplom und so. Sie wissen doch gar nicht, was Sie tun! Das ist doch kein Kinderspiel! Ich könnte dabei draufgehen, weil Sie nicht wissen, wie man es richtig macht. Letzte Woche durften Sie vermutlich noch Strafzettel ausfüllen, und heute wollen Sie Profi-Folterer sein? Das kann doch überhaupt nicht gutgehen. Wissen Ihre Vorgesetzten das überhaupt? Sie haben mir doch jetzt genug Angst eingejagt. Jetzt

können wir doch mit dem ganzen Quatsch aufhören. Ich verspreche Ihnen, ich werde garantiert niemandem ein Sterbenswörtchen davon erzählen. Nehmen Sie doch wenigstens die Plastiktüte ab, ich kann kaum noch atmen. Ich weiß doch, im Grunde sind Sie keine schlechten Menschen«, versuche ich die beiden Verrückten zu beruhigen. »Bitte, meine Herren Polizisten, Sie wollten mich bestimmt nur ein bißchen einschüchtern, und das haben Sie auch ganz prima geschafft. Was ist denn, wenn ich dabei aus Versehen abkratze? Das ist ganz schlecht für Ihre Karriere. Das macht sich nicht gut in der Personalakte. Sie müssen zahllose Protokolle ausfüllen. Sensationsgeile Reporter werden Ihnen tausend unangenehme Fragen stellen. Ganz Deutschland wird Sie als Mörder brandmarken. Das Ganze hat doch keinen Sinn! Hören Sie doch auf, ich unterschreibe alles! Der Wahnsinn muß doch ein Ende haben!«

Mit keinem Wort gehen die beiden auf meine lange Ansprache ein. Sie schubsen mich weiter unendliche Treppen hinauf. Ich bin mir nicht mal sicher, ob sie überhaupt ein Wort verstanden haben, wegen der Plastiktüte über meinem Kopf.

Der gute Osi hat sich schon längst wieder aus dem Staub gemacht. Der andere ist durch die neue Situation auch völlig sprachlos! Resigniert auch er? Ich nehme es ihm jedenfalls nicht übel, nach all dem, was mir heute passiert ist. Es ist kaum zu leugnen, aber auch dem starken und furchtlosen Osi hat man das Rückgrat gebrochen.

»Komm, du Klugscheißer, sag doch was«, schimpfe ich mit ihm, »sonst findest du doch auch immer eine idiotische Antwort auf alles!«

Mein Herz rast vor Angst, wie beim Tablettentesten. Mein Kopfverband hat sich unter der Plastiktüte längst aufgelöst. Und mein frisch angenähtes Ohr habe ich vermutlich zwei Etagen tiefer im Treppenhaus verloren.

»Bitte, bitte, nehmen Sie mir doch wenigstens die Plastiktüte vom Kopf. Ich breche mir ja sämtliche Knochen, bevor ich oben bin.«

Warum bringen die mich nach oben und nicht in den Keller, in meine Einzelzelle? Wartet am Ende der Stufen der Tod auf mich? Laufe ich meiner Hinrichtung entgegen? Werde ich auf dem Dach liquidiert? Ich weiß nicht, wieviel Stufen und Etagen ich raufgeprügelt worden bin. Nach meiner Empfindung müßten wir im zehnten oder elften Stock sein.

Endlich bleiben wir stehen, und sie schubsen mich in ein Zimmer hinein. Die beiden schnaufen genauso stark wie ich. Irgend jemand macht mit lautem Geräusch ein Fenster sperrangelweit auf. Ein kräftiger, kühler Wind weht herein und läßt mich am ganzen Körper erschauern.

»So, du Kanake, wir sind jetzt hier im achten Stock vor einem großen offenen Fenster. Morgen früh werden die Zeitungen berichten, daß sich ein weiterer Asylant in Polizeigewahrsam aus dem Fenster in den Tod gestürzt hat.«

Deswegen das ganze also! Daher weht der Wind! Aus Angst drehe ich fast durch! Ich zittere am ganzen Körper, und das nicht wegen des kühlen Windes.

»Na, was sagst du jetzt? Wenn ich dich jetzt ganz kurz anticke, dann wird man dich vom Bordsteinpflaster kratzen müssen. Unterschreibe endlich das Ding!«

In einer Sekunde erfasse ich die völlige Ausweglosigkeit meiner Situation. Mein ganzes Leben lang bin ich immer nur rumkommandiert worden. Bei der Geburt wurde ich auch nicht gefragt. Meinen Tod will ich wenigstens selbst bestimmen dürfen!

»Ihr Arschlöcher! Ich verachte euch! Ich laß' mich nicht mehr von euch rumschubsen! Ihr sollt Gewissensbisse haben, bis ihr selber abkratzt«, schreie ich verzweifelt, und mit einem großen Schritt springe ich nach vorne.

Ich lasse mich ins Bodenlose fallen und setze meinem Leben freiwillig ein Ende! Plötzlich stoße ich auf ein großes, lautes Gerät, und zusammen stürzen wir unter starkem Lärm auf den Boden. Zu meiner Überraschung bin ich höchstens einen halben Meter tief gefallen und lebe immer noch, glaube ich.

Irgend jemand zieht mir die Plastiktüte vom Kopf, und zwei ältere Polizisten kommen wegen des Lärms hereingestürzt. Ich versuche mich zu orientieren, wo ich nach meinem Selbstmord gelandet bin. Die beiden neuen Polizisten schauen böse auf meine beiden Folterer und haben offensichtlich die Situation im Raum durchschaut.

Rudolf und Schnurrbart blicken resigniert und niedergeschlagen zurück.

»Warum sieht der arme Mensch denn so entsetzlich aus? Was ist denn hier passiert? Warum blutet der Kerl denn so stark?«

»Chef, der Idiot hier ist total durchgedreht«, stottert Rudolf ratlos und am ganzen Körper schwitzend. »Der hat sich auf unseren großen Ventilator draufgeschmissen. Und jetzt liegt er verletzt auf dem Boden. Bei dieser Affenhitze hat er unseren guten, teuren Ventilator kaputt gemacht!«

Samstag, Sonntag, was weiß ich, wieviel Uhr?

»Der sieht ja schrecklich aus, hoffentlich kratzt er uns heute nacht nicht ab.«
»Ach, Quatsch, diese Ausländer sind hart im Nehmen, die sind aus starkem Holz. Er hat doch selbst gesagt, daß er aus einem klassischen Folterland kommt. Mit etwas Prügel finden diese Kanaken erst zu ihrer wahren Identität.«
Hoffentlich legen die mich nicht in die stinkende Soße, habe ich gedacht, als sie mich wieder runter zu meiner Zelle geschleift haben. Nein, zum Glück legten die beiden mich auf meinen heißersehnten Zementklotz.
»Aber der Kerl sieht wirklich wie tot aus, darauf habe ich echt keinen Bock«, sagte, der Stimme nach zu urteilen, der Schnurrbart, »das gibt nur Streß mit diesen sensationsgeilen Reportern.«
»Ach, hör auf zu jammern. Dem hier passiert schon nichts. Der Arzt gibt ihm gleich ein paar dicke Spritzen, dann geht's dem Kerl so gut, daß wir das ganze sofort wiederholen können.«
»Aber denk dran, bei der Hitze können wir unmöglich noch einen Ventilator riskieren.«
»Mist, es ist schon so spät, und es sind alles Überstunden, die ich hier mache«, sagte Rudolf, »die ganze Nacht habe ich drüben in der Afrikaner-Abteilung Unterschriften besorgt.«
Ich habe noch nie jemanden gesehen, der so begeistert Überstunden klopft. Als notorischer Überstundenschieber kenne ich mich auf dem Gebiet bestens aus. Ich öffnete kurz die Augen, da standen die beiden immer noch in der Zellentür.
»Willst du eine Kippe?« fragte mich der Schnurrbart.
Ich habe schnell mit dem Kopf genickt, um ihn nicht zu enttäuschen. Der Mann kann ja nicht wissen, daß ich Nichtraucher

bin. Er zündete eine Zigarette an und steckte sie mir in den Mund. Ich weiß nicht mal, wie man normalerweise eine Zigarette hält. Aber mit den Handschellen auf dem Rücken geht es ganz schlecht. Als ich dann zu husten anfing, als würde ich ersticken, taten mir die Stellen, auf die ich geschlagen worden war, doppelt weh – also der ganze Körper. Durch das Husten fiel die Zigarette in den Schlamm. Zum ersten Mal tat es mir leid, daß ich Nichtraucher bin. Man sagt ja, daß die »Zigarette danach« im Bett besonders toll schmecken soll, wo man dabei doch nur ein paar Gramm Eiweiß und etwas Schweiß verliert. Wie unglaublich gut müßte dann eigentlich die »Zigarette nach Folter« schmecken, wo man doch fast sein Leben verliert? Unerträglich gut!! Das einzig Positive daran, daß sie mich so zusammengeprügelt haben, ist, daß sie es sich nicht mehr leisten können, mich in diesem Zustand per Flugzeug auszuweisen. Falls sie es doch täten, würden selbst indische Piloten sich weigern, das Flugzeug mit mir zu starten.
»Ich hätte nicht gedacht, daß der alte Knacker uns so zum Narren hält«, schimpfte der Schnurrbart beim Rausgehen und nahm mir die Handschellen ab.
»Ach, mit dem bin ich noch längst nicht fertig. Ich warte nur bis morgen, am Sonntag haben die ganzen Weicheier dienstfrei. Die Chefs sind auch nicht da, und bis dahin kann der Kerl auch wieder alleine laufen. Sobald er wieder lebt, knöpfe ich ihn mir nochmal vor.«
Dann war ich wieder allein. Und dieser Rudolf hatte ziemlich Recht, ich lebte nämlich kaum noch. Kurze Zeit danach war ich wieder weg! Ganz weg! Ich weiß nicht, für wie lange. Ich muß nur zwischendurch kurzfristig unter den Lebenden gewesen sein, als der stoppelbärtige Arzt mir ein paar Spritzen verpaßte und mein verletztes Ohr ohne Betäubung erneut nähte. Und dies wahrscheinlich nur, um mich dazu zu zwingen, ein Lebenszeichen von mir zu geben. Gleich danach war ich wieder weg! Vermutlich recht lange.
Irgendwann wurde ich durch eine starke Erschütterung wach-

gerüttelt. Alles wackelte. Draußen auf dem Flur hörte ich laute Schritte und Schreie. Für kurze Zeit glaubte ich, in der Türkei zu sein. Das war ein Erdbeben! In Deutschland soll es doch sowas gar nicht geben! Aber durch meine wäßrigen Augen und verklebten Wimpern konnte ich sehen, daß alle Wände vibrierten. Sogar die Ratten quiekten hysterisch. Seit 30 Jahren lebte ich nun in Deutschland, aber ausgerechnet jetzt, wo man mich wie eine Heuschrecke in einer Streichholzschachtel eingesperrt hatte, da bebte die Erde. Und wie ich befürchtete, extra für mich gemacht. Durch die Schläge, die Spritzen und die Einzelhaft war ich die Ruhe in Person. Ich hörte die lauten Hilferufe der anderen Gefangenen. Das Gebäude drohte einzustürzen, und wir durften nicht raus! Statt dessen betrachtete ich wie in Trance das Geschehen. Der Putz rieselte von der Decke, und ich wettete mit mir selbst, an welcher Wand zuerst Risse entstehen würden. Aber ich hoffte insgeheim, daß die mittelalterlichen Gefängniswände erdbebensicher seien. Mit dem Nachlassen der Erschütterungen schwand auch mein Bewußtsein, und ich sank wieder ins Nichts. Es kommt mir alles wie im Traum vor. Ich bin mir nicht mal sicher, ob die Erde wirklich bebte oder ob mein gequälter Körper fantasiert hat? Oder ob ich mir im Unterbewußten gewünscht habe, daß diese ganze ungerechte und sinnlose Welt um mich herum einstürzen möge ...

»Das schmeckt aber komisch, Eminanim, das ist aber keine Bohnensuppe«, beschwere ich mich bei meiner Frau. »Du kochst doch sonst auch immer mein Leibgericht, wenn ich krank bin.«
Während sie den großen Metallöffel in meinen Mund ausleert, sagt sie mit tiefer, männlicher Stimme:
»Bohnensuppe gibt's hier selten. Bei uns gibt's dafür öfters Erbsensuppe.«
Verdutzt öffne ich mit reichlich Mühe meine Augen.
»Aber Sie sind ja gar nicht meine Frau! Sie sind ja der Wärter Manfred von der Nachtschicht.«

»Na, das wird aber auch Zeit, daß du langsam zu dir kommst. Ich dachte schon, daß du gar nicht mehr wach wirst.«
»Danke, daß Sie mir helfen. Ihre Suppe schmeckt wirklich gut.«
»Ja, und das heute nacht schon zum dritten Mal.«
»Was ist zum dritten Mal?«
»Ja, die letzten beiden Male hast du alles runtergeschluckt, ohne etwas davon zu merken.«
»Danke, das war sehr nett von Ihnen. Aber mir geht's immer noch nicht so gut. Wie spät haben wir es eigentlich? Mir tut alles weh, als hätten die mich wirklich vom Dach geschubst.«
»Es ist jetzt Sonntag früh, du bekommst gleich dein Frühstück. Warum hast du aber nicht auf mich gehört? Ich habe dir doch gesagt, daß du besser sofort unterschreibst und hier nicht den Helden spielst.«
»Oh, mir ist so schlecht! Es dreht sich alles!«
An dem nächsten Metallöffel, der mir in den Mund geschoben wird, breche ich mir meinen letzten intakten Zahn ab.
»Ach, Herr Manfred, wegen des Zahns brauchen Sie sich keine Vorwürfe zu machen«, tröste ich lispelnd meinen fürsorglichen Lieblingswärter. »Daß die beiden Arschlöcher mir überhaupt einen Zahn übriggelassen haben, ist sowieso ein Wunder.«
»Ich zeig' dir gleich, wer hier das Arschloch ist, du Kaffer!«
»Aber, Herr Manfred, warum sind Sie denn so böse?«
»Jetzt wach endlich auf, du Arsch!«
»Du bist ja gar nicht der Manfred und Eminanim auch nicht.«
Ich versuche angestrengt, meine klebrigen Augen zu öffnen. Das ist ein Alptraum, ich will den Rudolf nicht sehen. Er packt mich am Nacken und zieht mich hoch:
»So, jetzt paß mal auf, wenn ich hier abdrücke, dann fällt nicht nur dein stinkender Zahn, sondern auch dein stinkendes Gehirn in den Schlamm.«
»Osman, nur mit Augenzumachen wirst du diesem Folterschwein Rudolf nicht entkommen«, meldet sich der langvermißte coole Osi wieder. »Du mußt der Scheiße schon ins Auge blicken.«

»Paß mal auf, Opa, ich habe hier nicht unendlich viel Zeit. Willst du jetzt endlich unterschreiben?« schimpft Rudolf und rammt mir einen riesigen Pistolenlauf in den Rachen.

»Aber ich sollte doch zuerst Frühstück kriegen«, stottere ich völlig verwirrt wegen der unerwarteten, neuen Konfrontation mit meinem Folterer Rudolf.

»Wir haben schon längst Nachmittag. Du bekommst von mir eine Kugel zum Nachtisch serviert. Oder bist du Spielverderber und willst unterschreiben?«

»Ich unterschreibe gar nichts!« würge ich wegen des kalten Eisenklotzes in meinem Mund. Ich kann nur beten, daß die Pistole auch nur eine Attrappe ist, ein Feuerzeug oder so.

»Du hast anscheinend immer noch nicht kapiert, daß das hier Ernst ist, du Kaffer. Das war deine letzte Chance, du willst es ja nicht anders. Ich gebe dir noch ein paar Sekunden Zeit, damit du dich im Geiste von deinen Lieben verabschieden kannst.«

»Danke, Herr Rudolf, das finde ich sehr zuvorkommend von Ihnen. Soviel Zeit sollte man selbst seinem größten Feind einräumen. Ich bin ganz sicher, Herr Rudolf, durch diese gute Tat an einem Todgeweihten haben Sie sich einen Logenplatz im Paradies gesichert. Dort werden Sie von mindestens fünf hübschen Topmodels mit Datteln, Weintrauben und halben Hähnchen mit Pommes bis in alle Ewigkeit gefüttert«, rede ich reichlich geschwollen und wortreich auf ihn ein, in der Hoffnung, daß irgend jemand, zum Beispiel Manfred oder ein Vorgesetzter, mir zu Hilfe kommt.

»Aber nun möchte ich doch Ihrem Wunsch nachkommen und alle meine Lieben, Freunde, Nachbarn, Arbeitskollegen und alle, die mich kennen, beziehungsweise mir in meinem 52jährigen Leben zur Seite gestanden haben, ein letztes Mal erwähnen, beziehungsweise würdigen. Da wäre als erstes mein Rechtsbeistand, Frau Tanja Schulz, die Sprecherin des ostfriesischen Bauernverbandes. Ohne ihre solidarische Hilfe wäre ich nicht da, wo ich heute bin. Als zweites möchte ich meine tapfere Gattin, Eminanim Engin, erwähnen. Seit mehr als 30 Jahren hat sie mich sowohl in guten als auch in schlechten Zeiten – eigentlich waren es nur schlechte Zeiten – unterstützt. Wo sie nicht da ist, möchte ich zum Schluß nicht über sie herziehen. In ihrer Abwesenheit möchte ich mich bei ihr entschuldigen, daß ich sie im Verdacht hatte, an diesem ganzen Wahnsinn Mitschuld zu tragen. Da wäre noch die Sache mit …«

»Das reicht jetzt, du Kanake! Ich drücke jetzt ab!«

Klack!!

»Mist, da hast du aber Glück gehabt. Der erste Schuß war nichts. Ich habe nämlich nur eine Kugel ins Magazin gesteckt. Das mache ich jedesmal so, damit ich mich dabei auch amüsieren kann«, grinst mich Rudolf an.

Nach diesem Fehlschuß stelle ich mit Entsetzen fest, daß man sich sogar an Todesangst gewöhnen kann. Rudolf kann mich nicht mehr einschüchtern. Nachdem man mich soweit getrieben hat, daß ich mich selbst freiwillig aus dem achten Stockwerk stürze, macht auch ein Revolver im Mund keinen Eindruck mehr auf mich. Wie sagt man doch so schön: Ein toter Esel hat keine Angst mehr vor den Wölfen!

»Oh, ich liebe solche Spiele«, meldet sich der mißratene Osi von ganz hinten. »Russisch Roulette, Spannung pur für harte Männer. Der erste Schuß war für mich, jetzt bist du dran. Mal sehen, wer von uns beiden zuerst eine Kugel verpaßt bekommt«, macht er dem anständigen Osi Angst.

»Was ist, willst du jetzt endlich unterschreiben? Oder soll ich mit dem Spielchen weitermachen?« höhnt Rudolf und hält mir die Pistole zur Abwechslung zwischen die Augen.

»Warten Sie noch einen Moment. Sie wollten doch, daß ich mich von meinen Lieben verabschiede. Also da wäre noch mein Sohn Mehmet, dieser linksradikale Chaot macht mir nichts als Sorgen. Ich weiß nicht, wofür Allah mich bestrafen wollte, als er mir diesen Sohn gab!«

»Ich drücke jetzt ab, wenn du nicht unterschreibst!«

Klack!!

Es ist eigenartig, seitdem er meinen Kopf mit der Pistole trak-

tiert, bin ich so aufgeregt, daß ich keine Schmerzen mehr spüre.
»Mensch, mach doch nicht so ein Gesicht. Das ist doch spannender, als aufgehängt zu werden wie ein Stück Vieh«, ruft der gehässige Osi.
»Herr Rudolf, ich möchte mich auch von meiner kleinen Tochter Hatice verabschieden. Das Kind ist einfach zu intelligent für sein Alter. Sie können sich gar nicht vorstellen, wie oft die Kleine mich schon ausgetrickst hat. Dann haben wir da noch den Recep, meinen Erstgeborenen. Meine ältere Tochter Nermin macht mir in letzter Zeit allerdings einige Sorgen. Sie glauben ja nicht, wie schwierig Mädchen in der Pubertät sind ...«
»Also, gibst du jetzt endlich nach? Oder soll ich weiterschießen?«
»Jetzt drängeln Sie doch nicht so, Herr Rudolf ...«
»Ich schieße, du Kaffer!«
»Nur zu, man gönnt sich ja sonst nichts«, ruft der unverschämte Osi, so laut, daß Rudolf es fast hören kann.
Klack!!
»Du Idiot! Sei doch endlich vernünftig!« schimpft Rudolf total wütend. »Laß es nicht drauf ankommen. Zwing mich nicht dazu, dein Gehirn wegzupusten!«
»Beruhigen Sie sich doch, Herr Rudolf. Ich bin völlig vernünftig. Deshalb möchte ich mich von Opa Prizibilsky und Oma Fischkopf mit lieben Grüßen verabschieden. Und dann wären da noch ...«
In dem Moment wird die Zellentür aufgerissen. Und der Schnurrbart kommt hereingestürmt.
»Rudolf, der Chef ist am Telefon, du sollst sofort hochkommen!«
»So ein Saftladen«, ruft Rudolf verärgert, »kann man denn seine Arbeit hier nie in Ruhe beenden?!«
Wegen des schrecklichen Gestanks in meiner Zelle kann Rudolf zum Glück nicht wahrnehmen, daß ich mir vor lauter Angst in die Hosen gemacht habe.

Montag, 25. Juni, 10:45 Uhr

»Mein Gott, Herr Engin, wie sehen Sie denn aus? Sie sind ja mehr tot als lebendig!« ruft Frau Tanja mit kreidebleichem Gesicht, als sie mich in dem Bürocontainer auf dem Gefängnishof sieht.
»Keine Ahnung. Ich weiß wirklich nicht, wie ich aussehe. In meiner Zelle gibt's keine Spiegel. Die letzten zwei Tage habe ich nur geschlafen. Ich bin nur ein paarmal kurz aufgeweckt worden.«
»Aber Sie sind am ganzen Körper grün und blau, um nicht zu sagen schwarz!«
»Das ist gut möglich. Die netten Kollegen hier haben sich viel Mühe gegeben, damit ich wie ein richtiger Inder aussehe. Aber weil sie etwas übereifrig waren, sehe ich jetzt aus, als käme ich aus Zentralafrika.«
»Man könnte glauben, Sie hätten soeben einen schweren Verkehrsunfall überlebt und wären auf dem Weg zur Intensivstation. Außerdem kann ich kaum ein Wort verstehen von dem, was Sie sagen. Was ist denn mit Ihren Zähnen passiert?«
»Oh, da gab's ein kleines Mißgeschick. Und einer der Kollegen hat aus Versehen darauf getreten.«
»Das trifft sich ja gut, ich habe seit sechs Monaten ein Gebiß in meinem Aquarium liegen«, ruft der Vorposten dazwischen, »das müßte dir eigentlich passen. Denn das gehörte auch einem Asylbruder von dir.«
Ich kratze die Algen von dem Gebiß ab und stecke es in den Mund.
»Chef, die fremden Zähne sind ein bißchen zu groß. Sie drücken da hinten ein wenig. Bei meinen eigenen hatte ich das gleiche Problem. Mit der Zeit gewöhnt man sich daran.«

»Igitt, Herr Engin, wie können Sie nur?« ekelt sich meine Besucherin.
»Frau Tanja, was wollen Sie denn? Die sind sauberer als meine eigenen, die waren sechs Monate im Wasser«, und rufe danach dem Vorposten zu: »Bitte danken Sie dem edlen Spender in meinem Namen«, wobei mir die fremden Zähne im Mund klappern.
»Aber das Ding muß doch ekelhaft riechen!« sagt Frau Tanja angewidert, mit einem Gesichtsausdruck, als hätte sie in eine Zitrone reingebissen.
»Für mich riecht hier alles wie in einem Rosengarten. Sie wissen ja gar nicht, wie es in meiner Zelle stinkt.«
»Hier hast du deine Wertsachen wieder«, sagt der Chefportier vom Gefängnis, »dafür mußt du hier unterschreiben. Bevor wir dich rauslassen, mußt du aber auch noch diesen Zettel unterschreiben: deine freiwillige Abschiebeerklärung!«
»Ich habe lange genug Zeit gehabt, darüber nachzudenken. Geben Sie her, ich unterschreibe heute alles.«
»Ja, dann haben wir hier noch dieses Schuldanerkenntnis liegen, daß du deine Verletzungen selbst verschuldet hast, weil du dich ja auf den offenen Ventilator geschmissen hast, wegen der unerträglichen Hitze.«
»Aber, Herr Engin, stimmt das denn wirklich? Es war doch gar nicht so heiß!« fragt Frau Tanja verständnislos.
»Das ist kein Problem, auch damit bin ich einverstanden. Ich unterschreibe heute alles, wenn man mich hier nur rausläßt. Wenn die wollen, bestätige ich sogar, daß der Wärter hier mein leiblicher Sohn ist«, flüstere ich Frau Tanja zu.
»Sie haben recht, es war der Ventilator«, sage ich zu dem Vorposten, »außerdem habe ich mich mehrmals die Treppe runterfallen lassen und mich in meiner Zelle mit den Ratten rumgeprügelt.«
»Abschließend möchte ich Sie bitten, diesen Betrag umgehend an die Landeskasse zu überweisen«, sagt der Beamte. »Das sind die Reparaturkosten für den beschädigten Ventilator.«
»Aber gerne«, sage ich, »eigentlich sollte ich auch für die Ver-

schleißkosten der an meinem Körper abgenutzten Schlagstöcke aufkommen.«
Der Wärter sortiert sorgfältig seine verschiedenen Schlüssel und tut so, als hätte er nichts gehört. Nachdem ich unterschrieben habe, verlassen wir zu dritt den Bürocontainer und gehen zum großen Eingangstor. Ich hoffe, daß die dicken Eisentüren zum letzten Mal meinetwegen auf- und abgeschlossen werden.

Endlich wieder frei! Endlich wieder unter Menschen! Nach drei Tagen Haft komme ich mir wie Nelson Mandela vor! Und küsse, wie der Papst, den Bürgersteig vor dem Gefängnis.
»Frau Tanja, ich weiß gar nicht, wie ich Ihnen danken soll. Wie haben Sie es bloß geschafft, mich hier rauszubekommen? Die hätten mich hier im Gefängnis verschimmeln lassen, egal ob ich was unterschreibe oder nicht.«
»Das war ganz schön schwierig, Herr Engin. Seit Freitagmorgen war ich pausenlos im Einsatz. Ich war beim Polizeipräsidenten, dem Leiter des Ausländeramtes und dem Landesminister für Inneres.«
Nach ein paar Metern sind wir bei ihrem kleinen Flitzer angekommen.
»Ihre Frau wollte auf keinen Fall mitkommen, sie hatte Angst, daß man sie gleich mit einsperrt.«
»Ich muß zugeben, sie hat schon immer die richtigen Entscheidungen getroffen. Auuaa, Frau Tanja, bitte fahren Sie langsamer. Mit meinen kaputten Knochen fühle ich mich in Ihrem kleinen Auto wie in der Folterkammer.«
»Dazu wollte ich noch kommen, Herr Engin. Diese Mistkerle haben Sie doch sicherlich so entstellt, nicht wahr? Das glaubt doch kein Kind, daß das ein Ventilator war.«
»Sie haben Recht, Frau Tanja. Ich bin zweimal von einem Polizisten, der Rudolf heißt, mißhandelt worden.«
»Aber wieso, um Gottes Willen?«
»Damit ich mich freiwillig abschieben lasse!«
»Deswegen haben Sie das Papier vorhin unterschrieben?«

»Was hätte ich sonst machen sollen? Man hat mir doch keine andere Wahl gelassen. Mit Sturheit wäre ich niemals aus dem Knast wieder rausgekommen. Aber gerissen, wie ich bin, habe ich alle Papiere mit Mehmets Namen unterschrieben.«

»Herr Engin, hier vorne wohnt ein Freund von mir. Ich fahre Sie jetzt zu seiner Praxis, und dort lassen Sie sich Ihre Mißhandlungen von ihm dokumentieren.«

»Frau Tanja, was soll das bringen? Ich habe doch eben erst bestätigt, daß ich mir die Verletzungen alle selbst zugefügt habe.«

»Aber ein Arzt kann sicherlich beweisen, daß Ihre Verletzungen nicht unfallbedingt sind, sondern von Polizisten verursacht wurden. Ich will ein Schriftstück gegen diese Mistkerle in der Hand haben. Einmal muß Schluß damit sein, daß hier unschuldige Menschen gefoltert werden.«

»Also wenn Sie mich fragen ...«

»Lassen Sie mich mal machen, Herr Engin. Da vorne ist schon das Haus. Dieser Tierarzt arbeitet schon lange mit unserem Bauernverband zusammen!«

»Was, ein Tierarzt?«

»Glauben Sie mir, Herr Engin, der Arzt ist wirklich gut. Der kann genau attestieren, woher Ihre Verletzungen stammen. Außerdem ist er auch entschiedener Gegner von Tierquälerei.«

Als mich im Wartezimmer sogar die Omas mit ihren Hamstern und Pudeln vorlassen, wird mir klar, wie bemitleidenswert ich aussehen muß.

»Sind Sie von einem belgischen Viehtransporter samt Anhänger überfahren worden?« fragt der Arzt besorgt. Dann flüstert er Frau Tanja ins Ohr: »Frau Schulz, der sieht ja schrecklich aus. Wenn das Ihr Schäferhund wäre, würde ich Ihnen vorschlagen, ihn einzuschläfern. Und wenn es ein Rind wäre, würde ich auf der Stelle notschlachten!«

Wie ein Versicherungsgutachter, der einen Wagen mit Totalschaden inspiziert, notiert er alle meine Verletzungen und Kratzer. Zum Abschluß sagt er der Schwester, daß sie bei mir jetzt noch einen Test mit dem EKG machen soll.

»Wieso das denn? Ich bin kein Spion, und ich bin auch kein Asylant. Ich bin weder vom KGB noch EKG, CIA oder Mossad.«
»Nicht aufregen, ganz ruhig bleiben. Sie gehen jetzt mit der Schwester in das Untersuchungszimmer da vorne links, danach sehen wir uns wieder.«
Der Raum ist mindestens dreimal so groß wie meine stinkende Einzelzelle. Ich mache meinen Oberkörper frei und setze mich auf den Stuhl.
»Mein Gott, sowas Grauenhaftes habe ich an einem Menschen noch nie gesehen«, sagt die Arzthelferin, als sie meinen Rücken betrachtet. »Sie sehen ja aus, als wären Sie gerade von den Toten auferstanden. Wer hat Ihnen denn das angetan? Kommen Sie mal hierher, und stellen Sie sich auf den Heimtrainer.«
»So ein Laufband zum Abnehmen hat meine Frau auch. Aber die Dinger nützen nichts, sie ist dadurch sogar noch dicker geworden.«
»Bevor ich diese Joggingmaschine anstelle, muß ich Sie aber erst verkabeln.«
Sie zieht sich wie der Vorposten im Gefängnis dünne Plastikhandschuhe an, und ich ahne Fürchterliches. Aber sie klebt nur ein Dutzend dünne Drähte an meinem Körper fest. Dabei gibt sie sich größte Mühe, mich nicht zu berühren. Dann setzt sie sich selbst vor den großen Computer in der Ecke und schaltet das Laufband ein. Nach zwei Minuten Rennerei kommt das Band zum Stehen, und ich bin völlig außer Atem.
»Atmen Sie tief durch, und wenn ich es Ihnen sage, dann halten Sie die Luft an.«
Sie drückt auf mehreren Knöpfen rum.
»Bitte atmen! Einfach weiteratmen!«
Ich versuche ganz normal zu atmen, obwohl mir jedesmal der Rücken schmerzt.
»Hallo, mein Herr, Sie sollen atmen!«
Hastig drückt sie auf noch mehr Knöpfe und schaut irritiert auf den Kontrollstreifen, der aus der Maschine herausquillt.
»Sagen Sie mal, können Sie kein Deutsch? Atmen sollen Sie,

Luft rein, Luft raus!« dabei atmet sie übertrieben ein und aus, um es mir vorzumachen.

Ich atme so laut und tief wie ein Nilpferd, damit sie es auch sieht. Wieder schaut sie sich ganz genau den neuen Kontrollstreifen an und läuft dann kreidebleich laut schreiend raus.

»Hiilfee, der Mann ist ja tot! Bei dem funktioniert gar nichts mehr! Das Herz reagiert nicht mehr! Der ist wirklich tot! Das ist ein Zombie!«

Bei Allah, das ist selbst für einen echten Orientalen zuviel! Die Bullen haben mich also doch umgebracht, ohne daß ich es gemerkt habe. Ich reiße mir die Drähte vom Leib und ziehe mich schnell wieder an. Ohne nach rechts oder links zu schauen, renne ich aus der Praxis. Benommen und orientierungslos laufe ich durch die Straßen. Dieser Rudolf hat das so arrangiert, daß ich erst dann abkratze, wenn ich vom Tatort weit genug weg bin! Wie haben die das bloß geschafft, daß ich durch die Gegend marschieren kann, obwohl ich klinisch längst tot bin?! Die sind also doch richtige Profis auf dem Gebiet. Im gleichen Moment hält Frau Tanja mit ihrem kleinen Flitzer neben mir.

»Was laufen Sie hier rum, Herr Engin? Steigen Sie schon ein, was ist denn los? Warum sind Sie weggelaufen?«

»Ich weiß auch nicht, was mit mir los war. Plötzlich meinte die Schwester, ich wäre ein Zombie! Ich war wie vor den Kopf geschlagen und bin einfach rausgelaufen!«

»Aber das ist doch alles nur ein Mißverständnis!«

»Nein, die Schwester hat ganz laut geschrien, daß ich tot sei. Sie hat sich meine Ergebnisse ganz lange angeguckt. Die ist sich ganz sicher, daß ich ein Zombie bin.«

»Reden Sie doch nicht so einen Quatsch. Sie sehen doch, daß Sie noch leben! Der Arzt hat die Schwester schon längst beruhigt. Die Frau hat nur vergessen, die Maschine wieder auf ›Mensch‹ umzustellen. Der letzte Patient auf dem EKG-Laufband war ein Rennpferd.«

»Frau Tanja, das ist lieb von Ihnen. Aber Sie brauchen mich nicht zu trösten. Ich weiß selbst, daß ich ein lebender Toter bin.

Ich bin ein Toter auf Abruf! Ihr erster Eindruck im Gefängnis war doch der gleiche: Sie sagten, Herr Engin, Sie sind ja mehr tot als lebendig!«

»Aber ich bitte Sie, das war doch nur eine harmlose Redewendung. In erster Linie war das als Vorwurf gegenüber diesen Gefängniswärtern gemeint. Ich habe doch gleich gesehen, was die Ihnen angetan haben. Und das wollte ich denen damit auch an den Kopf knallen ...«

»An den Kopf haben sie mir eine Pistole gehalten und abgerückt. Aber zum Glück waren keine Kugeln drin. Aus dem achten Stock wollten die mich runterschmeißen. Aber der Wind kam nicht vom Fenster, sondern aus dem Ventilator. Ich wollte freiwillig in den Tod springen. Ich wurde aufgehängt und geschlagen. Man hat mich beschimpft, getreten ...«

»Bitte hören Sie auf, Herr Engin. Ich kann das nicht mehr mit anhören. Sie müssen das jetzt alles vergessen. Ihre Frau und Ihre Kinder werden Sie in der Wohnung von Recep so liebevoll pflegen, daß in zwei Tagen von Ihren blauen Flecken nichts mehr zu sehen ist.«

»Nein, nein, nein, ich will da nicht hin! Ich will nicht, daß meine Kinder mich so sehen! In dem Zustand gehe ich nicht in Receps Wohnung.«

»Jetzt reißen Sie sich mal zusammen, Herr Engin. Gerade für solche Zeiten hat man doch seine Familie. Wo wollen Sie denn sonst hin? Sollten wir lieber nicht wieder zum Arzt zurückfahren? Damit wir Ihre Verletzungen behandeln und protokollieren lassen!«

»Nein, nein, damit erreichen wir doch nichts. Außerdem habe ich dem Arbeitsamt-Necmeddin versprochen, daß ich heute mittag bei der Putzkolonne mitarbeite. Sie können mich bis zur Wohnung von Recep mitnehmen, von dort aus fahre ich dann mit meinem Ford-Transit zur Arbeit. Hoffentlich fährt nicht Mehmet wieder damit rum.«

Genau in dem Moment trifft mich der Schlag! So brutal und hart, wie Rudolf der Folterer, niemals schlagen könnte.

»Frau Tanja, halten Sie mal sofort an! Ich glaube, ich sehe nicht recht!«
Bei Allah, falls ich zur Zeit – entgegen aller Vorhersagen – doch noch etwas leben sollte, dieser Anblick läßt mich unweigerlich innerhalb der nächsten vierzig Stunden sterben! Was auch bestimmt das Beste wäre. Denn jetzt hat das Leben endgültig jeden Reiz für mich verloren. Das Leben ist sinnlos! Ich kann nicht mehr! Ich will nur noch sterben! Ich will wieder in mein Gefängnis zurück. Diesen Alptraum, der sich meinen entsetzten Augen bietet, kann ich kaum in Worte fassen und beschreiben. Ich stehe vor der größten Enttäuschung und dem grauenhaftesten Schandfleck in der Geschichte meines 52jährigen Osmanischen Reiches: Walter Leckmikowski, mein schlimmster Existenzzerstörer, noch vor Frau Kottzmeyer-Göbelsberg, Rudolf, dem Folterknecht, Eminanim und diesem linksradikalen Hundesohn Mehmet, steht in der Tür von meinem heißgeliebten Gemüseladen, der bisher Yusuf gehörte.
Voller Stolz steht er auf der Schwelle und beobachtet mit breitem Grinsen, wie ein Maler die Buchstaben seines Namens an das Schaufenster pinselt: Tante Emma-Laden! Meine jungfräulichen, naiven Träume von einem Geschäft mit dem schönen Namen »Onkel Osman-Laden« zerplatzten wie Luftballons auf einem indischen Nadelbrett!
»Herr Engin, was ist denn los mit Ihnen, Sie sagen ja gar nichts? Herr im Himmel, Sie sind ja blaß wie eine Leiche«, ruft Frau Tanja und versucht dann, den erneuten Patzer wieder gutzumachen: »Ich meine, Sie sind plötzlich so still. Jetzt blicken Sie schon die ganze Zeit auf das Schaufenster von diesem Tante Emma-Laden, als stände dort Ihr Todesurteil geschrieben ... Pardon, ich meine natürlich, Sie gucken so, wie ein Kaninchen die Schlange anstarrt!«
»Ach, Frau Tanja, Ihr Beispiel ist völlig harmlos, verglichen mit der Katastrophe, vor der ich hier stehe. Damals in unserem Dorf hatten wir auch viele Giftschlangen, aber von denen hat bisher noch keine einem Kaninchen den Gemüseladen weggebissen.«

»Ach, wissen Sie, Herr Engin, verglichen mit Stadtschlangen sind Dorfschlangen total harmlos und liebenswert.«
»Wem sagen Sie das, ich kenne doch diese Stadtschlange Frau Kottzmeyer-Göbelsberg! Ich könnte heulen vor Wut! Den Gemüseladen da drüben hätte ich übernehmen können. Während ich im Knast saß, hat der Kerl mir den Laden weggeschnappt. Das ist alles so ungerecht! Fahren Sie los, Frau Tanja, ich will hier weg. Sie können mich zu Recep fahren, da steige ich um in meinen eigenen Wagen. Wir müssen uns beeilen, ich will mich nicht verspäten.«
»Aber, Herr Engin, in Ihrem Zustand wollen Sie wirklich arbeiten gehen?«
»Bitte, Frau Tanja, ich muß da wirklich hin!«
»Na gut, Herr Engin, Sie müssen wissen, was Sie tun.«
Von weitem sehe ich schon meinen Ford-Transit, als wir in Receps Straße einbiegen.
»Frau Tanja, ich danke Ihnen für alles, was Sie für mich getan haben, aber den Rest muß ich alleine machen.«
Ohne ihre Antwort abzuwarten, steige ich in meinen Kleinbus und fahre los.

Auf dem Weg zur Reinigungsfirma halte ich kurz bei einer Tankstelle an und fülle drei große Colaflaschen mit Benzin. Im Nachhinein stellt es sich als Glück heraus, daß ich mal meinen linksradikalen Sohn Mehmet überrascht habe, wie er Molotowcocktails für Demos bastelte. Arbeitsamt-Necmeddin hatte mir den Weg zu der Reinigungsfirma genau beschrieben. Ich parke vor dem Gebäude und verstecke die selbstgemachten Molotowcocktails in meiner Arbeitstasche. Sieben Männer sitzen bereits in einem grauen Mercedes-Bus und warten auf die Abfahrt zum Kernkraftwerk.
»Mahlzeit, Kollegen«, grüße ich und setze mich ganz hinten in die Ecke.
In sieben verschiedenen Sprachen der Welt wird zurück genuschelt. Auch wenn ich kein Wort verstehe, an den übelgelaunten

Gesichtern sehe ich, daß mindestens die Hälfte der Zurufe eher Schimpfworte waren. Als wenn ich daran Schuld wäre, daß sie unter diesen Umständen arbeiten müssen. Eigentlich könnten die sich jetzt schon bei mir bedanken, daß ich sie von diesem Job bald erlösen werde. Als letzter steigt der Meister, Vorarbeiter oder sonst jemand, der glaubt was ganz Wichtiges zu sein, auf den Beifahrersitz. Der ist jedenfalls noch mieser drauf als alle anderen zusammen.

»Los, fahr schon los, du Penner«, mault er den Fahrer an. Zehn Minuten später sind wir auf der Autobahn, und nach einer Dreiviertelstunde biegen wir auf eine Landstraße ab. Auf dem Land überholen wir ein paar Traktoren und fahren dann rechts rein. Der Bus bleibt vor einer Straßenschranke stehen, für die unser Wichtigtuer aber den passenden Schlüssel hat. Bei der Hitze und zehn Leuten im Wagen komme ich mir wie in der Männersauna vor. Wegen der holprigen Landstraße habe ich wirklich Angst, daß meine selbstgebastelten Molotowcocktails vorzeitig hochgehen. Endlich kommen wir bei dem Kernkraftwerk an.

»Los, steigt aus, in zehn Minuten ist Schichtwechsel, bis dahin müßt ihr fertig sein«, schreit unser Anführer. »Kommt mit, da drüben bekommt ihr eure Arbeitskleidung.«

Ich schnappe meine Arbeitstasche und laufe zu der Baracke.

»Hey, du, laß die Tasche im Auto stehen. Deine Butterbrote kannst du dir in der Pause holen«, brüllt mich der Wichtigtuer von hinten an. »Noch nicht mal umgezogen und denkt schon ans Pausemachen. Los, los, es wird Zeit! Da drüben bekommt ihr eure Arbeitskleidung, und in dem Bauwagen hier vorne könnt ihr euch umziehen. Danach meldet ihr euch beim Werkzeugmeister bei der Materialausgabe.«

Wie im Knast bekommt auch hier jeder die gleichen Sachen, aber zum Glück ohne daß einem vorher in den Hintern geguckt wird.

»Nimm den Turban ab, einen so großen Helm haben wir nicht!« meint unser Vorarbeiter zu mir, als ich den Werkzeugcontainer betrete.

»Ach, Quatsch, Harry, der braucht keinen Helm«, meint der Magazinbulle, »was der da auf dem Kopf hat, reicht als Arbeitsschutz völlig aus.«
»Mann, stell dich nicht so an, gib dem armen Kerl doch einen anständigen Helm. Du siehst doch, wie fertig der ist. Du bist so geizig mit dem Zeug, als würden die Sachen dir gehören.«
»Deswegen bin ich auch hier der Werkzeugmeister und nicht du. Wenn ich in dem Laden nicht aufpassen würde, dann hätte ich morgen nicht mal einen einzigen Nagel hier.«
Wichtigtuer Nummer eins knallt dem Wichtigtuer Nummer zwei die Blechtüre vor der Nase zu und läßt mich mit dem Magazinbullen alleine. Ich werde mich heute wohl mit meinem Turban als Sicherheitshelm begnügen müssen. Um als Arbeitswilliger einen guten Eindruck zu machen, schnappe ich mir den dicken Putzlappen, der auf dem Tresen liegt.
»Hab' ich es nicht gerade eben noch gesagt? Wenn ich nicht aufpasse, wird hier alles geklaut. Laß den Putzlappen liegen, davon habe ich nur noch drei Stück.«
»Aber ich muß doch hier im Kraftwerk was putzen, dafür brauche ich den doch«, sage ich.
Ohne ein Wort zu sagen, knallt er mir einen schweren Preßlufthammer auf den Tresen. Mit einem extra langen Meißel.
»Das ist dein Werkzeug, damit sollst du arbeiten. Du sollst bei uns im Kernkraftwerk nicht den Staub abwischen, sondern die alte Außenmauer wegputzen.«
»Sie meinen, wir sollen diese zwei Meter dicke Mauer da drüben weghauen?«
»Na klar, dafür brauchen wir zusätzliche Arbeitskräfte. Nimm das Ding und geh rüber zum Sprengmeister, der wird dir sagen, was du zu tun hast. Und paß heute etwas besser auf. Du bist doch der Kerl, der bei der Sprengung letzten Freitag einiges abbekommen hat, nicht wahr?«
»Nein, wieso? Ich bin heute zum ersten Mal hier.«
»Nun ja, ich dachte, so wie du aussiehst... Los, unterschreibe hier für den Hammer, und dann hau ab!«

Mit dem schweren Gerät auf dem Arm laufe ich zu der halb abgebrochenen Außenmauer. Ich stelle mich neben einen deutschen Arbeiter und lasse das schwere Ding fallen.
»Was soll denn das hier werden, wenn es fertig ist?« frage ich den verschwitzten Menschen neben mir. »Mir hat man gesagt, wir sollen drüben im Kernkraftwerk putzen.«
»Ach, Unsinn, da wird nicht geputzt. Wir sind schon seit Tagen damit beschäftigt, diese verfluchte Mauer umzuhauen.«
»Aber wieso das denn?«
»Was weiß ich, interessiert mich auch nicht. Wahrscheinlich wollen die hinterher eine noch höhere Mauer hier hinstellen, um das Kraftwerk besser gegen die Chaoten zu schützen.«
»Hey, ihr beiden da, nicht labern, arbeiten!« höre ich hinter mir die mißgelaunte Stimme von einem ganz neuen Wichtigtuer mit weißem Helm. Das ist wohl gewerkschaftlich so festgelegt in Deutschland, daß jeder Arbeitsplatz sein Kontingent an Wichtigtuern hat.
»Reimann, zeig dem Neuen, wo du die Löcher in die Mauer gebohrt hast«, ruft er dem verschwitzten Deutschen zu, »dann kannst du Schicht machen und zu deiner Alten abhauen.«
»Die ist schon seit einer Woche weg, Meister. Die blöde Ziege hat auch noch alle Möbel mitgenommen.«
»Ich sag' doch: Geh lieber in den Puff. Ist viel billiger.«
»Was? Fürs Vögeln auch noch blechen? Nöö!«
»Glaub mir, Junge, das mußt du sowieso. Sonst hauen die mit den Möbeln ab. Die anderen geben's wenigstens zu, daß sie es nur wegen des Geldes machen.«
Ob es wohl auch festgelegt ist, daß die gewerkschaftlich vorgeschriebenen Wichtigtuer überall so sexistisch sein müssen wie mein Meister in Halle 4?
»Wenn ich wenigstens meine Möbel wieder hätte.«
»Ach, hau schon ab, du armes Schwein, und such dir deine Möbel. Ich zeige dem Neuen schon selbst, was er zu tun hat.«
Das läßt sich der verlassene Liebhaber nicht zweimal sagen, schnappt sich sein Werkzeug und läuft rüber zum Magazin-

bullen. Der Sprengmeister erklärt mir, was ich machen soll und läßt mich dann mit dem Preßlufthammer allein.
Immer wenn ich das schwere Gerät wie ein Maschinengewehr gegen meine Brust stemme, um Löcher in die Wand zu bohren, schmeißt mich die Mistmaschine auf die Erde. Diese drei Tage Knast müssen mich doch ganz schön mitgenommen haben. Früher in Halle 4 habe ich grundsätzlich mit zwei Preßlufthammern gleichzeitig gearbeitet. Also gut, vielleicht nicht zwei, aber immerhin einen kleinen konnte ich ganz gut alleine halten.
Diese wahnsinnige, höllisch laute Maschine macht mit mir, was sie will. Sie läßt mich zappeln und vibrieren, als hätte ich ein tropisches Fieber. Innerhalb einer Stunde lande ich nicht weniger als zwanzigmal im Dreck.
Ich bin so wütend, daß ich mir überlege, sofort zum Bus zu gehen, um mit meinen Molotowcocktails zuerst diesen störrischen Apparat samt Kompressor in die Luft zu jagen.
»Na, was macht ihr denn da? Griechisch-römischen Ringkampf? Wer von euch beiden gewinnt denn?« macht sich plötzlich der Sprengmeister über meine Arbeit lustig.
»Ach nein, Chef, ich bin nur eben ausgerutscht.«
»Red doch keinen Quatsch, du Penner, meinst du, ich habe Tomaten auf den Augen? Du bist zum x-ten Mal mit dem Hammer umgefallen wie ein nasser Sack, du Schlappschwanz. Mit diesen Leihfirmen hat man nur Ärger. Die schicken mir einen Versager nach dem anderen«, schreit der Sprengmeister, der im Gesicht weißer geworden ist als sein Helm.
So, das reicht mir jetzt endgültig! Ich gehe meine Molotowcocktails holen!
»Geh mal los und besorge das Dynamit!« sagt der Weißhelm plötzlich aus heiterem Himmel.
»Öh... eh... aber ich habe doch gar kein Dynamit! Das Benzin in den Colaflaschen war doch nur für meinen Ford-Transit gedacht...«
Bei Allah, ich bin erledigt! Wieso weiß der alles? Wer hat mich bloß verraten?

»Hör auf rumzustottern«, sagt der Sprengmeister, »während ich hier die Zündschnüre verlege, kannst du zum Werkzeugmeister gehen und die acht Stangen Dynamit herbringen. Du brauchst es nur abzuholen, ich habe schon alles unterschrieben. Paß bloß auf, daß du Versager dich mit dem Sprengstoff nicht selbst in die Luft jagst. Immer dran denken: Dynamit darf man nicht ins Feuer halten und nicht drauf rumkauen. Haa haaa hooo.... los, zisch ab, du Depp!«

Wütend und total erschöpft schleppe ich mich zum Werkzeugcontainer und erhalte vom Magazinbullen acht Stangen Dynamit in einem kleinen Holzkasten. Wenn ich gewußt hätte, daß die Idioten vom Kernkraftwerk mir von selbst einen Kasten Dynamit schenken, dann hätte ich mir mit den Molotowcocktails nicht solche Mühe gegeben.

Mit der Sprengstoffkiste unter dem Arm laufe ich um die gesamte Baustelle herum und betrete durch eine Stahltür das Hauptgebäude vom Kernkraftwerk. Ich laufe etwas ziellos in dem großen Gebäude herum. Sowas Imposantes wie diese Turbinen habe ich noch nie gesehen. Der Hochofen bei uns in Halle 4 ist nichts dagegen.

Ich laufe die Treppen bis nach oben. Ein schmaler, langer Flur, noch eine Tür, und ich stehe in einem riesigen Raum. So ähnlich wie die Kommandozentrale vom Raumschiff Enterprise. Dutzende von Computern, Hunderte von Monitoren und Tausende von bunten Knöpfen.

Ich bin im Herzen des Kernkraftwerkes. Von nun an werde ich allein die Regeln bestimmen!

Und ich habe einen guten Zeitpunkt erwischt, denn das gesamte Personal ist in der Kaffeepause. Die Kommadozentrale ist menschenleer. Auf einmal höre ich aufgeregte Stimmen und laute Schritte draußen auf dem Flur.

Ich reiße blitzschnell die Kiste auf und hole eine Stange Dynamit nach der anderen raus. Mit der rechten Hand entzünde ich mein Feuerzeug.

»Was machen Sie denn hier? Hier hat keiner was zu suchen!

Wie sind Sie hier reingekommen?« fragen mich die beiden Angestellten ziemlich aufgeregt.

»Nicht näherkommen«, brülle ich, »kommt bloß nicht näher. Sonst jage ich das Kernkraftwerk und die ganze Gegend hier in die Luft! Sofort raus hier! Hiermit erkläre ich dieses Kernkraftwerk für besetzt!«

Montag, 25. Juni, 16:11 Uhr

»Jetzt bist du ein Terrorist! Bei Allah, du bist ein Terrorist!« brüllt einer der beiden Osis in mein Ohr, »bis jetzt war deine Abschiebung ein klassischer Behördenfehler! Aber ab jetzt wirst du von der Kripo, GSG 9, Interpol und Mafia gejagt!«
»Was, von der Mafia auch?«
»Na logisch! Die dulden auch keine Konkurrenz.«
»Ist doch völlig egal, ob sie uns als ehrenwerten Menschen oder bösen Terroristen abschieben. Vertreibung bleibt Vertreibung! Oder besser gesagt, ›ethnische Säuberung‹, wie es jetzt so schön auf Neudeutsch heißt.«
»Jetzt seid doch endlich ruhig da hinten«, versuche ich wieder Herr der Lage zu werden, »ich muß jetzt jeden Schritt ganz genau überlegen. Schließlich besetzt man nicht jeden Tag ein Atomkraftwerk. Heute ist mein erster offizieller Tag als Gesetzesbrecher. Möglicherweise wäre es besser gewesen, stattdessen den Tante Emma-Laden von Walter Leckmikowski zu besetzen.«
»Richtig, wir hätten klein anfangen sollen, erst ein kleiner Gemüseladen, dann vielleicht eine Zeitungsredaktion und ganz zum Schluß erst ein Kernkraftwerk.«
»Unglaublich, wie einfach es war, in dieses Kernkraftwerk reinzukommen. Selbst beim Besetzen des Gemüseladens hätte ich mehr Schwierigkeiten bekommen. Da hätte sich mir bestimmt dieser verdammte Walter Leckmikowski in den Weg gestellt und mit faulen Tomaten geworfen. Aber hier war es ja noch einfacher als das Besetzen des Bahnhofsklos. Selbst da wäre die Klofrau energischer zur Sache gegangen und hätte mir den Groschenteller auf den Kopf geknallt.«
»Aber wie sollen die auch damit rechnen, daß bestellte Bau-

arbeiter das Kernkraftwerk im Handumdrehen besetzen. Die Klofrau wüßte auch nicht, daß der gerufene Klempner vom Rohr-Frei-Service ihr Klo beschlagnahmen will.«
Plötzlich klingelt das Telefon neben der Monitorwand.
»Tut mir leid, ich kann Ihnen nicht helfen«, sage ich, »ich bin nur zur Aushilfe hier. Rufen Sie doch nächste Woche wieder an.«
»Das weiß ich, daß du mit dem Laden nichts zu tun hast, mein Junge«, höre ich die aufgeregte Stimme meines Sprengmeisters am anderen Ende schreien, »hör jetzt endlich auf mit dem Quatsch. Du brauchst doch nicht gleich eingeschnappt zu sein, nur weil ich ein paar dumme Witze mache. Paß mal auf, Junge, du gibst mir jetzt endlich meine Dynamitstangen wieder zurück, dann kannst du Feierabend machen und kriegst trotzdem den vollen Tageslohn. Ich entschuldige mich auch für meine Grobheiten, war nicht persönlich gemeint.«
»Chef, nicht böse sein, aber ich brauche die Stangen noch, ist auch nicht persönlich gemeint«, rufe ich selbstbewußt in den Hörer, »aber Sie können mir trotzdem einen Gefallen tun. Ich habe nämlich inzwischen einen Bärenhunger. Seien Sie so lieb, und bestellen Sie mir ein Döner-Kebap. Mit viel Reis und Salat, und das Fleisch soll schön knusprig sein. Am besten aus dem Imbiß gegenüber von Halle 4. Der Hakki hat den besten Döner in der Stadt. Und mit viel, viel Knoblauch, hier kann meine Frau ja nicht meckern.«
»Willst du auch Tzaziki drauf haben? Ööóh, ich..., ich meine, sag mal ehrlich, was willst du mit dieser ganzen Nummer eigentlich erreichen? Komm, Junge, hör auf mit dem Blödsinn! Deinetwegen kriegen wir hier alle einen Mordsärger. Sogar die Polizei ist schon da. Was soll das überhaupt bringen?«
»Zwei Döner!«
»Zwei was?«
»Ich will zwei Döner haben. Von einem werde ich garantiert nicht satt.«
»Junge, machst du etwa diesen ganzen Zirkus mit meinen Dyna-

mitstangen nur, um dich mal wieder satt zu essen? Du kriegst eine Woche lang von mir Döner ausgegeben, wenn du mit dem Scheiß hier aufhörst!«

»Ich werde es euch allen zeigen!«

»Na, klar, du wirst das gesamte Gebäude mit deinem Knoblauch verseuchen. Auch eine bemerkenswerte Leistung!«

»Aber das meine ich doch gar nicht. Sowas habe ich in Halle 4 in jeder Mittagspause geschafft. Chef, Sie sind genauso zynisch wie meine Frau. Die nimmt mich auch nie ernst. Jetzt habe ich wirklich keine Lust mehr, mit Ihnen zu reden. Wehe, ich bekomme nicht bald meine Döner«, sage ich und haue genervt den Telefonhörer auf die Gabel.

Ich versuche, einen der vielen Fernsehmonitore auf der riesigen Bedienungskonsole anzumachen. Ich bin gespannt, wie viele Fernsehsender in den Nachrichten bereits über meine tollkühne Tat berichten. Möglicherweise senden einige sogar live vom Tatort. Aber keinen einzigen der zahllosen Fernseher bekomme ich angeschaltet. Die Hundesöhne müssen da unten die Hauptsicherung für die Fernseher rausgedreht haben. Die gönnen es mir nicht, meinen grandiosen Erfolg zu genießen. Wahrscheinlich ist jetzt das ganze Land im Aufruhr. Durch mich sind sie alle mit der atomaren Katastrophe konfrontiert worden.

Ich laufe an die riesengroße Fensterfront, um die Situation draußen zu analysieren. Im gleichen Moment lasse ich mich wie ein Sack auf den harten Betonboden fallen! Scharfschützen!

Da draußen wimmelt es jetzt sicherlich von Scharfschützen! Die Mistkerke warten nur darauf, daß ich mich am Fenster zeige. Die knallen mich ab wie ein Wildschwein, ohne mit der Wimper zu zucken. Bei einem Wildschwein hätten diese Kerle sicherlich mehr Bedenken. Aber bei mir? Nur ein toter Asylbewerber ist ein guter Asylbewerber!

In dem Moment klingelt das Telefon erneut. Ich krieche auf allen Vieren hinüber, um keine Zielscheibe abzugeben.

»Herr Engin, hier spricht Polizeiobermeister Krüger...«

»Zieht sofort die Scharfschützen ab! Glaubt ihr, ich wüßte nicht,

daß ihr nur darauf lauert, mich von hinten zu erschießen? Aber vorher jage ich den ganzen Laden hoch!«
»Aber Herr Engin, wie kommen Sie denn auf Scharfschützen? Ich bin ganz allein mit dem Fahrrad da. Ich wollte Ihnen nur sagen, daß ich jemanden am Telefon habe, der mit Ihnen reden will. Ich habe die ganze Zeit versucht, Ihre Ehefrau zu erreichen, aber die ist leider nicht auffindbar.«
»Osman, du elender Versager! Du Penner! Du Schandfleck der ganzen Sippschaft! Du Nichtsnutz von einem Schwiegersohn«, höre ich meine Schwiegermutter auf türkisch toben, »bereits vom ersten Tag an hast du nur Unglück über unsere Familie gebracht. Warum habe ich meinem kleinen, hübschen Mädchen nur erlaubt, daß sie dich Volltrottel heiratet? Hoffentlich schieben sie dich bald ab! Hörst du, ich will dich nie wieder sehen!«
Prima, dann hat sich die ganze Aktion ja jetzt schon rentiert, denke ich mir.
»So viele Ingenieure, Bankiers und Ärzte wollten sie damals haben ...«, jammert sie weiter.
»Ingenieure, Bankiers und Ärzte? Bei uns im Dorf? Wir hatten doch nur diesen 80jährigen Tierarzt, und der war in Wirklichkeit unser Dorffrisör.«
»Viele Lehrer, viele Fabrikanten und Millionäre wollten meine Tochter damals haben«, höre ich sie aufheulen.
»Herr Polizeimeister, Herr Polizeiobermeister Krüger, nehmen Sie die alte Frau aus der Leitung, die macht mich fertig. Seit 33 Jahren muß ich mir das schon anhören. Holen Sie von mir aus Ihre Scharfschützen wieder, aber schaffen Sie mir diesen Drachen vom Leib. Ihr Bullen habt echt miese Tricks drauf!«
»Bitte beruhigen Sie sich doch, Herr Engin, das war nun wirklich nicht unsere Absicht.«
»Das ist mir doch egal! Mir reicht's! Ich rede überhaupt nicht mehr mit euch! Ich werde mich in Zukunft nur noch mit eurem großen Boß unterhalten.«
»Sie wollen mit dem Sprengmeister reden? Der steht gerade neben mir.«

»Nein, ich will Ihren Oberboß sprechen, den Helmut!«
»Welchen Helmut? Auf unserem Revier gibts nur einen Helmut, aber der ist kein Oberboß. Er ist bestenfalls der Chef aller Falschparker, denn er stellt jeden Tag mindestens 50 Strafzettel aus.«
»Seid ihr denn alle bekloppt! Ich meine doch den Bundeskanzler, den Helmut Kohl, ihr Idioten«, brülle ich in den Hörer und knalle ihn auf die Gabel.
Ich traue mich immer noch nicht ans Fenster. Ich bin mir absolut sicher, daß sie draußen bestimmt Hunderte von Scharfschützen auf den Bäumen plaziert haben. Die warten nur darauf, ein Sieb aus mir zu machen. Nach dem ewigen Üben im Schießkeller sind sie bestimmt ganz wild darauf, ihr Können an einer lebenden Zielscheibe zu beweisen. Auf allen seinen Demos brüllt mein Sohn Mehmet ständig Parolen wie: »Alle Soldaten sind Mörder!« Und was ist mit den Scharfschützen? An die hat wieder keiner gedacht! Auf Knien krabbele ich durch das Großraumbüro und durchwühle alle Schubladen. Zu meiner großen Freude entdecke ich ein kleines, funktionierendes Transistorradio:
»Wie aus gut unterrichteten Kreisen berichtet wird, hat eine Gruppe von schwerbewaffneten Terroristen ein altes Kernkraftwerk in Niedersachsen in ihre Gewalt gebracht. Die Polizei gibt sich noch bedeckt, um die Operation nicht zu gefährden.«
Ich wußte es! Ich stehe im Mittelpunkt des Weltgeschehens! Aber was sind das für Leute, diese sogenannten »gutunterrichteten Kreise«? Wen meinen die damit? Wie kann man denn Kreise unterrichten? Ich habe schon bei Mehmet und Hatice als Pädagoge versagt.
In diesem Moment reißt mich das Telefon aus meinen Überlegungen. Ich schalte das Radio ab und krabbele rüber.
»Guten Tag, Herr Engin. Hier ist Frau Kottzmeyer-Göbelsberg. Was soll diese sinnlose Aktion? Warum haben Sie das Atomkraftwerk besetzt?«
»Damit Sie endlich einen richtigen Grund haben, mich auszu-

weisen. Nun gehen Sie schon aus der Leitung. Ich warte auf den Anruf vom Kanzler.«
»Herr Engin, der Kanzler hat mich beauftragt, Ihnen zu sagen, daß alle Ihre Forderungen erfüllt werden. Wenn Sie rauskommen und die Dynamitstangen abgeben, dürfen Sie in Deutschland bleiben. Ihren Arbeitsplatz bekommen Sie natürlich auch wieder zurück. Und wir werden dafür sorgen, daß Sie Ihren heißgeliebten Gemüseladen bekommen.«
»Ach, leck mich ...!«
»Jetzt werden Sie aber nicht unhöflich, Herr Engin!«
»Ich bin nicht unhöflich. Ich wollte Ihnen nur sagen, der Leckmikowski hat den Laden bereits!«
»Nun ja, aber um eine neue Wohnung kümmern wir uns auch schon. Außerdem kann ich Ihnen mitteilen, daß Ihr Asylantrag endgültig anerkannt wurde.«
»Ich werde gleich verrückt! Wann kapieren Sie blöde Kuh endlich, daß ich nie einen Asylantrag gestellt habe! Ich glaube Ihnen kein Wort, Sie haben mir doch den ganzen Mist hier eingebrockt!«
Ich krieche wieder zur meinem Radio und drehe an dem runden Knopf, um einen Sender zu finden, der über mich berichtet. Ich will wissen, wie das Volk über meine Aktion denkt.
»... Und jetzt das Wetter ...«
Idioten!
Wen interessiert denn schon das Wetter, wo doch bald die Welt nicht mehr existiert?!
»... Und für Thomas aus Recklinghausen spielen wir das Lied ›Halt die Welt an, ich will aussteigen‹ ...«
Noch etwas Geduld, Thomas! Gleich steigen wir alle zusammen aus. Und schon wieder klingelt das Telefon. Soviele Anrufe bekomme ich zu Hause nicht mal an meinem Geburtstag. Wenn das nicht der ganz große Chef ist, lege ich sofort wieder auf. Von diesen verlogenen Beamten lasse ich mich nicht austricksen.
»Hallo, Osman, hier ist Hasan, du bist aber schwer zu erreichen«, höre ich meinen Arbeitskollegen rufen, »ich habe bei

deinem Sohn Recep angerufen, und deine Schwiegermutter hat mir diese Telefonnummer gegeben. In deiner Wohnung meldet sich immer nur ein gewisser ›Ratten-Uli‹. Osman, ich wollte nur sicher gehen, daß du unseren Kartenabend im Café nicht vergessen hast. Letzte Woche hast du uns schon hängen lassen.«
»Tut mir leid, Hasan, aber ich habe hier im Kernkraftwerk noch etwas zu tun.«
»Machst du schon wieder Überstunden? Unser Treffen sollte dir doch eigentlich wichtiger sein.«
»Ich weiß nicht, ob ich kommen kann, Hasan, mal sehen. Grüß auf jeden Fall die Kollegen von mir. Wenn ihr einen großen Knall hört, dann werde ich wohl nicht mehr vorbeikommen. Und jetzt muß ich Schluß machen. Ich habe noch viel zu tun.«
»Herr Engin, ich bringe die beiden Döner, die Sie bestellt haben, öffnen Sie bitte die Tür«, höre ich eine Stimme aus dem Flur.
Ich schaue nur kurz durch die Panzerglastür und erschrecke mich fürchterlich.
»Für wie blöde haltet ihr mich eigentlich?« schimpfe ich wütend, »seit wann arbeitet denn Arnold Schwarzenegger in Hakkis Dönerladen? Ich habe nur zwei einfache Döner mit Knoblauch bestellt und nicht Mister Universum mit dicken Muskeln! Da könnt ihr mir ja gleich einen Scharfschützen mit Knarre reinschicken! Paß mal auf, du Gorilla, du gehst jetzt wieder brav in dein Fitneßcenter, aber die beiden Döner gibst du vorher dem Magazinbullen. Nur von dem Werkzeugmeister laß' ich mir das Essen bringen. Aber der muß sich vorher bis auf die Unterhosen ausziehen.«
Ohne was zu sagen, dreht Arnold sich um und steigt die Treppen wieder hinunter. Auf solch billige Tricks falle ich nun wirklich nicht rein! So einen Muskelprotz würde ich nicht mal unter normalen Umständen als Pizzaboten in die Wohnung lassen. Einen gewalttätigen Überfall gäb's dann auf jeden Fall. Wenn der Riesenkerl nicht uns überfiele, dann würde ihn Eminanim überfallen. Sie steht auf Hormondepots, die laufen können.

Nach einer Weile steht der halbnackte Werkzeugmeister vor der Glastür. Ich überzeuge mich, daß er wirklich ganz allein gekommen ist, und lasse ihn rein.
In Unterhosen humpelt er in die Kommandozentrale. Oh, ist das peinlich!
Ich wußte, daß der Magazinbulle humpelt – wie alle Magazinbullen –, aber daß er ein Holzbein hat, konnte ich nicht ahnen.
»Verzeihung, daß ich Sie bis hier oben hin bemüht habe«, entschuldige ich mich, »aber es ist nun mal so, daß ich keinem von diesen Burschen da draußen vertrauen kann.«
Und ihn zu trösten, sage ich auch noch:
»Die Unterhose steht Ihnen aber gut. Die Farbe paßt zu Ihrem Holzbein.«
»Danke für Ihr Kompliment. Hier haben Sie Ihr Essen, ich will jetzt wieder runter. Ich habe keine Lust, mir hier oben den Arsch abzufrieren.«
»Aber tun Sie doch nicht so, Herr Werkzeugmeister, hier in der Zentrale ist es doch schön warm. Nehmen Sie Platz und lassen Sie sich eine Portion Döner schmecken. Was glauben Sie wohl, warum ich zwei Portionen auf einmal bestellt habe? Ich kenn' mich aus, ich habe genug Krimis gesehen. Sie machen jetzt Pause und essen schön diesen Döner auf. Ich habe denen oft genug gesagt, daß sie mit mir keine Tricks machen können.«
»Eigentlich bin ich ja Vegetarier, Herr Engin. Soll ich wirklich Teile von diesem armen Tier essen?«
»Armes Tier, sagen Sie? Wenn das Tier wüßte, was ich seit einer Woche so alles durchmache, dann wäre es echt froh, Döner geworden zu sein. Das Rind wurde doch nur geschlachtet, ihm wurde das Fell über die Ohren gezogen, es wurde zerstückelt, aufgespießt und danach gegrillt. Aber um zu erzählen, was für schreckliche Sachen ich diese Woche erlebt habe, müßte man einen dicken Horror-Roman schreiben!«
Der Werkzeugmeister öffnet langsam das Paket und fängt an, laut und genüßlich zu schmatzen.
»Oh, das überrascht mich aber jetzt. Das schmeckt ja wirklich

gut, Herr Engin. Von welchem Laden haben Sie sich das nochmal liefern lassen?«
»Nichts liegen lassen! Ihre Portion essen Sie ganz auf!«
»Aber gerne. In der Soße ist viel Knoblauch, das ist wohl das Geheimnis.«
Gierig verschlingt er den letzten Bissen und leckt sich danach die Finger.
»Ich wußte gar nicht, daß ich so einen Hunger hatte, Herr Engin, soll ich die andere Portion auch antesten?«
»Nein, danke, Sie können jetzt wieder runtergehen.«
»Aber vielleicht haben die Polizisten gerade in diesen Döner was rein getan. Die sagten was von Zyankali oder so ...«
»Nein, das ist mein Döner, den kriegen Sie nicht! Sie haben Ihre Hälfte schon bekommen. Außerdem sind Sie doch Vegetarier! Bitte gehen Sie jetzt runter, ich schäme mich im Beisein nackter Männer zu essen.«
Da klingelt schon wieder das Telefon.
»Herr Werkzeugmeister, Sie sehen doch, ich bin beschäftigt, also lassen Sie mich bitte allein, ich muß an die Arbeit.«
Mit einem sehnsüchtigen Blick auf meinen Döner humpelt der Magazinbulle zur Glastür.
Soviele Anrufe in so kurzer Zeit habe ich noch nie in meinem Leben bekommen. Es war immer Mehmet, der von tausend verschiedenen Frauen ständig Anrufe bekam. Und meine Töchter hingen auch stundenlang an der Strippe. Die übrige Zeit war das Telefon für Eminanim da, die mit allen Weibern aus ihrer Frauengruppe sechzehnmal absprechen mußte, was für einen Blätterteig sie für das nächste Klatsch- und Lästertreffen machen soll. Wenn ich es mir so recht überlege, warum habe ich die Kiste eigentlich nicht abgemeldet?!
Auf allen Vieren krieche ich zum Apparat. Muß ich eigentlich erst die ganze Welt in die Luft jagen, damit man sich an mich erinnert?
»Schönen Nachmittag, Frau Hannelore«, tönt eine weibliche Stimme aus dem Hörer.

»Na, endlich! Frau Hannelore, ist Ihr Gatte, der Herr Kohl, in der Nähe?«

»Ich bin nicht Frau Hannelore, Sie sind Frau Hannelore! Ich rufe vom NDR 2 an und soll zu Ihrem 92. Geburtstag recht herzlich gratulieren.«

»Erstens heiße ich Osman Engin, zweitens bin ich nicht 92, auch wenn ich schon so aussehe, und drittens gehen Sie bitte sofort aus der Leitung, ich erwarte einen Anruf vom Bundeskanzler.«

»Das tut mir leid, aber seitdem wir auf digitale Technik umgestellt haben, ist das Chaos hier im Sender perfekt«, schimpft die Frau am Telefon. »Früher mit den kleinen Zettelchen war alles viel einfacher. Sie sind also nicht Frau Hannelore?«

»Nein, nicht mal mit 92 Jahren bekommt eine Frau so eine tolle, männliche Stimme wie ich.«

»Ähm.., dann sind Sie vermutlich auch nicht der neunjährige Stefan?«

»Nein, der bin ich auch nicht. Eine Chance gebe ich Ihnen noch. Dreimal dürfen Sie raten.«

»Halt, halt, jetzt weiß ich wieder, warum ich Sie anrufen sollte: Sie sind einer von diesen Schwimmbad-Gegnern. Sagen Sie uns bitte, welcher Organisation Sie angehören?«

»Keiner, denn von Organisationen habe ich die Nase voll! Niemand von denen konnte oder wollte mir helfen. Deshalb habe ich mein Schicksal selbst in die Hand genommen und dieses Gebäude mit Unmengen von Dynamit besetzt.«

»Warum sind Sie denn gegen das Spaßbad? Sind auch Sie der Meinung, daß das alte Kernkraftwerk als abschreckendes Beispiel stehenbleiben sollte?«

»Wieso altes Kernkraftwerk? Was meinen Sie eigentlich mit Spaßbad?«

»Warten Sie mal kurz, nach dem nächsten Musikstück von Phil Collins reden wir weiter darüber. Das macht ja richtig Spaß mit Ihnen. Ist ja aber auch logisch, schließlich sind Sie ja im Spaßbad ...«

Mit dem Telefonhörer am Ohr knabbere ich an ihren Worten und an meinem Döner. Was meint die Frau wohl mit Spaßbad? Die Radiotante verwechselt mich garantiert immer noch mit irgend jemandem. Wenn die wüßte, daß sie nicht mit einem kleinen Gauner redet, der eine lächerliche Badewanne besetzt hat, sondern mit einem tollen Hecht, der ein gigantisches Atomkraftwerk in seiner Gewalt hat, dann würde sie wohl auf der Stelle ihr Mikrofon verschlucken.

Ob ich es ihr sagen soll? Die ganzen Omas, die diese Sendung hören, würden wohl alle einen Herzinfarkt kriegen. Das lasse ich lieber sein. Sie hat doch noch das ganze Leben vor sich.

»... Da sind wir wieder mit unserem tollen Hecht ...«

Die Radiofrau weiß doch, wer ich bin!

»... der ein Spaßbad besetzt hat!«

Sie weiß es nicht!

»Jetzt sagen Sie mal, Sie Nervensäge, warum nennen Sie das Atomkraftwerk die ganze Zeit ›Spaßbad‹? Wollen Sie mich provozieren? Ist das eine neue Taktik der Polizei? Sie wissen doch genau, daß ich ein riesengroßes Atomkraftwerk besetzt habe.«

»Genau, ein Atomkraftwerk, das vor sieben Jahren abgeschaltet und komplett demontiert wurde. Und das Gebäude soll jetzt zu einem Spaßbad umgebaut werden.«

Leicht verunsichert krieche ich, den Hörer zwischen Ohr und Schulter eingeklemmt, zum Fenster, um das Treiben draußen zu beobachten.

Bei Allah, ich glaube die blöde Radiotante könnte doch Recht haben. Auf dem Gelände sehe ich nämlich nur einen Feuerwehrwagen, ein paar Feuerwehrmänner und diesen Polizisten auf seinem Fahrrad. Bei jedem lächerlichen Banküberfall ist mehr Action.

In mir keimt der Verdacht, daß ich wirklich nur eine harmlose Baustelle besetzt halte. Und ich hatte mich schon gewundert, wie einfach es war, den Laden in meine Gewalt zu bringen.

»Jetzt sagen Sie mal genau, Sie Radiomensch: Was soll ich hier besetzt haben?«

»Sie haben ein im Bau befindliches Spaßbad besetzt, das vor sieben Jahren mal ein Kernkraftwerk war. Ihre Gruppe ist wahrscheinlich gegen den Umbau, weil die Radioaktivität schließlich immer noch sehr hoch sein könnte ... Aber mehr dazu nach dem nächsten Musikstück von Tina Turner ...«
Ich knalle den Hörer hin und schnappe mir das Dynamit. Die da draußen haben vermutlich nicht mal eine lächerliche Pistole, geschweige denn Scharfschützen auf den Bäumen.
Ich stelle mich mit breiter Brust demonstrativ ans geöffnete Fenster. Aber ein Mückenstich ist das Einzige, was ich abbekomme.
Wütend klemme ich mir den Dynamitkasten unter den Arm und laufe hinauf auf das Dach des Gebäudes.
»Ich ... ich ... ich jage jetzt alles in die Luft«, schreie ich nach unten, »ich mache jetzt alles kaputt!«
»Mach doch, der Bau muß sowieso abgerissen werden«, ruft einer der Feuerwehrleute mit seinem Megaphon.
Was mischt sich dieser Blödmann hier ein?
Die anderen Feuerwehrleute spannen ein großes Tuch auf, um mich aufzufangen, falls ich runterspringen sollte.
Ich laufe nach rechts, die auch!
Ich laufe nach links, die auch!
Ich laufe nach hinten, die bleiben stehen, reingelegt!
»Ich springe runter in den Tod, wenn man mich abschieben will«, schreie ich.
»Spring doch, du Arschloch! Dann sparen wir uns wenigstens die Flugkosten«, brüllt er zurück.
»Misch du dich da nicht ein«, rufe ich, »ich kenne dich doch gar nicht«, und laufe auf dem Dach hin und her, um meine Feuerwehrleute zu beschäftigen.
Auf einmal tauchen aus der Ferne mit viel Krach und Lärm sechs Klapperkisten auf, und eine Horde von Punks steigt aus.
Ratten-Uli, Gruben-Eddi und den Saddam-Sigi erkenne ich selbst von hier oben. Ihre ekelhaften Köter haben sie natürlich auch mitgebracht.
»Im Radio haben wir gehört, daß es hier was zu besetzen gibt«,

brüllt der Ratten-Uli mit einer Bierdose in der Hand zu den Feuerwehrleuten.
»Ihr könnt gleich wieder in eure Autos einsteigen und abhauen, das hat der Idiot da oben schon ganz alleine besorgt«, brüllt der Spielverderber von einem Feuerwehrmann in sein Megaphon.
»Was quatschst du eigentlich immer dazwischen? Was willst du überhaupt hier? Weit und breit gibt es hier kein Feuer«, schimpfe ich so laut ich kann, »geh lieber und lösche brennende Asylbewerberheime. Da hast du endlich mal eine sinnvolle Aufgabe.«
Plötzlich werden meine Augenlider schwer wie Blei. Mir wird ganz elend.
»Ach, ich glaub', du bleibst besser hier«, höre ich mich flüstern, »so wie du drauf bist, wirst du bestimmt auch noch behaupten, die toten Asylbewerber hätten das Feuer selber gelegt!«
Der Magazinbulle hat doch Recht behalten! Die haben tatsächlich in meinen Döner was reingetan. Meine Beine tragen mich nicht mehr, meine Knie fühlen sich an wie Pudding, und ich sehe alles doppelt. Unter den zwei dutzend Punks, die ihre Party vom Karnickelweg 7b hierher verlegt haben, erkenne ich meinen nichtsnutzigen Sohn Mehmet. Ist ja logisch, der darf nicht fehlen. Ich schwanke hin und her, als hätte ich eine Kiste Bier ganz alleine getrunken. Die Feuerwehrmänner mit ihrem großen weißen Tuch unter mir schwanken mit. Verschwommen sehe ich, wie Mehmet mit einem anderen Mann auf den Polizisten einredet.
Aber das gibt's doch gar nicht! Bei Allah, dieser Mann neben Mehmet, das bin ja ich! Drehe ich jetzt endgültig durch? Welche Droge haben die in meinen Döner getan? Ich kann sehen, wie ich unten auf dem Parkplatz mit Mehmet rede. Ich habe Berichte von wiederbelebten Menschen im Fernsehen gesehen, die erzählten alle, daß sie nach ihrem Tod ihren eigenen Körper von oben beobachtet hätten, der leblos unter ihnen lag.
Also bin ich schon tot? Aber sollte mein Körper nicht leblos sein? Der da unten läuft aber munter durch die Gegend. Dann

knicken meine Knie endgültig weg, und ich sehe nur noch Schwarz. Ich spüre, daß ich kopfüber vom Dach des großen Gebäudes nach unten falle. Ich hoffe, daß ich die Feuerwehrleute mit einem geschickten Luftmanöver austricksen kann und – wie ein Pfannkuchen die Pfanne – die Landebahn verfehle. Wenn nach diesem Absturz Experten meinen schwarzen Kasten und den Flugschreiber auswerten, wird die Nachwelt erfahren, welch Unrecht ich erleiden mußte.

Dienstag, 26. Juni, 21:20 Uhr

Allmählich komme ich wieder zur Besinnung, aber ich kapiere überhaupt nicht, wo ich bin. Ich sitze in einem Raum mit vielen Sesseln.

Bin ich im Kino?

Bei Allah, das war aber ein blöder Film! Rambo auf türkisch!

In diesem Kino sind einige der Eisverkäuferinnen besonders hübsch. Langsam merke ich, daß ich nicht im Kino bin. Ich sitze in einem riesigen Flugzeug. Und die hübschen Eisverkäuferinnen verkaufen kein Eis, sondern Drogen: Zigaretten, Alkohol und Schokolade.

Plötzlich sehe ich mich schon wieder selbst!

Dabei schaue ich weder vom Kernkraftwerk runter, noch schaue ich in Richtung Fenster, in dem sich mein Gesicht hätte spiegeln können. Ich drehe mich zur anderen Seite, dort sitzt Puschpa, Mehmets indischer Freund. Zu meiner rechten Seite sitzt mein Double: Der grüßt mich auch noch höflich mit einem Kopfnicken.

»Herr Engin, darf ich Sie bekannt machen, das ist mein Vater Singh Mangeschkar«, sagt Puschpa.

»Oh, habe ich einen Riesen-Kater und jetzt noch einen Doppelgänger! Das war aber ein starker Döner! Ich habe schon gedacht, ich schaue in den Spiegel.«

»Herr Engin, ich kann Ihnen das alles erklären: Ihr Doppelgänger ist mein Vater!«

»Dann hat die Ausländerbehörde ja doch recht gehabt! Wenn ich einen indischen Zwillingsbruder habe, dann bin ich ja wohl auch ein Inder!«

»Nein, Herr Engin, das ist eine längere Geschichte, das muß ich Ihnen genauer erkären«, sagt Puschpa.

»Ich bin mir nicht sicher, ob ich dich mit diesem dicken Kopf wirklich verstehen kann.«
Auf einmal sehe ich, daß fast alle Passagiere mit Handschellen an die Sitze angekettet sind!
»Was für ein billiges Flugzeug ist das eigentlich? Können die sich keine anständigen Sicherheitsgurte leisten? Oder ist das hier ein Sträflingsschiff? Müssen die jetzt etwa alle rudern? Wo ist denn der Einpeitscher?«
Mit Entsetzen stelle ich fest, daß ich selbst auch mit einer dikken Handschelle an den Sitz angekettet bin!
»Ich bin doch gerade dabei, Ihnen das alles zu erklären, Herr Engin. Vorletztes Jahr bei unserer Studienreise nach Indien hat Ihr Sohn Mehmet meinen Vater kennengelernt. Mehmet wollte meinem Vater unbedingt helfen, weil der in Indien politisch verfolgt wird!«
»So ist er eben, der Mehmet. Zu Hause ist er zu faul, um an der Ecke einkaufen zu gehen, aber wenn es um blöde Politik geht, dann rennt er bis nach Indien!«
»Herr Engin, Sie müssen aber zugeben, daß mein Vater Ihnen wie aus dem Gesicht geschnitten ist!«
»Das ist gut! Geteiltes Leid, halbes Leid! Ich hätte nie gedacht, daß noch ein anderer unter Gottes Sonne mit so einer häßlichen Visage rumlaufen muß! Mein aufrichtiges Beileid, Kumpel.«
»Herr Engin, für ihn ist das nicht so tragisch, er hat andere Sorgen. Mehmet hatte damals die geniale Idee, daß mein Vater unter Ihrem Namen in Deutschland Asyl beantragt.«
»Aber wieso unter meinem Namen? Oder meint ihr, wenn einer schon das Pech hat, wie Osman Engin auszusehen, dann soll er auch so heißen?«
»Nein, wir hatten uns das ganz einfach vorgestellt. Wir dachten, Sie könnten bestimmt problemlos beweisen, daß Sie seit dreißig Jahren in Deutschland leben.«
»Diese Frau Kottzmeyer-Göbelsberg wollte mir einfach nicht glauben, daß ich kein dahergelaufener Asylschmarotzer bin!«
»Das haben wir auch nicht kapiert, Herr Engin. Normalerweise

hätten die Behörden einsehen müssen, daß der Asylantrag, den mein Vater gestellt hat, eine Art Mißverständnis ist. Denn der echte Osman Engin hatte in Deutschland doch schon alle Rechte. Danach hätte mein Vater für immer in Europa bleiben können. Im Endeffekt hätte es eben zwei Osman Engins gegeben, aber wie sollte das jemals rauskommen?! In Deutschland gibt es ja auch mindestens 25.000 Hans Müllers!«

»Bei Allah, dann hat die Kottzmeyer-Göbelsberg ja doch einen Grund gehabt, mich fertig zu machen!«

Mir wird ganz anders! Hat der Kerl ein Glück, daß man Flugzeugfenster nicht öffnen kann!

Ich glaub's einfach nicht! Ich habe nicht einmal die Kraft, mich aufzuregen.

»Dann hat also Mehmet die beiden Totschläger in der Straßenbahn beauftragt, mir das Ohr abzuschneiden, damit ich einen Kopfverband tragen muß, der wie ein Turban aussieht?«

»Aber nein, Herr Engin, wie können Sie nur so schlecht von Ihrem Lieblingssohn Mehmet denken?! Damit hat der wirklich nichts zu tun. Als Sie letzte Woche mit dem Verband auf dem Kopf aus dem Krankenhaus gekommen sind, hat sogar Mehmet Sie mit meinem Vater verwechselt!«

»Wo ist eigentlich der Hundesohn Mehmet jetzt?«

»Mehmet und seine Freunde verhandeln gerade mit den Behörden.«

»Oh, das ist ja toll! Das wußte ich! Mehmet ist zwar ein mißra-tener Kommunist, aber in seinen Adern fließt immer noch enginsches Blut! Selbstverständlich, daß er sich gegen meine Abschiebung einsetzt!«

»Aber wie kommen Sie denn darauf? Mehmet und seine Freunde verhandeln gerade mit den Behörden über ein Jahresabo zum Nulltarif fürs Spaßbad.«

»Hör auf, hör auf! Sei endlich ruhig! Ich will überhaupt nichts mehr hören! Sag mir lieber, warum wir zu dritt nach Istanbul fliegen. Wollt ihr jetzt auch noch die türkischen Behörden in den Wahnsinn treiben?«

»Äh..., die deutsche Ausländerpolizei hat gesagt, daß sie beide Osman Engins abschieben wollen, um ganz sicher zu gehen, daß der Richtige auch dabei ist. Aber wie kommen Sie denn eigentlich auf Istanbul?«

Eine braungebrannte Stewardeß in Uniform kommt zu mir und sagt:

»Guten Morgen, mein Herr. Oder besser gesagt, guten Abend! In zehn Minuten sind wir da. Wir setzen gerade zur Landung auf dem Flughafen von Neu-Delhi an. Aber Sie brauchen sich nicht zusätzlich anzuschnallen. Denn Sie sind ja von den Herren Polizisten in der Reihe hinter Ihnen so perfekt an Ihren Sitz angekettet worden, als wären Sie ein tollwütiger Hund!«